記憶の対位法

高田大介

contrapunctum memoriae
Daisuke Takada

東京創元社

目次

記憶の対位法

登場人物

ジャン＝バティスト・レノールト……コティディアン紙の事件記者。通称ジャンゴ
ゾエ・ブノワ……西洋古典専攻の大学院生
アフメド・モアービ……ジャンゴの同級生。コティディアン紙社用車を管理している
レオン・ヴェルト……コティディアン紙デスク。ジャンゴの上司
ディディエ・ルオー……音楽院《コンセルヴァトワール》教授。専門は古楽
マルセル・レノールト……ジャンゴの祖父。故人。第二次世界大戦後、対独協力者として告発された
ヤスミナ……ジャンゴの祖母。故人
ヤシン……アフメドの伯父《おじ》。中古車輸出業者
リュシアン・エーデルマン……パリ第一大学の音楽史専攻の学生
電話帳（パージュ・ジョーヌ）……ジャンゴの同級生。ローカルテレビ局の記者

Ⅰ――シラビック

初めに言葉があった。

それは音楽である以前に言葉だった。禱《いの》りであり願いだった。禱りは、あるいは願いは繰り返された。繰り返されるうちに言葉はだんだんに言葉であることを止めていく。いつまでも続く連禱《れんとう》の中で言葉は意味を剝ぎ取られていく。

だが、今や意味を持たぬ裸形《らぎよう》の音声形となり、抽象的な音の連《つら》なりに頽落《たいらく》してなお、それらは言葉の構造を保っていた。

だから原初の音楽はしばしば言葉の形をしていた。一つの音節がそのまま一つの楽音で表された。楽音は自然言語の音節配分に従っていたのだ。こうした楽音は音節的《シラビック》と呼ばれる。

「裏切り者《トレートル》」

誰かの呟きが背中に刺さる。

そんな悪罵《あくば》を投げつけられることを予測していなかったわけではなかった。それどころか改めて不《ふ》興《きょう》の種を蒔《ま》きに来ていたと自覚していた。だからジャンゴはつとめて平静を装った。

＊

先刻――連れのアフメドが頭を屈めて戸口を潜《くぐ》っていったところまでは、まだ店内の空気は和《なご》やかだった。カフェに屯《たむろ》していた連中はこの大男に気安い挨拶を投げかけ、腕をテーブルごしに伸ばして拳骨を突き合った。そこまでは良かったのだ、一座の表情がやや硬くなったのは後ろにジャンゴが続いているのを認めた瞬間だった。

「よぉ、久しぶり」ジャンゴに手を上げたのは隅の小卓でブリッジに興じていた店の常連の一人でベスニクと言った。トルコの名前だ。ベスニクはトルコ系の二世で、とうぜん彼の挨拶はほとんど外国語訛《なま》りのないフランス語だった。

しかし、そんな簡単な挨拶ならジャンゴ相手にはトルコ語でも通じる。このカフェの中ではトルコ語が「標準語」だ。意識してフランス語で挨拶したということだ。そこには疎意《そい》と形容していいわざ、と、ら、し、さがあった。

「お見限り」バーカウンターの向こうで中庭に開いた勝手口から半身を出して手巻き煙草をふかしていた店員《バルマン》のハムダが皮肉に言う。ジャンゴは苦笑いを浮かべて手だけで挨拶すると「カフヴェスィ」と短く言ってカウンターに腰掛けた。

別にトルコ語で頼まなくとも本式の中近東風のコーヒーのことなら、このカフェでは「カフェ」とだけ言えば勝手に出てくる。「カフワ・アラビーヤ」だの「トルコ風コーヒー」だのと指定するまでもない。ハムダは巻いたばかりの煙草を惜しむようにまた燻《くゆ》らせ、勝手口を離れようとしなかったが、ジャンゴが「お願いします《ルトフエン》」とまたしてもトルコ語で嫌みに付け加えたのを潮《しお》に、吸い殻を足許の空き缶にぽとりと落とした。

金曜礼拝の日である。モスクが近いこのカフェの界隈《かいわい》では今日は戸外に、街中から集まってきたイスラム教徒が往来している。駐車禁止の札の無い街路には路駐の車が列を成し、直近のバスの停留所にはずらっと回教徒《ミユズユルマン》が並ぶ。だがこのトルコ風カフェには北アフリカ系《マグレバン》やサハラ以南のブラックアフリカの血統の客はなかなか見られない。

もともとイスラム教徒は互助意識が高く、宗徒とみればすぐに胸襟《きようきん》を開く。だが信仰の絆よりもいかんせん地縁、血縁の紐帯《ちゆうたい》の方が強く、たとえばこの界隈ならトルコ系移民が寄り集まって一種の「トルコ人街」を形作っているのだ。

道に出てぐるりと見わたしてみればすぐに判ることだ。一見、ここがフランス小都市の街路であるとは思えないかもしれない。トルコ人協会があり、トルコ風カフェがあり、互いに客種を食い合いはしないのかと部外者が心配になるぐらいに狭い界隈に軒《のき》を並べたケバブ屋の看板には、アラビア文字を思わせる装飾のついた書体で中東からアナトリアの文化に由来する店名が掲げられている。開け放った窓から掃除機の音に紛れて聞こえてくるラジオの歌謡曲までトルコ語で、子供を叱る母親の金切り声のフランス語すら、やはりトルコ風の訛りを帯びている。耳を欹《そばだ》てていなければそれが立派なフランス語だということを聴き逃してしまいそうだ。

この店に足を踏み入れる者も事実上回教徒に限られ、数えてみればほとんどはトルコ系だ。

カウンターのハムダは柄杓《ひしやく》のような長柄のついた銅の小鍋《ジエズヴエ》を傾けるとシロップを垂らすように濃いコーヒーを小さなカップに注ぎ、小皿に開心果《ピスタチオ》を一摘《つま》み転がしてジャンゴの前に滑らせた。ピスタチオを添《そ》えるのはトルコ風の流儀だ。コーヒーに一欠けのショコラを添えるならフランス式だし、純アラビア風なら地方によっては小荳蔻《カルダモン》を用意するところ——だがトルコ人街ならば、ここはピスタチオ。

ジャンゴは左手だけで器用にピスタチオを割って口に放り込むと、塩気のついた指を舐《ねぶ》って濃く甘いコーヒーを啜《すす》った。本当ならもっと味わい深く感じても良かったはずだが、今はただ溶け切らぬ砂糖が舌に残った。

彫りは深いが肌の色のやや浅黒いジャンゴの顔は、こうしてピスタチオを片手の指先で割っていれば、この店に似つかわしいものだったと言えるかもしれない。トルコ系や中近東風の面立ちではないが、北アフリカ系の血統に連なることは傍目《はため》にも明らかだった。

だがジャンゴは見た目に反して回教徒ではなかった。

また「ジャン＝バティスト」という名にも拘《かか》わらず敬虔《けいけん》なキリスト教徒というわけでもなかった。

ジャンゴは強《し》いて言えば消極的な無神論者で――ジャーナリストだった。

「ベレアでまた押し込みがあった、聞いてるか」

ジャンゴは砂糖が澱《おり》のように残ったカップにピスタチオの殻をざらっと放り込みながら店員ハムダに訊いた。やや横柄な口調だった。ハムダは大げさに両手を開いて何のことやらといった顔をした。

ベレア地区はこの街、中部フランス小都市リモージュの外縁部郊外に位置する。リモージュの中心街に近いこのカフェからすると、ベレア地区は市街を囲む環状線を貫いて外に出ていくバス路線のずっと先、終点近くだ。トルコ人街のカフェとは特段の繋がりはない――強いて言うなら……ベレア地区は移民の比率の高い界隈だという共通点があるばかりだ。だがジャンゴはまさにその共通点に意味を見出してここに来たのだと皆が気付いていた。

ベスニクがブリッジをしていたカードを音が聞こえるようにテーブルに叩きつけて立ち上がり、ハムダのいるカウンターに入っていく。ハムダの後ろを通るときにジャンゴを睨んでいった。勝手口から中庭に出て行きしなに刻み煙草の包みを出して、煙草巻きの紙の縁を舌で擦《す》っていた。だが煙草を吸いに行ったというよりはジャンゴにあからさまに憤懣《ふんまん》をぶつけるために座を立ったのだろう。

　ベスニクの憤《いきどお》りをハムダが穏やかに口にした。

「知ったことか。うちに何の関係がある？」

「前にもあった手口なんだ」

「前にもあった？　何のことだ？」

「朝っぱらからヘルメットを被《かぶ》ったままアジア系食料品店に押し込んだ。得物は自動小銃だそうだ。三人組で二台のスクーターで逃げた」

「それでうちに何の関係がある？」

「逃走時に舗道の縁石に腹を擦ったんだな。外装《カウル》が破損して欠片《かけら》を残した。Kymcoだ」

　Kymcoというのは台湾《たいわん》の光陽工業が造っているスクーターのブランドのことだ。ホンダと技術提携があるメーカーだが国産バイクの寡占傾向が強い日本の方ではあまり知られていない。しかしヨーロッパでは廉価なスクーターとして地歩を築いていた。

「アンダーカウルはホンダとの共通部品で新品だが、押し込みに遭った店員が、聴いていたエンジンの音を『不良《デランカン》の乗る甲高《かんだか》い音のバイク』って言ってる。2ストロークだ。シャーシが現行モデルなのにモーターは排ガス規制前のものだ。ニコイチだな」

　つまり事故車か不動車のパーツを寄せ集めて接《つ》ぎ木をするように一台でっち上げたものだ。だが高級車のニコイチなら話《はなし》も解るがスクーターのニコイチは玄人《くろうと》の仕事ではない。不動車をベースに形にするのにはそれなりにノウハウも要れば手間も掛かる、それで出来上がった一台がKymcoブランドの中古スクーターでは売価が千ユーロにもならないだろう、玄人の技術料なら赤字になる。

これは、ある程度ノウハウは心得ているが、金のないやつ、そして暇だけはたっぷりあるやつの仕事だ。不動車を買いたたくか、拾ってくるか、ことによったら盗んでくるかして継ぎ接《は》ぎを施《ほどこ》した。Kymcoで組んだのは元の設計からして流用パーツが多いので、他車輛と互換の利く部分が多いからだ。

バイクが喉から手が出るほど欲しいが金がないやつの仕事なのだ。

そして、これはやや勇《いさ》み足の想定だが、ジャンゴはバイクの組み立てをした者の歳まである程度察していた。内燃機関のエンジニアを養成する職業訓練校では、全欧州で規制対象になり廃《すた》れていくのが明らかな2ストロークの組み立ては、今ではあまり熱心には教えないのが普通だ。実学優先の学校なら座学だけで済ませていても不思議はない。しかし構造が単純で部品点数が少ないようでも2ストロークのエンジンを回すにはどうしても職人芸が必要で、例えば排気管一つとっても、ただ燃焼後のガスを排出するパイプを付けておけばいいということにはならない。排気管の途中に適切な膨《ふく》らみを施し、排気ガスが音波の跳ね返るように脈動を返して、それがエンジンに吹き戻るようにしなければいけないのだ。この排気管の膨らみ《チャンバー》を適切に細工するだけでも、板金が出来るというぐらいではできない工夫が要る。

まして予《あらかじ》め適正に設計された純正部品を使うのではない、という想定のもとの話だ。二〇〇九年にKymcoの2ストロークエンジン車は販売終了している。小排気量二輪車の2ストロークエンジンの主たる供給源だったアジア圏では軒並み生産が中止されているのだ。

したがって「犯人」……はともかく、少なくともスクーターを組んだ者は、排ガス規制前の教育課程を経ているか、ある程度の実務経験があるかだ。

ところがジャンゴの読みでは後者の仮定、そこそこの実務経験のある玄人という筋はすでに棄却《ききやく》されている。玄人の仕事ではない、というのが出発点だからだ。問題のエンジニアの歳は二十を大きくは超えないだろう。喧《けたたま》しい2ストロークのスクーターは「大人の乗るものではない」という通念もなかなか揺るがぬものだ。いい歳をして2ストロークを弄《いじ》っているとすれば、それは大概はイタリア製のライトスポーツの旧車かなにかの愛好家で、そうなるとこちらは貧しいどころか、ちょっとした分限者《ぶげんしゃ》でなければならなくなる。

「まず若い奴……」

現役の職業訓練生ではなく、二〇一〇年ごろを端境《はざかい》とする排ガス規制強化以前のノウハウを持っている。しかしこの道で長年飯《めし》を食っている玄人《ベテラン》という訳でもないだろう。想定される年齢層は案外と狭い。

ハムダはジャンゴが言わんとしていることをあらかた理解していた。カフェの通りを市街へ向けて一ブロックも下ればバイク屋が幾つかある。環状線の外、郊外に大きなガレージとショールームを持っているような輸入車のバイクショップとは違う、手狭な店内にスクーターが犇《ひし》めく街のバイク屋だ。そこに出入りする「不良」をターゲットに据えて足取りを追っている。

「盗みに入るのに自前のバイクで行くもんか」ハムダは吐き捨てた。

「そっちの気の利くやつなら派手なペイントのヘルメットで押し込みに及ぼうとはそもそも思わないだろうな。いずれにしても盗難車だってことになれば、それはそれでニコイチしてまで拵《こしら》えた大事なバイクを盗まれて鶏冠《とさか》に来ている奴がいるはずだ。心当たりでもないか？」

「なんだってお前が察《フリック》の真似事なんかしてるんだ？」

「サツなら直《じか》にバイク屋の方に行ってるだろうよ。それで何か聞ける話があるんならな」

「うちに来りゃ何か聞ける話があるのかよ」

ジャンゴは黙っていた。

ジャンゴは今も逃走中だという犯人をまずは若いイスラム教徒だと踏んでいるのだ――そう思ってハムダは眉を顰《ひそ》めた。例の「不良移民の犯罪」というやつだ。有《あ》り体《てい》な偏見である。しかもトルコ系ではないと見ている。仮にトルコ系だとの見込みがあるなら、このカフェに聞き込みに来たりはすまい、そこまで鈍感な男ではない。トルコ人の犯罪者を匿《かくま》ってはいませんか、とトルコ人に訊く馬鹿はいない。匿っていたとすれば曖《おくび》にも漏らしはすまいし、匿っていなかったとすれば逆鱗に触れることになる、どっちに転んでも叩き出されるのが関の山、話などしてもらえるわけがない。

本丸を攻めれば相手の口は重くなっていく。話が漏れ聞こえてくるぎりぎりの際《きわ》、友達が友達から聞いた……ぐらいの周縁部から聞き込みにかかっているということなのだ。だからこそバイク屋を直接攻めていったりはしない。

面と向かって「何か知らないか」と訊かれて「何も」と答えた。これだけでジャンゴには収穫となるのだ。反応を見られている。

ジャンゴはイスラム教徒のことをよく判っている。だからこそハムダにはかえって腹立たしい。さきに裏庭に出ていったベスニクも、彼らイスラム教徒の事情を心得ているが故《ゆえ》のジャンゴの悪達者な出方をもう知っている、それが腹に据えかねていたのだ。

簡単な会話ならトルコ語もアラビア語も知っている。外見だってなんだったら回教徒として通るだろう。イスラムの文化にも通じている。であればこそ、なおさらジャンゴの出方が不愉快だった。スパイのような奴だ。じっさい子供の頃は……ちょっと前まではみんなジャンゴのことを仲間だと思っていたのだ。

ハムダはまた同じことを訊いた。

「何でお前がお巡《フリカイュ》りの手先みたいなことをしてるんだよ」

「警察なんか関係ない。俺は犯人を捜してるんじゃない」

「じゃあ何を捜しているって言うんだよ」

ジャンゴは黙っていた。自分のことは何も言わない。

「ともかくこっちじゃ何も聞いちゃいないぜ」

「なにかあったら教えてくれ。次の時にでも」

「また来んのかよ」ハムダの後ろでカウンターの勝手口に戻ってきていたベスニクが吐き捨てた。ハムダは窘《たしな》めるように手を振って言う。

「パスぐらいまわしてやるさ、お前がオフサイド《オール・ジュ》にいなけりゃな」

答えの代わりにかつてのフォワードはカウンターに小銭を置いて踵《きびす》を返した。ミッド・フィールダーは小銭を浚《さら》ってレジ代わりの小金庫に投げ入れる。カップの中のピスタチオの殼を屑籠《くずかご》に空けた。

カフェの中の緊張した空気に居住まい悪くしていたアフメドもカウンターを離れようとした。ジャンゴに倣《なら》ってアフメドが置いた小銭をハムダは押し戻して黙って首を振り、やや冷たい眼で合図した──チーム・メイトからは金は取らない。大男の元ゴールキーパーは一瞬躊躇《ためら》ったが押し問答になるのを嫌って済まなそうに小銭をポケットに戻した。

ジャンゴの金は受け取った。アフメドの払いは断った。ハムダは言っているのだ。ジャンゴは既にオフサイドにいるのだと。いや、チーム・メイトですらないのだと。

アフメドはまだ済まなそうに店内の知り合いの顔をざっと見わたすと「それじゃ」と呟いてジャンゴの後を追った。

＊

そしてカフェを出しなに、まさに戸口を潜ったところで、背中に誰かが呟く、あの声が聞こえたのだ。「裏切り者」――ジャンゴは振り向かなかった。

あとに続いたアフメドのために扉を後ろ手に押さえて、視線を街路に据えたまま身動《みじろ》ぎひとつしなかった。アフメドの気配が背後に近づくのに応じてジャンゴの手は押さえていた扉から滑り落ち、その背中は戸外へと歩みさろうとする。誰が言ったかなど確かめる意味もない。

アフメドは閉まりかけた扉を強く押しやってジャンゴの後を追いかけ、その背中をどやしつけた。店で投げつけられ背中に貼り付いた窃《ひそ》かな悪罵をはたき落とそうとするかのように。この大男はジャンゴの耳元に屈みこんで呟くように言った。

「気にするな、あいつら何も判っちゃいない」

「気にしちゃいない。気持ちは判る」ジャンゴは冷たく応えたが表情は硬い。

反動で勝手に戻っていったカフェの扉は二人の後ろでぴしゃりと閉ざされた。飛び出してきたアフメドが手を添えなかったので、扉は戸枠に叩きつけられ嵌《は》め殺しの菱形の磨りガラスがが、た、が、た揺れた。意趣返しのつもりはなかったが少し無礼な音が立った、それを気にしてアフメドは一度振り向いた。

アフメドが街路へ向かうとジャンゴは社用車の横でポケットの鍵《かぎ》を探っている。

たったいま後にしてきたカフェは通りに面した窓が開いていたが、内から話し声は漏れてこない、ただ流行歌のルフランだけが繰り言のように尾を引いている。さっきまでは……彼らがカフェに闖《ちん》入《にゅう》するまでは、投げ交わされるきつい冗談があの窓から通りまで響き、笑いさざめきが戸のこちらに届いてきていたのに。ジャンゴとアフメドがすっかり雰囲気を冷やしてしまったのだ。

＊

長身を折ってアフメドが助手席にもぐりこんできた。

「やっぱり俺がいた方がよかったろ？」

「お前、なにもしなかったじゃないか」

そう応えながらも、アフメドがいなかったらもっと険悪な雰囲気になっていただろうことはジャンゴにも判っていた。アフメドはジャンゴが回教徒の周辺ではますます厭《いと》われはじめていることに心を痛めている、それを執り成そうとなにくれとなく働いてくれている——それはジャンゴも済まなく思っていたことだ。

横腹にQuotidienとロゴが一面に描かれた社用車は本来白いボディが埃に塗《まみ》れて、これではコティディアン紙の宣伝になるのか、名を落とすのに役立つのかが微妙な具合だ。フロントガラスもワイパーの擦《こす》った扇形がくっきり残って次の雨が待ち遠しい有り様だった。その扇形の下でワイパーとボンネットの間に食べかけの林檎の芯《しん》が挟まっていた。

いけぞんざいな無精者が何の気なしに投げ捨てていったのか、コティディアンの車と知って意図して無礼を働いたのかは判断が難しい。「意図して無礼」の方と取っても被害妄想とは言えない。この界隈ではコティディアンは評判が悪い……昨今の風潮で言えば敵視されていると言っても大袈裟ではない。コティディアンはキリスト教徒《クレティアン》どもの新聞だからだ。

ジャンゴの方も不精を通して、林檎の芯をワイパー下に挟み込んだままで車を出した。アフメドはジャンゴがいらいらしているのに気が付いていた。だが「落ち着けよ」とは声を掛《か》けない。長い付き合いだ。よく判っている。言っても仕方がない。アフメドは諦めの溜め息を吐《つ》いた。

大柄だがどちらかと言えば気弱で慎重派のアフメドとは対照的に、ジャンゴは中背だが短気で勝ち気で喧嘩っ早い。小学校の頃からそうだった。フットボール・クラブの監督はよく判っていた、だからジャンゴはフォワードで、アフメドはゴールキーパーだったのだ。

他所《よそ》のクラブに遠征試合に出た時などはアフメドは、帰りがけにはいつもジャンゴの護衛に付かなければならなかった。試合の後でクラブハウスの裏かどこかでジャンゴのラフプレイに怒った相手クラブのメンバーに囲まれるのが常《つね》だったからだ。大概はジャンゴが何点か捻じ込んでいるから始末が悪い、相手の憤懣もそのぶん割り増しになる。そして喧嘩が強いわけでもないのにジャンゴは一歩も引かない。だからアフメドが「まあ、まあ、まあ」と間に入ってやらなくてはならない。ジャンゴを野放しにしておくとシーズンの出場権に係わる事態に発展する。

そしてジャンゴはいい歳をして——もう三十の坂も見えているというのにまだ同じことをやっている。今日取材にアフメドが同行したのも似たような事情だった。ジャンゴはいま一部の界隈では鼻摘み者だった。恨まれていると言ったら過言かも知れない、だが少なくとも疎《うと》まれていた。彼自身が諍《いさか》いの種となりかねなかった。

だからほんらい取材は畑違いのアフメドがお目付けとして「出張」しているのだ。

ジャンゴがクラクションを鳴らした。道を渡るあいだに落としたボールを追っている子供を急《せ》かしている。そうした用途にクラクションを鳴らすのは実は違法なのだと何度言っても止めない。アフメドからすれば子供に怒っても仕方がない。クラクションなんかで脅しても、それで道が空くのが遅くなりこそすれ、早まることはない。

だがジャンゴはクラクションを鳴らす。いつも鳴らしている。

ジャンゴはジャーナリストだ。

クラクションを鳴らす者だ。

子供にまで鳴らすのは馬鹿ばかしいとアフメドは思う。それでもアフメドは芯のところではジャンゴを信用していた。ジャンゴはフェアーだと思っていた。どんな時でも。

そしてジャンゴが皆に誤解されているのを残念に思っていた。フェアーじゃないと思っていた。いつも思っている。

＊

「仕事《ブロ》上がっていいんだろ」アフメドはジャンゴを宥《なだ》めるように言った。

「この短信は今日中に入れなきゃ意味がない。でもデスクに出す前に確認しなきゃならないことがあるんだ。俺は中心市街《サントル・ヴィル》で降りるから車は乗ってってってくれ」

「なんだ、確認って」

「音楽院の留学生とデートだよ」

「へえ、あやかりたいね」

アフメドはことさらに諧謔《ぎやくろう》の口調を保ったがジャンゴはあからさまに渋面を作っていた。たかだか千字、十行ばかりの三面記事《フェ・デイベール》、まだ書き出しすら決めていない短信だが、多分その記事には書き直しが命じられることになるだろうと思っていた。

デスクがどう書いて欲しいかは知っている。だがジャンゴがどう書きたくないかもはっきりしていた。上司に阿《おもね》って端《はな》から妥協的なまとめ方をするのは簡単だが、そいつはジャンゴにとっては潔《いさぎよ》い振る舞いとは思えない。毎回不毛な綱引きになるのは判ってはいるが、第一稿は我を通しておかなければそれを自分が書く意味がない。

＊

問題の事件の目撃者は何人かいた。いまジャンゴが追っているのは三人の学生だった。遡《さかのぼ》って今朝のことだ。六月九日金曜、問題の押し込み強盗は普通客足の少ない午前中の出来事だったが、その日は店に何人かの客がすでにあった——問題の学生たちはその客である。

通報時にジャンゴは市警察本部に詰めていた。事件取材ではなくルーチンワーク——来々週末の二十五日、野外音楽祭の市内通行制限と共和国保安機動隊の配備状況について確認をとるためだった。要は通行止め情報と渋滞予測を音楽祭の記事に添えるだけのこと。

むろん一介の地方紙記者などに、その時たまたま舞い込んできた通報の内容など伝わらない。しかしジャンゴは慌ただしく動き始めた警察の動きを看取ると、動員規模が徒事《ただごと》でないと見て、すぐに警察本部を飛びだした。警察署の外に出てみれば案の定、街路にはサイレンを鳴らしている車がすでに右往左往している。警察《ポリス》の二輪《モト》が機動隊基地から列になって出ていった。出どころは違うが憲兵隊《ジャンダルム》の青い警察車輛までが車列に入り混じっている。何があったか知らないが現場は北、リモージュ北部の住宅密集地か公団住宅群、あるいはオクシタヌ街道——高速道路《オートルート》A20のあたりで何事かあったと見た。

ジャンゴは現場の特定も済まぬままに駐輪所に走り、バイクを足にまずは北を目指したのである。

＊

フランスの警察には大きく二組織あるが、紺色の制服の「国家警察《ポリス》」と青い制服の「国家憲兵隊《ジャンダルム》」の間では活動領域が重なっている。かつては警察は内務省所属、憲兵隊は国防省所属といったぐあいに所轄省庁自体が異なっていた。前者はいわゆる警察組織であるが、後者は軍隊の一部だったのだ。

今日《こんにち》では憲兵隊も内務省所轄に移管されているけれども、隊員の身分は依然として軍人の扱いになる。

この二組織の所掌は本来は分かれており、一般に大規模都市圏は警察、郊外小都市は憲兵隊と分担することが多い。しかしリモージュでは人口十万規模の中心都市が、周縁部の新興住宅地や郊外田園へと連続的に拡がっており、警察と憲兵隊の分掌は伝統的に交差しがちで協力関係も密接である。じっさい国家警察本部と憲兵隊本部が同じ区画《カルティエ》にあるぐらいだ。市街担当と郊外担当がお隣さんなのである。

リモージュ市街と郊外田園との境界地域にあたる今回の現場、ベレア地区は、高速道路Ａ20の出入り口が近い。外回りが多い憲兵隊の方が到着が早かった。ジャンゴが現場を突き止めて駆けつけたのは昼前だったが、すでに憲兵隊は周辺街道筋の封鎖検問に動いており、現場では遅れて着いた警察が封鎖の向こう、店の外の舗道の上で店主や客から話を聞いているのが遠くから見えた。彼ら事件当事者たちは憲兵隊に既に話したことを繰り返させられて、やや閉口しているようだったが、なにしろ治安維持執行組織が二重化しているフランスではしばしば見られることだ。

すぐ後に分かったことだが今回は得物に自動小銃が持ち出されていたという証言が問題で、どうしても対テロリスト問題で国家警察からはテロリズム対策準局、国家憲兵隊からは機動憲兵隊が出張《でば》ってくる必然性があった。それが判明した時には、それで初期動員が派手だったのかとジャンゴは腑《ふ》に落ちた。今やフランス全土が一朝事有るとすわテロリズムかと色めき立つ。二〇一五年初頭から連続したパリでのテロ事件以来、民心も法執行機関も反応が過敏になっているが、それも故無きこととは言えまい。

*

ショッピングモールの中心からやや離れて駐車場の隅に孤立した食料品店は、いわばアジアン・マーケットで店主も店員もアジア系、ハラル食品やアフリカン・フードも扱っているからイスラム教徒の出入りもあるが、主力は東南アジア産の冷凍食品と中華材料である。

これもまた後から知ったことだが、金曜の朝からこの店を訪れていた客は学期終わりの打ち上げ《フェット》に点心パーティと洒落込《しゃれこ》もうと冷凍の中華食材を仕入れに来ていたのである。それが不運な巡り合わせで押し込み強盗の現場に居合わせることになり、ひとたび青いお巡りさんから解放されると今度は紺色のお巡りさんに話をしなければいけないということで、ジャンゴが現場に辿りついた時にも彼ら——いや彼女らは、まだ足止めを喰っていたのだった。

ジャンゴは現場保存のための例の黄色いテープに阻《はば》まれて問題の食料品店には近づけなかったが、どうもただの物取り沙汰とも思えない仰々《ぎょうぎょう》しい立ち入り制限が布《し》かれている。これはまさしくテロか何かが起こって、多くの犠牲者でも出て、店内には血でも飛び散っているのかと首を伸ばして様子を窺っていると、やはり御同様の心配をしていたのか野次馬の一人が傍にいた憲兵に「テロじゃないでしょうね？」と訊いている。

一台のパトカーを制限区域から出してバリケード・テープを張り直していた憲兵は野次馬には取りあわないでいたが、しつこく「テロか、テロか？」と訊かれると背を向けたままで「私ゃ知らん」と切り口上、ここでジャンゴは眉根を寄せた。

見回せば店の前が駐車場だったのをいいことに、制限域内には警察車輌が犇めいている……だが消防隊の様子がない。救急医の姿も担架の一つも見られない。野次馬の様子もどこか落ち着いている。テロの現場なら泣き喚いている者の一人や二人は見られるものだ。それでは今回は犠牲者は……いや怪我人の一人すらいないのか。

警察が三々五々輪をつくって事情聴取している相手も、いずれも舗道に突っ立ったままの立ち話である。テロの現場から「救出」された目撃者なら街路にへたり込んでいても良さそうなものだ。血塗れで歯の根も合わぬ被害者を救急車に収容して、まずは応急処置を施し気持ちを宥めて、それから人目に立たない安全なところで事情聴取……そういう段取りになってもよさそうなものだろう。それがどこか取り調べの様子も、周囲の雰囲気も淡々としている。

――これはたいした事件じゃなさそうだ……この封鎖線も現場保存もすでに過剰反応、第一報でテロリズムかと疑われて初動が過敏になっているだけだ。

一瞬でジャンゴの取材方針が決まった。これはスピード勝負だ。

現場を取り巻く大げさな封鎖線の様子はもう写真に撮られて、SNSなりツイッターなりに躍っているだろう、「テロと見られる」という無邪気で無責任な文言とともに。それが「拡散」されるのは時間の問題、いや既に始まっていると見た方がいい。事件は朝、今はすでに昼、今日中に話は仕込まなければならない、号外を出すほどの事件ではないが、少なくともウェブ・サイトと公式アカウントには午後早いうちにでも第一報を出したい。さもなくば……

せめて事情聴取の声でも確かに聞きとどけられればいいがあいにく遠過ぎる。むなしくもせいぜい首を伸ばして遠く窺っていると、食料品店の前では目撃者と見られる客の幾人かに動きがあった。店の戸の前でずっと聴取を受けていた黒髪をストレートに伸ばした娘が財布から何か出して警官に示しているのは……十中八九は身分証明書だ。しばらく何かの遣《や》り取りが続いていたが、次いで彼女は携帯電話を取り出し警官に画面を見せている。警官はスマートフォンの画面を覗き込んでメモを取っている。連絡先を聞かれたということだ。間違いない、大まかな事情聴取が済んで、彼らはここで解放されるのだろう。黒髪の娘の連れもパスケースを開いている様子、こちらは運転免許証だろう。

やはり目撃者の解放が早すぎる。広域に手配が始まるような大事件ではない。さもなければ目撃者はこのまま警察署に引っ張られて、容疑者の人定《じんてい》のための聴取が続くことになるはずだ。あるいはモンタージュ画像でも拵える手伝いをさせられるところ――今回はそういう事件ではないということだ。

例の若い娘たち三名は、警官に伴われて駐車場の一角、食料品店の向かいに停めてあった小さなハッチバックのルノーに近づいている。ジャンゴは目を凝らす。

ジーンズにTシャツのアジア系の娘はさっきのロングの黒髪の娘、もう一人は背が高くウェーブのかかったブルネットで膨らんだエコバッグを提げていた。三人目は赤茶けた薄い色の巻き毛の短髪で、開襟のシャツにベージュのチノパン、足はサンダル、中学生の男の子みたいな華奢な体つきだった。この短髪の娘が車の鍵を開けた――自分の車だ、小柄だがあの娘は成人である。ナンバープレートは87、つまり地元の車だ。

警官が後ろのハッチバックの部分を指さして何か訊いている。黒髪のアジア系の娘は一旦は車に乗り込んでいたが、警官に振り返って面倒くさそうに出てくると短髪の娘からキーを受け取って車の後ろに回った。大儀そうに扉を持ちあげて中に屈みこんでいる。荷物を開けようとしている……スーツケースだろうか、警官に中身を見せるよう命じられたのだ。別に目撃者を疑っているというのではないだろう、それでも警官は何か見付けないものを目に留めて確認までに開けてもらったのだと見た。曲がりなりにも犯行現場から怪しげなスーツケースを持ちだす者があったら、警官たるもの念の為という気になるものだろう。留め金を外している仕草、やはりあれはトランクか、いや形が歪《いびつ》だ。人垣の間から金色の複雑な機械のようなものがちらりと覗いた。

それを見てジャンゴは携帯電話を取り出した。あいにく先方は留守電《レポンドゥー》、だがすぐに電話口に出る相手ではないのは織り込み済みだった。

警察車輛が一台、封鎖を解いて街路に滑り出してきた。窓をあけて官憲に会釈《えしゃく》を返しながら例のルノーも後に続いている。警官に「ご協力に感謝いたします、なにかあったらまた連絡を」なんぞと言われている。先行の車との間に格別の合図は交わされなかった。警察車輛に先導されているというわけではなさそうだ。やはり取り調べから解放されたと見える。

近づいてくるハッチバックの中の三人は車内でなにか姦《かしま》しく話し合っている様子だ。助手席のブルネットが買い物袋の中を覗き込んで、顰《しか》めっ面でげぇと舌を出している。唇を読むことなど出来なくても何を言っているかは容易に想像がつく。「げろげろ《デグラス》」といったところだろう。店の売り物を考えてみればすぐに判ることだ、せっかく買った食料品が……おそらくは冷凍食材か何かが、午前いっぱい相《あい》続いた事情聴取の間に駄目になってしまったのだ。可哀相に彼女らの点心パーティは台無しだ。

不満顔の三人の娘を乗せてルノーは、ジャンゴもその中にいた野次馬の群をすり抜けてバス通りへと向かっていく。

折しも電話の返信があった。寝ぼけ声の先方にジャンゴは急いで告げる。

「アロー、ジャン＝バティストだ。今いいか？　相談が……うーん、その話はまた後にしてくれるか、急ぎの用件で。うん、あのな、人に渡りを付けたいんだが……音楽をやってる娘でチューバかな、ホルンかなにか……いや随分違うって言っても全体を見たわけじゃないからな……人の間から……ケースが開いたところをちょっと見ただけなんだ、ともかく朝顔のでっかい楽器の受け持ちだ。アジアからの留学生でベトナム、カンボジア……たぶん中国人。……いや、知らない娘で……遠くから見ただけなんだが……アジア人の歳は判らないからなぁ、でも若いよ、中学生でも驚かない。でもやっぱり大学生ぐらいかな……連れは免許を持っているしな」

電話口の向こうではジャンゴの情報屋の一人、電話帳《バージュ・ジョーヌ》が眠たそうな声で応えていた。「電話帳」

はもちろん渾名《あだな》で、その冗談みたいな記憶力と顔の広さで知られている男だ。ローカルテレビ局の記者としての名刺を配っているが、取材活動とやらに勤しんでいるわりに、配信に姿を現したところは見たことがない。どこの店に入っても、野郎とは握手、御婦人とは挨拶の接吻を欠かさないのが信条という、この世上に珍しい馴れ馴れしさが売りの男で年齢不詳のアジア系だが、実はジャンゴとは同級生だった。今はもっぱらドキュメンタリーの本を書いているのだそうだ。飴《ボンボン》の商標か馬の足音みたいな響きがするへんてこな筆名を持っていたが、それは日本の名前だそうだ。ジャンゴとは種《ねた》の融通をしあう間柄だった。今日はまだ惰眠を貪《むさぼ》っていたのであろう電話帳は、しかしジャンゴの雲を摑むような人捜しの範囲を簡単に狭めていった。

「遠くから見ただけで留学生だとなぜ判る」

「警官に電話番号を言って通じていなかったんだよ」

「観光客かもよ?」

「友達と見える土地のもんの車に乗ってたからな。警官に身分証を出してたし、ありゃ滞在許可証だ。パスポートなら警官が手に取ってぱらぱらやるだろ」

「捲《めく》ってはいなかったんだな」

電話帳がそう言って釘を刺したのは、国際免許証の可能性も考えていたからだろう。本国での免許を海外で通用するように申請した免許証はしばしば冊子状になる。

あとに残る可能性は、未成年者に出される渡航許可証か、市役所発行の身分証明だ。だがそのいずれも発行に至るまでにかかる事実上の時間を考えたら、警官に電話番号を言って通じるぐらいにはなっていておかしくない。

「じゃあなるほど学生ヴィザの中期滞在か……やっぱり留学生だな。若く見えても二十歳そこそこはいってるだろう、音楽院《コンセルヴアトワール》に来てる留学生だろうからな、お前の見込み通り中国人で間違いあるまいよ」

「どうして?」

「ホルンかチューバか知らないが、どっちにしても高いからな。三千ユーロ(四、五十万円)はする。六千してもおかしくないし、その倍でも当たり前だ、上は天井知らず」

「そんなにするものなのか?」

「入門用や中古品《オカジオン》なら千からあるかもしれないがな、ホルン持ってフランスくんだりまで音楽留学に来てる奴ってことなら相当いいものを持ってると見た方がいいだろう? まさかこっちに来てから趣味でホルンを始めたって話でもあるまいよ」

「ホルンと決まったわけじゃないんだが」

「それがチューバでもサクソルン・バスでも同じだ、ヨーロッパまで留学しに来てるってだけで特権階級だしな」

「そりゃそうだな。中国の若いのはみんな一人っ子だしな」

「特権階級はそうとも限らんよ。そもそも一人っ子政策もちょっと前までの話だ」

それからしばし中国の人口抑制策の最新事情について講釈が始まったがジャンゴが話を急かすと、逆に事情を訊かれた。

「どこで見かけた」

「ベレアのアジアン・マーケットで警察から事情聴取を受けていたんだ」

「なんだ事件取材か。ならお門違《かどちが》いだ、お巡りに張り付いた方が話が早くないか」

「ちょっと急ぎで確かめたいことがあるんだよ」

ジャンゴはたった今見た情景を簡単に電話帳に説明する。

ジャンゴの焦慮に拘泥《こうでい》しないまま電話帳は、ここリモージュで金管楽器持ち込みの留学生で中国人となれば、おそらく電話の二、三本で一人と突き止められるだろうと簡単に言っていた。それどころかパ、ー、テ、ィの会場まで突き止めてやると請け合った。

パーティ会場とは寝耳に水だ。電話帳が言うには、朝も早くから中華食材を三人組の女学生がアジアン・マーケットまで「仕入れ」に行っていたのは、午後にでも「点心の宴」を留学生を中心に企画していたか何かで、楽器を持っていたのは恐らく出し物の都合、いずれにしても音楽院の界隈の誰かが学期末のパーティ《フェット》を企画したに違いないとまでの読みがあったからだ。なるほど折しも学校の暦《こよみ》なら二〇一六年度の最終週だった。

「朝早くから三人がかりで中華食材の仕入れに来てたんだろ？　トートバッグを膨らませて。そんな大食漢ぞろいに見えたか？」

ジャンゴとしては、そこまで考えるのは穿《うが》ち過ぎと思えるが、電話帳は自信満々、おそらくは既に予断を超えた他の話《ねた》の出所《でどころ》に心当たりがあったのかもしれない。

ついで電話帳から予《かね》て頼まれていた話の件について幾つか情報の提供を求められた。ジャンゴのような現場突撃型の旧弊《きゅうへい》なジャーナリスト、まして官憲に張り付くのが持ち場となれば、いまや居待ち専門の電話帳にとって貴重な情報源であり、ここは相身互いの持ちつ持たれつ、こちらにも利用価値がなければ電話帳の知恵を拝借するための取引材料になりえない。だがこちらは通話の冒頭でも断った通り、特段の新情報はないことを告げて、電話帳からの電話はひとたび切れた。

振り向けば警察官が現場封鎖を解いている。やはり動きが早過ぎる。これはケチな事件だ。

ジャンゴはそばの警官溜まりに近づいていき、名刺を渡して社章を示し、幾つか矢継ぎ早に質問したが、返答は報道官からの発表を待てとけんもほろろ、ただしその口調に特段の緊張感はなかった。店員に話を訊いて良いかと尋ねても、もう少し待てとのお達しだったが、ジャンゴとしてはすでに事件の概要をあらかた悟っていた。「もう少し待つ」だけで取材が叶うというなら被害者に強い箝口令《かんこうれい》が布かれてはいないということだ。

店に近づけないまま周囲の野次馬に聞き込みに廻っている間に、大通りに接続する駐車場アプローチの縁石に擦られたバイクの破片を写真撮影している警官を見た。自動小銃が持ち出されているという話は野次馬の間からも何度か耳にした。

そしてアジアン・マーケットの店長を捉まえて詳細を聞き出すまでの間に、ジャンゴは既にKymcoに乗った若いちんぴらが自動小銃《ヴォワィュ》を持って押し込みに入ったということの意味を考えていた。

現場を離れる前に既にして電話帳からの成果報告があった。彼の読みの通り今日の午後にパーティが企画されていたのだそうだ。場所は中心街に近い留学生宿舎の学生ロビー、名目は音楽院のオーケストラ・コースの打ち上げの立食パーティで会費制、軽食《ビュベット》スタンドの目玉は中華点心。人によっては期末コンサートのプログラムと時間が前後に重なり、楽器持参で出入りするものがいるのも道理である。

何でこんなに簡単に判ったかといえば、電話帳の話ではフェイスブックの学生オケの頁《ページ》に予て告知があり、ツイッターにも同様の連絡が飛び交っている、しかも点心のメニューが大幅に減るだろうとの嘆きまで数十分前に刻々と投稿されていたそうだ。電話に先駆けて着信していた彼からのメールには、フェイスブックの問題の頁をちょっと遡ったエントリーから集合写真が数枚ピックアップされており、その中に問題の娘はいるかと念を押されたので見てみれば、アジア系の留学生数人を囲んで総勢七、八人といった集合写真の中に駐車場で見かけた黒髪とブルネットがおさまっていた。

スマートフォンの画像を拡大してみたり、耳に当て直したりと大わらわで、写真の真ん中のこれこれのシャツの娘、となんとか電話帳に告げると、彼は当たり前のことのようにさらりと答えた。

「リゥ・ルォハン嬢、上海《シャンハイ》特別市からの留学生でホルン奏者《コルニスト》、キャプチャーは見たか？」

添付されていたのはもう一つ、中国語のややこしい文字がびっしり並んだ幾つかのツイートの画像キャプチャーで、ハンドルネームはLou《ルウ》、ジャンゴには読めない謎の文字列の後には「！」が五、六と並んで、締めくくりに泣き顔の絵文字《エモティコン》が入っているものもあった。

「中国人のツイートだな、お前、中国語読めるのか？」

「翻訳オプションがあるだろ？『買い物してたら押し込み強盗に巻き込まれた！　信じられない！』、『すっごい怖かったよー！　ぐっすん』、それから最後のは『やっと取り調べ終わった、もう厭！』……」

「これがそのコルニストのアカウントなのか！」

「問題のパーティは買い出し部隊が足止めを喰ったんで開始時間が変更されたな。メニューは減ったが夜会《ソワレ》に切り替え、気を取り直して再開だ。食前酒《アペロ》を買いに回ってる仕入れ班は交替したらしい。おそらくコルニスト当人は宿舎に戻ってるだろう。今から回ればジャンゴ、お前もパーティに間に合うんじゃないか？」

　こうしてジャンゴはますます忙しくなった、まずは帰社してデスクに報告、取材意図を告げて、トルコ人街、チュニジア人協会と経《へ》めぐって、音楽院の夜会に突撃取材という予定を告げた。デスクのレオンはまたややこしい事を始めたなと渋い顔だが、サイト更新のための人員も確保してくれる約束をした。もともと金曜の夜はコティディアン紙には「週末」ではない。そしてレオンからは「車輛《ガラー》部《ジュ》」に寄って社用車を使えとのお達しがあった。そのお達しの意味は——ガラージュ番のアフメドを同行させる手筈をつけることにある。さもなくばジャンゴがなにか悶着を起こして、記事を物するどころか記事の中身になりかねない。

ここまでが今日の昼の経緯だった。

ジャンゴの焦燥の理由は一つ。必ずや出てくる……いや既に出ているだろう「イスラム過激派のテロ」という流言に出来るだけ早く「違う《ノン》」と言うことだ。

＊

アフメドと別れて徒歩で向かった留学生宿舎は旧市街の一画、開け放たれた門の向こうの車止めには幾人かの学生が立って煙草を吸っていた。ビルには受け付け《アクィユ》のカウンターがあったが管理人の姿はない。喫煙グループに近づいて名刺と社章を示した。

「済みません、皆さん、音楽院の学生さん?」

「そうですが、何か?」

この宿舎に住まう者は音楽院の学生とは限らない。どうして一意に特定したのかと、洒落たドレスシャツの青年がやや訝《いぶか》しんでいる。

「コティディアンの記者です、今日の昼に北で強盗事件があったでしょ、目撃者の方《かた》にちょっと話を訊きたくて……もしよかったら」

「ああ……はい、はい、ルゥとゾエね、なんかあったとは聞いてますけど……」

「ものの十五分ぐらいで良いんですよ、長くお邪魔はしませんから、取り次いでもらえないでしょうか」

「いいですよ、聞いてみますよ」

青年は煙草を灰皿にもみ消すと、先に立ってロビーに入っていった。

「こっちです。でもよくここにいるって判りましたね」

苦笑いのジャンゴは「君たちがフェイスブックやツイッターで盛んに広告していたからね」とは言わなかった。

＊

ロビーでは入り口に俄《にわかごしら》拵えの軽食のスタンド、奥で三々五々立ち話に興じている学生たちが手にしているのはシャンパンだろうか、ビール党のジャンゴは鼻をふんと鳴らす。音楽家とはみなこうしたものか立ち姿からしてちょっと気取ったように見えるが、それはまるで畑違いのジャンゴの僻目《ひがめ》の所為《せい》であったかもしれない。じっさい群衆の半数は音楽院の学生ではなく、その友達の友達といった具合で、皆がみな音楽家というわけではなかった。

ジャンゴはよれよれだが一応はスーツにネクタイ、これは飛び込みで取材をするのには必須の戦闘服なのだが、昼にバイクで走り回ったので白いシャツは情けないありさまに薄汚れていて、ネクタイを持ちあげるとその後に白いところがシルエットになって残った。ともかくドレスコードがあるような立派なパーティではない、仲間たちの気安い集まりだったけれども、賑々《にぎにぎ》しい会場にはやはり場違いだった。

壁際に寄せられた椅子に座った数人を囲んで女学生たちが笑いさざめいている。輪の中に中国人の姿があった。側には昼に見たブルネットの大柄なお嬢さんの姿もある。

「ルゥ、君に話を聞きたいって人が来てるんだけど……」取り次いでくれた青年の声に一座が輪を開き、その中心にリゥ・ルォハン嬢が腰掛けている。

「歓談中に申し訳ない。コティディアンの記者です。ジャン＝バティスト」と名告《なの》って名刺を渡した。よれよれのジャケットの「怪しげな自称ジャーナリスト」に初め警戒を隠さなかったルゥは、名刺をしげしげと検《あらた》めている。

「で、君がゾエ？」傍らのブルネットを見やると彼女も名刺を受け取りながら、慌てて首を振ってい る。握手に手を差し出しながら名告った。

「マチルドです。ゾエは……」とフロアの反対側にいたグループへ首を回し、大声で呼んで、手を振った。「ゾエ！」

えらくよく通る声だ。ジャンゴはちょっと驚いたが、後で知ってみればマチルドは声楽科だった。

向こうのグループから一人の少年が……いやゾエと呼ばれた娘が振り返った。ジャンゴには後ろ姿ではほんとうに男の子のように見えたのだ。なにしろ小柄で細っこかった。

ゾエは軽くグラスを上げて挨拶しながら、そちらのグループから離れて、ルゥやマチルドの方へ近寄ってくる。赤茶けた短髪は癖が強く額や項《うなじ》でくるくると巻き、昼にも見た開襟の麻シャツに細いコットンのパンツはまるで教会に行く時の小学生みたいにぱりっとしていた。だが足許は素足に革のサンダル履きで、これで麦わら帽でもかぶせて釣り竿でも持たせ、名前はトムですと言われたらジャンゴは信じてしまったことだろう。

ゾエが途中で別の一団にちょっと引っかかって挨拶を交わしている間に、ルゥの隣にいた女学生が気を利かせて「外しましょうか」とジャンゴに問う。ジャンゴは断った。

「いえ、そんなお邪魔するつもりないです。すぐ済みますし、ちょっとうかがいたいことが二、三あるだけで」

「うかがいたいこと？」

後ろからの出し抜けな問いかけに振り向けばゾエはそこまで来ていた。

「どちらさま？」

少し眉根を寄せて首を傾《かし》げ、訝しむ瞳は濃い榛色《ヘイゼル》、鼻筋は細く頬にかけて雀斑《そばかす》が散って、日に焼けない肌に化粧っ気はないのにくちびるがくっきり紅かった。両の眉月《まゆづき》はややきつい印象で、間近に見てもやっぱり少年のようだった。

「ジャン＝バティスト・レノールトです、初めまして。コティディアンの記者で……」

そう言って内ポケットに名刺を探して胸元に俯いたジャンゴに、ゾエの顔がぐっと近づいてきていた。

「ゾエ・ブノワ。こんにちは、ジャン＝バティスト」

小柄なゾエは少し背伸びをしてジャンゴの両頬に接吻《ビズー》をした。躱《かわ》す間もなく、ジャンゴはもう少し背を屈めてビズーに応えた。いいとこの娘だ、と思った。名告られて、挨拶をされれば、ビズーを交わすように躾《しつけ》けられている。顔が離れた時に森の朝霧のような香りがした。

「それで何が訊きたいんだって、ジャン＝バティスト？」

ゾエは早くも親称《チュトワマン》に切り替えていた。こうしたところもどこか中学生男子みたいだ。こっちも流儀に従うことにした。

「ジャン＝バティストは止めてくれ、それは叱られる時の名前だ」

この物言いを知っていたのかマチルドが傍らで噴き出していた。

「じゃあ、なんて呼べばいいのよ」ゾエは眉を上げて澄まし顔で訊いた。

「仲間はみなジャンゴって呼ぶが……」

これを聞いて、ここまで訝しげな眼差しを隠そうともしていなかったゾエの表情が晴れ、長い睫毛をしばたたいてまなこをくりくりさせると、口元がわなわなと歪《ゆが》んで笑いが溢れ出てきた。

「ムッシュー・ジャンゴ・レノールト？」

そしてあははと声を立てて笑った。この洒落に気が付いた何人かがどっと笑いだした。なるほどここにいるのは大概音楽院の学生だ、気が付かぬはずもない。何が面白かったのかと、ひとり目を白黒させて周りを見回していた上海娘の耳にマチルドが囁《ささや》いている。

「ジャンゴ・レノールトよ、ジャズ・マヌーシュの。ルゥ、知らないの？」

リゥ・ルォハン嬢も音楽家の卵、「ジプシー・ジャズのジャンゴ・ラインハルト」とでも言ってもらえれば立ちどころに理解しただろう。だが生憎《あいにく》こっちが本場であると端から信じ込んでいるフランス人たちは、あの有名なギタリストに他の呼ばれ方が——他の発音があって世界中ではそっちの方が知られているとはよもや思わなかったのだ。

「まさかあなたもギターを弾くの？」ゾエは笑いを嚙み殺して訊く。

「とんでもない。君らと違って音楽には適性がなくて」

「私は音楽院の学生じゃないけど」

ゾエの素っ気ない返答にジャンゴはおやと思ったが、何か訊き返す前に後ろからマチルドの声がかかった。

「それでムッシュー・レノールト、うかがいたいことっていうのは……」

片やルゥの方はとっくに新聞記者に捉まった意味を悟っていたようだ。

「これでもう今日何度目になるの？」悲鳴を上げている。

「警察、憲兵隊……」マチルドも苦虫を嚙みつぶしたような顔で指を折った。

「そればっかりじゃない、会う人ごとに同じ話をずっと繰り返させられて……」

周りの学生はそれぞれ思い当たるところがあったか含み笑いだった。ジャンゴはうんざり顔のルゥを宥めて、話の呼び水になりそうな小話を見繕う。

「私の上司は腕を折った時にギプスに大書《たいしょ》してたよ。『風呂場で転倒。以上《ディクシ》』ってさ」

一座に笑いが拡がった。とば口を捉まえた。ジャンゴはしたり顔で続ける。

「だからもう二度と同じことを訊かれないように、うちの新聞に決定版を載せとけばいい。電子配信もあるからまた訊かれるようならリンクを示してやればいいじゃないか。詳細はウェブでどうぞって」

*

こうしてルゥ、マチルド、ゾエの三人から押し込み強盗の一件の詳細を聞き出したのだった。

さして目新しい話は無かった。

ジャンゴからすれば明らかにごく若いちんぴらの仕事だ。

押し込み強盗《デラカジュ》というものは基本的に引き合わない犯罪だ。

捕まれば罪状の方はただの盗みなどとは桁が違う。銃器を携えての押し込みはフランス共和国刑法では二十年の禁錮《きんこ》刑《けい》までありうる重罪だ。

問題は量刑の差ばかりではない、そもそも商店相手の強盗などというものは、えてして上がりが冴えないものだ。

カード決済が当たり前の昨今ではキャッシュ・レジスターに現金を溜めこむ店などありはしない。

問題のアジアン・マーケットでも午前の営業中に一度、午後に一度、折々にレジの現金は浚って釣り銭以外はほぼ空《から》にしていた。個人経営の商店でもフランチャイズのチェーン店でも、日に何度にもわたるレジ浚いで計算違いや現金授受に纏《まつわ》る損金の計算、さらにはスタッフ内部の盗難に備えているのが常態である。たまたま押し込みに入った不心得者に都合の良いように店頭に現金を唸らせているような店など今どきどこにもない。

かくして押し込み強盗は元来労多くして功少ない体《てい》の犯罪類型であるわけだが、そのうえ捕まるリスクが高いのに量刑も大きい――犯罪というものが一般になかなか引き合わないというのがまず第一の常識だとしても、分けても押し込み強盗は利害得失を考量すれば愚に愚を重ねたような話で、まして犯行の間に人を傷つけたり殺めたりした日には盗んだ額の大小とは別に、娑婆《しゃば》の空気とは当分おさらば、生涯おさらばということにもなりかねない。

今回の犯行では午前のレジ浚いの直前を襲われた。外国人客が多い店が狙われたのにはカードや小切手《シェック》で買い物をする割合が低いという事情もあったろう。こうしたところを見ると、やはり累犯か、少なくとも手口に若干世間擦れしたものを感じる、ある程度はやり方を知っている節がある。

しかしそれでも、とうてい本当の悪人が選ぶ犯罪類型とはしがたい。苦労と利得、リスクとリターンがまったく釣り合っていないのだ。

フランスでは、特に銃器で武装しての押し込み強盗は、広い意味での窃盗全般のなかで、割合にして〇・三％にのぼるぐらいの稀《まれ》な犯罪だ。リモージュと近隣の六コミューンでは年間十件あれば多かった年にあたる。「銃を突きつける」のでない、刃物や拳の力にうったえた強盗全般に限って数えてもまだ二％にも満たない。変な言い方だが盗みの玄人なら人を相手にはしないものだ。狙うべきは宝石店のような高額商品を扱う商店であり、それも白昼に武装して押し入るのではなく空き巣狙いがむしろ好適、あるいは昨今ならそこそこの値で捌《さば》ける電子機器が拾える、車上荒しが猖獗《しょうけつ》を極めている。右の二類型だけで窃盗の半数を占めており、つまり盗みの玄人は金品のうち「品」の方を狙うもの、したがって捌くルートもまた確保していなければならない理屈である。これに車とバイクの窃盗を合わせれば窃盗全体の三分の二に及ぶ。

片や銃を持って商店に押し入るなどというのは迂愚《うぐ》極まれる判断であり、そうした遣り方を選ぶだけでもお里が知れてしまう――これは素人《しろうと》の仕事。予めの準備もなければ、先のことを考えてもいない輩《やから》の為《な》すところなのだ。

犯行の当座の帰趨《きすう》に拘わらず、中長期的にその後どうなるかという想像がまったく付いていないか、あるいはその後どうなってもいいと思っているか。世の常識や法制というものについてほとんど知識が無い……そもそもそうした発想そのものが欠けているか、あるいは人生をほとんど投げて自棄《やけ》になっているか、そのどちらかということだ。

つまりこの犯罪類型の背後にあるのは、かなり深刻な無知か、あるいはかなり深刻な絶望だ。こんな割のあわない犯罪でもやってやらなければ済まないというような。

＊

ジャンゴがこのパーティ会場に辿りついた一番の手掛かりは目立つアジア系外国人のルゥ嬢だったわけだが、言葉の問題もあって、取材そのものに応えたのはむしろマチルドとゾエの方だった。

彼女らが買い物を終えてまさに店を出ようとした時だったという。

店の正面出口を塞いだ「犯人」は二人、むしろ静かに店内に侵入してきていた。そろってグレーのつなぎの作業着で、一方は大きなボストンバッグを肩掛けにしていた。彼女らが一目、おかしいと気付いたのはフルフェイスのヘルメットを被ったままだったからだ。黒いスモークシールドのヘルメットを着用したままで商店に入ってくるというのはそれだけで不穏である。

「靴は何を履いていた？」

「そんなところまで見ちゃいないわ」ゾエが両手を開いた。

これが中東のテロ組織と繋がりがあるような本気のテロリストならばデザートブーツかなにかを履いているものだ。だがジャンゴはこの件ではスニーカーだったのではないかと疑っていたが、残念ながら証言は得られなかった。

犯人からは「手を上げろ」だの「金を出せ」だのといった常套句は聞かれなかったという。「有り金をサックに詰めろ」という指示は紙ペラのメモで下された。

声を聞かれたくなかったのか。訛りを知られたくなかったのかもしれない。もっともこれについてもジャンゴが考えていたのはまた別の可能性だ。

そして出口の前の二人がボストンバッグから出したものが自動小銃だったのを見て彼女らはすでに息を呑み、なかば自発的に手を上げていたのだという。キャッシャーの女性が押し殺したような悲鳴を上げ、うしろの中華食材の硝子カウンターでは店主が「レジを開けて！」と叫んでいた——

「ボストンバッグから……だって？」手帳にボールペンでメモを取りながらジャンゴが顔を上げて訊く。マチルドが頷き、ゾエは訝しむような顔をした。

「そうだけど？」

「そのボストンバッグっていうのはアスリートが持つようなえらく大きいやつかい」ジャンゴは大きく手を広げて見せた。

「そんなのじゃなくて……」とマチルドが手振りで示すのは大型とはいえ、たかだか一抱えほどのバッグだった。

「小さいな……出てきたのは本当に自動小銃《フュジ》だったのか？」

「そんな——鉄砲のことなんか知らないし……」

「拳銃じゃないんだよな」と片手で銃を持つ仕草のジャンゴにゾエが首を振る。

「こういうのよ」とゾエは両手で小銃を構える仕草を真似た。

「ダダダッて弾の出るやつか？　でもちょっと小さめだな。ＭＰ５とか……おかしいな、そりゃ」

「何の５《サンク》ですって？」

「ヘッケラー＆コッホの……という銃メイカーの軽機関銃だよ。コンパクトなのが売りで……」

「銃の種類なんか知らないよ」とマチルド。女学生に銃器の型番など言っても通じまい、じっさいジャンゴだって警察番にでもなっていなければ……リボルバーならスミス＆ウェッソン、オートマチックならアメリカの所謂《いわゆる》ガバメントかベレッタか、といったほどの知識しかなかった。要するに映画やドラマに出てくる銃のうち特別目立つ物ぐらいしか目に留まっていない。犯罪類型と、使用される銃器との間に一定の相関があるということには警察署《オテル》に詰めるようになって初めて気付かされたのだ。

「見たって判らないよね」とゾエも声を揃える。まあ、たしかにな、とジャンゴも首を振る。「だいたいどんな銃かだなんて、大事なことなの？」

彼はしばし考え込んでいたが、手帳から眼を上げるときっぱり言った。

「大事だ。この地域に一番多い銃はなんだか判るか？」

首を振る一同を見回してジャンゴは続けた。

「官憲が持ってるのを別にすれば、猟銃だ。散弾銃――」

ああ、と幾人かの青年が頷いている。中西部ではまだ猟は盛んで、大きめのスポーツ用品店に行けば猟銃のコーナーぐらいは普通にあるもの――もちろん銃所持は許可登録制だが「一般人」が持っている銃とすればまずは戦前からの法令に言う第五カテゴリー、すなわち猟銃なのだ。

「――一メートルと二、三十センチは優にある。そんなボストンバッグには入らないな」

「だからこうい、う、の、だって言ってるじゃない」

ゾエはまた自動小銃を連射する真似をして見せた。

「この辺の……地付きの者《オトクトヌ》なら銃といったらまず散弾銃なんだ。お爺ちゃんちの物置きにあってもおかしくない。だからな、小銃を……自動小銃を持ちだすっていうのはちょっと特別なことなんだ」

ゾエは「地付きの者」というジャンゴの言葉に眉根を寄せていた。言い淀んだジャンゴの意図を悟っていたのかもしれない。ほかの女学生たちはどうもぴ、ん、と来ていないようだったがジャンゴは続けた。

「どんな銃だったか思いだせないかな、AKじゃないだろうな?」

「だから銃の名前なんか言われたって判らないって」

「カラシニコフ……映画やなんかでテロリストがよく持ってるやつだよ」

やはり銃の種別になど興味のない彼女らは首を捻《ひね》るばかりだったが、そばにいた青年の一人が気を利かせてスマートフォンにAK-47の画像を呼びだしていた。バナナ形の大きな弾倉が手前に突き出た特徴的な形である。こんにち自動小銃、とりわけ突撃銃となれば一番に人の脳裏に浮かぶのはソビエト=ロシアのカラシニコフだろう。構造が単純で安価に製造でき、信頼性と耐久性も折り紙つき、世界中にコピー品が出回っている。ハリウッド映画に見られる「悪者が持っている銃」——

そのカラシニコフの写真をルゥが覗き込んで、「ああ、これ」と指さしている。

「AKだったのか?」ジャンゴは勢い込んだが、ルゥが言っているのはそういう意味ではなかった。

「警察に写真を見せられた。この写真」

なるほど警察だって、まずはそこを気にしていたわけだ。

「その銃だったら、なんだって言うの?」ゾエが突っかかった。

「先にこうした銃が中西部のこの近隣でも数挺押収された例がある。こういうのが今……流行《はや》りなんだ」

「テロリストの間では、って訳ね」ゾエはぴしゃりと言った。厳しい声音《こわね》だった。

「まあそういうことだ」

「で、散弾銃だったら白人のキリスト教徒、このカラシニコフなら移民のイスラム教徒の持ち物だって言うのね」物言いにあからさまに険があった。

「そういうことだ、単純化して言えばな……」

「ずいぶん単純な話よね。警察の人もそんな風に訊いてきた」

「そこから確かめたいだろうな、サツの旦那方だって――」

「差別的《ディスクリミナトワール》なのね」

ジャンゴは眉根を寄せてゾエを睨み返したが言い返さなかった。

「公《おおやけ》の僕《しもべ》たるべき警察官《ポリシエ》や、世の教導者たるべき新聞記者《ジュルナリスト》が、これは移民の犯罪じゃないかって端から決めてかかってるって訳ね」

こう言われるとジャンゴは一瞬だけ目を伏せると口を引き結ぶ――この俺に向かってこともあろうに「差別的」だと？　鼻白む素振りを隠せないジャンゴが再び顔を上げると、ゾエはまだ批判がましい視線で彼を見竦めていた。

「これは……単に順序の問題だよ。まず在りそうな線から押さえていくってだけの話だ」

「まず在りそうな線として回教徒のテロリストを想定するって訳ね。それがあなたの順序なのね」

揶《から》みやがる、とジャンゴは辟易《へきえき》しながらも平静を装って応えた。

「ＡＫが持ち出されているとなれば、そりゃ密売組織《トラフィク》の問題が出てくる――芋蔓式に繋がってくるもんが大きくなってくるんだ。警察《ポリス》の方はまずそっちを気にしていただろうし、それを確かめたがっていたんだろう。差別的な判断でカラシニコフだったかと決めて掛かっていたわけじゃあるまい、優先順序ってものがあるってだけだ」

「それであんたの方の優先順序はどうだって言うの？　どうしてあんたはまずイスラム教徒の犯行の線を考えるの？」

なかば詰問である。

「数年前にイスラム急進派の国内組織がカラシニコフやなにかを二十挺も押収された、リヨンだ。ある程度の規模のトラフィクが動いているっていうこと――供給元があるってことだ、サツの方で気にしてるのはそのルートなんだよ、どうしたってこれが焦眉《しようび》の急の問題なんだ。シャルリー・エブド襲撃事件だってバタクランだってカラシニコフを持ち出していただろう、中東コネクションってものがあるんだよ、現に。差別もへったくれもない、差し迫った問題だってことだ。資金と現物の動きを追跡して事前に摘発出来れば最善だろう？　ただ麻薬やなんかの話と同じで末端で現物だけ押さえても意味がない、元締めに迫るためにひとまず密《ひそ》かに荷札《エチケツト》が付けられ泳がされているルートもいくらもあるって訳だ。それだけに押さえられていないルートからＡＫが出てくるようだと大問題なんだよ。つい先だってパリ近郊でもＡＫと拳銃、それから防弾チョッキや何かが押収された事件があったばかりだ」

「だから？」

「だから……今回の件がテロの準備と係わりがあるのか、そもそも今回の件がテロだったのかどうなのか、それは最優先で確かめられなきゃいけないってことだ。実際、ベレアに集まっていた野次馬たちはもう口々に『テロか、テロか』と訊いてまわっていたんだぜ。そして誰かが『そう言えば最近、どこそこでカラシニコフが摘発押収されたばかりだ』と言いだす。そうするとまた別の誰かが『今度は中仏でテロ』、『またしてもカラシニコフ』って話を吹聴しだす。さあ、どうなんだ？　なあ、お嬢さん方、あんたたちは現場にいたんだろう、その眼で見たんだろう、あれはテロだったのか？」

マチルドとルゥは互いに眼を見交わしていた。ゾエがジャンゴに向き直る。

「あれは……テロ？　いいえ、あれは……強盗よ、たんなる強盗じゃない」

「警察発表もまだだ、それなのにツイッターでも見てみろ、誰彼なしにもう『またしてもテロ』、『またしてもカラシニコフ』の合唱は始まってる。早くも誰もが食料品店にカラシニコフを抱えて押し込んできたテロリストの姿を想像してる」

「……警察だってすぐに事実を発表するでしょう？」

「どうだっていいんだ、事実なんて」

「ジャーナリストの言葉とも思えないわね」

「事実がどうか、という問題じゃないんだ。事実であろうとなかろうと、そうした話が伝わるってことが問題なんだよ。実際はテロなんかじゃなくて、ケチな物取りだった、なんて湿気た事実が後になって明らかになったところで、そんなことはどうでもいいし、その時には誰だってこの話そのものを覚えていやしない。ただ話の中にカラシニコフを携えたイスラム教徒のテロリストが登場して、そのイメージだけが蔓延《まんえん》していく。そのイメージだけは……訂正されることもなく人の記憶の中に沈澱《ちんでん》していくんだ。いいか、お嬢さん」

「わたしを指《ゆび》ささないで」

ジャンゴの指を遮るようにゾエは掌《てのひら》を突きつけ返したが、少し声音が弱まっていた。

「差別がどうの、と言うんならな、それこそが差別なんだ、違うかい？」

ことさら声を荒立てたわけではなかったが、諭《さと》す口調に押し隠された怒気をゾエは聞き取っていた。「差別的」と決めつけられたことに反応しているのだ。実は彼こそそうしたことに敏感な質《たち》だった――だとしてみれば、勇み足にやや失礼な態度をとってしまっていたかもしれない。声高には表明しないが、憤懣を抱えていたのはたしかだろう、もっぱらゾエに向かって厳しく言い返しているように見えた。

「世の中が……俗情ってやつが、変な言い方だがいつでもテロが起きるのを待ってるんだ」

「テロを待ってる……?」

「すわテロか、さあテロだ、まるで大喜びして噂しあってるじゃないか。だから誰かがいち早く水をぶっ掛けてやらなきゃいけない。それは本当にテロだったのか、と。違うんじゃないのか、とな」

「……それが優先順位ってわけね、あなたの《プゥ・ヴ》」

「あんたの《プゥ・トゥワ》でいいんだぜ、たった今までそう言っていたじゃないか」

ゾエが少し気まずそうに眼を伏せた。

「カラシニコフかどうなのか、それは意味のある問いなんだ、判ってもらえたかな」

ジャンゴの方はすこし皮肉を利かせ過ぎたかもしれない、ゾエは目を細めてあごをついと横に出すような頷き方をしていた。

「たしかにこんな形じゃなかったかもしれない」

呟いたのはマチルド、青年のスマートフォンの画面を覗き込んでいた。

「こんなんじゃなくて、なんていうかもっと……SFチックな……」

「SFチック……?」ジャンゴがマチルドの手許に屈みこむと、まだ画面にはカラシニコフの写真が映っている。

「こういうのが無かったんじゃないかな？」

画面の写真の上、ルゥが自信なさげに指さした先には、グリップの先に弧を描いて突き出した弾倉がある。

「弾倉が無いって？」

ナチスの突撃銃でも旧共産圏のカラシニコフでも、このバナナ形の弾倉はつとに目立つ部分、連続射撃を事とする小銃を象徴するパーツである。アメリカ産のM16でもグリップの先には弾倉が垂れ下がっているのが普通だ。それが無いとなると……

「なんかもっと未来的って言うか……」

言葉を濁《にご》したマチルドに、ルゥがあっけらかんと言い添える。

「どっちかっていうと水鉄砲みたいじゃなかった？」

ルゥの言葉にジャンゴが目を見張っていた。一同がマチルドの手の画面を覗き込んでいる。水鉄砲みたい……というのは些《いささ》か突飛な話だ。オレンジ色の水タンクでも付いていたというのだろうか。だがゾエが頷いている。彼女は斜め上の虚空に視線を留めてしばし考え込んでから言った。

「ちょっとペットボトルみたいな？」

「そんな小銃《フユジ》、ないだろ？」取り巻きの学生の一人が茶化した。

「あと……なんか把っ手がついてたかな。大きな把っ手」

「F《フ》A《ァ》－M《マ》AS《ス》じゃないのか？」

そう言ったのは先にAKの画像を呼びだしてルゥに見せていた学生である。

「それだ。弾倉がないってのは……」ジャンゴが拳で掌を叩く。

ファマスと言った学生が「貸して」とルゥの手からスマートフォンを取り上げて、イメージ検索で問題の画像を呼びだして見せる。すぐに三人の娘が声を上げた。

「これ！」

画面にはウィキペディアのモバイル版、見出し語「ＦＡ－ＭＡＳ」の頁の簡単な説明の下にまずは一枚目の画像があった。男子学生ならぴんと来ても当然だ、それは長らくフランス軍の制式採用品だった小銃で、サン＝テチエンヌ造兵廠《ぞうへいしょう》謹製の国産突撃銃である。フランスの兵隊と……そして国家警察の特殊部隊が持っている銃。男の子ならこの形は覚えている――ブルパップと呼ばれる、弾倉がグリップの手前に引っ込み、構えれば脇の下に収まるようになっている、モダンなデザインが特徴だ。この構造を知らない者にとっては、ふつう突撃銃の前に突き出た弾倉が「無い」ように見えてもおかしくない。

上に突き出た大きな把っ手はまさしく全長の半分にも及ぶ。太く膨らんだ無骨な前部グリップにはペットボトルのように波形のモールドがあり、銃器に関心のない眼から見ればポンプ加圧式の水鉄砲みたいに見えないこともない。

現に三人は顔を上げて、確かにこれだと頷き合っている。

「警察にはこのことは話したのかい？」

「……その写真も見せられたかもしれない」ルゥは躊躇いがちに呟く。

「その時にも『これだ』と指摘したの？」

「そんなに自信があったわけじゃないけど……」消極的だが、それは肯定だった。

「サツの旦那はなんて言ってた？」

「え……別に……そうですかっていうぐらいで……」

「そうか、有り難う」ジャンゴは手帳代わりのメモパッドを閉じた。

取材は終わりといった仕草である。ゾエがすぐに問い質《ただ》した。

「そのファマスなら、なんだっていうの？」

「得物がファマスなら一大事だ。これは基本的にフランスの国家機関……それとフランスの息のかかった所にしか供給されていない銃なんだ。言ってみりゃ身内の銃だってこと。そいつが持ち出されているとなれば、ステファノワ造兵廠からの横流しでもなければありえない。銃の出所が国内だっていうことに自動的になる」

「そんな大事《おおごと》なの、その銃が使われていたっていうだけで？」

「ファマスが本物ならな。そいつは火を吹いたのか？」

「いいえ、拳銃を持っていた方も一度も発砲はしていない……」

「本来ならサツの旦那も目尻をつり上げて追及にかかるところだ……だが……お嬢さん、『そうですか』って話をあっさり引き上げちまったんだな？」

「う、うん」

「何が言いたいのよ」

「サツの旦那は官製品と言ってもいい小銃が国内で横流しになっているっていう可能性を多分考えてないな。それはモデルガンだったんだ。サツでもそう見てる」

はじめにファマスじゃないのかと指摘した学生がジャンゴに首を傾げる。彼はちょっとミリタリーに造詣があるようだ。

「でも、ファマスのモデルガンなんてありますかね？」

彼の疑問は理解できる。フランスやドイツには模型銃の製造ライセンスを保持している会社が幾つかあるが、実際に製造販売しているのはアジアのライセンシー企業であるのが常で、フランス官製小銃のモデルガンとなれば、まずは輸入品ということになる。

「並行輸入のルートで、ファマスを制式採用していないシェンゲン協定国経由でも取り寄せたのかな。日本製のモデルガンだ」

「日本製？　フランスの官製品を日本でモデルガンにしてるの？」

「あの国は国内には銃が出回っていない代わりに世界中の銃のモデルガンがあるんだよ。変な話だがモデルガンの界隈では世界を代表する『調達屋』だったんだ。いまは中国、台湾にお株を奪われているらしいけどね」

「じゃあ、あれはモデルガンだったの……」ゾエは目を丸くして溜め息を吐いて続けた。「お店のひとも、お客も撃つつもりなんかさらさらなかったってことね」

それは自分たちにも、死が突き付けられていたわけではなかったと知った安堵の溜め息だったのかもしれない。たしかに彼女らは銃口を眼前に見た。だがその奥に実弾は装填されていなかったのかもしれない、というのだ。

「得物の虚実、殺意の有無で酌量《しゃくりょう》減刑はきかないぜ。銃を突き付けての強盗は、仮に得物がモデルガンだったとしても量刑にたいした差はない」

「そうなの？」

「弾が出ようが出まいが、本物だろうが偽物だろうが、銃を突きつけて金を脅し取ったことだけが問題なんだ。もちろん一発でも発砲があって、それが人を傷つければなおのこと、その分の加重がでかいから、今回はそっちはなしで済むだろうけどな」

モデルガンだったかもしれないというのはまだ仮説である。それを前提に話すのはまだ時期尚早だったはずだが、当事者であった三人はすでにその想定に大きく傾いていた。自分たちに向けられた銃口に殺意が籠められていなかったという可能性に縋《すが》らないではいられなかったのだ。

きょう自分たちが殺されかけたという想定と、狂言芝居に巻き込まれたという想定とだったら、被《こうむ》った実害に変わりがなかろうとも心理的な負担――傷の深さは大違いである。

「あれはモデルガンだったの……」

ゾエとマチルドとルゥは知らず識らず互いの手をとって頷きあっていた。あれは悪趣味な「お芝居」だったのだと確認しあうように。

「サツの旦那は一発で見極めたんだな。ファマスの実銃が持ち出されていたと考えていたなら、これはもう少し大事《おおごと》だ。話があっさり切り上げられたはずがない。モデルガンの輸入業者にしぼって顧客を洗い上げているところだろう。もう売り手の目処《めど》までついているかも知れない、それどころか犯人の目処まで」

「どうして?」

「こうした事件は今回が初めてじゃない。前にもある。その時にこっちの――つまりモデルガンのトラフィックの方もつきとめてあるはずだ。こっちはちょろい話だからな。犯人が挙がるのは早いだろう」

「犯人……犯人って……誰?」

「さあな。俺は犯人なんかにゃ興味はない」

「じゃあ何に興味があるっていうの?」ゾエが眉根を寄せて訊いた。

「――本当のことだ。それだけだ」押し殺した低い声で答えた。

「それじゃさ、レノールトさんにも目処ってていうか……当たりは付いているの?」

続けてマチルドが勢い込んで訊いたが、ゾエはジャンゴの先の返答に虚を衝《つ》かれていた。「事実なんてどうでもいい」と言っていた。「犯人なんかに興味はない」とも言った。それなのに「本当のこと」――「本当のこと」とは何だろう？　ゾエはその答えを求めるように、マチルドに向かって応じているジャンゴ・レノールトの顰めた眉間を、その奥の眼差しを見つめていた。

「さあな、そりゃあサツの旦那方の仕事だ。まだ決まった話じゃないし、俺の知ったことじゃないが――餓鬼《ガマン》の仕業だな。スニーカーを履いて、ボストンバッグにモデルガンを突っ込んだ餓鬼の仕業。金を出せとメモですごんだのは、外国訛りを聞かれたくなかったからじゃない、若造の声をそれと確かめられたくなかったからだ。職業校でエンジニアリングを専攻していたか、その卒業生、いずれにせよ2サイクルのエンジンの組み付け《モンタージュ》まで学んだ奴か、それが仲間にいるか。こいつはミリタリーマニアの餓鬼のけちな強盗の真似事、今回は人を傷つけなかったのが連中の幸いだが、数年か喰らえば高くついたとゆっくり後悔出来るだろうさ。多分、脅し取った折角の数百ユーロを使っている暇もないだろうな。もう捕まってるかもしらん」

「そう思う？」マチルドは胸を撫で下ろして訊く。

「さあな。いずれにしても時間の問題だろう。お三方、それからこちらは……」

「ファビアンです」話に入ってきていた学生が名告った。

「――ファビアン。どうも有り難う。大事なことがたくさん判った。お嬢さん方も記事にする時は名前は出さない、単に目撃者と名指しするだけで学生だということにも言及しないだろう。ほかに書いて差し支えがあることがあれば……」

「……とくに思いつかないけど……」ゾエが腕組みで首を捻っている。

「気が付いたことがあれば名刺の番号に連絡をくれ。SMS《メサージュ》でもいい」

「いつ記事が出るんです？」とマチルド。

「詳報は月曜の三面記事、だが、まずはツイッターと公式サイトの速報欄に短信を出すことになるだろう」

「さっきの話が……？」

「さっきの話？　ああ、餓鬼のモデルガン強盗云々っていうくだりか、ありゃ今のところただの推測だ。想像に過ぎないし、記事になる話じゃない」

へぇ、と一同が嘆息していた。ここまで筋の通ったストーリーが見えていながら、記事にはならないというのか、と記者の仕事の一端が窺われたからだ。

「速報っていうのはどこまで言えるものなの？」とゾエ。

「まあ、たいしたことは言えない。事実に基づいたことについてはサツの発表待ちにはなるが、これはちょっと遅れるかも知れない。それでも皆さんのおかげで少なくとも水を差すのに勢いがつくよ」

「勢いが……水を差すのに？」

「まずはツイッターとフェイスブックかな。テロの、AKのと根拠もなしに言っている奴等にひとまず自信を持って冷や水をぶっ掛けてやれる。お陰様でね」

それからジャンゴは電話で誰かを呼び出しながら、一同にもう一度礼を言った。

「それじゃ、さよなら、邪魔したね。楽しいパーティを」

＊

「どうしてこの一行が必要なんですか！」

明けて土曜の午後、月曜の社会面に載る、例の押し込み強盗の顚末を物語る三面記事のことである。

ウェブ公開版が校閲に入っていた。

結局事件の収拾は早かった。顚末はすぐに明らかになった。

未成年を含む三人組がヘルメットを被って銃を手に輸入食料品店に押し込み強盗に入った。僅《わず》かな金を奪ってスクーターで逃走した彼らはほどなく郊外の封鎖線にかかり警察に捕まった。彼らは自動小銃を携えていたが、蓋を開けてみればそれはモデルガンだった。実にお粗末な事件だった。

短信の第一報を起草したのはもちろん取材担当のジャンゴである。だがこの記事の末尾に添えられた「こうした強盗沙汰はベレア地区では今年に入って三件目である」という文言はジャンゴの書いたものではなかった。編集権を握るデスクの一存で書き足されたものだ。

「別にそれぞれの事件に関係があるってわけじゃないでしょう？」

「リモージュでは押し込み強盗はどちらかと言うと稀なことだ。それがあそこで頻発しているってことは明々白々たる事実だろうが」

「それは……ベレア地区ではとわざわざ断ることにどんな意味があるんです？」

「それもこれも本当の話じゃないか。これからも警戒を怠《おこた》ってはならないのは本当のことだろう、こうした事実を摘示するのは公器としての報道の使命だろう」

「ベレア地区では犯罪が多いと印象づけようという底意が問題なんですよ、そうした偏向を助長するっていうのは仰るところの『公器』としてどうなんですか？」

「あそこでは犯罪が多いっていうのは偏見でも何でもない、厳然たる事実だ」

ジャンゴは左手のコティディアンの翌月曜号の校正データのプリントアウトを右手の甲で激しく叩《はた》いて毒づく。

「いっそ『不届きな移民が多い団地のショッピングセンターは危ない』とでも書いてやったらどうなんです」

「いい加減にしてくれ、そんなことは誰も言っていないだろう」

「言っているも同然だ、腹が透けて見えてますよ」

「言葉に気をつけてくれたまえよ、ジャン＝バティスト」

「あなたこそ言葉に気をつけるべきだ、レオン、これを見てベレア地区の連中がどう思うか判らないんですか」

「だいたい……特集の署名記事でもあるまいに、こんな短信にいちいち情緒的な反応をしているのは君ぐらいのものじゃないのか」

「これは私が取ってきた記事だ、署名なんかしてなくたって私が書いたものも同然なんですよ、どうして判らないんです」

社会面デスクのレオンは済ました顔で、熱《いき》り立つジャンゴをあしらっていたが、傍らの電話に着信を得ると、これ幸いと部下を追い払った。

ジャンゴは憤懣やる方なく出て行く際、置き土産にドアを叩きつけようとしたが、靴音も高く歩み去る彼の後ろで、ドアのクローザー機構が勢いを受け止めてレオンのオフィスを静かに閉めきった。

＊

ベレア地区はリモージュ郊外に位置する、HLM――すなわち「低家賃公団住宅」が集中した新開発地域で、いきおい移民や生活保護家庭の割合が高い。海外県や北西アフリカ・マグレブ地域、そして中央アフリカや西部海岸やインド洋の旧植民地の出身者――明らかに移民の多い地域は、地付きの者が口さがなくも言う「アラブとノワール」の多い地域を意味していた。

周辺諸地域からの移民には特に回教徒が多く、彼らは夕さり屋外に出てきて街路に集まり世間話に打ち興じるのが習慣だ。団地のビルディングの谷間の光景はあたかも異国のそれだった。ヒジャブの婦人は中東からマグレブ地域の出身、同じ回教徒でもセネガレーズはブーブーで、頭にスカーフを頭巾風に巻く。赤道アフリカの出身者は服装には似たところがあっても実は大概キリスト教徒だ。

こうして移民が集中して一種のコミュニティを営んでいる。その人口集中ぶりと隠れもない貧困層の割合に鑑《かんが》みれば、地域の犯罪率はむしろ低いと見ることもできる。ジャンゴに言わせれば、とくに敵視されている回教徒は実際には一般に公徳心が高く、規律正しく、「不届きな移民」どころか、むしろ万事にわたって杓子定規なぐらいだ。さもなければ、ますます社会階層の固定化が進み、職業訓練の上でも雇用機会の上でも割を喰っており、これからも喰い続ける風潮を覆《くつがえ》し倦《あぐ》んでいる回教徒たちが、あれほどまでに秩序立った安定したコミュニティを維持できるはずがない。

キリスト教右派保守層に代表される地付きの者――白人のクリスチャンが常々「警戒」しているのは、移民階層がこの福祉国家フランスを食い物にする……具体的には生活保護や医療補助、住居補助といった社会保障を濫用《アビユゼ》しているということだ。じっさい移民層の一部には社会保障を受けとることを恥とはしない、むしろ当然の権利と見る傾きがあるのは事実だが、それは回教徒にとっては共和国の理念がどうとかいう話以前に「互助精神」がより本質的で生活に密着した徳目だからだ。貧しいものに施すのはイスラム教徒の五つの掟の一つである。それは彼らにとっては文字通り当然のことなのだ。

だが自称穏健派のブルジョワ階級は移民階層を共和国の寄生虫《パラジット》呼ばわりして恥じない。公然と疎意を顕《あらわ》し、もう入ってくるなと、むしろ出て行けと言わんばかりだ。

そうした露骨な敵意や差別意識を顕にすることはないリベラルな層の者だって、一部地域で治安が荒れがちだといった「偏見」は抱いている。それを移民の問題だと心の何処《どこ》かでは考えている。憂《うれ》えている。

*

リムーザン地方の中心都市リモージュは戦前から左翼の勢力が強く、今日に至るまで革新系政党の大票田《だいひょうでん》である。一説による俗な分類では「外婚性共同体家族的」と呼ばれるリムーザン地域圏《レジョン》の特性は、一言でいえば「大家族農家」の心性であり、家族観や社会観の根本に農本主義原始共産制に似た部分があった。そのため元来共産主義と親和性が高かったのだ。保守的でありながら政治的には左翼という土地柄は右の心性の所産であると言われている。

首府リモージュではつとにリベラルな傾向が強い。一昔前では移民が住みやすいのはトゥールとリモージュだと言われてさえいた。これはジャンゴが実際にアルジェからの移民から聞いた言葉だ。

そのリモージュにしてすら、今や右傾化は隠れる様子もなく進み、一部地域のスラム化が懸念されている。いわば左翼の牙城であったリモージュにまで移民排斥の空気が瀰漫《びまん》しつつある。リモージュですら郊外《バンリュー》の団地が敬遠されはじめている。

郊外——かつてパリでは、「働かずに福祉だけを受け取っている者がいる」と市長にさえ公言された「郊外」。かつてニースでは、出身国ごとに住居区画を区切るという「ゲットー化」が真剣に議論された「郊外」。いまやリモージュでも地付きの者と移民階層の乖離《かいり》は日々深刻化し、その距離感は拡がっていく一方だ。

そして福祉社会の「ただ乗り層《クランデスタン》」を良しとしない保守派閥の中ではそうした距離感が嫌悪感へと発達し、さらにはこのほど加熱したテロへの恐れによって嫌悪感から恐怖感へと密かに塗りかえられていく、駆り立てられていく。

ジャンゴの耳にはまだ響いていた——差別的なのね——そう、ジャンゴが内心強く反発したのは、じじつ彼もまた明らかな差別を始めてはいないかという逡巡を衝かれたからだったのかも知れない。優先順位、まず確かめたいこと……それは本当に順序の問題だったのか、それは確かに差別だったのではないのか。

あのゾエという娘が、差別の現場などにおそらく立ち会ったこともない良いところのお嬢さんが、素朴にも指摘したこと。それが一抹《いちまつ》の真実であることをジャンゴ自身が内心に認めていたのではなかったか。だからジャンゴは苛立ったのではなかったか。

ジャンゴのような微妙な立場の者でさえ、差別を……なんらかの差別を内面化している。彼が裏切り者と呼ばれるのはそれは誤解なのか。本当に誤解なのか。それはもしかしたら彼の実像を言い当てた言葉ではないのか。

ジャンゴのなかにも葛藤があった。

それなのに「社会の木鐸《ぼくたく》」を僭称《せんしょう》して、新聞各紙が今日も報じている。今日も煽っている。自分たちは差別など知らないとでもいうような顔をして。しかも彼のペンによって。

「ベレア地区では今年に入って三件目である」

Ⅱ――メリスマティク

バシリカ聖堂の列柱の狭間、穹窿《きゆうりゆう》の下の冷えた空気を震わせて、連禱《れんとう》は残響しつづける。引き伸ばされた連禱の文言はやがて意義を失い、言葉の韻律を離れ、いつか純粋な音程の上下《かるめる》となる。

「あれるや」は希伯来《ヘブライ》の含意を失ってひとつの称揚の歌声となり、「きりえ」は希臘《ギリシア》の意義を亡くしてひとつの讃頌《さんしよう》の調べとなり、「ぐろりあ」は羅甸《ラテン》の意味を離れて歓喜の楽音となる。

言葉の音節《シラブル》の閾《しきみ》を越えて、蜿蜒《えんえん》と繰り広げられていく楽音の上下動は、いつしか言葉では表しえない信仰と崇拝を、聖堂の中に満たす旋律となる。こうして音節を超越して延びつづけ上下に振れつづける歌謡をメリスマティクと形容する。

モンマルドゥはフランス中西部、ヴィエンヌ川流域の過疎《かそ》の山村で、路肩が不安な山道をぐるりとまわって教会広場のある谷間の窪地《くぼち》が一望されると、革命期に馬車で立ち寄ったとしてもこの風景が広がっていたと想像されるような、時代から隔絶した地域である。わずかに現代の様子が窺われるのは目抜き通りの土瀝青《どれきせい》の舗装と、それに並行する電柱の列、そして見上げる高台の木立の隙間に仄《ほの》見える多目的ホールぐらいのものだ。

ジャンゴはレンタルのカミオネットのブレーキを慎重に踏みながら谷間へと下りていく。このポンコツのバンは強くブレーキを踏むと鼻先をやや左に振る。おそらく左右のブレーキパッドの減りが均等でないのだろう。騙《だま》し騙《だま》しここまで乗ってきたが、いっそ自前のバイクで来ればよかったと途中で後悔していた。

坂下に下りていけば広場正面にモンマルドゥの教会堂のファサードが待っている。いわゆる単廊《ア・ネフ・》式《ユニク》のこぢんまりとした御堂で、高い尖塔も左右の側廊も備えないが、荒石積みのどっしりと角張った佇《たたず》まいは田舎の教会にはよく見られるものだ。正面正門《ポルタイユ》のアーチは幾重にも重なった立派なものだが、他に装飾的な意匠の一つすらない剛健で素朴な外観で、広場の石塔十字架《クロワ・ド・ミスイオン》と屋根の上の光輪《クロワ・》十字《ナムベ》が無かったなら、倉庫か税関上屋《うわや》に見えてもおかしくなかった。

教会の向かいには新聞、雑誌や煙草を商う村の雑貨屋があり、車道からほんの少し持ち上がった狭い石畳の舗道に二、三のカフェテーブルのセットが並んでいる。今日のような日曜の午後には人気《ひとけ》が無い。目抜き通りと言っても店と言ったらこの一軒だけだ。そして目抜きの「教会通り」を外れれば道はすぐにでも砂利道になる。

ジャンゴの用向きは教会通りの少し先にあったが、手前の教会前広場にバンを停めた。広場の左手には小さな平屋の建物があり、横手に控えめに開いた戸口の上には「公立小学校《エコール・コミュナル》」と謳《うた》ってあるものの、今日《こんにち》学童を迎え入れてはいない。むろん戦前ぐらいまでは実際に教育機関として稼働していたけれども、いまや人口二百人がせいぜいのこの村落には、そもそも学童は残っていない。残っているのは、もう誰も通うもののない、時間の止まったような「学校の化石」だけだ。

モンマルドゥは元来が、最盛期ですらせいぜい千人ほどの村民を抱えていたにすぎない、典型的な山間《やまあい》の離村だった。一番近い市街地まで距離でいうと二、三十キロほどだが、行程がほぼ山道で、車でも小一時間は見なければいけない。今でこそヴィエンヌ川沿いの市街地からモンマルドゥまで舗装路が連絡しているが、かつては崩れかけの林道をかろうじて馬車が往来していた。徒歩なら一日がかりの「登山」になってしまう。馬を使うにしても乗っていくのではなく、荷を負わせて引いていくことになる。

地勢が急峻で農地に向く部分は谷間に僅《わず》かな平坦地があるばかり、機械化した大規模農業ははじめから無理だった。主要産業はかつては、林業と指物《さしもの》細工、木靴作製、村落で共同飼育する山羊や羊の酪農、伝統的な蜂箱による急斜面での養蜂、地場の栗の砂糖漬けやペーストといった具合で、人が暮らすにも千人が上限だっただろう。いわばここは子供が大人になれば出ていく村、そしてもう二度とは戻ってこない村である。すでに戦前からそうだったが、ほどなく限界集落と成り果て、人口は戦後すぐに現在同様の二百人を数えるばかりになっている。

とはいえ人口構成は近年にちょっと変化があった。近代化に遅れた、時代に取り残されたような村の佇まいを、旧リムーザン地域圏《レジヨン》の教育委員会が農村文化財《パトリモワン・ルラル》に指定して、有形文化財保護の対象となったのである。そして近代資本主義経済が確立する以前の、十九世紀までの山村生活の痕跡が窺われる文化遺産として、村落全体が保存されることとなった。一種の文化史跡公園である。今日の住人のほとんどはこの保存活動「ノスタルジー・ルラル」に携わる管理・営繕《えいぜん》スタッフであり、村落は「観光地」となった。他地域の小学生たちが社会科研究の遠足として出向く先の一つに数えられるようになったのだった。

高台の多目的ホールというのは、小学生を乗せたマイクロバスが立ち寄って、社会科見学の基地とするための地域教育センターである。小学生たちはそこから、班に分かれて三々五々、ガイド付きの

「十九世紀の暮らし」見学に出向くことになる。

だから件《くだん》のモンマルドゥ公立小学校を「学校の化石」と呼んだのもべつだん比喩《ひゆ》ではなく、文字通りのことだった。リムーザン地域圏の首府リモージュで育ったジャンゴは、まさしく遠足でモンマルドゥを訪れるようになった世代であり、実際にこの「学校」に入ってみたことがあったのだ。今日なら映画のセットにしか見ないような「百年前の学校」が保存されている。寄木《ブラケット》造りの床の小さな教室に、木造の学習机とベンチが並び、正面には教会の説教台のような教壇と教卓が黒板の前に据えられている。壁には手彩の世界地図や、人体解剖図のポスターが掲げてある。なにしろ帳面と万年筆の時代ではない、学童の机の上に拡がるのは石板と白墨《はくぼく》だ。壁のコート掛けには、いましも子供たちが残していったかのように小さく粗末な外套《がいとう》が並んで掛かっていた。天井からはオイルランプが幾つか垂れ下がっていて、その脇を薪《まき》ストーブの煙突が横切っていく。教室の中央に鎮座した薪ストーブの上には、子供たちが持参した弁当缶が寄せ集まって温められている。そして黒板の上には百年前から消し忘れられたかのように、ユゴーの詩《ソネ》が書き記されているのだった。

もちろんいずれも復元されたものだが、こうした懐古的《ノスタルジーク》な光景に、往時のフランスの暮らしを思って溜め息を吐《つ》いているのは大概は付き添いの父兄ぐらいのもので、社会科見学の小学生達は、新古の差こそあれ自分たちの学校とさして変わりもしない「教室」という展示物にたいした関心など持たず、いずれ室内で騒ぎ暴れはじめるのが常《つね》である。

この村に凍りついた「昔の生活」の痕跡はもちろん学校ばかりにはとどまらない。村落生活の様々な局面が、そのままの形で、あるいは復元されて村のそこここに保存されている。

村に一つの泉と隣接する洗濯場にはいまだ水が湛えられていたが水面には浮き草が揺れている。泉の広場の傍らに平均台が並んだような丸太の木組みがあり、そこに革帯の数々が吊ってあるのは、馬の蹄鉄《ていてつ》を替えるにあたって馬体を保定しておくための場所だ。もちろんもう何十年も実際に馬が繋がれた例《ためし》はなく、遠足の小学生は装蹄のための設備だなどとは知りもせず、なにやら乗りづらいブランコか何かと思って工夫して遊んでいる。この村にはパン屋すらなく、村民が共同で使うパン焼き小屋が残っていた。パンを焼くために窯《かま》に火を熾《おこ》すのは大事《おおごと》なので、幾世帯もが材料を持ち寄って一遍《いっぺん》に焼き上げるのだ。数々の納屋《なや》、糸紡ぎ小屋、指物工房《ミュニジエ》、いずれも村落の共同で使う施設だった。

　点在する小さな厩舎《きゅうしや》には木組み車輪の荷車が押し込まれ、使途も解らないような幾多の農具が壁の横木に掛かっている。厩舎よりさらに狭い山村の「住居」も往時のとおりに保たれ、その戸口は大人なら頭を下げて潜《くぐ》らなければならないような小さなものだ。入り口に「Chabaz d'entrar《ようこそ》」の文句が掲げてあるのは、この地がオクシタン方言の範囲にあったことを窺わせる。かつての当家の住人はおそらく、今の者が話しているのとは異なった「フランス語」を話していたのだ。

　入り口からすぐのところが台所にあたるが「流し《エヴィエ》」は壁を穿《うが》って、外へと石の樋《とい》が渡してあるばかりで、外構には水を受けて流していってやるような細工はない。もとより泉から苦労して汲《く》んできた水を、あたらざあざあと流し出してしまうような真似はしない――水は吝嗇《けち》に使うものだ。この石造りの流しの中には木の桶に木の柄杓《ひしやく》が転がっている。この柄杓はあとから柄を作りつけたものではなく、一つの材木からまるごと削《けず》り出されていた。削り出しの柄は水を受ける器《うつわ》の部分のやや下の方に突き立ち、その柄の中心軸には孔《あな》が穿ってあった。ジャンゴの遠足の時には、引率の先生が手にとって「この孔は何かしら」と尋ねると、ガイドがうれしそうに柄杓の柄の孔を学童にしめして「これがこの時代の『蛇口《ロビネ》』ですよ」と説明を始めたものだった。柄杓で水をすくって、そっと手前に傾けるとこの孔から、そろそろと手前に水が出る、というのだ。これまた「百年前の水の使い方」を証言する道具の一つだった。おそらく先生は知っていて訊いたのだろうとジャンゴは思いだす。

台所と続きの居間はサロンと呼ぶにはあまりに狭く、木のテーブルの上には幾つかの磁器がならび、匙《さじ》もフォークも木造りだった。テーブルの上に吊られた網棚のようなものは、パンやチーズや腸詰めの薫製《くんせい》を「保存」しておく棚だということで、この時代のパンは定《さだ》めし硬かったはずだとガイドは付け加える。

居間の奥には小さな寝台があったが、大人が体を伸ばすにはいかにも狭い。聞けば座位で寝る寝台だということだった。小さいながらも天蓋《てんがい》がつき、四辺には布を垂らせるように設《しつら》えられているのは、装飾を奢《おご》ったのではなく防寒を理由としている……

時の止まった村。ジャンゴにとってはこの村は単に遠足で訪れた行きずりの村ではなかった。本当は遠足でこの村を訪れた時にはジャンゴは少なからず困惑していた。この村を先から知っていたからだ。この村はジャンゴの祖父が晩年を暮らしていた村だった。

村落の家屋は石積みの平屋が多かったが、教会通りの番地の若いあたりだけは長屋式に連棟した二階屋が目立った。いわゆる木骨組積造《コロンバージュ》りで、焦げ茶のワニスを施《ほどこ》した柱や筋交《すじか》いが壁面に露出しており、空いたところを漆喰《しっくい》で埋めてある。営繕が行き届いていればコロンバージュの街並みは、リモージュやサン・ジュニアンの旧市街のように観光の目玉ともなる洒落《しゃれ》たものだが、手入れされなければ荒れ果てるのが早くて目も当てられないほどに頽廃《たいはい》する。事実、見上げるマンサード屋根に張り出した天窓《リュカルヌ》は鎧戸が半ば外れて破風《はふ》の上に斜めに傾いでおり、板ガラスの失せた窓枠を鳩が出入りしている有り様だ。屋根裏は鳥の塒《ねぐら》で糞だらけになっていることだろう。

ジャンゴは街行く人もないモンマルドゥの教会通りの只中《ただなか》に立ち尽くしていた。煙草に火をつけた。車の一台も通りかからず、無人の目抜き通りで一服を長く燻《くゆ》らせていた。

なるほどねぇ、昔のフランスの山村の暮らし――か。時の止まった村。凍りついた村。この村は人の住んでいる様子を取りつくろった偽物の村だ。まやかしのノスタルジーが横溢した擬《まが》い物の村。

訪れるものの多くが、古式ゆかしい暮らしぶりに感嘆し、懐旧の念を掻き立てられている、そんな村の佇まいに、しかしジャンゴはむしろ冷たい欺瞞《ぎまん》を見いだしてしまう。この村に保存されているのは近隣の様々な村落から寄せ集められた過去の残像だ。

そしてこの村には、時代から取り残されて凍りついている場所がもう一つあった。ジャンゴがいま見上げている二階屋だ。そこに凍りついているのは「十九世紀の山村生活の歴史」ではなかった――それは言うなれば彼の「家族史」に属するものだった。

ジャンゴは携帯灰皿を出すと煙草を捻《ひね》り潰した。

鍵束《かぎ》から古くさいベルリン鍵をより分けると、角が丸くすり減った戸口の石段に上がり、鉄板と鋲《びょう》釘《くぎ》で補強された分厚い扉に手をついて、ごく単純な鋸歯《きょし》状の鍵爪《けんそう》を鍵穴に滑り込ませた。ウォード錠は僅かな引っ掛かりがあったが、がちりと音を立てて内部のボルトが上がった手応えがした。

扉が開くと暗い地上階の廊下に冷たく湿気った黴《かび》臭い空気が籠《こ》もっており、足下の板石《ダル》に拡がる分厚い埃の層は、踏み込めばジャンゴのエンジニア・ブーツのビブラム底のあとがくっきりと残った。薄暗い廊下の壁面に剝《む》き出しの配電盤と前世紀風の電気メーターが並んでいる。いまどきの遠隔自動検針の出来るものではない、通電時にディスクが回るごついメーターだ。通電ヒューズの差し込み口が針金で閉じられて、鉛の封緘《ふうかん》が施されている。

突き当たりに階《きざはし》が始まり、壁に添《そ》って折れて上階へ続く。踏み板が一段ごとに軋《きし》って鋳物の手すりはぐらついていた。

階上、目の前に立ちふさがった戸口の前でジャンゴは暗闇のなかライターを灯して鍵穴を矯《た》めつ眇《すが》めつ、対《つい》の真鍮の鍵を選び出す。正しい鍵なのに錠が開くまでに二周も回してやらねばならなかった。軋むドアの向こうの暗がりに目を慣らしつつ、鎧戸の隙間から漏れる光を頼りに窓辺へ近寄った。

通りに面して開く窓は一枚ガラスを菱形の留め釘で窓枠に固定して、桟《さん》沿いに漆喰を固めた古い細工のものだ。がたぴし言う窓を観音開きに手前に開き、外の鎧戸の錆びついたハンドルを捻ると数年来ご無沙汰だったはずの外の光が室内に躍り込んだ。久方ぶりの闖入者《ちんにゅうしゃ》であるジャンゴは摺《す》り足で窓辺に近寄る間にずいぶん埃を立てていたのだろう。白濁したコロイド溶液に光を当ててたみたいに、巻き上がった埃が陽光の届く範囲に薄ぼんやりした半透明の三角柱の立体を形作っている。

玄関などない。戸口の先がすぐ狭い居間で、寄木の床の上に低い食卓と椅子が数脚、暖炉の側に寄せてあったが、今は黄ばんだ古シーツを被《かぶ》せてあった。ジャンゴはシーツを少し持ち上げてテーブルを検《あらた》める。分厚い天板の木のテーブルだった。足は畳めるような仕組みではなかったが、接合部を見てみると楔《くさび》を抜けば天板が外せるようだ。これは幸いだ。それというのも、もし天板をばらせなかったら、あの階段をどうやって下ろしたものか悩ましいところだったからだ。ジャンゴはこの家の残置物の片づけに来ていたのだ。

狭い居間の壁際にある猫足の長椅子が、おそらく運び出しの際に一番の難物になるだろう。あとは整理箪笥や低い食器棚が数棹《さお》、それから窓辺の脇には書き物棚があった。下を蝶番《ちょうつがい》で留めてあって手前に開く扉があって、それを下から支える左右の支え木を引っ張り出すと、件の扉がそのまま書き物机の天板になるという、書棚とも机とも物入れともつかないような家具だ。

書き物棚の扉を開くと奥のスペースにはハンマー式のタイプライターがあった。試みにスペースキーを押し下げてみるとローラーがかたりとずれる。インクリボンはさすがに枯れているだろう。

ともかく運び出すのが骨なのは山となった古本だ。件の箪笥《たんす》の類《たぐ》いや書き物棚の上、あるいは食器棚の上やソファの脇机まで、ありとあらゆる場所に本が積まれている。祖父は隠遁《いんとん》前には高校の地理歴史の教師だったのだ。カミオネットに積んできた段ボール箱で足りるだろうか。

ジャンゴは再び室内を見回した。奥にもう一つ裏手に開く小さな窓があり、その手前には申し訳程度の台所、小さなブリキの流しと鋳鉄《いてつ》の焜炉《こんろ》がある。さすがにモンマルドゥ名物の「十九世紀の暮らし」とまではいかないが、これでもずいぶん昔の建て付けだ。水道は確か電動ポンプ加圧で引いた井戸水だったはずだ。焜炉はブタンかプロパンだろう。上下の物入れ戸棚は閉じていたが、中に何も入っていなければいいがと溜め息が出た。売りに出せるような食器など出てきたりはすまい。

人手が欲しかったな、とジャンゴは独り言《ご》ちた。いつも子分みたいに連れ立っているアフメドは、今は「復学」のための夏期講座《スタージュ》を受講中で戦力にならない。アフメドは高校は職業訓練校で、卒業後すぐに整備工になったのだが、もともと中学卒業時の修了証書《ブルベ》はまだ優等だった。最近なにを思ったのか、普通科高卒単位のエキバランスを取って、大学に登録することを考えているのだ。今さら何だ、高校からやり直しか、と家族や仲間の内ではしばしば嘲《あざけ》りとからかいの対象になっているようだが、ジャンゴは断然応援派だった。アフメドには頼めない。

ひとまず全室の空気を入れ替えようと、書き物棚を行き過ぎる。突き当たり、壁際の戸は奥の寝室に続く。黴臭い寝室へと足を踏み込むと一番に窓を開けた。鉄の折り畳み式の鎧戸は左右に畳んで外壁に固定できるようになっている。何はともあれ陰気を払わねば。今日明日と、こんな黴臭い部屋で一人で引っ越し仕事ともなれば肺病にでもなってしまいかねない。

光の入った寝室は粗末なベッドと、二棹の衣類箪笥、やはり寄木の床には薄汚れたラグが拡がっている。ベッドサイドの脇棚には忘れられたような蠟燭立てがあり、十年とうち捨てられていた短い蠟燭は、分厚く埃に覆われていなかったならば昨日にも点いていたと錯覚されるように、黒い芯《しん》の周りにパラフィンの滴が溶け固まっていた。

寝具は全部切ってビニール袋に押し込んじまえばいいだろう。問題はここでも簞笥の上に積み重なった書籍と書類の箱だ。簞笥の前には古いガット・ギターが立て掛けられていた。通りしなに弦を弾《はじ》いたが緩んだ巻き弦が指板《しばん》とフレットを擦《す》る音だけがしゃらんとして、楽器の響きは聴こえなかった。

寝室の横手には続きの間への扉があり、ジャンゴは取りあえず開く窓、開く扉は全部開《ひら》いてしまえとばかりに開けてまわっていた。その扉の先は窓のない納戸《デガジュマン》で、黴臭いというよりはもっと乾いた匂いがした。古本屋の匂いだ。

はたしてライターの火を点けると、納戸には懸念されたとおりに書棚が両向かいに立っており、古い刊本がびっしり棚を埋めている。奥の壁際には段ボールが山と積まれ、揺すってみても動かないし中の物も音を立てない。やはり書物や書類、長年の教師生活の間に溜まった教材やなにかの束が詰っているのだ。段ボールの上にはマンドリンが転がっていた。こちらも弦が緩んでおり、ろくに音は鳴るまい。指板が粉を吹いたように煤《すす》けて乾ききっていた。この部屋まるごと火を放って逃げちまったらどうかな、とジャンゴは投げ遣《や》りに考えた。

ひとまず一通りの部屋を見回って、ざっと全財産が十立米《りゅうべい》、問題のカミオネットに充分収まると見た。一番大きいものは寝台のマットレス、ばらしたベッドの長辺の木材、それから長椅子と物書き棚だろうか。

室内の様子があまりに酷ければ、今晩はカミオネットの荷台に段ボールを拡げて、ウィスキーをかっくらって寝ちまおうと考えていたが、そこの長椅子で用が足りそうだ。日暮れまで荷造りを続けて、明日は朝一でベッドとテーブルの解体だ。木槌《きづち》かゴムハンマーを持ってきていれば良かったが、あいにく持参した工具は螺子《ねじ》回しやモンキーレンチがせいぜいだ。まあいざとなれば、カミオネットの車載工具のタイヤ交換用のソケットレンチでひっぱたいてやればいいだろう。昼になればモンマルドゥに新たに組織された商工会議所から男手が派遣されて、荷物を車に積むところだけは手伝ってくれる約束だ。長椅子、箪笥の類いはその時に二人がかりで運ぶこととしよう。

もともとこの物件を片づけるのは、その商工会議所からの求めがあってのことだった。過疎の村モンマルドゥは、完全に観光地化へと舵《かじ》を切り、教会広場の周りには観光協会事務所や、食事処《どころ》や、土産物《みやげもの》屋や、小さな民芸博物館のごときものが並ぶことになるのだという。その計画の中での観光協会事務所の予定地が、まさしくジャンゴがいま片づけようとしている物件だったのだ。なにしろ教会の裏手で村に一つの雑貨屋の向かいだ。長らく放置されていた空き家だったものがこのほど行政側からの要請もあって商談がまとまり、文化庁のヌーベル・アキテーヌ支局の補助を受けたモンマルドゥ商工会議所が売却先となった。売り手側の地権者は書類上は今ではジャンゴの兄のノアだったが、目下、兄の家族一同はヴァカンスとしゃれ込んでコルシカに長滞在していた。そんな折に現地商工会議所から、残置物の処理を早めてもらえないかとの打診があり、ノアはリモージュに居残りでいたジャンゴに一件の差配を依頼したというのが経緯だ。

ジャンゴは十歳以上離れたノアには逆らえない。兄が強権を発動するというのではない、いつでも世話になりっぱなしなので、たまさかの報恩の機会をふいに出来ないのだ。

日曜の午後とはいえ、外を車の一台も通り過ぎない様子だ。これはカミオネットを戸口に横付けしてしまっても顰蹙《ひんしゅく》を買うような話《はなし》でもあるまい。ジャンゴは一度教会広場まで戻っていって、戸口の真ん前に車を回した。

それから畳んだ段ボール箱の山を数度にわたって部屋に運びあげた。ガムテープ始め梱包《こんぽう》用具のあれこれと、最低限度必要な工具。それからクーラーボックスに今日明日朝までの輜重《しちょう》を携えてきていた。モンマルドゥには飯《めし》を調達するような商店はないはずだったからだ。あれこれ考えているよりはと、ひとまずあたるを幸い書籍、書類の類いを、いちいち書目を確かめたりはしないで段ボールに詰めはじめた。中身はあとで検めればいいだろう。というより中身なんか見もしないで、がらくた市《ブロカント》か屋根裏掃除市《ヴィド・グルニエ》かなにかでキロ幾らで売ってしまえばいい。

だが老教師の蔵書は、第二次大戦期の地図帳や地理学体系の一揃い、あるいは戦前、戦中期の新聞、雑誌、党機関誌の束、幾多の浩瀚《こうかん》な歴史書シリーズの完本と、ちょっと繙《ひもと》いてみたい誘惑が至る所にあった。曲がりなりにもジャーナリストを以て任じるジャンゴからすると、ひとたび中身に立ち入った日には梱包作業に滞《とどこお》りが生じることは明白だ。努《つと》めてページを開かぬようにジャンゴは念じて荷造りを続けた。

中身を吟味《ぎんみ》せずに箱詰めだけをするという方針は好適だったのだろう。日が暮れる頃には家中に散在した書物の束や什器《じゅうき》の類いはあらかた箱に納まり、ジャンゴはそれを階下の廊下に運び下ろして積んでいった。捨てるものは捨てるものでまとめておくにしても、持っていかざるを得ない。これは引っ越しにいつでも生じる無駄な仕事だ——移動先で捨てると決まっているものをまとめて梱包する虚しさ。

それでも細々《こまごま》した祖父の財産になんの思い入れも持たないジャンゴとしては、作業は滞りなかった。言ってしまえば箱詰めして、運んで、あとは捨てるだけだ。明日解体する大物の家具を別にすればだいたいの小間物は片付いたように思った。

　階下の廊下に積み上げられた段ボール箱の中身の大半は、一言でいえば紙の束だった。本、地図、原稿……老教師の残した紙の束は、多いと言えば多すぎるが、その一生を思えばものの数にも上らぬ量だとも言えるかもしれない。二十世紀の激動の時代を生き抜いた老教師の遺産として、おそらくこの家に残されているものはあまりに乏しくはないだろうか。いずれにしてもこの家屋から運び出される、多くとも十立米余の「財産」は、オート・ヴィエンヌ県の幾つもの高校、中学に出講していた教師の遺産としては、ごく慎ましいものとも見えた。

　そもそもこれは本当に「祖父の家」だったと言えるのだろうか。

　実際、兄のノア、姉のアンヌ・マリーにとっても、モンマルドゥの祖父の家というのは、夏冬のヴァカンスに家族が集まるような家ではなかった。節句ごとに「お爺ちゃんの家」に集まるというような普通の習慣が彼らには無かった。ジャンゴに至っては祖父の顔すら見たことがない。ジャンゴが生まれたのは祖父が亡くなってからだった。

　この隠れ家のような小さな家は、一家の核となる求心力をもった家族共通の縁《よすが》の座ではなかった。

　ここは文字通りに祖父の隠れ家だったからだ。

　祖父は逃げていた。隠れていた。なぜなら祖父マルセル・レノールトはコラボであるとされていたのだから。

　コラボラトゥル。それは学術の研究者ならば「共同研究者」の意味と受け取るだろう。企業なり財団ならば「協賛者」を意味するだろう。だがフランスの現代史においてコラボの一語が意味するのは、ひとえに第二次世界大戦下での「対独協力者」――「ナチの味方」だった連中のことだ。

二〇一〇年代も半ばを過ぎ、「戦後」は既に七十二年を数える。第二次世界大戦の直接経験者は櫛《くし》の歯が欠けていくように年々数を減らし、「あの戦争」はもはや人心にとって歴史書の上の出来事となりつつある。

父母がすでに戦後の生まれであるジャンゴにとっても、第二次世界大戦の直接証言に触れる機会はほとんどなかった。あの戦争の歴史的証言というものは、学校の授業で学ぶものであり、書物の中に書かれたものであり、映画の中に見るものであり、「抵抗博物館《ミュゼ・ド・ラ・レジスタンス》」で展示物として眺めるものであった。

そして歴史教育に携わる教師や物の本がいかに問題を繊細に、多角的に取り扱おうとも、まだ少年だったジャンゴらが、教室で、書物で、漫画で、映画で、あるいは博物館で瞥見《べっけん》する戦争の記憶から一番に学んだのは、やはりナチス・ドイツがどんなに悪い奴だったか、周りの国々がどんなに酷い目にあったか、とりわけユダヤ人がどれほどの人権蹂躙《じゅうりん》を被《こうむ》ったか、そしてフランスの自由を守るために祖父の世代がどのように抵抗したか——そういう物語である。

しかし勿論、フランスは第二次世界大戦の戦勝国であるには違いないが、同時に首都をほぼ無抵抗で敵に捧げ渡し、末期にはほぼ全土を占領され、一時は国策の全てを国家自らが決定する権利をすら剝奪されたのだ。この屈辱、この不面目こそが、フランスの戦争認識に濃い陰翳《いんえい》を投げ掛けている。

フランスにおける第二次世界大戦の犠牲者数は、諸説あれども一般的に通用している数字では、軍人、民間人合わせておよそ五十五万と言われている。この数字は実は、同様の概算で百七十万弱に上ると言われる第一次世界大戦のフランスの犠牲者数と比べれば、三分の一にとどまるのだ。人的被害で言うと、第二次大戦の惨禍《さんか》は第一次大戦ほど酷くなかった。それにも拘《かか》わらず、先の大戦がこれほどまでにフランスの歴史認識に強い心理的外傷《トラウマティスム》を与えているのはなぜだろうか。それは一つには、名目上の戦勝国フランスが、共和国の理念そのものが、そしてその象徴たるパリが、一度は明白に「負けた」ということ、ナチス・ドイツの軍門に降《くだ》って文字通りに軍靴《ぐんか》に踏みにじられたという事実が、共和国の歴史上の著《いちじる》しい汚点となって払拭し難《がた》いからだ。

だから容易に物語に堕《だ》する「戦争の記憶」は無意識のうちに美しく叙事詩化されていき、「我々は自由のために立ち上がって勝利した」という大文字の結構だけが認識の枠組みを作ってしまう。

もちろんジャンゴとしては、ともすれば物語の美辞《びじ》麗句《れいく》に覆い隠されてしまう身も蓋もない歴史的事実、散文的で不都合な現実から目を背けることに拒否感がある。それは、代々が教員を務めた家庭の育ちで、いきおい歴史に向ける視線がいつでも自己批判を孕《はら》んでいなければならないという自戒が身に染みついていたからかもしれない。あるいは、状況の然《しか》らしむるままに流されるように就いた仕事とはいえ、曲がりなりにもジャーナリスムを志すにあたって、こと言論に携わる者として歴史や社会に向ける眼差しそのものへの内省が求められるためかもしれない。そしてもっと直接的には、ジャンゴは大文字の物語に堕した歴史認識に満足せず、より仔細《しさい》に、より露骨に、歴史の現実に分け入って行く個人的な動機を有していたことが大きかった。

祖父がコラボとして社会から糾弾されていたことは、家庭内での暗黙の了解であり、一家の汚点でもあったからだ。

コラボはまさしくフランス市民の社会自身が、フランス市民の歴史自体が生み出したものだった。そしてフランス市民は、時にナチス・ドイツそのものよりも、ナチス・ドイツに阿《おもね》り諂《へつら》ったコラボ達の方を強く軽蔑し、激しく憎んだ。このフランス市民のコラボに寄せる複雑な感情、同胞であればこその厳しい反発が湧き起こる機序を細大《さいだい》漏らさず受け止め、理解しようと考えるなら、フランス現代史の詳細に分け入る必要がある。事実ジャンゴも、当事者である祖父マルセルのような地歴の教師とは比較にならないかもしれないが、フランスの民衆史の精神分析からは目を逸《そ》らす訳にはいかず、個人的感情とは切り離して関心を保ち続けていた。

なぜならこれもまた差別の問題だからだ。フランス社会の差別の交差点に立ち続けているジャンゴにとっては、人の精神の襞《ひだ》に分け入り歴史の暗部に踏み込んで差別の生み出される仕組みを直視することが、いつでも個人的な宿命のように感じられていた。


第二次世界大戦はなにゆえ、そしてどのようにしてコラボを生み出したのか。

それはまず第一に第二次大戦におけるフランスが序盤から失点を重ね続けていたことに起因する。第二次世界大戦におけるフランスの緒戦での失点は、いかなる原因に由来するものだったのだろうか。様々な歴史家がそれぞれの視点から分析を進めているが、諸家が一致して挙げる論点が幾つかある。

その論点の一つ目は、第一次大戦の戦勝国にあたる「ドイツ近隣の友邦諸国」を束ねて包囲網を敷こうとしたのが空振《からぶ》りに終わったことだ。フランスは第一次大戦の戦後処理に当たって、ドイツを孤立させようと画策していた。フランスと並んでドイツ西部で直《じか》に国境を接するベルギー、そしてドイツ東部の側からは第一次大戦の結果として新たに立国したポーランド共和国、チェコスロバキア共和国、これらの国々と同盟関係を結び、軍事的、経済的な援助を施していたのだ。しかし、一九三九年三月にはナチス・ドイツによってチェコスロバキアは解体の憂《う》き目に遭っていた。結果としてフランスの援助の成果であったチェコスロバキアの軍備はナチス・ドイツの鹵獲《ろかく》するところとなり、対仏戦に有効利用されたと言われている。また同年九月のポーランド侵攻は言わずとしれた第二次世界大戦初となる明確な宣戦布告となった。フランス・ベルギー間の連携もろくろく取れずにその年は終わり、ナチス・ドイツ孤立政策はほとんど実を結ばぬまま、翌年の独仏戦をむかえることになったのである。

次いで、マジノ線とディル計画という二大防備に対する過信があったこと。第一次大戦の大きな反省として、いわゆる西部戦線（仏側からすると東部だが）の塹壕《ざんごう》戦が甚《はなは》だしい膠着《こうちゃく》を見て、戦中の大半を一進一退の消耗戦のまま経過してしまったことがあった。フランスは第一次大戦後、戦間期の準備として、対独国境に強固な要塞で結んだ「マジノ線」を引き、これら要塞を絶対防衛線とする計画を進めた。一方でディル計画はベルギー領内のディル河畔に英仏同盟国が防衛軍を配備しベルギー軍と協力の上、ナチス・ドイツの攻勢に備えるとしたものである。

実際、開戦時には独仏国境での戦力差は、フランス側優位に大きく傾いていたが一九三九年の後半から四〇年の春に至るまで、両軍は国境を挟んでにらみ合っていながら、漫然と戦闘休止状態を保っていた。この無為な待機状態にあった両軍の様子は後の史家に「奇妙な戦争」と呼ばれた。

そしていざ四〇年五月十日をむかえるとドイツ軍は突如ベネルクス三国に侵攻したが、次いでマジノ線を攻略することも、ディル河畔に英仏白連合軍と正面対決することも選ばなかった。単にそれら防衛戦を回避して、隙間のアルデンヌの森を主力部隊の四十五師団が突破して、瞬《また》く間にフランス領内に侵攻したのだった。いわゆるマンシュタイン計画、戦後にチャーチルが「鎌の一撃」と呼んだ奇襲作戦である。その後僅か一ヶ月の後にパリは陥落している。マジノ線もディル計画もドイツ軍の進軍をいっかな留めるに至らず、文字通りの無用の長物に終わった。

莫大な戦後負債があったにも拘わらずナチス・ドイツは新型戦闘機開発を急いでおり、まさしく「奇妙な戦争」に両軍が手を拱《こま》ねいていると見えた時期に、ドイツ側は急ピッチで最新鋭の戦闘機の配備を進めていた。開戦時にあってはフランス側の戦闘機配備はこれに著しく劣後していたと見られ、制空権に大きな差が生じていた。

加えて、ドイツ軍が無線電信による戦車隊のマネージメントを導入し、全軍の指揮系統をコントロールし、前線同士の通信の回路をすら開いていたのに対し、フランス軍は伝令と手旗をまだ用いていたという逸話がある。

そして決定的なのは、これはアルデンヌの森を突破されて一月《ひとつき》でパリが陥落させられたという事実と直接の関係がある問題だが、ドイツ軍装甲部隊の進軍速度を完全に見誤っていたとされている。ドイツ軍の機械化部隊は一言でいえばフランス側が考えていたよりも遙かに足が速かったのだ。


総じて言えば第二次世界大戦の緒戦において、新時代の戦争の戦略・戦術に適応していたドイツ軍は、フランス軍に対して圧倒的なアドバンテージを得た。

あまりにも迅速な——電撃的なナチス・ドイツ軍の進撃に対して、フランス政府首脳は有効な対応策を練る暇もなければ、何らかの強硬な反攻策を国軍に命じる余地すらもなかった。一九四〇年五月末にはベルギー降伏に続き、フランス国内ではドーバー海峡に面するブローニュ、カレーといった北部主要港が陥落、さらに六月五日には要塞化した港湾都市ダンケルクが制圧される。かくして海峡両岸の英仏の人的連絡は切断された。返す刀で勢いに乗るドイツ機甲師団はパリへ向けて進軍を始め、為《な》す術《すべ》もないフランス政府は同月十日にパリに対し「無防備都市宣言」を出した。

続く十四日のナチス・ドイツのパリ侵攻には既に抵抗勢力はなく、ドイツ軍は無血入城を果たした。

こうした第二次大戦緒戦におけるドイツ軍の快進撃について、戦《いくさ》巧者がたくみに戦功を重ねたと評価することは公平ではないだろう。それは予想外の迅速さで横紙破りを続けた軍隊が一時的に利運を掠《かす》め取っていたに過ぎないと見るべきかもしれない。事実、ナチス・ドイツは中、長期的には連合国軍の物量に徐々に押し込まれ、四五年六月のベルリン宣言発令に伴いドイツ国は主権を失い、ついでその後ほどなく東西ドイツに分断されることになる。しかしそれは後の話だ。
数年後の命運を未だ知らぬフランスにとっては四十年時点で一敗地《いっぱいち》に塗《まみ》れたことが、国内の人心を二つに引き裂いてしまう結果となった。パリ占領を受けて、ナチス・ドイツの傀儡《かいらい》となった政府を頂き、それをよしとするのか否か、国内外のフランス大衆の精神に分裂が生じていたのである。

この人心の分裂が形を持って顕現したのが、対独協力姿勢《コラボラシオン》と抗独抵抗運動《レジスタンス》の葛藤であり、そして戦後の粛清《エピュラシオン》の厳しさだった。

四〇年六月十四日にパリを手放したフランス政府はボルドーに避難していたが、十六日には徹底抗戦を唱えていたポール・レノー内閣が総辞職に追い込まれる。レノー内閣に重用を得て国防と陸軍の両次官を兼務していたシャルル・ド・ゴール少将もこの段階で亡命を決意していた。抗戦派を追いやった和平派、休戦派の旗頭は十七日に首班就任したフィリップ・ペタン首相、彼は休戦を独伊に申し入れ二十二日には独仏休戦協定が早くも締結された。

この時点ではフランス国民は休戦派の擡頭《たいとう》を好ましいことと捉え、戦役を回避しおおせたペタン政権を熱狂的に迎え、パリを戦場にしなかったことも好意的に受け取られていたという。休戦派、対独宥和《ゆうわ》派のペタン内閣は七月一日、政府機能をヴィシーに移転し、第三共和制は終わりを告げる。ここにナチス・ドイツの傀儡政権ヴィシー政府が成立し、新政府の対独協力姿勢をはっきりと打ち出した。

一方で六月十七日にロンドンに亡命していたド・ゴール前国防次官は「自由フランス」の組織を宣言して、英国国営放送を通じて檄《げき》を飛ばし、国外から抗独抵抗運動を呼びかけたが、フランス大衆からの反応は鈍かった。この段階にあっては「予想される戦後」のナチス・ドイツ帝国の覇権を既定の事実と見て、その傘下に就くのが賢明だとする対独協力派《コラボラトゥル》の急先鋒ラヴァルの主張が一定の説得力をもって受け入れられていた。

だが、占領期最初期の休戦協定からしてドイツ側の悪意はあからさまだった。ヒトラーは第一次大戦にドイツが苦汁《くじゅう》をなめた休戦協定の締結地、その同じコンピエーニュを一九四〇年の独仏休戦協定締結の場面として選び、一九一八年の協定署名時に用いられた当の鉄道車両を舞台とした。協定の内容にはヴェルサイユ条約下に戦間期ドイツを苦しめた以上の厳しい休戦条件が並べられており、それは二十二年越しの苛烈な意趣返しであった。

協定により占領初期には、パリを含むフランスの北半分とスペイン国境にいたるまでの大西洋沿岸一帯がすべて占領地となった。

フランス国軍は占領地では事実上解体され、自由地域でも兵数は十万までと制限が加わり、重火器、重車両の保持も認められなかった。フランス本土の南部非占領地域――「自由地域」も海外県もフランスの自治は認められたものの、無論ナチス・ドイツの指導のもとという条件がつく。占領地域と自由地域の間には境界線《デマルカシオン》が引かれ、ドイツ軍の許可がなければ市民はおろかヴィシー政府閣僚でさえ自由な通行を許されず、手紙の往来さえ禁じられた。こうした休戦条件の履行を監視する委員会が設けられたが、この委員会すらドイツ軍最高司令部の指令に従うことが求められた。そして独伊の占領経費はすべてフランスの負担となった。

ナチス・ドイツはフランス国民を物心両面から責め苛《さいな》んでいた。

フランス革命以来の「自由、平等、博愛」という国是すらが、「労働、家族、祖国」と書き改めさせられた。フランスの三色旗を掲げることも許されず、国家「ラ・マルセイエーズ」が占領地域では禁止検閲の対象となり、代わりに挿《す》げ替えられた非公式の「国家」として、「元帥《げんすい》よ、我らここにあり！（Maréchal, nous voilà!）」というペタン政権を礼賛する滑稽な歌謡が北部地域では露骨な示威行動として演奏され、ラジオで配信されていた。

フランス民衆の精神的な自己同一性《イドンティテ》を嘲弄《ちょうろう》するような様々な施策にくわえ、物質的にも市民は圧迫を受け、困窮に喘《あえ》ぐことになる。占領経費は休戦協定の条件によれば、イタリアに対して月額五千万マルク、ドイツに対しては一日に二千万マルク（四億フラン）を支払い続けることになっていた。この額は占領期を通じて上下したが最終的には日に二千五百万マルクに増額され、マルク・フランの為替相場がフラン安に転じたこともあり、国庫を大いに圧迫した。

なにもかもがナチス・ドイツに吸い上げられて、フランスが食い物にされている。市民感情が対独協力という美辞麗句に、もはや欺瞞をしか感じ取れなくなっていくなか、自由地域は年を追って削減され、占領地域が拡大されていた。一九四二年には南仏のリヨン以西のほぼ全域が占領地域となり、一九四三年には最後に残った、グルノーブルやニースを含むフランス南東部のローヌ側流域が占領地域となり、ナチス・ドイツのフランス全土占領が完成した。

時間の経過とともに市民生活の水準も悪化の一途を辿る。食料品は配給制となる。ヨーロッパ有数の農業国フランスはドイツの穀倉と成り果て、フランス国民の口にはいる食料割り当てはドイツのそれの半分ほどにとどまり、肉に至っては三分の一にも満たなかったと言われている。こうした乏しい配給も次第に先細り、やがて食料品は市街から姿を消し、輸送、通信、電力といったインフラストラクチャーが各地で途絶しはじめた。人心は紊乱《びんらん》し、治安は著しく悪化する。しかし占領地域では警察権力もドイツ軍の指揮監督下に入っており、ナチス親衛隊下の国家秘密警察《ゲシュタポ》が、現地フランス人を徴用してフランス・ゲシュタポ本部を設け、ドイツ国内でもそうだったように密告、摘発、暗殺といった様々な非合法手段を自在に操って、反ナチス運動の弾圧に努めていた。

かつて休戦を喜び対独協力を肯《がえ》んじていたはずの国民感情は、いつしか急速に抗独抵抗へと振れてゆき、大小の抵抗運動《レジスタンス》が組織された。占領期初期には等閑視《とうかんし》されていた国外の自由フランスとド・ゴールが、抵抗運動諸組織が大同一致して認めるイデオローグとして返り咲き、社会党系「北部解放」、キリスト教右派「コンバ」、ダスティエとカヴァイエスの創始した「南部解放」、共産党系「国民戦線」が互いに密なネットワークを結びはじめた。すでに全土に及んだ占領地域ではナチス親衛隊が「治安維持活動」という名の苛烈な弾圧に携わり、取り締まりを強めていたが、これは火に油を注ぐ結果になる。

こうして抗独抵抗の気運は全フランスに瀰漫《びまん》し、かくして他ならぬフランス国民同士の間にも一つの対立軸がはっきりと姿を現すこととなった。コラボラトゥルとレジスタンス、対独協力者と抗独抵抗組織の対立である。

対独協力派と言っても、ナチス・ドイツ第三帝国のイデオロギーに真剣に共鳴してコラボラトゥルの立場を選んだ者など、いたとしてもきわめて少なかったと思われる。コラボの大半は、日和見《ひよりみ》の現実主義、長いものには巻かれる消極的な現状追認主義によって、対独協力を選ばざるを得なかったに過ぎない。目下ドイツに逆らうのは得策ではない、それがコラボの基本姿勢であり、「妥当な落とし所」だったのだ。ひとは身過ぎ世過ぎのためなら、自分に振りかからぬものならばどんな非道も受け入れる。実際にフランスも第二次大戦末期には外国籍ユダヤ人排斥運動に手を貸していた一面が確かにあった。

また抗独抵抗勢力と言っても、ナチス・ドイツのファシズムに対して、端《はな》から頑強に反発してレジスタンスに参与していったというストーリーは、後付けで標榜したものがほとんどだったはずだ。占領期初期から自由フランスに対する共鳴と賛同を宣揚していた者はごく稀《まれ》だったのだから。いざ占領下に置かれてみて体験した、ナチス・ドイツの横暴、侮辱的とも言えるその思想検閲、そして組織的で徹底的な搾取政策、さらに卑劣で狡猾な反ナチス弾圧運動、そうした数々の非道にいい加減腹に据えかねたというのが率直なところだろう。

ある人がコラボに与《くみ》するか、レジスタンスに属するかは、各個の身辺事情の僅かな異なり、置かれた立場にあった小さなボタンの掛け違い、そんな微妙な係数の違いによって生じた不可避の岐路の選択に由来したのではなかったか。誰もがコラボにならざるを得なかったのかもしれないし、誰もがレジスタンス以外の身の振り方を選べなかったのではなかったか。

だがコラボラトゥルとレジスタンスの命運はきっぱり二つに分かれた。占領末期一九四四年には連合国側の東西からの反攻が勢いを増し、各地でナチス・ドイツ軍は追い立てられる流れになったからだ。

四四年に入ると独ソ戦が佳境を迎えており、ソ連軍はレニングラードを三年近くにわたる包囲から解放し、黒海沿岸の旧ソ連領を次々奪還して、独ソ戦に向けて組織されていたドイツの中央軍集団に壊滅的な打撃を与えた。さらに赤軍はバルト三国や、ポーランド、ルーマニアといったドイツ東部の諸国に侵攻を進め、ドイツの東部方面戦略はほぼこの段階で瓦解していた。

ドイツ敗色を兆《きざ》した決定的な契機となったのはいわゆる史上最大の作戦——オーヴァーロード作戦である。六月六日、自由フランスも名を連《つら》ねた英仏を中心とする連合国軍がノルマンディ地方の諸沿岸上陸を苦難の果てに成功裏におさめ、フランス北西部に幾多の陣地を得た。以降ドイツ軍は占領地だったフランス国土からじりじりと敗走を重ねていくことになる。八月十九日、パリでの内地レジスタンス蜂起をドイツ側パリ防衛軍はなんとか休戦におさめたが、連合国軍は既にパリ進軍の時宜を諮《はか》っている段階だった。実際の進軍は二十三日に開始され、二日後の二十五日の正午にはすでにエッフェル塔に三色旗が翻《ひるがえ》った。ドイツ防衛軍が武装解除して降伏したのは午後一時をまわったころだったが、降伏直前にヒトラーが何度も「パリは燃えているか」とベルリンの最高司令部で叫んでいたという逸話がつとに知られている。ヒトラーは退却するにあたっては、パリを焦土と化しておけと命じていたのだ。いわゆる「パリ廃虚命令」、敵に返すくらいなら廃虚を返すという旨《むね》の指令であったが、これは果たされなかった。

連合国のフランス上陸作戦に参加し、パリ進軍をたびたび急《せ》き立てていた自由フランスは、パリ解放に功績《いさおし》を立て、ド・ゴールは解放と同時にパリ入りして、早くも同月末にはフランス共和国臨時政府に政府を移転し、ヴィシー政府を違法と断じ、第四共和制を準備した。

一方、連合軍はパリ解放以後、ロワール以北のフランス各都市を解放しつつ西部戦線へ進撃を進め、九月ベルギー解放に続いて、ついにドイツ国境を踏み越えた。各地で幾つかの激戦があったものの翌一九四五年三月には戦線はドイツ西部を縦断するライン川両岸に及び、さらに四月にはベルリンにほど近い東部エルベ川流域にまで達していた。このエルベ河畔に、東進を続ける米軍と、東部戦線から西進してきたソビエト赤軍がとうとう邂逅した。ほぼドイツ本土全域を連合国軍が掌握していたのだ。同月末にはベルリン包囲、四月三十日ヒトラーは総統地下壕にて自殺し、総統を失ったドイツ軍司令部が全軍降伏の文書に調印したのは五月八日であった。

こうして第二次世界大戦の長い戦後処理の道行きが始まるが、フランスにおいてはパリ解放、そしてフランス共和国臨時政府樹立の後、各地の都市にまだドイツ占領軍は残存していた。四四年のうちに特にナント、オルレアン以北のだいたいの都市は連合国軍によって解放され、占領軍は三々五々敗走の途につき、あるいは捕虜として捕らわれて終戦を待つこととなった。ドイツに割譲《かつじょう》されていたアルザス＝ロレーヌ地域も奪還された一方で、大西洋岸の軍港の幾つかの部隊は降伏を拒否して翌年五月のドイツ全軍降伏まで抵抗を続けたという。

　それではパリ解放の四四年、解放された都市は戦前の日常を取り戻したのだろうか。フランスの各都市の街頭には平穏が訪れたのだろうか。全軍降伏を受け、往時のフランス共和国が速やかに回復されただろうか。


　そこでは対独協力派《コラボラトゥル》の粛清《しゆくせい》が始まっていた。

　臨時政府は対独協力そのものを国家に対する反逆とみなし、それを非国民罪《アンディニテ・ナシオナル》として規定した。そしてヴィシー政府の閣僚、高官を訴追すべく、大統領、大臣らの弾劾裁判を司る高等法院《オート・クール・ド・ジュスティス》を創設した。これは一種の事後立法であり、法の不遡及原則に反しているが、対独協力に右顧左眄《うこさべん》を続けていた政府高官を粛清するための法的な建て付けを弥縫《びほう》的に取りつくろったのだった。

　ペタンやラヴァルらヴィシー政府の主導者らは後年死刑判決を言いわたされた。公民権を剝奪された政府高官も五万人近くを数えた。

　しかしこれはフランスを吹き荒れた粛清の嵐の、むしろ穏当な側面に過ぎない。

　粛清の嵐はフランス各地の街頭を吹き荒れていた。それは至る所で、民衆の手で行われていた。そこでは正当な法手続きなど意識されることがなかった。群衆が求めていたのは、復讐であり、私刑だった。

　コラボや、親独義勇隊《ミリス》と直接戦っていたレジスタンス参加者ばかりではない、一市民自身が、自発的に粛清に参加していった。

　占領下の苛政に苦しめられていたフランス大衆は、ナチス・ドイツに取り入って自分たちだけ利益を得ているコラボの連中を憎んでいた。フランス共和国の理念を、国是を、国家を、そして三色旗を禁じ、厳しい検閲と強制によって国民の誇りを踏みにじり、貧相で滑稽な代替物を充《あ》てがって足れりとしていた扇動政治家達を激しく仇《あた》んでいた。僅かの金と虚しい特権のために、ヒトラーの兵隊どもに身を売り、ナチス・ドイツの軍服に撓垂《しなだ》れかかって街灯の下を闊歩《かっぽ》していた売女《ばいた》どもに唾してやりたかった。

占領下の一般市民の憤懣《ふんまん》や鬱憤《うっぷん》は、しばしば占領軍よりも、同胞《はらから》たるコラボのフランス人へと向けられていたのだ。

申し訳に過ぎない粗雑な裁判を経て、あるいはなんらの法的追及とも無関係に、コラボは街頭に殴打され、踏みつけられ、銃殺され、吊るされた。公《おおやけ》の場で難詰《なんきつ》を受け、軽蔑され、侮辱され、逮捕されて投獄された。かつて占領軍やゲシュタポやミリスが、レジスタンスのシンパ、反ナチ活動家や共和主義者、ユダヤ人やロマを逮捕して放り込んでいた強制収容所に、今度はコラボが蹴り込まれることになった。

実際、対独協力の咎《とが》で法的に死刑を言い渡されたものよりも、解放前後に私刑同然になぶり殺された者の方が遙かに多かった。

占領軍の兵隊と関係をもった女達は、服を引き裂かれ、頭を丸刈りにされて路上に晒《さら》された。街頭に素っ裸で、ナチス風の「ハイル・ヒトラー」の敬礼をさせられたまま、殴られて、蹴られて、唾を吐かれた。

一般市民が市井に隠れようとしているコラボを暴き出して、摘発し始めていたのである。まるでコラボが抵抗派《レジスタン》を密告、摘発していたのと同じように。

このように、フランス人がフランス人を、あたかも自発的に狩りたてているという悲喜劇は、配役を入れ替えただけで継続していた。

解放期前後の狂騒、そして終戦前後の安堵と虚脱、戦後の国家再建と共和国再生……少しずつフランスは占領と解放の振幅《しんぷく》に翻弄《ほんろう》された混迷状態、自由を求め狂奔する興奮状態から冷めていくことになる。

国際的にはヤルタ体制が成立し、国内的には第四共和制が樹立した。ヴィシー政府高官の中では高齢を理由に終身刑に減刑になったペタンに対して、スペインに落ち延びていたラヴァルが捕縛され、一九四五年十月には銃殺されている。

第二次世界大戦は長く尾を引く戦後処理に入り、フランスの大衆は敢然としたレジスタンスの後に共和国が自由を回復したという美化された物語に拠り所を求め、解放期にあった法的正当性を欠いた粛清の嵐については、蓋をして等閑視してしまった。それでも、各地でコラボがなんらの法手続きにも依《よ》らず粛清されたという事実は、祖国の戦勝に沸き、自由の回復を寿《ことほ》ぎ、市民生活の安寧《あんねい》を喜んだフランス市民の心性に、拭うことの出来ない隠された痣《あざ》のように残り続けることとなった。この痣は二十一世紀になってなお、この国の、この社会のどこかで疼《うず》いている残遺《ざんい》だ。


ジャンゴが箱詰めしていた書籍の中に、アンリ・アムルーの『占領下のフランス人全史』があった。第一巻は一九七六年の出版で、二百万部を売った大ベストセラーだから、歴史の教師だった祖父の目に留まっても不思議はない。だが、祖父の蔵書では歴史書はだいたい几帳面《きちようめん》に完本で揃っているものが多かったから、五巻までしか書棚に無いことが気になった。通読したことはないが、たしか『占領下のフランス人全史』シリーズは正篇八巻、続巻二巻の計十巻で完本だったはずだ。

今回の作業では中身は見ないという方針を曲げて、ジャンゴは第五巻『受難と憎悪』の奥付けを検めた。一九八一年の出版である。なるほど祖父は『全史』の完結を見ることは出来なかったわけだ。祖父は一九八三年に享年八十五で物故している。

第一巻『一敗地に塗れる民衆　一九三九年―一九四〇年』、第二巻『四百万人のペタニスト　一九四〇年六月―一九四一年六月』、第三巻『コラボの好日　一九四一年六月―一九四二年六月』、第四巻『民衆の目覚め　一九四〇年六月―一九四二年四月』、第五巻『受難と憎悪　一九四二年四月―一九四二年十二月』……

あとになって調べてみたことだが次巻の第六巻『無情な内戦　一九四二年十二月―一九四三年十二月』は一九八三年の出版だということだ。結局祖父はその巻を手にすることはなかった。

祖父の最晩年の枕頭《ちんとう》の友となった書物である。占領期をまさに当事者として生きていた祖父は、『全史』をどのような気持ちで読んでいたのだろう。各巻五百頁《ページ》を優に越える大著の刊行を追って、占領期を追体験しつつあったのか。彼の選択、彼の人生を、書物の中の苦しめられる人々の暮らしを重ね合わせてどのように思い出しただろうか。祖父マルセル・レノールトにとっての『占領下のフランス人全史』は一九四二年までで中断したままだ。ナチス・ドイツ軍がフランス全土占領へと乗り出したところで止まってしまっている。

祖父の戦争はまだ続いているのだろうか。祖父の「祖国」はまだ解放を迎えていないのだろうか。

時計の針を第一次世界大戦以前に戻して、ジャンゴの祖父の履歴を辿り直してみよう。

マルセル・レノールト、生来の名としてはマルクス・ゴットフリート・ヨハンネス・ラインハルトはアルザス＝ロレーヌ地方の中心都市ストラスブールの教師の家庭に生まれた。

正確に言えば、一八九八年生誕のマルクスにとっては、そこはエルザス＝ロートリンゲンのシュトラースブルクだった。普仏戦争とその後のドイツ統一以来、アルザス＝ロレーヌはドイツ領だったのだ。

アレマン系アルザス人の出自のマルクスの母語は、高地ドイツ語《ホッホドイッチュ》系のアルザス語《エルゼシッシュ》だった。その由来から当然のことだがアルザス語はフランス語よりも遙かにドイツ語の方に近く、例えば男《オム》は「マン」と言うし、女《ファム》は「フライ」と言う。日常生活ではアルザス語が用いられ、一方で学校教育は標準ドイツ語でなされており、書き言葉としてもドイツ語が用いられるのがこの地方では普通だった。マルクスの少年時代にあってはフランスは隣国であり、フランス語は隣国の言葉だった。

第一次世界大戦が起こったのはマルクスが高校《ギムナジウム》に登録していたころで、混乱の中ろくに授業も開かれなかったが、もともと教育者の家庭に育ちドイツ語やラテン語で優等を保っていたため、なし崩しに高校卒業資格《アトビウア》を好成績で取得した。もっとも戦後の混乱が続くなか大学登録には足踏みをした。なにしろ第一次世界大戦でドイツが敗戦国となった結果、一九一九年にアルザス＝ロレーヌ地方は再びフランス領に参入された。青年マルクスからすると突然国籍が変わったのだ。アルザス＝ロレーヌ地方からは多くのドイツ人が追放され、代わりにユダヤ系人民の入植などもあり、都市の人口動態自体が激変の渦中にあった。

アルザス＝ロレーヌ地方のフランス化《フランシゼ》は、たいへん急激で乱暴なものだった。終戦時のアルザス人は、フランス語を知らないものが七割にものぼった。街ではアルザス語、学校ではドイツ語、それがアルザスの学生の暮らしだ。ところが「国」の公用語がフランス語になるというのだ。

学校でも街頭でも、市民生活に多大な混乱が予想されるところだ。なにしろ七割の民衆にとって「知らない言葉」が公用語になり、公的な書類もフランス語で届き、守らなければならない法律もフランス語で書かれているというのだ。大多数のアルザス人にとっては、「あんな言葉で数が数えられるものか」と嘲笑っていた言葉で、今後は所得を申告し、税金を払っていかねばならないと言うのである……

とりわけ混乱が大きかったのは公教育である。

右に見るような社会言語学的な困難を是正すべく、フランス政府は、公教育、とりわけ小学校の授業をフランス語で執り行うように制度化を進めていった。マルクスが戦後の大混乱の中で進むべきか否かと懊悩《おうのう》していたシュトラースブルク大学……いやストラスブール大学もまたフランス語による教育校として看板の掛け替えに大わらわになっているという時機だった。ドイツの大学が、急にフランスの大学になってしまうというのだ。

だがこうして青年期の進路選択の時期にあってアイデンティティの危機に見舞われ、翻弄される民衆をまざまざと目《ま》の当たりにしたことが、マルクスにとって重要な岐路になった。

どうしてエルザス＝ロートリンゲンがこれほどまでに歴史に翻弄され、固有の自己同一性を危ぶまれて来なければならなかったのか――それがマルクスのテーマとなった。

改組に慌ただしいストラスブール大学で歴史を専攻し、フランス語を習得して、教師になる。ドイツ語でなければならないのならドイツ語で、フランス語でなければならないのならフランス語で「なぜ我々は時によってドイツ人だったり、フランス人だったりせねばならなかったのか、我々はそもそも誰なのか」――それをこの自分のように迷える若者に教え伝える者が必要だ。

さいわいラテン語が優等で、この古典語の酸いも甘いも嚙み分けていたマルクスには、フランス語の学習は大きな困難とはならなかった。アルザス語がドイツ語系の一方言であるのと同じように、フランス語もラテン語系の一方言であるのにかわりはない。そう覚悟を決めてしまえば、難しいとされる読本も複雑な動詞活用もむしろ彼にとって平易であり、あとは日常的な遣り取りはなんとか実地に覚え、それから「数が数えられる」ようになれば目鼻がつく。ひとたび見切りがつけば、迷い無く事に当たるマルクス青年は、自己修養にあたってフランス化を全面的に受け入れ、マルセル・レノールトと、姓名の読みをもフランス流に改めた。

こうしてマルセルは学士号《リサンス》と教諭資格《リサンス・ダンセニュマン》を手に、新制度下のストラスブール大が輩出する最初の教員の一人となったのだった。時に一九二一年のことである。折しもアルザス＝ロレーヌ地方はドイツ語とアルザス語が出来て、かつフランス語で教育をほどこせる地元出身の教員を必要としていた。マルセルはすぐに代用教員の口を見つけ、この地方を襲った歴史の理不尽、国境線の街という地政学上の困難を、教壇の新人講師として中・高校生を相手に熱心に語った。

正規教員のポストも難なく見つかった。ストラスブールはまだフランス語公教育の歴史が浅く、小学校からフランス語で習ってきた学生が高校の学齢に達していなかった。フランス語で授業をする高校の地理歴史の講師については、あと数年もすればストラスブールでも大量の雇用が創設されることが見込まれていたが、マルセルはそれを待たなかった。ちょうどこのころに郊外化が進んで人口増を迎えていたフランス中西部の都市リモージュで教員採用の枠があり、恩師の勧めと伝手《つて》もあってマルセルはリモージュのとある伝統校に奉職することを決めて転地に踏み切ったのだった。

旧称リムーザン地域圏オート・ヴィエンヌ県の中心都市リモージュには当時まだリモージュ大学は創設されていなかった。高校の教員はパリやボルドーやポワチエの大学からリモージュに出戻ってきた地付き《オトクトヌ》の者が多かったが、遠い他地域から招請する例もしばしばあったのだ。

こうしてマルセル・レノールトはリモージュに居を定めて正式採用の教師として教鞭をとり、程なく伴侶を得て家庭を持った。蜜月の後に三子に恵まれ、この頃が彼の人生に於いて一番幸せな時期だったかもしれない。

ヨーロッパは第一次世界大戦後すぐの報復的で苛烈なヴェルサイユ条約体制から、徐々に国際協調外交の気運へと移行しつつあり、一九二五年にはロカルノ条約が結ばれた。英仏独伊白など七カ国間の地域的集団安全保障条約がこの条約群の中核をなしていた。独仏国境、独白国境の維持と相互不可侵が盛り込まれていた。ドイツ領であってもドイツ中央とは疎意《そい》があり、フランス領であってもフランス中央とは文化も言語も異なる、故郷アルザス＝ロレーヌ地方も、当面は立脚点を変えることなく安定し、さらなるフランス化が進んでいくのだろうとマルセルは考えていた。

だがロカルノ体制は束の間の安寧に過ぎなかった。

一九二九年の世界恐慌が協調姿勢にあったはずの各国間の関係を劇的に変えてしまった。

アメリカと並び、独仏でも一人当たり国民所得の落ち込みは激しかったが、とりわけドイツの状況は危機的だった。一九三一年、オーストリアで最大のロスチャイルド系銀行が破綻を迎えると、その余波がドイツを直撃した。ドイツ第二位の大銀行ダナート銀行が倒産、次いで閉鎖に追い込まれ、このダナート銀行閉鎖を受けてドイツでは大統領令により全銀行が閉鎖されることすら生じた。深刻な金融危機である。ロカルノ体制下にようやく回復傾向に向かいつつあったドイツ経済は一転して困窮に喘ぐ羽目に陥《おちい》った。大企業の倒産、銀行の破綻が相次《あいつ》ぎ、文字通りに失業者が街角に溢れた。

この窮状が国家社会主義ドイツ労働者党《ナチス》とアドルフ・ヒトラーの躍進を促《うなが》したことはよく知られている。一九三三年一月にはすでにヒトラーはヒンデンブルクから首相に任命されていた。その翌年には総統に就任し、これを国民投票《フォルクスエントシャイト》は九割近い賛成票をもって承認したのだった。

ドイツ国民の熱狂的支持のもと、一九三四年には報道管制と報道の国家化、一元化をはかりプロパガンダ体制を整えた。一九三五年にはナチス・ドイツはヴェルサイユ条約を破棄、再軍備宣言を行って、公然と戦争準備に入った。翌三六年には横紙破りのラインラント進駐、さらに冬期、夏期のオリンピックをドイツで開催しプロパガンダは最高潮を迎えた。ナチス・ドイツは覇権主義に大きく舵を切った。

アドルフ・ヒトラーの推し進める政策方針は、極めて解りやすいものだった。一つには、ヴェルサイユ体制の否定。第一次大戦の敗戦国ドイツの国際的な立場を、いわば敢然と否定し、ドイツの再統一を唱えた。一つには、東部方面への領土拡張。飢えるドイツ国民に穀倉を確保するため、ソ連や衛星国、さらにはバルカン半島から領土を奪取すること。そしてまた一つには強力な反共思想。共産主義者は滅ぼしてしまって良い。

国際社会で左右の機嫌をうかがっていないで、戦って奪ってしまえば良いというのだ。そのため乏しい国庫を軍備に振り向け、徴兵制を布《し》いて、厚顔に戦役への路程を辿りはじめていた。この単純で乱暴な論理がドイツ国内では大向こうを唸らせ、圧倒的な熱狂をもって迎えられた。

それから後、第二次世界大戦へ向けて狂奔していくナチス・ドイツの蛮行と緒戦の快進撃については、繰り返す要もあるまい。

こうして再び勃発してしまった世界大戦が、マルセル・レノールトの命運をいかに翻弄したのか、その細かなところは誰も知らない。祖父の履歴の詳細は、直系の親族たるジャンゴ――ジャン＝バティスト・ゴーティエ・レノールトにとっても家族間の思い出話のなかに、まれまれ仄聞《そくぶん》したことに過ぎなかった。

時刻は九時をまわったか、日曜の日が暮れようとしていた。

ジャンゴはこれ以上の作業は明日に回そうと思いきった。書物ばかりではない、アパルトマンの細細したもの、結局捨てる流れになるだろうがらくたの山は大概箱詰めが済んだはずだ。

古シーツが掛かったままの長椅子に上からどかりと腰をかけて、脇机のかわりに椅子を一脚引きずってきた。ワークブーツの紐を緩め、一足を脱ぎ捨てると、靴下も長椅子の隅に放り捨てて、裸足《はだし》の両足を向かいの椅子に投げ出した。

クーラーボックスを引き寄せた。バゲットを手で半分に引きちぎると、ちいさな果物ナイフで二つに割っていった。皮つきのハムと、スライスしたエダムチーズのパックを引きずり出して、これ以上簡単なものはないというほど簡単なサンドイッチを作った。バターも塗らず、胡椒《こしょう》すら振っていない。本当ならエシャロットや胡瓜《きゅうり》のスライスでも挟むべきところだし、ジャンゴはサンドイッチには絶対に練り辛子《ムータルド》が必要だという信条で、人にもしばしばそれを求める厚顔無恥の徒であったが、こうした独身男の食の拘《こだわ》りなど自分で一食を準備しなければならない時には大概は反故《ほご》にされているものだ。

ジャンボンフロマージュの最小構成とも言える粗末なサンドイッチを齧《かじ》りながら、ペットボトルの水を飲み、一冊の本を膝の上に載せていた。結局段ボールから取り出してきてしまった『全史』の第三巻だ。

ベッドサイドにあった蠟燭立てを灰皿代わりに手許に置いていた。義務として食べているかのようにサンドイッチをやっつけると、持参したスコッチ・ウィスキー、グレンフィディックの三角瓶の封を切った。ジャンゴは開けたばかりのウィスキーボトルからグラスに注ぐ時の音をこよなく愛していたが、ここでは注ぐべき器もない。ドライソーセージ《ソシソン》を数枚ナイフで切り取ると、残りをクーラーに投げ入れて、一枚に噛みつきながら瓶から直接スコッチを呷《あお》る。

『全史』の頁を読むともなく繰っていった。

途中の口絵に、戦後銃殺されるピエール・ラヴァルやフェルナン・ド・ブリノン、弾劾の対象となるヴィシー政府の高官がぞろっと並んだ写真があった。ナチス流の敬礼をしている。

今日でもフランス人は「これは誰のもの」とか「これ欲しい人」とか「この問題、わかる人」とか簡単に聞かれた時でも、「はい」と手のひらを掲げて返事することは無意識に避けている。人さし指を挙げて「はい」と応えるのだ。単に掌《たなごころ》を挙げる挙措《きょそ》は、ナチス流敬礼に似ているからという理由で忌避される。外国人はこれがフランスの習慣なのかとそれなりに納得するかもしれない。しかしこれは占領期の心的外傷が強いたもので、かつてはありもしなかった「習慣」なのだ。

だが写真の中のコラボ達は屈託《し》なく手のひらを掲げて何かに、おそらくはナチス・ドイツの軍旗に敬礼しているのだった。


第二次大戦の開戦以後に祖父マルセル・ルノールトがどう立ち回っていたかは、ジャンゴの知るところではなかった。ある意味、一家の醜聞《しゅうぶん》として誰もが口を噤《つぐ》んでいた節がある。顔も知らぬ祖父が戦中に何をしていたか、断片的な情報からジャンゴが理解していたのはおおむね次のようなことだ。

マルセルは一九三九年のナチス・ドイツ、ポーランド侵攻の報を、新学期を迎えようとする教員の会議室で聞いたという。

再軍備宣言を国際社会に一方的に宣言し、ラインラント進駐やオーストリア併合、チェコスロバキア解体といった横道を立ち働いていたナチス・ドイツに、フランスはすでに強い警戒感を抱いており、三九年の夏に「九月に戦争が始まると思うか」というアンケートに対し、四五％ものフランス国民が「思う」と答えていたという調査結果すらある。

果たしてヒトラー率いるナチス・ドイツは西部ヨーロッパ全域に戦火を拡げていったわけだが、後手を引いたフランスが首都をすら落とされた一事は既に触れたとおりだ。

マルセルが故郷アルザス＝ロレーヌ地方が再び戦乱の舞台となることを憂《うれ》い、どれほどの懊悩がそこにあったかは余人の知るところではない。しかしナチス・ドイツの電撃戦はアルザス＝ロレーヌ地方を囲うマジノ線には牽制をかけるだけで、その隙間を通り抜けるかたちで瞬く間にフランスの首都を陥落したのだった。アルザス＝ロレーヌ地方にはドイツ編入を前提とした措置《そち》がとられ、再び国境が動くことは必至と見受けられた。

ところで中西部リモージュは占領期初期には自由地域に属し、占領軍の到着は比較的遅れていた。しぜん占領地域からの疎開民は「まだ安全な」中央山塊周縁のリムーザン地方やオーヴェルニュ地方に向かっていた。

フランス北部や西部大西洋沿岸はナチス・ドイツが掌握していたし、パリ陥落に前後してフランスに宣戦したイタリアがフランス南部を睨んでいたこともあり、落ち延びる先は中央山塊周縁にしかなかったのである。

フランス中央部の小都市はどこでも、北仏からの避難民で溢れることになった。

リモージュも例外ではない。かつては首府パリからの「左遷先《させん》」と言って小馬鹿にされていた中西部小都市リモージュは多くの避難民の受け皿となった。

フランス化を肯んじて進めていたアルザス＝ロレーヌ地方からも多くの避難民があった。

そこでフランス語に堪能でないアルザス人避難民を助けて、場合によっては通訳を買って出て、落ち着き先の差配まで関与していたのが、ストラスブール出身の教師マルセル・レノールトだったのである。

しかし避難民の生活は逼迫《ひっぱく》の一語である。避難民達は、当初の庇護者達への感謝を程なく忘れ、避難地での生活悪化を、他ならぬ現地協力者達に嘆き、時には彼らを詰《なじ》るようにすらなる。マルセルは間に立って、同胞間の相互扶助をなんとか形にしようと苦慮していたが、その間にも軋轢《あつれき》は増す一方だった。

やがて占領地は拡大し、リモージュもオーヴェルニュも自由地域の限られた特権をすら失った。ほぼフランス全土が占領地となり、各都市にドイツ軍の部隊が駐留するのを座視せざるを得なくなる。

そんな折に、アルザス避難民の一部に、当初思いもしなかった行動が出始めた。

すでにほぼ全土を掌握されてしまったフランスは、もはや事実上は国土の主権者ではないのである。だとすれば不遇を託《かこ》っていた避難民のアルザス系市民が服《まつろ》うべきなのは誰なのか。アルザス系市民の母語はほぼドイツ語の方言に近い。加えて公的、行政的文書としてはもともとドイツ語を取り扱っていた経験もある。

彼らにとっては慣れぬ流亡の地リモージュのオクシタン文化圏よりも、ドイツ文化圏の方が遙かに近しい世界だったと言えないか。

避難民の中には、占領軍に接触して、積極的に親独義勇兵《ミリス》の立場に身を投じる動機がいくらでもあったのだ。もちろん全てのアルザス避難民がすぐにコラボに転じたというわけではない。それでも、コラボとなってレジスタンス運動を密告し、摘発し、弾圧する側に回ることにいささかも痛痒《つうよう》を覚えない者もあった。

一方、リモージュはもともと穏健保守的左派の牙城であり、レジスタンス勢力が優勢な土地柄だった。対立は明らかだ。

ここでマルセル・レノールトが置かれた立場はどのようなものだっただろう。

リモージュの高校教師マルセルは、故郷からの避難民を誘導して、中西部の社会保障に接続しようとしていた。場合によっては「フランス語」を話せない同胞のために、仲立ちとなってなにくれとなく立ち働いていた。また同時にコラボに吸収されていく者たちを止めようもなく、その道徳的頽廃を責めるべくもなかった。それは明らかにマルセルを悩ませてきた、人事を超越した歴史の理不尽の所産に他ならなかったのだ。

そもそもそれは本当に道徳的頽廃と言えるものだったのか。

十七世紀の三十年戦争後のヴェストファーレン条約、仏蘭戦争とナイメーヘンの和約、大同盟戦争とレイスウェイク条約、普仏戦争とフランクフルト講和条約、第一次大戦とヴェルサイユ条約、そして今日のナチス・ドイツ占領と休戦条約……戦乱があるごとに、その結果の取り決めのあるごとに、アルザスはあるいはロレーヌは、今日からはドイツ、今日からはフランスと左右され続けてきた。先だってはフランスと言われたが、今はフランス全土を押さえているのはナチス・ドイツだ。ならば俺達は今日はドイツでいい。いつだってそれは「国」が俺達に強いてきたことではないか。

そう言われてマルセルは何と答えれば良かったのだろう。どんな答えが在り得ただろう。

アルザス人《アルザシアン》の高校教師がアルザシアンをリモージュに招いて、リモージュに居場所を与え、そして寝返ったアルザシアンがミリスとなってナチス・ドイツと手を結んでレジスタンスの弾圧に回った。それは事実だったと言えるだろうか。言えるのかもしれない。それは何処《どこ》まで事実だったのだろうか。すべてが事実であった可能性もある。ならばその高校教師は四四年に再び状況が激変した時に、いったいどういう立場を得ることになっただろうか。

こうしてマルセル・レノールトはコラボとして断罪されることになった。占領軍、秘密警察と連絡し、ミリス予備軍をリモージュに呼び入れ、抗ナチス運動を弾圧するためのスパイ活動の一端を担っていたと糾弾されたのだった。疑いを晴らす余地はあっただろうか。抗弁の機会は与えられただろうか。生憎《あいにく》そこには正当な法手続きは無かった。そもそも法手続きそのものが無かった。

そして祖父はリモージュから逃げた。

これが家族の中で、家族の中だけで囁《ささや》かれていたマルセル・レノールトの物語だ。それは家族の中だけで通用するような粉飾を、合理化を含んでいたのかもしれない。お祖父《じい》ちゃんは何も悪いことはしていなかった、と思い込みたかったのかもしれない。

祖父はその後の人生を隠れ住んで生きていた。モンマルドゥの隠れ屋に蟄居《ちっきょ》して息を潜めて生きていた。

ジャンゴは祖父の顔を知らない。祖父がどんな人柄だったのかも知らなかった。

祖父は本当にコラボだったのか。あるいは不当な汚名だったのか、それともジャンゴも知らない、もっと具体的な罪名があったのか。それも知らない。

祖父の隠れ屋の乏しい財産をともかくも半分は整理し終えて、電気も点かぬ部屋の中で、ジャンゴは文字を追うこともせずにただ、『占領下のフランス人全史』の頁をぱらぱらと繰っていた。

晩年のマルセル・レノールトは何を思い、この本を繙き……いかなる占領下の記憶を呼び起こしていたのだろう。


短くなった煙草を蠟燭の根元に捩《ね》じり消して、また一本を新たに点けた。ジャンゴは手の中の本を階下の段ボールに戻しに下りていった。祖父の遺産にはいっさい手も触れずに箱詰めして片づけてしまおうと思っていたのに、妙な感傷からこの本を手に取ってしまった。

何か漠然と、故人の遺志のようなものに触れた——それはもっぱらジャンゴの思い込みによるものだったかもしれない。あるいはモンマルドゥ商工会議所から片づけを要請されているこの「隠れ屋」

に、祖父からの何らかの伝言が託されているかのように感じられたのかもしれない。

ともかく顔も知らぬ祖父の、往時の屈託など、いま忖度《そんたく》してても仕方のないことだ。

ジャンゴはこの本もおとなしく箱詰めしてしまおうと、ライターの火を灯して階段を下りていき、階下の廊下の邪魔にならぬところに積み上げた箱の一つに問題の一冊を押し込んだ。

晩夏の夜とはいえ地上階の廊下は黴臭い冷えた空気で満たされており、指を添えた火打ち鑢《やすり》が熱くなっていたので親指を緩めるとあたりは一瞬暗闇に閉ざされたが、目が慣れれば咥えていた煙草の火だけでも薄ぼんやりと周りの様子は視認できた。すうと咥え煙草を吸い込めば、灯が強くなって、その時だけ見える範囲が拡がる。

ジャンゴは「あれ」と眉根を寄せた。

このアパルトマンは戸口まで石段を数段登って入った。地上階が地面の高さではないということだ。珍しいことではない、古い建物では当たり前のことだが……意味もなく地上階を持ち上げることはない。

「まいったな、こりゃ……」

ジャンゴは独り言ちた。「地下蔵《カーヴ》が在るんじゃねぇかな……」

煙草の乏しい火で照らされた廊下には、たった今下りてきた上に登る階段がある。その下が物入れになっていると思っていた。階段下の三角形のスペースが小部屋みたいに造りつけの壁で閉ざされていて、それは中に入れば頭が支《つか》えるような物入れの小部屋だと何となく思っていたのだ。

煙草のあえかな灯火に頼らず、ジャンゴは再びライターを点した。

ただの物入れならばこの三角形の小部屋の中央に小さめの観音開きの扉でも作りつけるところだ。だがこの小部屋の扉は脇によっていて、普通の部屋の扉ほどの大きさなのだ。これは物入れではなくて、人が入る部屋なのではないか――というより、ジャンゴの想像していたのは、地下蔵への階段室なのではないかということだ。

はたしてノブを回して開いてみれば、暗い空間の底が抜けている。横手に向けて闇が下に続いていた。ちょうど頭上の階段と平行するように、地階への階段が続いていた。

ライターを点したまま戸口を潜って、石造りの急な階段の様子を検めると、ジャンゴはそろそろと下りていった。ここになにかごそっと溜め込まれていたらカミオネットで持ち出せるか微妙だぞ、と心配しながら。

階段下の地下蔵はせいぜい二メートル四方の小さなものだった。心配に反してがらんとした地下倉庫だった。地面を掘り下げて、石積みで固めた壁は家屋の重量を引き受ける煩《わずら》いのない雑な細工だった。春夏秋冬を問わず、戸を閉ざしておけば十℃そこそこを保つ往時の天然の冷蔵庫だ。実際に足下には木箱があって、そこに数本の瓶が差してあった。「年代物」のワインだろう。歳が行き過ぎて酢みたいになっているやつだ。ジャンゴは口の煙草を壁の石に捩じり消した。

そして振り返った階段下の壁面には材木を簡単に組んだ棚があり、工具箱と思《おぼ》しき木箱が転がっている。その下の段には小さな箱が――宝石箱ほどの大きさの箱が二十個ほども積んであった。

ジャンゴはこの地下蔵に持ち出すのに苦労するほどの「財産」が溜め込まれていなかったことには安心したが……しかしこの箱はなんだろう？

どれも同じ大きさで、ライターの灯を近づけてみると、黒々とした寄木細工《マルケトリ》の箱と見えた。丁寧な造りだ。宝石箱と見えたのは大きさの問題ばかりではない、本当に宝石箱かもしれない。

一番上の一つを手に取って、ぐるりと全体を見回すと、上蓋は蝶番で留められている。材質は一目で木と見ていたが、これは確かに黒檀《こくたん》だ。この辺でライターの手許が熱くなりすぎて指を離してしまった。

ジャンゴはもうライターを点さず、手に箱を携えたまま、手探りで階段を戻っていった。


アパルトマンの長椅子に戻ると、今度は灰皿代わりに引き寄せていた蠟燭立ての蠟燭の方に灯を点し、おそらく十数年越しに再燃したともしびの前で、持ってきた小箱をあらためてつくづく見てみた。

やはり黒檀《エベヌ》だ。それも無垢の黒檀一枚板ではない。複雑な黒檀の寄木細工だ。いわゆる指物職人、装飾家具師《エベニスト》の仕事だ。

直方体の上面と四方の面は、材料の表面を薄く彫り下げ、色違いの黒檀を用いて精密に削り出した小さな部材を、モザイクのように組み立てて埋めてある。その醸《かも》し出す模様は、円形を組み合わせたと言えば円形の構成に見え、六角形を寄せ集めたと言えば蜂の巣のような意匠が浮かび上がり、三角形から構成された模様だといえば確かに至る所三角形からなっている、そういった抽象的で図像的で、数学的な意匠だった。モスクの壁面デザインに見るような幾何学的構成だ。

黒檀の切片を埋めた象眼細工《エベニストウリ》だが全体の表面は平滑で、蠟燭の炎に斜めに照らしてみてもニスを塗った表面に部材の凹凸《おうとつ》が浮かび上がらない。

鍵穴や錠はなく、上蓋には留め金もない。そっと蓋を開きはじめると、やや抵抗があり、手を離せばまた閉まってしまう。ある角度まで開いたところで急に蓋が向こうに弾かれたように全開になった。蝶番に発条《ばね》が仕込んであるのだろう。

この工芸品はおそらく中身ではなく箱自体に価値が見いだされたものなのだろう、はたして中には何も入っていなかった。箱自体も蓋の裏側も薄手の赤いベロアで内張りがしてあり、やはり宝石箱か何かに見える。何か入れておくとしたら銀の腕輪とか、宝玉を吊るした首飾りとか、そんなところだろう。

こんな箱が二十個あまりも並んでいたが、はたして祖父が作ったものだろうか。いや、あの地下蔵は単なる物置きで、工芸室とは見受けられなかった。それに恐らく、これほど念の入った黒檀の象眼《ぞうがん》細工を拵《こしら》えるには、下に転がっていたようなちょっとした日曜大工用の工具では足りるまい。きっと形も大きさも様々な、鑿《のみ》や工作鋸、鑢や鉋《かんな》が必要になるだろう。

それでは単に祖父が好きで蒐《しゅうしゅう》集していたものだったろうか。

この隠れ屋には、累積《るいせき》した書物以外には故人の性向を示すものがいっさい欠けている。故人の趣味を指し示す、生前を忍ばせる「残された品」がほとんどなかった。だが、この黒檀の箱、これがただ一つ祖父の趣味を――好みを反映した遺品だったのか。

だが、立派な工芸品には違いないが、中身も入っていないただの箱を、箱だけを、何故《なぜ》祖父はああして幾つも買い集めていたのだろう。

ジャンゴからすると顔も知らない祖父――マルセル・レノールトの晩年は沈黙の中に営まれていた。祖父はジャンゴに何も語らない。そしてジャンゴは祖父のことを何も知らない。

ただ、祖父が残したものは古本の山と、そして意味もわからない二十あまりの黒檀の小箱だけ。

Ⅲ――オルガヌム

音節を超越して引き延ばされた歌声、蜿蜒《えんえん》と止むことない音程の上下動に、初めに倍音を与えたのは巨大な共鳴箱――聖堂そのものだったかもしれない。穹窿《きゅうりゅう》を満たす静謐《せいひつ》な空気にとどまりつづける残響は、歌声に密《ひそ》かな、しかし確かな倍音の谺《こだま》を返していた。

そうした微《かす》かな谺の陰影に促《うなが》されたかのごとく、連禱《れんとう》の斉唱《ユニゾン》はやがて二声に分かたれ、こうして並行旋律《オルガヌム》が生まれた。オルガヌム声部は四度、あるいは五度離れ、主旋律に寄り添うようになる。

ピュタゴラス学派がすでに知っていた、整数倍の、あるいは整数分の一の音階が、同時に二声響くことで共鳴を果たし、二声は和音《ハルモニア》に溶け合っていく。

ジャンゴの住むアパルトマンはリモージュ中心街の傾斜地に建つ。もっともリモージュの中心街はだいたい傾斜地だ。この街では一部の大通り沿いにはパリに見るようなオスマン式のファサードも立ち並ぶが、一本通りを入れば木骨組積造り《コロンバージュ》の長屋式のアパルトマンが坂道沿いに帯状に続いていくのが常《つね》である。

コロンバージュの瀟洒《しょうしゃ》な外観を保っているのは、旧市街の保存区ぐらいのもので、大抵の十九世紀末に建ったようなアパルトマンは外壁はモルタルでべったり覆われ、内壁は漆喰《しっくい》で固められている。ジャンゴの「家」も御多分に漏れず築後百年になんなんとし、戦後の改修《レノヴァシオン》が入って電化も済み上下水道も完備しているが、配管は壁の内側には収まらず物入れ《デガジュマン》や廊下の隅、寝室の角を剝《む》き出しで貫いていく。上の階の風呂や用便の頻度が察せられるような建て付けだ。

もっともジャンゴが上階で水を流す音に煩《わずら》わされることはない。居室が五階建ての最上階だからだ。最上階と言っても公平に評するならば、ジャンゴの居室は本来は「四階建てのアパルトマンの屋根裏」とでも言うべきもので、腰折れ屋根《マンサルド》のすぐ下だから壁際に立てば頭が支《つか》える。夏には頭の上のスレートが焼け付いて夜半まで熱を保ち、とうてい寝てはいられない。だいたい貧乏学生が我慢してようやっと住んでいるたぐいの物件で、やがては耐えきれなくなって出ていく仮の宿に過ぎないが、ジャンゴは学生時代から長逗留《ながとうりゅう》を決め込んで劣悪な住環境に甘んじていた。もともと家にじっとしている方ではなかったから、住まいなんて寝に帰るだけの場所に過ぎない。

たまさか友人を招くと、誰もがこの「屋根裏部屋《グルニエ》」には失笑したものだった。東側の街路に面した部分は屋根が低くてベッドを押し付けておくぐらいしか用途がないが、寝っ転がって手を伸ばせば届くようなところに天窓《リュカルヌ》があり、かつての住民が貼った遮光フィルムなど役に立たず、件《くだん》の「蓄熱スレート」の機能と相俟って、盛夏には朝からピザ焼窯《やきがま》みたいな有様になる。

もともと低い天井の下に垂木《たるき》や筋交《すじか》いが張り出していて、長身のアフメドなどは来訪するたびに頭をぶつけている。特に西側の突き当りはやはり屋根が斜めに傾いており、その隅には低い流し《エヴィエ》と電気コンロが並んで粗末な台所を形作っているのだが、この流しに屈んで手なり顔なりを洗ってから起き直ったところにぴったり筋交いが張り出している。アフメドの言う「罠」である。これにはアフメドばかりか、ジャンゴも何度か後頭部をやられており、いまでは筋交いの一部、ちょうど打撃を食らわせてくる部分には、襤褸《ぼろ》ジャージを巻きつけて縛ってある。

トイレは存在するだけまし、といったほどの狭い小部屋で、内開きのドアは開ききらずに途中で便器に支える。シャワールームは例によって壁の上部が傾《かし》いでおり、ここで湯を浴びる者は皆、「えっ、なんですか?」と誰かにものを尋ねているかのような、横斜めに上体を傾けた姿勢を保って体を洗うことになる。湯の出が悪いのに蛇口の締りは利かず、水滴が止まず時を刻んでプラスチックのトレイみたいな床に滴《したた》っている。窓もなく、巨大な漏刻《クレプシドル》みたいなものだ。

ジャンゴはこの天井の低い居室でせめても快適に暮らすために、友人の電話帳《パージュ・ジョーヌ》の勧めを容れて生活を畳化《タタミゼ》していた。角の解《ほつ》れてしまった柔道《ジュードー》用の畳マットの処分品をもらってきてサロンに敷き詰め、低いソファ・テーブルを真ん中に据えて、アジア人みたいに床上にべったり座って過ごしていたのだ。

もう少し気の利いた人間なら、マットの上に洒落《しゃれ》たラグかなにかを敷いて、座り心地の良いクッションでも並べるところだろうが、ジャンゴは剝き出しの畳マットに直《じか》にあぐらをかくので、これでキモノでも着ていたらそれこそ柔道の師範が道場《ドージョー》に座しているところと見えたことだろう。あるいは作務《さむ》に勤しむ修行僧《ボンズ》かなにかだ。

あいにくジャンゴには東洋の仏門徒みたいに正座で座る習慣はない。だいたいは畳マットの利点を生かしてところ嫌わず寝っ転がっているものだった。反対にいま、鯱《しゃちほこ》張って鹿爪《しかつめ》らしく正座しているのはゾエ・ブノワである。

本当に、遅刻か何かを咎《とが》められて柔道の先生に怒られているみたいだ、とゾエは唇を突き出して、この変な屋根裏部屋に正座して、途方に暮れていた。

なに、この部屋……?

ゾエは赤地に南国の花が散った開襟のアロハシャツに、下は例によって生成《きな》りのコットンパンツで、躄《いざ》ったときに膝が埃を擦《す》って汚れたのを気にしていた。ドージョーならドージョーで、ちゃんと掃除しておくべきじゃないかな。

ドアを開けたらその先に畳が敷いてあって、その手前に靴が脱ぎ散らかされていたのにまずは戸惑った。邸内に入るにあたり玄関で靴を脱ぐ習慣はゾエの知り合いの家にも多く見られたが、客については「そのままどうぞ」と靴のまま通されるか、玄関ホールで客用の部屋履《パントウフル》きを勧められるか、それが普通だ。「ここで履物を脱いで、裸足《はだし》でどうぞ」というのは……ちょっと経験にない。それこそドージョーに出稽古《でげいこ》に来たというのでもない限り、なかなかないことだろう。糅《かて》て加えて、その畳が……あまり清潔そうではないのだ。

戸惑っているゾエにジャンゴはちらりと一瞥《いちべつ》をくれると、靴下が汚れちゃ嫌なら脱いでしまえば、と平気で言っていた。夏中サンダルで過ごしていて平気なゾエではあるが、人の家に上がるにあたって靴下を脱ぐというのはちょっと抵抗があった。自分はわりと構わぬ方で、堅いことは言わない方だと自認していたし、潔癖な方だと思ったこともなかったゾエだが、この畳に靴下を脱いで上がるというのに、なにか躊躇《ためら》われるものがあったのだ。我が事ながら意外だった。

なぜとはなしに恥ずかしくって、靴下を脱いでひたりと畳に足をおろしたときには耳が赤く染まった。ジャンゴは振り返りもしなかったが、それは有り難かった。

ジャンゴは例の「罠」を掻い潜《くぐ》って台所でコーヒーを沸かしに行っていた。首を伸ばして窺えば電気コンロに直にかけるアルミのカフェティエールで、あんまり洗練された味には点《た》てられないやつだ。やがてジャンゴは慣れた仕草で筋交いを躱《かわ》して、コーヒーを両手に戻ってきた。

ゾエの日の前の畳の上に、縁の欠けたマグカップになみなみと注がれたコーヒーを置いた。畳と言っても、草を編んで作る東洋風の本式の畳ではなく、硬いスポンジフォームの芯《しん》の上を、畳を模して型押しを施《ほどこ》したビニルが覆っただけの「競技用」のものだ。水を溢《こぼ》しても、シチューをひっくり返しても、ひと拭きすれば始末は容易《たやす》い。だがその畳の上に受け皿《スープ》も無しに直に置かれたマグカップに、ゾエはちょっと虚を衝《つ》かれた。

「あの……砂糖とミルクは要るかって訊いてもらえないの？」

「要るのか？」

「あれば」

「あったかな……」

ないんだ……

ジャンゴは面倒くさそうに「台所」へと立つと、屋根の低いところに辛《かろ》うじて収まった背の低い冷蔵庫を覗き込んでいる。それから流しの脇の引き出しをがらがらと漁ってなにか探している。

やがてジャンゴは冷蔵庫の奥から超高温熱処理の施された牛乳のプラスチック・ボトルと、引き出しの奥に探しおおせた、スティックシュガーとプラスチック・マドラーのセットが小袋に入ったのをぶら下げて戻ってきた。

「砂糖なんか使わないからなあ。これでいいかな」

軍用の糧《りょう》食《しょく》を配給するように、ゾエの目の前の地べたにミルクと小袋を置いた。

「わざわざ出していただいたところ悪いんだけど……」

ゾエは冷蔵庫の随分奥から出てきた様子の牛乳のボトルを畳の上で、つつっと回してみた。牛乳ってあんな風に奥に押し込んどくものかな……。やはり案に相違せず、キャップのところに黄褐色の澱《おり》がこびりついた牛乳は賞味期限を随分過ぎたものだった。

「賞味期限切れじゃない？　こっちの砂糖って何時《いつ》の？」

　こちらも引き出しの奥からようやく探り出された、よれよれの小袋に入った砂糖とマドラーである。

「何時のだったかな……」

　飛行機の機内サービスか、宅配サービスか、あるいはテイクアウトのセットメニューに入っていたものか、ともかく使わないので引き出しに投げ込んで長らく放っておかれたものに違いない。

「……でも砂糖には賞味期限なんかないだろう？」

「まあいいけどさ……」

　ミルクは諦めた。だいたいゾエの家では超高温加熱処理《UHT》の牛乳なんかまず買わない。最低でも低温殺菌でなければいけない。理想的には週末の青空市《マルシェ》か常設市《アール》か地域物産の店で購《あがな》う無殺菌牛乳《レ・クリュ》だ。クリームの浮いたとろりと濃く甘い生乳。それがゾエの家での当たり前なのだが、なるほどこの朴念仁《ぼくねんじん》に牛乳の良し悪しを説いても仕方がない。他国では違法（！）にあたるという新鮮な無殺菌牛乳が普通に飲めるというのが、この街の大いなる特権だというのに。

　砂糖だけは入れてみた。せっかく出てきたものだからマドラーも使ってみた。接着剤をこねるヘラみたいなマドラーで、なんだか化学の実験をしているみたいで微妙な心持ちになる。コーヒーの味も微妙だった。薄くて酸っぱいアメリカン・スタイルだ。他人の家を訪ねて、お茶を出してもらって、開口一番に文句を言うというのはあまり褒められたことではないが——これは言わねばなるまい。

「ジャン＝バティスト、このコーヒーまずいね」

「ジャン＝バティストはやめろ。それは怒られるときの名前だって言っただろ？」

「わたしはちょっと怒ってんだけど」

ホスピタリティの欠片《かけら》も窺われない持て成しである。だが判った。ジャンゴにとっては一杯のコーヒーは優雅にいただく嗜好品ではなく、朝一番の気付けの薬《ドラッグ》に過ぎないのだ。だったらカフェインの錠剤でも飲んでればいいのに。

「変な部屋だね」口に出して言ってみた。

「頭が打《ぶ》つかるんだ。身を低く過ごすのがこの部屋で生きていくコツだ。アジア式《アステュス》にな」

「アジア人が怒るよ、いっしょにされちゃ。掃除ぐらいしなよ」

「掃除婦がくたばったんだ」

ジャンゴが指を指す部屋の隅では円盤みたいな掃除ロボが充電基地に辿り着く手前で息絶えていた。掃除ロボ自体に埃が積もっていて、溜まったゴミ袋の数々がのしかかっている。

「ゴミぐらい捨てなよ」

「腐るもんじゃなし」

なるほどゴミ袋に詰まっているのはビールの缶の数々だ。生ゴミではないのかもしれないが、そこら中にビール瓶が転がっているし、ビニル袋の中でも虫がわいていそうだ。なんだか背中がむず痒《がゆ》くなってくる。ジャンゴは使われなかった牛乳のボトルを冷蔵庫に戻しに行く。戻すなよ、それは捨てろよ、と思ったが黙っていた。

畳のサロンの中心のソファーテーブルはガラスの天板が埃だらけでマグカップの輪染《わじ》みが出来ており、寄っかかりたくもない感じだ。ともかくこの部屋との接触面積を最小にしたいような心持ちで、ゾエは正座に固まっていたのだった。

テーブルの上には、ラップトップのコンピュータと、かどが犬の耳みたいに折れた書類の数々、それから開けられていない封筒がいくつも積み重なっている。それでこの不味《まず》いコーヒーは床上に置かれたというところだろう。あとテーブルにあったのは黒檀《こくたん》の小箱が三個、これらは几帳面《きちょうめん》に積み重ねてあった。それから古びたクラシック・ギターが手前に凭《もた》せかけてあった。

「ギターは弾かないって言ってなかった？」

「見りゃ判るだろ。俺が弾いてるもんじゃない。祖父《じい》さんの隠れ住んでいたアパルトマンから他の荷物と一緒に引き取ってきたんだ。これは貰い手がすぐ付きそうだからさ……」

ゾエはジャンゴの祖父が「隠れ住んでいた」という文言を聞きとがめて、すこし目を細めた。祖父が対独協力《コラボラシオン》の廉《かど》でレジスタンスからの訴追を受け、リモージュから逃げ出さねばならなかったという顚末は、ごく簡単だがゾエには伝えてあった。「お祖父さんは樵《きこり》なの、先生だったの、先生ならどうしてそんな山の中に住んでたの？」とゾエが好奇心を逞しくしているので、面倒になって「祖父はコラボで世間から逃げていたんだ」とぴしゃりと言い放ってやったのだ。

ゾエがギターを手に取ると、軽く拭ってはあったのだろうがボディがすこしべたついている。古びているがそれなりの品質のものだったと見える。サウンドホールの周りに象眼《ぞうがん》されたローゼットインレイは紫檀《ローズウッド》とメイプルの組木だった。数本残った弦は弛《ゆる》んでおり、ネックがすこし指板《しばん》の側に反《そ》り返っているようだ。たぶん弦を張り替えても弦高がかなり高くなってしまう。弾くのに特別な技術が要りそうな様子だった。クラシック用のガットギターだからピックガードは貼られていないが、ボディの上で弦を支えるブリッジの傍には擦り傷が目立った。

「せっかくだから弾いてみればいいのに。ジャンゴなんて呼ばれてるんだからさ。でもなんでジャンゴなの？」

「ミドル・ネームがゴーティエなんだ。ゾエは楽器はやらないのか？」

そう、ゾエ・ブノワ嬢は音楽院の学生ではなかった。彼女は西洋古典を専門とする大学院生で、グ《プ》ラン《レ》・ゼコール準備級《パ》からグラン・ゼコールに進まず、大学院に上がったのだそうだ。音楽院に出入りしているのは「付き合い」だと言っていた。

「コレージュまではやってたけど……」

「何を?」

「バンドネオン」

「なんだそりゃ?」

「アコーディオンみたいなやつだよ。鍵盤じゃなくてボタンを押すの」

ジャンゴはなるほどと頷いた。やはりいいいいとこの娘だ。「コレージュまではやってた」というのは音楽院に習いに通っていたということだろう。それはブルジョアジー階級の習慣だ。音楽院に知り合いが多いのも道理だった。

「へえ、それで何を弾くんだ」

「何をって?」

「ジャンルというか」

「何でもだよ。でも音色を聴かせると、みんなが思い出すのはアルゼンチン・タンゴかな」

「ああ、そういうのに使う楽器か」

「いちばん有名な演奏者はピアゾラかな」

「聞いたことがあるような」

「アストル・ピアゾラ。ほんとはピアソラっていうんだよ、アルゼンチンでは。ジャンゴがギターを覚えたら、伴奏してあげるよ。リサイタルもやればいいんじゃない? ジャンゴ・レノールトの演奏だって言えば間違ってチケットを買う人もいるだろうしね」

「それじゃ詐欺になっちまうよ」

「嘘はついていないじゃない」

「優良誤認表示の廉があるだろ」

ゾエは含み笑いで、テーブルの上の黒檀《エベヌ》の小箱に手を伸ばした。

「それで、これが問題の……」

「そうなんだ」


祖父の遺品引き取りの二日目、月曜の午後にジャンゴはカミオネットに荷物を積んだままリモージュ郊外へ向かった。長兄ノアの自宅のガレージに一旦荷降ろしして、その後でレンタカーを返しにいかなくてはならない。

家主のノア・レノールト一家はまだコルシカ島で川下りかなにかに興じているところで、SMSのグループチャット「兄貴一家」には渓流をバックに甥《おい》と姪《めい》がオレンジの救命胴衣で親指を上げているスナップショットが届いていた。呑気《のんき》なものだ。「いいね」のスタンプを押してやったら「ジャンゴも来れば良かったのに」などと甥が小癪《こしやく》なことを言ってくる気安い関係のこの甥姪には無事に帰ってこいと返答したついでに、万一の時にと言って、墓に供えてほしい花の種類を訊いてやった。

もちろん兄の自宅の母屋は施錠されている。一方で門扉《もんぴ》とガレージには鍵《かぎ》はかかっていない。日に二度、隣人が犬の世話に訪れてガレージにストックされているドッグフードを庭に放し飼いになっている二匹のハスキー犬に与える都合で、ガレージの落とし戸も持ち上げれば開く。兄一家は二匹の犬はだいたいレジャー先にも連れて行く習慣だったが、今回は飛行機の旅だったのでトリスタンとイズーの二匹は留守番だ。

あらかじめ兄のトヨタは外に出してあったので、カミオネットはガレージの前に直付けして、留守番の退屈に倦《う》んだハスキー犬にじゃれつかれながら荷物をなんとか運び込んだ。積み込みの時はモンマルドゥ商工会議所の若衆の手を借りられたから良かったが、こちらではあいにく一人きりだ。犬二匹は邪魔になりこそすれ、手伝いにはおよそならない。階段の上げ下ろしの要がなかったのと、低床のカミオネットを借りられていたのが幸いし、なんとか一人で家具類をガレージの中に引きずり込めた。

大物の箪笥《たんす》類は文字通りにカミオネットからは「引きずり」下ろす。祖父の遺品であるのにちょっとした狼藉《ろうぜき》を働いてしまった。

カナペや書物棚、ローボードなんかはことによったら貰い手がつくかもしれない。マットレスやリネン類は、まあ廃棄だろう。二十箱に及ぶ書籍や書類の束はひとまず積んでおくしかない。あとの処分は兄一家が帰ってきてからなんとかするはずだ。ノアのトヨタは牽引荷台《ルモーク》が付くやつだから嵩《かさ》の張る調度の運搬にも苦労はあるまい。

ガレージの奥にちょっとした古物商の陳列棚みたいなものが出来上がったが、引き取る気が起こる品などろくに無かった。書籍も書類も、箱を開けて検《あらた》めてみる気にもならない。『占領下のフランス人全史』だけは少し気にはなったが、もとより完本ではないし、どこの図書館にもあるようなものだ。

骨董品のタイプライターやマンドリンはそれぞれ二、三枚の写真を撮っておいた。屋根裏掃除市なんかを待たなくても、ネット上の個人売買のサイトにでも出品したほうが早かろうと考えたからだ。唯一、弦の緩んだギターだけは持っていくことにした。こうしたものは誰かしら引き取りたがる奴が出てくるものだ。

あとは例の黒檀の小箱――これを二、三個持っていこうと考えた。暗いガレージの中では、精密な寄せ木の象眼細工《エベニストゥリ》の様子がうまく撮れなそうだったからだ。これは明るいところでスカーフか何かを広げたところに安置して撮影してやれば、俄然引き合いが増すところだろうと考えたのだ。

こうしてジャンゴはギターを担ぎ、小箱を二、三小脇に挟んで、カミオネットの助手席に持ち込んだ。それから不満そうな留守番組の二匹をなんとか宥《なだ》めて、門を閉めるとリモージュ市街へと戻っていったのだった。

さらに後刻、レンタカーも返したジャンゴは僅《わず》かな手荷物とともに中心街のブラスリーに立ち寄り、鳴らないギターをスタンドカウンターの下に凭せかけ、小箱を灰皿の脇に積んでビールを二杯注文した。すぐに手渡された真っ白に濁《にご》った白ビールはピルスナーグラスにこんもりと泡立っている。席に戻ると真っ逆さまに傾けんばかりの勢いで一杯を一息に飲み干した。冷えたベルギーの白ビールが口腔におどりこみ、頭の芯まで一気に冷えて鼻の奥がじんじんする。喉を鳴らして飲み込むビールの泡が喉の粘膜を刺激しながら流れ落ちていく。わずかに泡と澱だけを残して空《から》になったグラスをカウンターに下ろすと、周りも憚《はばか》らずげっぷをしてやった。後ろの女連れの若者がからかうようにぷっと息を吹いている。

ひとまずこれで人心地、こうした褒美があればこそ一日《ひとひ》の肉体労働というものにも甲斐《かい》がうまれる。ポーター仕事で潰れてしまったゴロワーズを取り出して火を付け、長い一服を街路に吐き出すと、あとは残るもう一杯を今度は慈しむように啜《すす》り始めた。

そのあとジャンゴはミックスナッツの小皿を注文して、さらに追加注文した地場産の黒ビールをちびちびやりながら、ちょっと物足りないがここでウィスキーにするか、あるいは目抜き通りの食料品店やモノプリは辛うじて開いている時間なので、スコッチを一瓶とケバブでも購って家でやるのが経済的か、と思案していたところで旧友に捉まった。

リモージュは狭い街だ。こうしてオープンテラスの街路で一杯やっていれば知り合いに出くわすのは理の当然だ。

高校の同級生だったアントワーヌからは「ジャンゴ」と呼ばれる仲だった。アントワーヌは連れの彼女、エリザにジャンゴを紹介すると、カウンター下のギターを見咎《みとが》め、ようやくギターを始めたのかと軽口を言って、ジャンゴのファミリーネームが「レノールト」だということに由来する定番のねたで連れを笑わせた。

「見りゃ判るだろ。音なんか出やしないよ」

アントワーヌは灰皿の隣の小箱にも目を留め、これは何だいと水を向ける。ジャンゴは祖父の形見だと本当のところを告げたが冗談ととったようだ。

アントワーヌは無遠慮に小箱を手にとって蓋を開けた。葉巻でも入っていると思ったのか。

「なんだい、こりゃ」

一瞬なんのことかと思ったがジャンゴはアントワーヌの手の小箱を覗き込む。なるほど中に一枚の栞《しおり》かなにか、一葉《いちよう》の紙切れが入っている。モンマルドゥの地下蔵《カーヴ》で開けた小箱には無かったものだ。

アントワーヌは紙片を摘《つま》み上げて言った。

「これがジャンゴのお祖父さんの遺言か？」

紙片には薄くかすれた文字が並んでいた。わずかに一行の文言だ。不可解な文言は最初の一語がprobavitと読めるのでラテン語なのだろうが、単語の切れ目がおかしくて文意が不明瞭だ。

そしてジャンゴを戸惑わせたのは紙そのものの方だった。フェルトみたいに分厚くて表面が毛羽立《けばだ》っている。それこそ栞にするほどの幅十センチ、高さ三センチほどの紙片で、ちょうど箱の内法《うちのり》にぴ

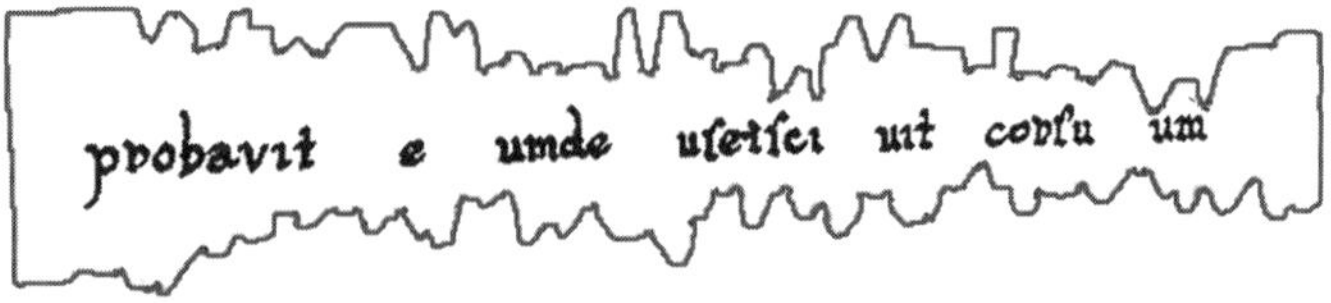

ったり収まる寸法だ。そしてなにより奇妙なのは上下の縁が、まるでシリンダー錠の鍵みたいにぎざぎざになっている。刃物で切ったのでも、手で千切ったのでもない、異様な輪郭を描いていた。

「証明した《プロヴァーウィト》」か、何を証明したと言うんだ。

ジャンゴは学部は文学・社会科学の専攻で端《はな》からジャーナリスト志望だった。割に実学よりの科目登録に努《つと》めていたからラテン語など基礎教養としてやったぐらいだ。かたやアントワーヌは古典学を重んじるグラン・ゼコール準備級から法学部に進んだ優等生で、法曹の末席に連《つら》なる立場であるから、ジャンゴよりはラテン語を解した。法哲学の講義などでローマ法を読んだりするし、ちょっとした法律用語にラテン語はまだ現役で出てくるので、ある程度は確かな修養がいまでもなお要請されているのである。

「聖書の文言じゃないか？」

「そうなのか？」

「いや、知らないけど、デウスって言ってるだろ」

アントワーヌは簡単に読み上げるが、ジャンゴには「デウス」なんてどこにも書いていないように見える。

「プロヴァーウィト・エウム・デウス・エト・スキーウィト・コル・スウム」

「ここがデウスって読めるのか」

「ジャーナリストなら中世の日記《ジャーナル》ぐらい読めなきゃ駄目だろ」とアントワーヌは笑ってつけ加える。「手写本のｓはだいたいこんな感じだよ」

「これ日記なのか?」

「いやものの喩《たと》えだよ。日記だろうが公文書だろうが、古いものなら手書きが普通だろう」

「それで、どういう意味なんだ?」

「神が誰かの証《あかし》を立てた、その魂を知っていた、っていう感じだろ」

「誰かって誰だよ?」

「いや、知らないよ」

ここでエリザが、ラテン語の宿題が出ればきょうび学生が誰でもするであろうことをした――スマートフォンで検索したのだ。

「Probavit eum Deus et scivit cor……。聖《サン》マルシアルのミサだって」

聖マルティアーリス――フランス語で聖マルシアルと言えば、中世リモージュ司教区の祖というか、当地に名高い司教であり、特に聖別された歴史上の名前だ。リモージュ最古の橋の一つが「聖《サン》マルシアル橋」だし、リモージュ中のいたるところに聖マルシアルを冠した地名や施設が転がっている。中心市街《トル・ヴィル》の一番高いところに建っている聖ミシェル教会随一の聖遺物が聖マルシアルの「お骨」で、リモージュでは七年に一度、このお骨を納めた聖櫃が市街を練り歩くというイベント――聖遺物披露《オスタンシオン》の儀式が催される。リモージュを代表する聖人と言っても過言ではない。

右のミサの歌詞自体は、よく知られた文言ではないようだが、中世の讃歌、聖歌のデータベースに登録されているようで、ウェブ上ではいくつものデータベースにヒットしたが、中身に触れている記事はほとんどなさそうだ。無駄なポータルサイトに見出しが出てくるだけの駄記事が上から下まで並んでいる。

ジャンゴは黒檀の箱を検めた。なにかの書付がたまたま入っていただけなのか、それとも……箱と寸法がぴったりであるところからすると、何らかの「中身」の下敷きとして底に押し込んであったものだろうか。

「賛美歌の一つってことか……こんなのが教会で歌われてるっていうことかい？」

エリザは検索結果の書誌情報を見せながら肩をすくめた。

「知らないけど……聖マルシアルのミサっていうからには『ご当地もの』ってとこじゃない？　作者はアデマール・ド・シャバヌ……」

「アデマール？」

アントワーヌには思い当たるところがあったようだ。

「ああ、それは本当に『ご当地もの』のリモージュ産だ。アデマール・ド・シャバヌっていうのは中世リモージュの聖人だよ」

「知ってるのか？」

「名前を聞いたことがあるっていうぐらいだけどさ。『年代記』かなにかの作者だよ。地域史の文献としてよく参照されるやつ。ほら中世史はだいたい聖人の残した記録が一次、二次資料になるだろ？　嘘でも真《まこと》でもさ」

そのアデマールという名前はジャンゴの関心をさほど引きつけなかったのだが、アントワーヌの物言いにちょっと引っかかった。坊さんが記録を残したものが歴史に登録されていくのは当たり前だが
——嘘でも真でも、だって？　その言外の含みが気になった。

当のアントワーヌはもう一つの小箱に手を伸ばしていた。残る一つはジャンゴが開けた。

アントワーヌの手の小箱はおそらくジャンゴがモンマルドゥで様子を検めた一箱だったのではないか、中身はなく、ただ赤いベロアの内張りだけが見える。またジャンゴが開けた方は中身が空であるばかりか、ベロアの内張りも剥がされているようだった。内側の各面にはもちろん象眼は施されておらず、寄せ木の黒檀がただ平滑に磨《みが》き上げられているばかりだ。

たしか二十程もあった黒檀の小箱は、中身が重要なのではなくて箱そのものを蒐集《しゅうしゅう》していたというのがジャンゴの見立てだ。こうしてたまたま持ってきた三箱には、妙な紙切れ一枚の内容物しか収められていなかった。やはり中身はどうでもよかったのか。

だがジャンゴには一枚の紙が、なにか意味ありげに見えて気にかかる。

アントワーヌとエリザは注文もせずにテラス席に張り付いているのを気にして、ほどなく「良い晩を《ボヌ・ソワレ》」と暇《いとま》を告げる。あとに残ったジャンゴは黒ビールを飲み干すと、まだ半分も残ったミックスナッツの小皿を隣の席の学生グループに「良ければ貰ってくれるか」と押し付けてから店員を呼んだ。勘定《かんじょう》を済ませて、鳴らないギターを担ぎ、小箱を重ねて一杯機嫌で中心街の坂道を下っていく間も、ずっと考えていた。

神が誰かの証を立てた……か。誰について、どんな証を立てたと言うんだろうか。

予感があった。ジャーナリストとしての勘と言ったら大袈裟だが、これはどこかに続いていく話《はなし》だ。鍵の歯状の断面を持つ一葉の紙片。それは確かに「鍵」だったのかもしれない。ならば開くべき扉は何処《どこ》にあるのだろうか。

その週の前半は雑事に紛れて、ジャンゴは小箱のことも紙片のことも半ば忘れ去っていたが、最近知り合ったブルネットの声楽家に簡単にお伺いを立てることだけはやっていた。ベレア地区の押し込み強盗の事件取材で連絡先を聞いていた音楽院のマチルドである。「このテクスト、なんだか判る？」というSMSのメッセージを送っていた。

先のブラスリーでエリザが調べたところでは、讃歌だか聖歌だか知らないが、ともかく聖マルシアルの典礼《てんれい》に持ち出される文言だということだった。ならば、それはおそらく聖歌隊《コリスト》の受け持ちだ。マチルドが音楽院で何を歌っているかは存じ上げないけれども、まずはロックやヒップホップではあるまい。ドイツ語かイタリア語でオペラでも歌うか、聖歌の一つも口ずさむだろうからラテン語だってお門違《かどちが》いということにはならないだろう。マチルド自身に心当たりを期待できるかはともかく、音楽院の関係者の中で典礼音楽に詳しいものに渡りが付くか、せめても「それは誰それに聞けば判るのではないか」というほどの情報でも入れば重畳《ちょうじょう》と考えたのだ。

音楽院――コンセルヴァトワール・ド・リモージュには楽典や音楽史の講座もあったはずだ。中世典礼音楽に詳しい専門家なんてものがいるのなら、おそらくはその人物がラテン語の文言のことだって解き明かしてくれるだろう。

この段階ではジャンゴは割に簡単に考えていた。人づてに「渡りを付け」ていけば誰かに教えてもらえる……安易と言えば安易だが、ジャーナリスムは自分で結論を出すものじゃあない、誰かに聞いてくるのが商売だ。

さて、質問を受け取ったマチルドはというと、果たしてコーラス隊に属していた。レパートリーはその時々のディレクターやコーディネーターによって様々になるが、確かにジャンゴの睨んだ通り、コーラス隊はちょっとした多言語使用者《ポリグロット》であることを要求されるのだ。意味も判らずに歌詞の音だけ口先だけで再現するのでは「歌」にならない。

そんなわけでマチルドばかりではなく、声楽家の学生はいっぱんに一種の随意科目として独・伊・

羅といった語学に手を染めるため、熱心な学生の中には文学部や高校設置の講座に顔を出すようになる者も少なくない。ところで、もともと通っていた高校が名門校で、音楽院と合わせ事実上ダブルスクールになっていたマチルドは、もう少し目先が違っていた。マチルドがグラン・ゼコール準備級のゾエと親交を結んでいたのは、彼女がもっぱら準備級《プレパ》の学生の方と情報交換をしていたからだった。それというのもドイツ語にしてもラテン語にしても一番優秀なグループは大学には進まず準備級の方に属しているのが普通で、彼らはグラン・ゼコールのコンクールの成否に拘《かか》わらず、準備級のあと進路を大学に変更したとしても学士過程は飛ばして修士課程に進んでしまう。一言でいうとマチルドにとっては大学の語学は「温《ぬる》すぎた」という訳だ。

音楽院の学生ではないゾエが音楽院のフェットに出席していたのはそうした縁故に依《よ》ったのだった。

そしてジャンゴが寄せたメッセージを受け取って、マチルドが「これどう思う？」と一番初めに訊いてみたのは勿論、そのとき傍にいたゾエ・ブノワだったのである。西洋古典専攻のセクションがお取り潰しになってしまったリモージュ大学には見切りをつけて、とっくにトゥールの大学院に登録していたゾエであったが、ヴァカンスの間は大概は家族の残るリモージュに戻ってきていて、そこで同窓生らと旧交を温めたりしていた。

そしてスマートフォンを手渡されて、マチルドに送られたメッセージと、添付された一葉の紙片の写真をちらりと眺めたゾエは、「実物を見せてよ」とマチルドのスマートフォンから返事を送った。

着信を見たジャンゴは、あのゴージャスなお嬢さんとまた会えるのかなと満更でもなかったが、すぐ後に「と、ゾエが言ってます」とマチルドの追伸が届いた。あの鼻っ柱の強いおちびのお嬢さんの方か……

「ゾエはラテン語出来るの？」というメッセージには「彼女はジュヌ・ユマニスト賞を毎年連続受賞

ジャンゴは「若い人文主義者《ジュヌ・ユマニスト》」なる賞があるとは知らなかった。ジャンゴがぱっと想像したのは、なにか人道主義《ユマニスト》的な行いをした若者を表彰する賞というものだったが、実際には「少壮の西洋古典学徒《ジュヌ・ユマニスト》」の研究発表コンクールで優秀者を顕彰《けんしょう》して授与する賞であった。

なんだ、あのお嬢さんは……ばりばりの優等生だったのか。どうも反りが合わないと思ったぜ。

中学、高校、大学と学校の成績は低空飛行で辛うじて切り抜けてきたジャンゴとしては、ゾエは「ちょっと鼻につく奴ら」の一党に属しているということになる。プレパの「エリート気取りの連中」だ。

「それでゾエなら何か判るっていうの?」というメッセージには「歌だって言ってます」と返ってきた。それはこちらも先刻ご承知だ。だがそれは一目で判ることなのだろうか。ゾエも聖歌隊か何かに属していて、そのレパートリーの一部だとでもいうのだろうか。

「どうしてこんなふうにぎざぎざなのって言ってます」

なんだか面倒になってきたなと思いながらも、ジャンゴの返答は「それも知りたいことの一つ」であった。

「羊皮紙じゃないのって言ってます」

「違うな。紙だ。なんだ、羊皮紙みたいに見えるかな」

「書いたのは誰って言ってます」

「普通に考えれば祖父なんだろうけど……それも判らない」

かくしてマチルドを間に挟んで要領を得ないやり取りがしばらく続き、お互い面倒くさくなってきて、それじゃ現物を見に来れば、見に行きますよと話がまとまったのが昨夜のこと。そして今日、ゾエ・ブノワが昼休みに合わせてジャンゴの部屋の……ドージョーの扉を叩いたという次第であった。

「お祖父さんの形見だということだったけど……」

「そういうことになるな。祖父は……ほとんど何も残さなかった。古本と当たり前の家具と……それからこの箱ぐらいのものだ」

「ギターがあるじゃない？」

「それからマンドリンがあったな」

「へえ？　それはどうしたの？」

だいたいの荷物は長兄の家のガレージに押し込んできたと、簡単に説明した。

「その中で、この箱だけはちょっと気になってね」

「ギターはどうして持ってきたの？　マンドリンは置いてきたのに」

「ギターなら簡単に貰い手が付くと思ったからだ」

「それはそうかもね……」

だが、この時ゾエが考えていたことはもっと別のことだった。

「こんな黒檀の箱は本当はもっとあったっていう話よね」

「ああ、二十箱はあったかな。これは祖父の残したものの中では唯一……なんというかコレクションめいたもの……なにか趣味みたいなものが垣間見える遺品だったんだ」

「全部開けて中身を検めてみなきゃね」

「それはそうかもな。もっともこんな紙切れに書かれた文言に意味があるかどうか判らないけど……」

ゾエはひとまず目の前の三つの箱を畳に並べて蓋を開いた。一つに例の紙片、一つは空、そしてもう一つは空である上に内張りのベロアも剝がされている。

「この箱を作るのが趣味だった可能性はないの？」

「モンマルドゥっていうのは木工の村ではあるんだが……木靴とか農具とか、どっちかと言えば大工《ムニュイ》仕事《ズィエ》の産物が主でね。こうした繊細な寄木細工《マルケトリ》は見ないな。それに黒檀細工《エベニストウリ》や寄木細工っていうのには、専用の工具が要るだろう？　こう、小さい鉋《ラボ》とか、いろんな形の鑿《シゾ》とかさ。箱以前に工房《アトリエ》と道具一式が残りそうなもんじゃないか」

「そういうものが無かったと」

「ああ、だからこの箱は他所《よそ》から持ち込んだものだと思うんだ」

「だいたい、お祖父さんの趣味を知らないっていうのも変な話ね」

「そうかい？」

「人となりを知らないって言ってるようなものじゃない」

「現実に、人となりすら知らないんだ。祖父さんは俺が生まれるころにはもう亡くなっていたしな」

「それにしたって話ぐらい聞くものじゃない？　高校の先生だったたって言ったよね？」

「歴史地理《イストワール・ジェオ》だ……」

「ふうん……じゃあ、やっぱりラテン語は堪能《たんのう》だったはずよね」

ゾエが紙片を取り上げた。裏返したり、窓辺の光に翳《かざ》してみたりしている。

「君は……どうしてこれが気になったんだ？」

「別にそんなに気になりゃしないけど？」

「さもなきゃ、わざわざ見に来るようなものかな？」

「神は彼を審《しん》したまい、彼の心根を知りたもう」

「その件《くだり》を何で書き留めておいたのか、理由はわからないけどな」

「これはお祖父さんが書いたものじゃないでしょうね」

「そう思うかい？　何故《なぜ》？」

「古い。紙が古いよ。それにインクが薄いでしょ。これ退色したんじゃなくて、最初から薄いインクだと思う。烏賊墨《セピア》じゃないかな」

「ちょっと見せて」

ジャンゴはゾエから紙片を受け取って、あらためて仔細《しさい》に眺めてみる。

紙……か。ちょっと変わった風合いの紙だ。分厚いが端は脆《もろ》くてかさついている。そして不織布《フトゥル》みたいな厚みと弾力があり、端がほつれて毛羽立っている。

インクはゾエの言う通り色が薄いが、目を凝らして見れば紙の繊維に滲《にじ》んで文字の輪郭から外に糸状に広がっている。つまり文字自体も「毛羽立って」いるのだ。

「これ、パルプで出来た紙じゃないよな」

「木綿《コトン》だね」

「木綿？　木綿で紙を作るのか、聞いたことないぞ。でも確かに……フェルトじゃないよな」

「フェルトは羊毛。これは屑《くず》木綿を解《ほぐ》して漉《す》いたんだよ。だからちょっと……分厚くて弾力がある」

ゾエは紙片をジャンゴに手渡した。両手の指に摘んでちょと捻《ひね》ってみたがなるほどすぐに元の形に戻ってしまう。

「これ結構丈夫な紙だよ」

「たしかに簡単には破れそうにないな」

「どうしてこんなぎざぎざに切れちゃってるのかな」

「わざと切ったってことか……」

「それにしちゃ……刃物で切った感じがしないじゃない？　私が最初に気になったのはそこかな」

「ぎざぎざが気になったのか」

ジャンゴが紙片を返すと、ゾエは陽に透かすみたいに目の前に捧げもって複雑な輪郭線を検めている。そしてジャンゴに視線をやると「鍵みたいだよね」と呟いた。ジャンゴが少し眉根を寄せていたのは、思っていたことを言い当てられたような気がしたからだ。

「文字はカロリング小文字体だね。中世に普通の字体。ルネッサンス中期からはフランスだと曲線が躍るユマニスト体とか、ドイツだと角張った髭文字《フラクトゥア》が流行《はや》るんだけど……」

「カロリング朝の文字ってことかい」

「うぅん、そうじゃなくて、カロリング朝からずっと使われてたって感じかな。フランク王国では羊《パル》皮紙《シュマン》にカロリング小文字体っていうのが中世手写本の基本なわけ。だからこれちょっと微妙だよ？」

「何が微妙なんだ？」

「ルネッサンス期って活版印刷の揺籃《ようらん》期にあたるでしょう。活版印刷を支えたのは……」

「グーテンベルクの発明だろ？」

「それは勿論そうなんだけど、活版印刷技術に加えてもう一つ、イノベーションがあったよ。紙」

「紙のイノベーションがあったっていうのか」

「そうだよ。活版印刷の所為《せい》で紙の需要が激増したんだよ。それで襤褸木綿を解して作る木綿紙が品不足になったってこと。代替として木パルプのセルロースが紙の主要原料になるんだけど、すぐにこっちが主流になって木綿紙は廃《すた》れてしまうわけ」

「つまり……この紙は活版印刷の普及に伴って……使われなくなった古い技術だってことか」

「そこまでは言わない。襤褸木綿があればまずは当て継《つぎ》に使ったり、襁褓《おしめ》に使ったり、雑巾にしたりするじゃない？　その挙げ句にぼろっぼろになってもまだ紙に加工できるわけだから……リサイクル的には木綿紙の製造も終わらないよ。ただ印刷物の素材としては主流の座から降りたってこと」

「ちょっと待て、ちょっと微妙って言ってたのは何のことなんだ？　情報が多すぎる、整理してくれ」

「まず紙なんだけど、ものすごく古いってことはないんだけど、十分に古いってこと」

「どういうことだ」

「羊皮紙の時代よりも新しい。だって木綿紙の製紙工房って成立は十二世紀ぐらいだから。だけど木パルプの紙よりは古い」

屈みこんで紙片を見つめるジャンゴの目の前でゾエは誌面のテクストを指先でなぞっていく。

「字体はカロリング小文字体で、活版印刷揺籃期よりは古い息吹《いぶき》が残ってる。フランスではユマニスト体やガラモン書体がルネッサンス後期には広く受け入れられているし、ドイツ圏ではグーテンベルク聖書に見るような角張った髭文字が主流になっていくけど、カロリング小文字体はその点、すでにクラシックな感じ」

「つまり……君はこれは十二世紀から十……六世紀ぐらいの間に書かれたものだって言っているわけか？」

「その外には出ないかなって。前も後も」

「文章自体はどうなんだ、これ……誰が何を書いているのかって特定できるのか」

「この文は知られたものだよ。聖歌の一節だって知ってたんでしょ？」

「ああ、知り合いの彼女がその場でウェブ検索して……聖歌だって言ったんだ」

「ふぅん」

ジャンゴはスマートフォンを取り出して、目の前で検索してみせた。Probavit eum Deus et scivit

……。するとやはり、内容に立ち入ったページこそ無いものの、問題の文言を含む、幾つもの無内容なデータベースの抜粋みたいなサイトが検索結果に並ぶ。つまりこのテクストを含むページがこれだけあるというリストを掲げたポータルサイトの如きものばかりが並ぶのだ。

「役に立ちゃしないが……」

それでもジャンゴが指さしたのは、そうしたポータルサイトの一つで、「中世音楽手稿データベース」と題されている。問題の文が中世音楽手稿に係わる一文だということだけは想像できるが、続く検索結果はだいたい無内容なサイトばかりで、検索エンジンでヒットするものの、まるで辞書の見出し語だけを並べて、他のデータベースへ差し向けるリンクを張ったようなものがほとんどだった。

「この辞書を引けば、この単語の意味が判ります」と言っているような塵《ごみ》みたいな情報価値しかない自称ポータルサイトの数々を見て、ゾエは苦笑いした。

「御冠《おかんむり》だね……判るけど……これね、どうしてこんなことになるか知ってる？」

ジャンゴは両手を上げて降参した。

「データベースのエントリー抜粋みたいなサイトばっかりでしょ。データベースのデータベースっていうか」

「まさしく。本当に使えないよな」

「市役所とかさ、お店とかの営業時間とか電話番号なんかをネットで調べるとさ、市役所自体のサイトでもなく、お店自体のサイトでもない、へんてこなポータルサイトばっかりが並ぶじゃない、あれとおんなじで……自分じゃコンテンツを作れないのにページビューの数だけは取れて、検索結果の上位に入れるっていう、カスみたいなポータルサイト作成のノウハウってのがあるわけ」

「まあ、そうなんだろうな」

「それでね、高校生がラテン語の宿題を出されると、彼らは一般にどうするかというと……」

「問答無用でまずは本文を検索ってことか、なるほどね」

「ラテン語のテクスト自体をペーストしちゃって、フランス語、翻訳《トラドユクシオン》、で一丁上がりってこと。するとその需要を見込んでラテン語本文検索ポータルっていう、膨大なページビュー数が見込めるウェブサイトを簡単に作れるじゃない？　プログラミングの心得のある子に聞いたんだけど、もう人間の手で作ってすらいないらしいよ。ラテン語のデータベースを見つけたら、鉱床発見ってことなんだよ。自動巡回のロボットプログラミングがデータベースを採掘《マイニング》しておいて、学生がテキストをコピペして検索してきたら取り敢えず『うちにあります』って手を挙げるってわけ」

「それで実際には『こちらのサイトへどうぞ』って書いてあるだけってことか」

「そうそう。ラテン語はとくにテクストの電子化が早かったジャンルで、紀元前からの黄金期、白銀期のテクストの電子データ化と無料閲覧データベースはもうインターネットの黎明《れいめい》期から始まってたんだよ。だから国立図書館の電子図書館《ガリカ》なり、アメリカのペルセウス・プロジェクトなりに出向けば、ちゃんとしたエディションのテクストが公開されてるのに……学生はまず手近で『ググる』でしょ、それで情報価値の欠片もないポータルサイトに連れてかれちゃう。悲喜劇だね」

「ページビューありきの情報汚染か。まあ俺としちゃ他人事《ひとごと》みたいに責められないが……」

「ジャンゴは『コティディアン』紙だっけ、まあ新聞社のサイトも大概だよね」

「記事を開いてみても、見出し以上の情報は無いってよく揶揄《やゆ》されているな。これは耳の痛い話で……」

「広告ばっかりで」

「何処に行っても、やたらサブスクリプションを勧められるしな」

「商売だと言えばそうなんだろうけどさぁ」

「商売と割り切ってしまえば、まだ気が楽になるのかもしれないが……」

「いやだよ、そうすると、大した内容でもないのに一つのニュースを追うのに二十ページもクリックして遷移《せんい》してかなきゃいけないようなニュースサイトばっかりになっちゃう」

ゾエはジャンゴのスマートフォンを覗き込んで、先の検索結果をつらっと眺めると目にありありと軽蔑の表情を浮かべた。たしかに、その情報はこちらにありますと橋渡しをするだけの似非《えせ》ポータルサイトばかりが並んでいたのだ。

「せめてものコツはこれかな……」

ゾエの指が検索サイトのオプション機能を呼び出して「ヴェルバティム（Verbatim）」、つまり逐語的完全一致の検索を指定した。

「あとは検索対象を .pdf に絞っちゃうとか、検索範囲を研究機関リポジトリに絞っちゃうとかいう手もあるよね。もう学術論文しか見たくないっていう時もあるから……」

ゾエが検索に一手間かけただけで検索結果は十件ほどに収まり、盥回《たらい》しポータルが駆逐されていた。今回は手を下したのはヴェルバティム指定の一手だけで、これだけの情報精度になるのかと驚いた。なるほどこれは覚えておかねばとジャンゴも銘記する。簡単な手続きでゾエが絞り込んだ中には、問題のテクストに言及があるだけではなく、適切な解題と有用な補完情報を期待できそうなものが並んでいる。

まずは『トロープスとグラドゥアーレ　手稿原資料に見る中世典礼のトロープス』といった独文の研究書、さらにはトロープス資料体《コルプス》の刊行が続いていると思《おぼ》しき『ストックホルム大学紀要』があり、こちらはスウェーデンの刊行だが本文は仏文、かたや『シャバヌのアデマールの典礼・詩作品　その

音楽と歌詞　中世キリスト教資料体』はベルギーの出版だが本文は英文――といった具合に、諸国諸言語の論文や単著が全文閲覧できる形で公開されており、それらの本文のなかに問題の probavit eum deus et scivit がたびたび登場しているということになる。アデマールなる写本の著者名は、このあいだブラッスリーで旧友アントワーヌからも聞かされた名前だ。ジャンルとしてはいずれも「中世典礼トロープス」とやらの「資料体」である点が共通しており、やはり問題のテクストは「トロープス」と呼ばれる中世の典礼音楽の一節であり、それが手写本の原資料として残っているということを意味する。

「このトロープスっていうのは何のことなんだい？」

「ざっくりいうとグレゴリオ聖歌のサブジャンル……みたいな……グラドゥアーレとかセクェンツィアとかみんなそういった仲間っていうか」

「じゃあ、あの文章は典礼音楽の一部ということか。最初の予想は大枠としては外れていなかったのかな」

「でもなんでそんなトロープスの一節が短冊《たんざく》に記されていたのかはさっぱり判らないね」

「意味なんかないかもしれないしな」

「先刻もそんなこと言ってたけど、どうして？　なぜ意味なんかないって思うの？」

「たしかに謎めいた文言が記されているし、謎めいた……鍵みたいなぎざぎざがあるし、なにか意味ありげなんだけどさ、単に下敷きに敷かれていただけかもしれないじゃないか」

「下敷き？」

　ジャンゴは黒檀の小箱を一つ開けた。たまたまそれはベロアの内張りが設《しつら》えられた一箱だったが、その底に紙片を落とし込んでゾエに示してみせた。

「サイズがぴったりだろ。これはなにか宝飾品か、貴重品、何でもいいけど壊れちゃ困るものを小箱に収めるのに、ベロアの内張りといっしょにクッションとして、マットとして敷かれていたものに過ぎないんじゃないかってことさ。木綿紙っていう由来は知らなかったけど、ようするにフェルトみたいでクッション性があるじゃないか。だから——これは単に一種の『梱包材《こんぽう》』に過ぎなかったんじゃないかって」

ゾエはちょっと首を傾げ、少し眉根を寄せて、まるで天井に虫か何かを見つけたかのように、視線をしばし斜め上に留めていた。腕組みから片手をほどき人差し指をたてて顎の先にくっつけて、ちょっとの間じっとしていた。これはジャンゴがあとで気がついたことだが、ゾエが考えに沈んでいるときの癖だった。彼女はかならず腕組みに人差し指を立てて、顎なり頰なりを触るのだ。

天井を睨んでいたかのようなゾエの薄い榛色《ヘイゼル》の瞳がくりくりと回って下界に戻ってくると、ゾエは自分を指さすように顎につけていた人差し指をすっと伸ばして、今度はジャンゴの胸元に突きつけた。

「他の箱の中身も見てみよう？　あと十七個だか、あるんでしょ？」

「今からか？」

「私は暇だけど」

「俺は暇じゃない。午後は警察回りして、短信を執筆して、自転車乗り《シクリスト》のチームに取材して……上司と悶着して……と予定が詰まってる」

「悶着しなきゃいいじゃない。夕方には捌《は》けるんでしょ」

「約束は出来ないが……」

「上司との悶着はキャンセルしてよ。私は大学図書館に寄るから、夕方に合流しよう」

「ヴァントーまで行くのか？」リモージュ大文学部はヴァントーと言って、中心街を離れ環状線の外に出る。

「いや法学部の図書館で用は足りるかな。アキテーヌ圏図書館カタログにアクセス出来ればいいんで」

「アキテーヌ圏？」

「アングレーム、ポワチエ、リモージュ……アキテーヌ圏の大学が業務提携っていうか、資料の共有を始めているからさ。お兄さんの家って川向うって言ったよね」

「フェティアの方だ」

「ジャンゴは社に戻るのは車？」

「いやバイクだ」

「じゃあ私のルノーで行こう。会社を出るときに連絡してよ、ピックアップするから」

ジャンゴの抗弁は握りつぶされ、一方的に夕方の待ち合わせを押し付けられた。

「なんだってそんなに興味津々《しんしん》なんだよ。そんな面白いものか？　この小箱が……」

「小箱なんかどうでもいいよ。でもジャンゴのお祖父さんには興味がある」

「それはちょっと……悪趣味なのと違うかね」

「コラボとして追及されていた人だから興味があるっていうのとは違うかな」

「君に何の関係があるっていうんだ」

「関係なんかないよ。関心はあるけど……」

「それが悪趣味だって言うんだよ」

「我も人なりってやつだよ」

「なんだそりゃ？」

「我も人なり、およそ人に関すること我に無縁たりしことなし」

「ああ、あったな……テレンティウスか……それを言われると弱いな」
「なんでよ?」
「新聞記者の標語じゃないか、それは」

後刻、ゾエのルノーのハッチバックは市役所通りでジャンゴを拾い上げた。コティディアン支社から少し離れた場所だったのは、ジャンゴが寄り道して夕飯がわりにケバブをテイクアウトしていたからだ。リモージュの中心街からヴィエンヌ川の対岸の郊外に出るには、大きな橋を通るルートが都合三つほどあるが、ジャンゴが指定したのは一旦高速道路《オートルート》A20に入るコースだった。

道中、ゾエの質問に応えて、ジャンゴは祖父マルセル・レノールトのプロフィルをとつとつと明かしていった。なんだか自分の一家が取材対象になったようで複雑な気持ちにさせられた。

出生時には「マルクス」と名付けられたアルザス出身の青年が戦間期の激動の中で教師を志したこと、そしてフランス人の教師マルセル・レノールトとして新生をはたしたこと、その後リモージュに転地して家族をもうけたこと、やがて第二次世界大戦が勃発して自由地域に多くの北東部難民を迎え入れたこと、それからの占領地の拡大、そして中部フランスにおける抗独レジスタンスとコラボの民兵《ミリシア》との葛藤、戦後の粛清《しゅくせい》の嵐とマルセルの遁走《とんそう》……

ゾエは好奇心に駆られている様子は努めて抑えていたが、彼女の関心はまさしくレノールト一家の家族史そのものにあるようだった。

その時、奥さんはどうしていたのか、子どもたちはどう反応したのか、ジャンゴの父の世代はどういう経緯で祖父マルセルをモンマルドゥに残し、リモージュへ戻っていったのか。そうした一家の離散《りさん》に関する物語だ。

マルセルは一九二一年には代用教員、そして一九二三年にはもうリモージュに移って正規の教員職に着任していた。北部フランスからリモージュに赴任することはリモージュ送り《リモジャージュ》と言って、これは更《こう》迭《てつ》とか左遷《させん》といったほどの謂《いい》で使われる軽侮《けいぶ》語だった。しかし新天地に聖職を得て意気揚々としていた新任教師マルセルにとっては、左　遷《リモジャージュ》の一語も軽口にわざわざ言ってみるだけの冗句に過ぎなかった。

五歳ほど歳の離れた、リムーザン地域圏《レジヨン》コレーズ県の商家の娘イヴォンヌ・ガルニエとの交際はリモージュに赴任してすぐに始まっており、マルセルが二十七の歳にはもう結婚、翌年には長男のロジェが誕生している。二年後には長女ドゥニーズ、長男に遅れること八年後、マルセル三十六歳で次男のアンリが生まれた。これは一九三四年のことで、すでにヒトラーとナチス党の躍進は始まっていた。

ここからの十数年は全世界を激動に曝《さら》すことになるが、もちろんレノールト一家も例に漏れず、疾《しっ》風怒《ぷうど》濤《とう》に家族が引き裂かれていくことになった。一九四二年にはリモージュも占領地になったわけだが、これを受けてレノールト家はイヴォンヌと三人の子を疎開させている。この時、マルセルがリモージュに残ったことが一家の離散を運命づけた。

マルセルがリモージュに残ったのは占領下に教師としての職責を全うするためであったのか、あるいは北西部難民たちとリムーザン・レジスタンスとの間に立って両者を取り持つという使命のためであったのかは不明である。フランスに移譲されて以来アルザス・ロレーヌに多く入植していたユダヤ人コミュニティの難民を匿《かくま》い、国外に脱出させるという運動に与《くみ》していたという見方もあった。最後の逸話は一九八八年まで生きたイヴォンヌが、マルセルの葬儀の際にジャンゴの母に語ったものであり、信憑性《しんぴょうせい》の程は明らかでない。ともかくもイヴォンヌは夫のマルセルの「潔白」を信じていたということで、そうした彼女の確信には長い戦後の期間に記憶の合理化なり、美化なりが働いていた可能性も否定し難《がた》い。それでも、イヴォンヌの語るマルセルはいつでも一貫して道義と人倫を重んじる有徳の人であり、戦中に保身に走り私利に目が眩んで同胞に対する背信に及んだという「汚名」を妻は断じて認めようとはしなかったという。

しかし家族史上の事実としてはコレーズの農村部に疎開したイヴォンヌと三人の子供は、マルセルと決定的に離別することになってしまった。一九四四年にはパリが解放され、中西部フランスでも件の粛清の嵐が吹き荒れることになったわけだが、その場面でマルセルはコラボの汚名のもとに糾弾を受け、一種の人民裁判のもとに処断される流れが明白になっていた。マルセルの着せられた汚名は、国家秘密警察《ゲシュタポ》やミリシアと連絡して、北東部難民のコラボ予備軍を扇動、動員していたという、考えられる限り最悪のものだった。

イヴォンヌがマルセルを信じていようがいまいが、それは最早《もはや》問題にならなかった。コレーズのイヴォンヌの生家では粛清の嵐が及ぶことを危惧《きぐ》し、マルセルとの離縁を命じたのは勿論、以後一切の連絡を許さなかった。そしてイヴォンヌが後に語ったところによれば、マルセルは妻子に累《るい》が及ぶことを何よりも恐れ、断腸の思いで絶縁を肯《がえ》んじたのだという。

事実としては、すでに切迫した命の危険を感じていたマルセルはリモージュを出奔《しゅっぽん》し、その後蟄居《ちっきょ》先を誰にも明かさず十年余を隠れ過ごしていた。この間にマルセルとイヴォンヌの離婚は、配偶者一方の所定年限以上の不在を根拠として、一方の申立のみを要件として成立することになった。

だいたいこうした経緯を了解したところで、ゾエはジャンゴにあっけらかんと訊いた。

「ジャンゴのお父さんは今の話に出てきたっけ?」

そう、モンマルドゥのレノールト家にはこの上、もう一つの醜聞《スコンダル》が絡んでいるのだった。マルセル・レノールトはモンマルドゥでの蟄居の間にメイドとの間に私生児をもうけていたというのである。

マルセルが疎開に際して妻子と別離したのは一九四三年、四十五歳の頃であった。そしてコラボの汚名を帯びて出奔したのが四十七、八の頃である。その後マルセルの行方は親族、姻族、旧友をも含めて、十年以上も誰にも杳《よう》とも知れなかったのであるが、全く孤独に隠れ住んでいた訳でもないことは明らかだった。

すくなくとも内縁関係にある女性がおり、彼女はマルセルが五十七歳の時に男児を出産している。ジョルジュ・レノールトは一九五五年の生誕であり、彼こそがジャンゴら三兄弟の父であった。

ジョルジュを産んだのは、マルセルと同居していたチュニジア移民の系統のヤスミナ・マルティネスであり、出産時には彼女は三十四歳、マルセルとは二十三歳の年齢差があった。これが田舎町のモンマルドゥでは「都落ちの老教師がメイドに手を付けた」と噂されたのだった。

もともと人付き合いのない偏屈者《へんくつもの》と見られていたマルセルは、かくして蟄居先でも一抹《いちまつ》の悪名を得てしまったことになる。

ジャンゴにとっては祖母にあたるこのヤスミナの人物像が実に曖昧なのだった。

ゾエのルノーは既にノアの留守宅に辿り着いていたが、ガレージを開けたものの、ジャンゴとゾエは本来の用件だった黒檀の小箱を検めることもしないでいた。

ゾエが祖母ヤスミナ・マルティネスのことに興味津々になってしまったのだ。

ここまでの車中でも、随分立ち入ったことまで話してしまったと思った。しかしジャンゴとしてはこうなるとなにか隠し立てする理由もなければ、明かしてしまって困るような話でもない。

留守番のトリスタンとイズーにじゃれつかれ、ガレージの中の「遺品」の間をうろうろしながら、ゾエの絶え間ない質問に応える度に、不思議なことに我が事ながら曖昧だった祖母の面影というものを、再構築しえたのかもしれない。それというのもジャンゴ自身は生前のヤスミナを知らないのだった。ジャンゴにとっての祖母は、祖父マルセルと同様に、ある意味では「物語」のなかにしか存在しないのだ。


モンマルドゥでの奇妙なレノールト家の暮らしはジャンゴの知るところではない。その暮らしを実体験として持つものは最早だれも生き残ってはいないのだった。これは主に年の離れた長兄ノアから仄聞《そくぶん》した話に過ぎない。そしてノアにしてからが、母から聞き及んだ話を混ぜて、遠い過去の記憶を再構成していたはずだった。

ジョルジュが生まれて程なく、マルセルとヤスミナは書類上の婚姻関係を整え、三人家族の生活が十五年ほど続いた。ジョルジュの養育期間が比較的短く見えるのは、ジョルジュが高校に上がる時にリモージュの伝統校に寄宿生《パンシヨネール》として入寮したからだ。いわば彼は十五歳で親元を離れたのである。

ジョルジュの少年期は山間《やまあい》の離村モンマルドゥの一九六〇年代にあたる。中学校はヴィエンヌ川沿いの麓町《ふもと》だったが、そこではジョルジュはさほど屈託のない学校生活を送っていたらしい。もともと一家は教師の家系であり、家庭生活における教育環境は良好であったのだろう、ジョルジュは中学時には既に一頭地を抜く優等生だった。ただしノアの証言によれば、父ジョルジュは祖父マルセルに勉強を教わったことは終《つい》ぞ無かったと語っていたという。

ジョルジュにとってむしろ憂《うれ》いが大きかったのはモンマルドゥの小学校での学童期、そして少年時代全般における、村落内での無言の白眼視と思われる。ジョルジュは老教師がメイドに「お手付き」をして産まれた私生児という風評を得ていたからである。小村における埒《らち》も無い噂は、レノールト家が既に正式の家族手帳《リブレ・ド・ファミーユ》を整えており、ジョルジュは隠れもなき嫡出子であったにも拘わらず、あらぬ偏見を翻《ひるがえ》すことがなかった。これは精神形成期にある少年ジョルジュにとって尽きせぬ懊悩《おうのう》の種であったかもしれない。

ともかくジョルジュ・レノールトは寄宿生として故郷を離れ、地域圏首府リモージュでの学生生活を謳歌《おうか》することになったのだ。水を得た魚のようなものだった。おそらく親元を離れ、陰惨で固陋《ころう》な山里から解放され、ジョルジュは初めて一身に絡みつく桎梏《しっこく》から解き放たれたのではなかったか。ジョルジュには望郷の念というものがほとんどなかったというのがノアの見立てであった。

こうした生育環境の帰結として、ジョルジュは両親のことを尊敬こそしていたものの、家族関係は割に淡白なものにとどまり、例えば足繁《あししげ》く帰郷するというような習慣をまったく育てなかった。

こうしてモンマルドゥを帰るべき故郷とはさらさら考えなかったジョルジュは、抜かりなく奨学金《ブルス》や各種の支給金《アロカシオン》を確保して、教員養成コースを邁進《まいしん》することになる。

その間にもともと体が弱かった母のヤスミナが病みつき、ジョルジュ二十歳の一九七五年に五十四歳の短い生涯を遂げた。墓はモンマルドゥではなく近隣のサン・ジュニアンの墓地に埋葬された。

ジョルジュ・レノールトはその後、大学卒業とともに代用教員の口を求めて、リモージュ中の小中学校に出講していた。その頃に同僚のマリー・フランソワズと同棲生活に入り、一九八〇年には早くも婚姻関係を結んで長兄のノアが産まれている。従ってジャンゴの母と兄は祖母のことを写真でしか知らない。

またジャンゴの姉のアンヌ・マリーが産まれた一九八三年は、奇《く》しくも祖父マルセルの没年でもあった。マルセルは享年八十五、前年に脳血管障害でサン・ジュニアンの病院に担ぎ込まれており、動脈瘤《どうみゃくりゅう》破裂で亡くなったのも入院中のことだった。それまでマルセルはヤスミナの没後八年余をモンマルドゥに独居し、一人寂しく暮らしていた。いや、そこに寂しさを読み取るのは無用な俗情なのかもしれない。事実ジョルジュとマリー・フランソワズの夫婦は兄ノアの生誕時にリモージュ環状線近くの低家賃公団から、新興開発地域のメゾネットに転居しており、その機会に祖父マルセルには同居を打診したのだが、マルセルが固辞した経緯があった。

マルセルの墓も当然サン・ジュニアンの墓地にある。葬式《フュネライユ》には前妻のイヴォンヌと、ジョルジュの異母兄姉三人も列席したそうである。イヴォンヌは生涯マルセルの「潔白」を信じていたというのは、その時にジャンゴの母マリー・フランソワズがイヴォンヌから直接聞いた話だ。イヴォンヌはマルセルの五年後に亡くなっている。

一九九〇年にはジャン＝バティストが誕生した。ノアとは十歳、アンヌ・マリーとは七歳の差がある。姉もまた祖父と会うことはなかった。

ゾエの求めに応えて駆け足で確認してきたレノールト家の系図上での、最後の大きな出来事は二〇一四年、父ジョルジュの肝癌に由来する多臓器不全による死である。これによりジャンゴが片付けたモンマルドゥの物件が玉突き状に兄ノアの管理下に入ったというわけだ。

この系図に生き残っているものは少ない。わりに長生きだったのは父の異母姉のドゥニーズで、二〇一三年没、享年は八十五に及んだ。祖父マルセルの前妻との間の子供も今やみな鬼籍に入り、名前が挙がった中で残っているのは既に、兄姉のノア、アンヌ・マリーと末っ子のジャンゴ、それから姉と同居している母のマリー・フランソワズだけである。

まだ日が暮れきらぬガレージの中の暗がりで、祖父のアパルトマンから引き上げてきた猫脚のカナぺに腰を据え、ジャンゴはスコッチ・ウィスキーを瓶から飲んでいた。モンマルドゥの引き上げのときの一瓶がまだ半分以上残っていた。それをこのガレージの荷物と一緒に放ってあったのだ。ジャンゴはマンドリンとタイプライターをガレージのメタルラックの方に移して、カナペを独占していた。

ケバブのテイクアウトには炭酸水とフライドポテトがついてきたが、ポテトの方はゾエにくれてしまった。なんだったらケバブも半分分けてやろうかと言えば、今日は帰宅したら魚のディナーの日だから要らないとのことだ。なんというか、食習慣の基準がずいぶん違いそうだ。別に羨ましくもないが、昼には不味いコーヒーを飲ませて悪かったなと笑うと、ゾエはただ、本当に不味かったというように頷いて謝罪を受け入れていた。

ジャンゴに質問を浴びせては、ゾエはポテトを齧《かじ》りながら書き物棚や整理ダンスの引き出しの動きを確認するみたいに弄《いじ》って、引き上げ品の数々を検めている。タイプライターのキーを押し下げてみたり、マンドリンをひっくり返してみたり……思えば自分もモンマルドゥでやったようなことの繰り返しだが。こっちはもうどっかりカナぺに落ち着いて、ケバブを噛みちぎりながら、答えられることにはもう構わず何でも答えていた。

だが縁もゆかりもない他人の家の系図に、この娘はどうしてここまでの関心を抱いているのだろう。そんなに面白い話でもあるまいに。なるほど戦中戦後の大嵐はちょっとした語り草だが……それはフランスの全家庭にあるような話だろう。あの頃にはフランス中が混乱のさなかにあったのだから。

単に人が産まれて死んで、産まれて死んで、大きなトピックスといえば、コラボ疑惑と、メイドにお手付きという、二大醜聞《しゅうぶん》の焦点である祖父マルセルの動向ぐらいだ。それとても、そんなに興味深い話にも思われない。

ところがゾエは、単に人の家の家系図一覧を、興味本位で聞き出していたのではなかった。

ゾエにははっきりと気になっていることがあったのだ。

もしあの鍵のような形の紙片が本当に鍵なのだとしたら、扉は何処にあるのか……驚いたことに、ゾエは扉が何処にあるのかを初めから朧気《おぼろげ》に察することができた。

ゾエはポテトを全部食べてしまった。そしてジャンゴの近くに寄ってきて、「ここの段ボール、幾つか開けてもいい？」と聞くとジャンゴのシャツの裾を摑んでポテトの油を拭いた。

「人の服で拭くなよな」

苦笑いのゾエは「端から汚いからいいかと思って」と悪びれない。

「本の入ってる箱は除《の》けて」とゾエが言うので、ジャンゴは「何が見たいんだ」と聞いた。

「お祖父さんの原稿が見たい」

「原稿があるのか」

「無いの？」

「いや……あってもおかしくないな。結構几帳面な人だったと見えて、書類綴《シュミーズ》で全部整理していたみたいなんだよな」

「先生だったんでしょ。普通じゃない？　その書類綴の箱、どれか判らない？」

「そうだなあ……ゆすって見れば判るんじゃないか。本とは音が違うかも」

「この辺全部本なの？」

「六、七割は書籍の箱だったかな」

「箱詰めしたら、中身を蓋にメモしておかなきゃ」

「次に祖父さんが亡くなった時はそうするよ」

軽く揺すってみて、これは本だなという手応えのあるものは撥ねていくが、微妙なものも少なくない。もっともゾエとしても書籍の箱と書類の箱を厳しく分類したいという話ではない。ただあれば祖父の原稿が見たいと言っているだけなのだ。

やがてゾエはこの辺かなという箱を二つばかり開いて、書類に手を突っ込んでいた。本気で原稿とやらを探すつもりなのか。

書類綴を一つひとつ開いたり閉じたりしながら、ゾエが不意に訊いてきた。

「ねえ、ギターを弾くのは誰なの？」

「え？」

虚を衝く質問だった。そう言えばそうだ。祖父が楽器を嗜《たしな》んだという話は、関係者が数多《あまた》いるなかで口の端に上った例《ためし》がない。父がギターを弾くという話も無かった。では……

「あなたのお祖母《ばあ》ちゃんがギターを弾いたんだよね」

「え、ちょっと待ってくれよ、そうだな、祖父さんでも親父でもないから……すると……」

「お祖母ちゃんがギターを弾いたんだよね」

「そうなるのかな……」

「じゃあマンドリンもお祖母ちゃんが弾いたんだよね」

「そういうことになるのか」

それがどうしたというんだろう。だが例のジャーナリストの勘ってやつがびんびん反応していた。

「あのマンドリン、古ぼけてるけどけっこういいやつだよ」

「そうなのか。君はマンドリンの目利きなんかできるのか」

ゾエは書類綴を一つ携えたまま、マンドリンのところに向かった。そして戻りしなにジャンゴに手渡す。

「裏を見るんだよ」

言われたとおりに裏返す。マンドリンの裏側は無花果《いちじく》か洋梨みたいに膨《ふく》らんでいる。その丸く盛り上がった裏側の面には……

「縦に筋があるでしょ。何本ある？」

「筋？」

マンドリンの丸みのあるボディは、言ってみれば櫛《くし》形に切ったレモンの皮みたいな湾曲した紡錘《ぼうすい》形の板をたくさん接《つ》ぎ合わせて作ってある。それが丸く研がれたボディに数えられるような筋を形作っているのだが……筋は三十数本というところか。

「そのマンドリンの部材を『リブ』って言うんだけど、リブが三十本のマンドリンって結構な高級品だよ」

「そうなのか」さっきから間の抜けた返事ばかりしているような気がする。

「エントリーモデルだとね、十数枚のリブで作ってある。それは三十本以上を組み立ててあるでしょう」

「高いものなのか……」

「ちょっとは弾けるようになってから求めるものだね」

「じゃあ、何か、祖母さんは……そこそこのマンドリン奏者だってことになるのか？」

「そうなんじゃない？」

「いや、そうとも限らないだろう。なにかの偶然でたまたまちょっと高級な品が手に入っちゃったとか……」

「ギターはどう考える?」

「なんだ、ギターも……あれも高級品だっていうのか?」

「ギターの方は値段がどうこうっていうのは判らないけど、お祖母さんがあのギターで何を弾いてたかってことよ」

「何を……?」

「多分だけどクラシックだよ」

「なんで判る?」

「爪を伸ばしてるもん」

「爪って……写真でもあったっけ」

「写真は見たいなあ。形見の写真あった?」

「遺品の箱を全部ひっくり返せば出てくるんじゃないか。なにしろ曲がりなりにもかみさんの写真だからな」

「曲がりなりってなにさ」

「いや別に……含むところはないけど……でも爪を伸ばしてるってなんで判ったんだよ」

「右手の爪だけ伸ばしてる。クラシックギターの分散和音《アルペジオ》をベースにした奏法ってこと」

「なんだギターを見れば判ったって言うのか?」

「ううん、ギターじゃないよ、タイプライター」

ジャンゴはタイプライターに歩み寄った。

「これがどうしたっていうんだ」

「右手の指の担当するキーだけ、文字のプリントが削《けず》れて薄くなってるでしょ」

たしかに真ん中のYとHとNのキーから右はキーに塗られた文字の塗料が削れて薄くなっている。

「ちょっと待て、タイプライターも祖母さんが叩いていたって確かなことなのか」

「じゃあお祖父さんが右手の爪を伸ばしていたの？」

「それはそれで変な話だな」

「『M』はキー上の文字がほとんど見えなくなっちゃってるよね。これは小指の爪を立ててこのキーを叩くからだよ」

「そう言われるとそうなのか」

「『P』に『M』に『!』、右の小指担当のキーが軒並《のきな》み削れてる。指数本でポチポチ打つ使い方じゃないね。指とキーの対応が厳密に決まっている節がある。つまり基礎から叩き込んだタッチタイピングってこと。相当なスピードでタイピングすることを目指してなければここまでは仕上がらない」

「熟練のタイピストってことか」

「それに、これはそもそもお祖母さんの私物だと思うよ。このタイプライター」

「どうして？　なぜそう思うんだ」

「AZERTY《アゼルティ》配列じゃない」

「だからなんだ？　QWERTY《クウェルティ》配列しか打てないなんていったらフランスで暮らしていけないだろう」

「QWERTYじゃないよ。お祖父さんならQWERTZ配列のを買うんじゃない？」

「クウェルツ……？」

「ドイツのキーボードは伝統的にYとZの位置が逆なんだよ。英米のQWERTYとも違うし、フランスのAZERTYとも違うの」

「いや、だってここはフランスだぜ。AZERTYが普通だし、何処にでもあるものだろう?」

「でもお祖父さんはアルザスィアンなんでしょ。第一言語はアルザスィアンでドイツ語が公用語で……だったらQWERTZ配列じゃないとエスツェット(ß)なんかが打てないじゃない」

「いや祖父さんもフランスで長らく教師をやってたんだ、AZERTYに慣れていたって、そのほうが普通だろ。エスツェットなんかどうとでもなるだろ、SSで良いだろ」

「スイス式ってこと? 良くないんじゃない。戦中派の人でSSって平気で打てる人なんかいるのかな?」

たしかにSSはまずい。それはナチス親衛隊《シュッツシュタッフェル》の略号で、鉤十字《スワスティカ》と同じぐらい、フランス人が本能的に避けている記号ではある。フランス語で綴り字を一文字ずつ読み上げる時にすら、SSを「エスエス」と読むものはいない。「二個《ドゥゼス》のエス」と読むことに決まっている。

「まあ、国内のタイプライターは大半がAZERTYだろうから、長いものに巻かれろっていうことでドイツ語圏の人がフランス式を我慢して使ってるってことはあるのかな」

「そりゃあるだろう。どこでもそうだと思うがな」

「でも関係ないよ。今はタイプライターを叩く人とギターを弾く人とマンドリンを弾く人がいて、それはみんな同じ人だって言っているだけだよ。そしてそれはお祖父さんの方じゃなさそうだよね」

「何が言いたいんだ?」

「おっ」ゾエが書類綴に鼻を突っ込んで含み笑いをしている。

「どうした? なにかあったのか?」

「ほら、見つけた」一枚のレターサイズの紙を書類綴から引きずり出して示してみせた。

「バッハだね。リュート組曲の前奏曲《プレリュード》だ。ギター用に編曲し直してる。そして自分で採譜してるんだ。こういうものが出てくると思ってた」

「それが右手の爪を伸ばして弾くものなのか」

「フラメンコギターだって右手の爪は伸ばすけど、フラメンコならギターのメイプルウッドの表面にもっと傷が多いのが普通かな。ゴルぺって分かる？」

「ゴルぺ？」

「ギターのボディを爪で叩くんだよね」

「ああ、あのカラカラッってやつか」

「どうしても一弦のすぐ下に爪痕が残っていくから。フラメンコに使われてるギターは一目で分かるんじゃない？　ともかくあのギターは表面は綺麗なもんだったしね。だからかなりスタンダードなクラシック奏者で、多分バッハとかヴァイスとかのリュート用のスコアを編曲し直して弾いてるはずだと思ったんだよね」

「ヴァイスってのも作曲家の名前かい？　有名なのか？」

「シルヴィウス・レオポルト・ヴァイス。有名だね。バッハの同時代人でリュートに関してはバッハより上手《うま》かったことが確実視されてる人」

「それが普通のことなのか、そのバッハやらヴァイスやらを編曲するとかって」

「バッハの時代はまだギターって無いから。クラシックギターの奏者はリュート組曲あたりをギター用にアレンジするのが常道だよ」

「で、その常道がなされているっていうことは……」

「ふふん。ジャンゴ、あなたのお祖母さんは移民のメイドさんじゃないね。仮にメイドさんだとしても、相当な教養のあるメイドさんってことになるんじゃない？　マンドリンもギターも弾く名人《ヴィルトユオズ》で編曲までこなす。タイプの早打ちも出来る。しかも自己流じゃなくて基本的メソッドに従って仕上がってる。おそらくお祖父さんの手稿原稿をお祖母さんがタイプ清書してたんじゃないかな」

「そんな……証拠でも見つけたのか」

「まだ見つけてないけど、この中にきっとあると思うよ。同一内容の手稿とタイプ原稿が両方あって、引合せをしているのが明らかであるような例が」

「見つけるまで探すつもりかい？」

「今日はもういいや。また探そうよ、明るいうちに。もうお腹減っちゃった。帰りたい」

「わざわざまた来るのか」

「今日は一つ収穫があった。あとはお祖父さんが探していたものが何なのかが知りたい」

「祖父さんが探していたもの？」

「お祖父さんは晩年の孤独の手遊《てすさ》びに部屋にこもって箱を集めたりしていた訳じゃない」

「ゾエ、なんでそんな自信満々なんだよ」ジャンゴは苦笑して続ける。「きょう話に聞いたばかりの故人のことだろうに。というかそれは俺の祖父さんのことなのに」

「ジャンゴの口ぶりにも表れていたよ。マルセル・レノールトの潔白を信じていた前妻さん——イヴォンヌの言葉も、人づてながらも、なおその切実さが響いてくる。この耳に直接聞こえてくるようだったよ。イヴォンヌもヤスミナもジョルジュもみんな、お祖父さんがコラボだったなんて信じていない。それは誤解だったんだ。そう叫びたかったんだよ。でも『コラボでないこと』の証拠なんかどこにもない。私がそうでは<u>ない</u>ということを証明することは難しい。だから裁判でも、科学でも『そうである』と主張する方が証拠を出さなくっちゃいけない。だよね？」

「ああ、挙証責任、立証責任《シャルジュ・ド・ラ・プルーヴ》ってやつだ。それは原告《パルティ・シビル》、検察《プロキュルール》が負うべき義務……記《ル・ジュル》者《ナルー》にとっても金科玉条《きんかぎょくじょう》だ」

「でもお祖父さんが立たされていた『法廷』では訴追側にその責任が課されていなかった。それは愛国者達が自分たちの怒りを、憎悪を、侮蔑をぶつけるための法無き法廷だった。だから……マルセル・レノールトは逃げるしかなかったんだよね。己の潔白を証しだてる術《すべ》は無かった」

ジャンゴは言葉もなく、半ば呆然としてゾエを見つめていた。ゾエは低く震える声で続けた。

「だからマルセルは探していたはず。俺はコラボじゃなかったんだという叫びを、誰かの耳に届かせるための何かしらの手がかりを」

何故とは知らず、ジャンゴの声も震えていた。

「その手がかりが、この遺品の中にあるのか？」

「さあね。ジャンゴが見つけてあげたらどうなの」

「この本や書類を、全てひっくり返したら何かが見つかるのか？」

「知らないよ。でも……」ゾエはちょっと挑戦的にジャンゴを見つめ返している。「探さないわけにはいかないいんじゃない？」

「あとさ、『今日は一つ判った』っていうのは何のことだったんだ？」

「雇い主のお手付きになってしまった可愛そうなメイドさんなんかいなかったってことだよ」

「さっきの、祖母さんのことか」

「歴史地理の教師の筆記をタイプ原稿に清書をしようっていうんだよ、なまなかな教養じゃないじゃない。少なくともその教師と同等の学識がないと。加えて器楽を嗜み、楽典にも通暁《つうぎょう》する、どう考えたってばりばりの教養人じゃないか。ヤスミナ・マルティネスは年の差こそ大きかったかも知れないけど、全てを失っていたマルセル・レノールトが、その後半生を託したパートナーに他ならないんじゃない？」

ジャンゴは溜息を吐《つ》いて頭を垂れた。

「お手付きの女中さんと言って後ろ指を差していた田舎者共のほうがいい面の皮だよ。恥を知るべきなのはどっちかって」

「ゾエ、君の言葉を……親父や祖母さんに聞かせてやりたかったよ」

「何を言ってるのさ、それは社会の木鐸《ぼくたく》たるジャーナリストの使命なんじゃないの。あなたの声で、誰にであれ聞かせてやるべきなんじゃないの、ジャン＝バティスト」

「それは怒られる時専用の名前なんだ」

「それなら反省しなさいよ」

「君には敵《かな》わないな」

Ⅳ――ハルモニア

並行旋律《オルガヌム》が自由を獲得しつつあった。随行するオルガヌムは僅《わず》かずつ主旋律の頸木《くびき》を振りほどき、それ自体の旋法を探り始める。主旋律に近づき、あるいは離れ、その振幅《しんぷく》は独立した声部をなす。主旋律との音階の隔《へだ》たりが、楽曲に時に緊張を、そして弛緩《しかん》を与え、時に発展を、そして解決をもたらす。

「第二の」旋律であった並行旋律はやがて数を増し、「第三の」、そして「第四の」声部をも構成する。そうした旋律たちが、主部の添《そ》え物としての立場から、自身の自由と独立を主張しはじめる。「自由オルガヌム」がこうして複線化していった。

ただ主声部に並行するのではなく、それと縒《よ》り合わされることで楽曲に特別の陰影を施《ほどこ》すこれらの声部は、もはや主旋律の律動にすら従わない。時に主部に先駆け、時に主部に遅れ、どの音がどの契機にどの音とともに鳴り響くべきなのかが、構成的、美学的な裁量に委《ゆだ》ねられるようになる。こうして和声《ハルモニア》が生まれた。

＊

久しぶりに会ったアフメドが顳顬《こめかみ》から眉の端にかけて大きな絆創膏を貼っていた。ジャンゴが愛車のカワサキを整備工場《ガラージュ》に持ち込んだ時のことである。ジャンゴは簡単な整備ぐらいなら自分でやるが、オイル交換となると廃油の処理に困るのでガラージュで作業するのが常《つね》である。出入りのガラージュでは、ちょうどその時、アフメドが整備の終わった車のホイールを磨《みが》いていた。

「結局勝ったのか？　それともノックアウト喰らったのかよ」

ボクシングの試合でもあったのかとジャンゴがからかうと、ちょっと言い辛《づら》そうにしていたが、重い口が開いてみれば家族の間で揉《も》み合いになったのだと言う。

アフメドは高校進学では職業養成校を選び、資格を取る前から整備士見習いとして整備工場に勤めていた。口を利いたのは自動車輸出業者として複数の整備工場《モトゥー》に伝手《つて》のある伯父《おじ》のヤシンである。

「見習い」というのは、要するにブレーキ周りだとか、原動機や減速機《トランスミシオン》といったクリティカルなパーツには触れる資格がないため、バッテリーの交換だとか外装の取り外しや車内外の清掃と磨き上げ《ネトワィヤジュ・ポリサージュ》、県庁《プレフェクチュール》でのナンバー登録手続《イマトリキュラシオン》きをこなしていた。そういった見習い向けの雑事は山ほどあった。とくにアフメドは仮ナンバーを交付された中古車を整備工場から輸出業者のもとに移送する仕事を任されていた。

フランスでは一九九〇年代から車検制度が施行されているが、とりわけ一九九九年以後の排ガス規制は厳格であり、年代物の中古車はもちろん、十万キロぐらいしか走っていない車でも排ガス浄化の基準を満たさないことがしばしばある。そうなると排気管内の触媒《しょくばい》を交換するとか、原動機のバルブ周辺のオーバーホールをするとか、「直すのが得か、売っ払うのが得か」みたいな綱引きが生じることになる。

特にフランス国内で中古車を売ろうとすると車検の期限まで半年以上という規則なので、ちゃんと修理して乗りつづけるなり売るなりするほかに、修理を諦めて二束三文で手放すといった選択肢が考慮のうちとなる。いわゆる「検切れ安価車」であるが、売却先の有力な候補は車検制度の手薄な第三国に輸出する業者だ。

フランスは世界有数の「新車供給国」であり、定収入のある者なら、決まった月額を払って新車を回していくオフィシャル・ディーラーの新車リース契約を選ぶことが多い。いきおい「まだ新しい中古車」の供給もだぶついており、全欧州に独仏伊、それから日本や米国の中古車が流通している。車検切れの要整備中古車は個人売買で遣《や》り取りされがちだが、業者を通すなら主な輸出先は旧共産圏と旧植民地領、つまり地中海南岸とアフリカだ。いわばフランスは車が作られて、そこから他所《よそ》に出ていく国の一つなのである。

同じ整備士といっても不動車を蘇《よみがえ》らせるフル・スタックの熟練整備工もいれば、単に国内外で中古車転がしをしているだけの業者もいる。アフメドが働いていたのは後者のタイプのガラージュだった。

アフメドのガラージュはジャンゴの勤めるコティディアン紙の中部版支局の嘱託《しょくたく》も受けていたが、これは偶然のことである。ル・モンドやフィガロといった全国紙のパリ支局ならともかく、地元紙の支局に「車輛部」を運営するほどの余裕はない。単に懇意にしていて無理の言える出入りのガラージュがあれば足りるということで、町の整備工場に社用車の管理と点検を依託していた。そこでジャンゴは古い馴染《なじ》みのゴールキーパーと再会したという経緯だった。

アルジェリア系のアフメドの家庭は典型的な移民二世、三世の世帯だった。早くに手に職をつけ独立するのが普通だ。これはイスラム教徒家庭に限らず移民系の家族ではよくあることだが、親族、姻族間に互助的で親密な関係が保たれる。そしてこちらは明白に宗教的な精神性の影響が大きい部分であるが、家族間の父系的な紐帯《ちゅうたい》が強い。つまり父親や長兄が父権的《パテルネル》な支配力を持ち、一家の差配に関して発言力を持つ。その一方で、父権を付託《ふたく》される者には家庭の庇護者としての責も課されることとなる。

　ひらたく言うと、親父や長子が威張っているが、その代わりに面倒見がよくなければならないということだ。アフメドの家庭では伯父のヤシンが経済的にもまずまずの成功者で、手広く「国際的」な中古車売買を手がける遣り手の実業家だということもあり、いわば彼こそが一家のゴッドファーザーだったのである。もちろん契約やら訴訟やらに対応できる世間知があることに加え、ちょいと強面《こわもて》が利かなければ生業が成り立たない。

　アフメドは高校が職業教育校《フォルマシオン》で、取得した免状も通称「バック・プロ」と呼ばれる職業バカロレアで、職業人養成のコースのものだったが、取得単位や随意科目では普通科共通科目のものも多かった。単位を得るのに稼いだ点も後者のものが優勢だった。遡《さかのぼ》れば、そもそも中学校でも人文科学や語学の成績が良く、とくに当時は歴史地理《イストワール・ジェオ》の教師に目をかけられていた。義務教育修了証《ブルベ》も優等で、評定には「トレ・ビアン」の注記《マンシオン》が付いている。簡単に言うとアフメドの適性はもともとエンジニアリングよりはむしろ人文科学にあったのだ。しかし、言うところの「実用性の無い虚学」を進路として選ぶことは「家風」からしてあり得なかったのである。

　そのアフメドがこのほど高校の普通科での必要単位を取り直して普通バカロレアを取得し、大学へ進学して教師になろうと志しているのである。高卒免状にあたる「バカロレア」、学士課程の「リサンス」を取り直し、そして修士課程の「メトリーズ」を取りそろえねばならず、夢が叶うとしても最短で五、六年を要する回り道になる。これが件《くだん》の「家風」と衝突し、「手に職をつけさせ就職先を斡《あっ》旋《せん》」してくれていた伯父の不興《ふきょう》を買うことになってしまったというのだ。「いまさらなんだ」というわけで、今年の六月末にあったラマダン明けの大祭《レバラン》で難詰《なんきつ》され、ちょっと前のヴァカンス末の一族の団欒でも問題が持ち上がった。

「それで殴られたっていうのかよ」とジャンゴは憤《いきどお》ったが、そう簡単な話《はなし》ではなかった。もちろん伯父ヤシンは「いまさら無駄な学問など」と御冠《おかんむり》だったが、アフメドの父や長兄のアキームがこのほどは弁護にまわった。ガラージュの仕事は続けているのだし、仕事の合間に新たな修養を得るのに差し支えはないだろうというわけだ。それでも話が拗《こじ》れれば感情的になる者もいる。なにかと高圧的なヤシンに対して、日頃の鬱憤《うっぷん》もあったのかもしれないがアキームがかなり舌鋒《ぜっぽう》も鋭く喰ってかかったうえ、売り言葉に買い言葉から揉み合いになり、それを止めに入ってアキームを後ろから押さえにかかっていたアフメドが、端《はし》なくも兄貴の渾身《こんしん》の肘打ちを食らってしまったというのだ。

家族が十数人も集まれば、どこかで諍《いさか》いの種の一つや二つはあるものだが、こうして喧嘩沙汰となればいきおい賑々《にぎにぎ》しい家庭の宴も冷え冷えとする。アフメドの進路を認めてやるべきだと勢い込んだアキームがアフメドをノックアウトしたというのが皮肉だが、伯父のヤシンも毒気を抜かれて、どうにかこうにかアフメドの選択を「認めてやる」という話にまとまり、「お母さんに心配を懸《か》けるなよ」と釘を刺してその場は引き下がった。

ジャンゴからすると、面倒を見てくれている伯父だか力のある実業家だか知らないが、甥《おい》っ子の世過ぎの選択を「認めてやる」というのがすでに大きなお世話だし、たしかに仕事先を斡旋してもらって世話にはなっているのだろうが、「伯父さんに口出しされる謂《いわ》れはなくないか」といった感想しか浮かばない。アフメド本人は苦笑いである。

アフメドからするとヤシンは頼りになる伯父だが、一族みなに過干渉なきらいがあった。名実ともに中小企業の社長であるヤシンにはお山の大将に特有の、独断的で独善的なところがあって、これは親族の間でも時々諍いの原因になっているのだった。

そうしたうるさがたの伯父の不興を買ってまで、アフメドが「やはり自分の一生、これと選べるものなら教師になろう」と決心して遅ればせながらも修養を始めたのには、とある一人の教師と、そして二人の友人の影響があった。友人というのは、一人が電話帳《パージュ・ジョーヌ》であり、もう一人がジャンゴだ。

電話帳は博覧強記を絵に描いたような男で、日々の暮らしの中で誰もが疑問に思うようなことがあっても彼に訊けば、まるで何でも知らないことはないような調子で説明に及ぶ。これは知り合いになった中学校のころから変わらず、教師が「コンピュータはどうやって計算をしているのか」とか、「多くの金属は銀色に光るが、金と銅はどうしてそれぞれやや黄色、赤色がかった色味を帯びるのか」とか、「北仏のパ・ド・カレ周辺や南仏のローヌ川流域にはどうして『エクス』という地名が多いのか」とか、「聖書の写本のうち最重要なものとみなされている古写本は何処《どこ》と何処の図書館が所蔵しているか」といったような、それだけでテレビ番組か YouTube のコンテンツにでもなりそうな些《いささ》か玄人《くろうと》がかった質問をすると、電話帳が勇《いさ》んで手を上げて、まるでそのために喚《よ》ばれてきた大学教授みたいに朗々と説明を繰り広げたものである。同級生は驚き呆れ、教師もたいがい舌を巻いて電話帳の将来を嘱望《しょくぼう》するところ大であった。どう考えても彼は学者にでもなるものだと思われたのである。

ところが電話帳は比較文学を専攻し修士課程にまで進みながら博士課程には残らなかった。教授資格試験《アグレガシオン》も目指さなかったのである。これは末は博士と信じ込んでいた周囲の者を少なからず驚かせたのだが、事情は単純で電話帳は国籍の上ではフランス人ではなかったためである。父親がフランスの外交官であり、任地の日本で公務員の母親と結婚して一子をもうけ、それが瑠伊《ルイ》・フェルディナン——つまり電話帳である。少年ルイは二重国籍だった。

電話帳はアジアの文物、とりわけ日本のサブカルチャーに通暁《つうぎょう》し、重度の「オタク」であると周囲に認められていたが、相当にディープなジャポニスム趣味のオタクの間でも一頭地を抜いていたのは漢字が読める点にあった。それもそのはず学齢期まで電話帳は日本に住んでいた「日本人」だったのだ。

　そして電話帳は成人を迎えて二重国籍を解消するにあたって、なんと定住するフランスではなく、生国の日本の国籍を選んだ。これはなかなかの蛮勇であり、それというのもフランス国籍が無ければ、フランスでは公務員にはなれない。つまり教授資格試験の受験資格そのものが無く、普通の意味では高校や中学、もちろん小学校の教員に正規採用されることもない。

　無論アカデミアには国籍条項などないが、「就職先」には国籍の制限がある。だが電話帳本人は、こうした身過ぎ世過ぎの上での不都合をあまり深刻には捉えていないようだった。もともと高級官僚の家ということもあり、生活に困るようなことはない——たとえば何としても最速で公務員にならねばならないというような要請はなかったということだろう。実際、電話帳の親はパリ市内に部屋を持っていたし、フランス各地に別荘《メゾン・ド・カンパーニュ》があった。

　だがそれでも、普通なら奨学金《ブルス》を得ながら、とっとと博士論文を書いて、教授資格を目指し、高校なり予備級なりの進路指導にあたりながらアカデミアにポストを探るというような運びになるところ、電話帳はイタリアやドイツに遊学しながら「無用」な学問を続けていた。お前は仕事には就かないのかとからかわれた時に、ジャンゴとアフメドに向かって「フランスの国籍があれば簡単なんだけどな」とポツリと零したことがあった。

　もちろん日本国籍を選んだことに然《しか》るべきメリットはあったのだろう、電話帳本人は「ママに会うのにヴィザが要るとか面倒」などと嘯《うそぶ》いていて、これは離婚後に日本に帰国していた母親のことを言っているのであるが、理由の一部に過ぎない。だがジャンゴもアフメドも、少し考えさせられた。ルイ・フェルディナンは国籍さえあれば簡単に教師なり教授なりにおさまっていたことだろう——何の教授になりたかったかは知らないが、何だって出来そうだった。だがあれほどにも学殖に恵まれていながら電話帳の進路は閉ざされていた。これが自分だったら？　アフメドはその時思ったのだった。学位《ディプロム》を取るだけで道が開くのだ。金持ちの家に生まれた天才児の電話帳のことを羨んで、自分とは立場が違うと思っていたアフメドであったが、ことこの件に関しては乗り越え難《がた》い障碍を前にしていたのは自分の方ではなかったのだと気が付いた。

もう一つの動機はジャンゴから与えられていた。

ジャンゴは両親が教師の家庭で、兄姉も教員になった学校関係者の一族の出だ。だが彼自身はなにかと学校の内外にトラブルを起こしがちな問題児で、学校嫌いだった。家庭がしっかりしていたからひどく落ちこぼれることもなかったかわりに、成績は中学でも高校でもぎりぎりのラインをなんとかクリアーして、本人の言うところの「低空飛行」のまま大学までのディプロムを取りきった。

そのあいだ、勉強が身を立てるための資産というような意識はいっかな持たず、ただ単位を取るのが学生の身分を延長するための最低限の義務だと考えているような具合だった。つまり文学にも科学にもまったく興趣を感じておらず、ジャン＝バティストなんていう「キリスト教徒《クレティアン》」でございと大見《おおみ》得《え》を切っているような本名の癖に、宗教にも歴史にもたいした興味は持っていない。欧州のキリスト教史もさまざまな宗教対立の構図も回教徒《ミュズュルマン》のアフメドに教わっているような有り様だ。そもそもイギリス国教とピューリタン、ローマン・カトリックと東方正教会とプロテスタントの区別すら分かっていない。神父と牧師の区別ぐらいは知っていたようだが、中心街のプロテスタント寺院のことを他の教会と混同していたことがあった。というよりそういう区別があることそのものを馬鹿にしている節がある。「洗礼者《バティスト》」という名前の方が恥じ入るほどの無関心を決め込んでおり、ある時にユダヤ教もキリスト教もイスラム教も神は同じ唯一の神だという話が出たら、それで宗派に分かれて殺し合っているんだから救いも何もありゃしないと小馬鹿にする。そういうことを言うな、せめて言う相手を選べと窘《たしな》めてやっても平気の平左《へいざ》だ。

そんなジャンゴの関心の中心は中学校まではサッカーであり、高校ではバイクだった。敵は親と教師と出来の良い女子学生、敵の総大将が中学の校長《プランシパル》と高校の教務主任で、三者面談がこの世の地獄だ。そうした、成績表に書かれる「ぎりぎり及第組《パサーブル》」のグループの只《ただ》中にジャンゴの青春はあり、そして仲間達はだいたいぐれかけた移民階級の二世、三世だった。

もちろんアフメドもそのグループに属していたが、彼だけは仲間達の中で例外的に成績が良かった。成績だけは「優等組《トレ・ビアン》」で、教師達はアフメドをなんとか「上のグループ」に引っこ抜こうとしていた。具体的には地理歴史の教師がアフメドに本を与えたり、グループ発表の組分けの時にちょっと出来る子達の班に組み込まれたりと、有形無形の贔屓《ひいき》があって、それを仲間達にからかわれていた。

「お前は先公《プロフ》にでもなるのかよ」と。

本当はまんざらでもなかったし、考えないでもなかった。だが、やはりアフメドは「学校嫌い」のグループの一員だったし、たしかに仲間達といるほうが楽しかった。まだジャンゴが「裏切り者《トレートル》」と扱われるようになる、ずっと以前の話だ。

何かの話の折にちょっと地域史や宗教史のことにアフメドが触れると、仲間達が大げさに「指導者《イマーム》の説教が始まった」と嘲弄《ちょうろう》し、「先公にでもなるのかよ」とからかい口に言われた。その度にアフメドは「俺は学校なんか嫌いだし」と笑って遣り過ごしていた。

だがあれは何時《いつ》のことだったろうか。例によって「アフメド師のお説教だ」と合唱があって、「俺は学校なんか嫌いだし」と言ったところで、どうした弾《はず》みがあったものかジャンゴがぽつりと言ったのだ。

「でもそういう奴が本当は先生になるんじゃなきゃな……」

アフメドはちょっと虚を衝《つ》かれてジャンゴの目にその真意を探った。

「だってさ、ほら、マノンとかさ、アリスとか、ああいう優等生《ボヌ・ゼレーヴ》――ああいう勉強の出来る『先生《シュシ》のお気に入り《ユ・ド・メトレス》』の連中がさ、多分いずれは教師になるんだろ？　学校が大好きだった奴等がさ……」

「……ああ、そりゃそうかもしんないな」

「トルドー先生だって、シャンブロ先生だって、みんな、ああいう嫌みな優等生のなれの果てなんだぜ。ああいう奴等はさ、中学校の頃から良く御出来になってて、校長なんかにも褒められたりしててさ、それで俺達みたいのは端《はな》っから馬鹿にしてやがんのさ」

「そうかあ、先公どもはみんな優等生だったのか、そりゃそうだよな」

「だから俺達とは反《そ》りが合わねぇんだよな」

仲間達が口々に同意していた。なるほど教師の連中は、もう子供の頃から「あっち側」の皆さんだったんだな。

「だからこそ、本当は学校が嫌いだった奴が先生になるべきなんだよ」ジャンゴが詰まらなそうな顔で言う。

「どうしてだよ？」

「そりゃ無理な注文だろう」

こんどは仲間達は口々に非を打ちにまわったが、アフメドにはその言葉がちょっと引っかかっていた。

休み時間にまでラテン語の活用を言いあったりして、嬉々として勉強しているような優等生達。グループ研究ともなるとここぞとばかりに勢い込んで教師が拍手するような立派な発表《エクスポゼ》を御披露くださる上澄み層の連中。あいつらは学校が本当に大好きで、勉強してるだけで自己肯定感も得られて、それでなに憚《はばか》ることなく学校生活を謳歌《おうか》しているわけだ。そんな奴等だけで学校ってのが回っていくものだとしたら、俺達が馴染まないのも当然の理かもしれない。

だが、だとしたら教師ってのは何のためにいるんだろう？　端から学校が大好きな奴等だったら、何かことあらためて教え諭《さと》してやらなくったって、なんなら何時だって勝手に勉強しはじめるんじゃないかな。教師なんてものは本来は俺達みたいな駄目な生徒に何かを教えて初めて意味のある役割を果たすことになるんじゃないのか。そして——もしそうなら「本当は学校が嫌いだった奴が先生になるべき」なんじゃないのか……。だってあいつら優等生達ときたら、定《さだ》めし「何かが分からないということ」そのものが分からないんだろうし、そもそも学校が嫌いだなんていう気持ちも分からないんだろう。

アフメドは何かと自分に目をかけてくれる地理歴史のシュネデール先生のことを考えていた。そしてこの時のジャンゴの言葉をずっと覚えていた。多分ジャンゴはとっくに忘れてしまっているだろうし、そんなことを言った覚えなんかないと撥ね付けるだろうけれども。

「そういや夏期スタージュのディプロムはもう出たんだよな？」

「とっくだよ。最終日にはもう出ていた」

「そんな簡単に貰えるものなのかよ」

「べつに簡単ってことはない。でも受講者はみんなはっきり動機があって来てるわけだし、まず全員免状は取得するよね」

「それがすぐに教員免状になるわけじゃないんだろ？」

「もちろん。今は高校時未修の科目を再取得《ラトラパージュ》してるような感じだからな。そういう小さな免状を取りそろえてようやく学部に願書を出せるような具合だ。まだ先は長いよ」

「それでも特段の苦労はないだろ、お前なら」

「自分で始めたことだし勉強《トラバーユ》の方は苦労はないけどさ。仕事《ブロ》のほうがなぁ、辞めるわけにもいかないし。時間のやりくりだな、あとは」

「伯父さんは説得できたんだろ、辞めちまえばいいのに」

「休職しても奨学金が取れるか微妙だからなあ」

「働いてるから奨学金が取れないので働かざるを得ないっていうのは妙な話だな」

「もともと奨学金は社会人の再教育《ルフォルマシオン》のための制度じゃないからな。俺は自弁だ、仕方がないよ」

「まあ、そりゃそうか」

「電話帳と違って、単位を粛々《しゅくしゅく》と取っているだけで道は拓けるからな」

「そんな話もあったな。あいつこそアカデミアに残るものだとばかり思っていたが、皮肉なもんだ」

「俺からすれば、いちばん出来の悪かったジャンゴがいちはやくリサンスを取って、新聞社に就職できたのがいちばんの皮肉だよ」

「なにが皮肉だ、人聞きの悪い」

「ジャンゴみたいな喧嘩っ早いのは、軍に入るか警察に行くかじゃないかなって思ってた」

「その『警察に行く』ってのはどっちの意味だよ、お前、ふざけんなよ」

「そのジャンゴがまさかのホワイトカラーだもんな、選《よ》りによって警察番とは」

「俺の襟をよく見てみろよ。ホワイトカラーって言えるかどうか、確かめてみろ」

ジャンゴは苦笑いでアフメドの肩を小突いて答えた。じっさいリモージュ市内を始終バイクで移動しているジャンゴのシャツはいつも排ガスで薄汚れていて、吹き曝《さら》しに後ろにたなびいている安いネクタイはだいたい捩《よじ》れている。

「まあ、どうしても取りたいのに厳しい感じになっちゃった科目があったら相談にのるぜ。なんとか誤魔化して単位を得る手だてなら心得があるからな。学期末の切羽詰まったところじゃなくて、途中のどこかで教授《プロフ》に一回泣きついておくのがこつだ。早めはやめに手を打つと救済策が出てこないでもないんだよ」

「俺が教師《プロフ》になったらジャンゴみたいな生徒にもせいぜい優しくしてやるよ」

アフメドの含み笑いにジャンゴも笑みを返したが、アフメドはホイールに掛かり切りで俯いている。

「タイヤを替えた時にはさ、ホイールも磨いといてやると評判がうんと違うんだ」

「ああ、丁寧な仕事をしてくれたって感じがするんだろうな」

「ホイールとナンバープレートだな。大して手がかからないのにやっておくと評価が全然違う」

「そういうもんか……。アフメドはガラージュの仕事には未練はないのか？」

「今みたいな下働きばっかりじゃなくって、これで身を立てようっていうなら資格を取らなきゃいけないんだけど、だったら中学校の教員資格が欲しいかなって」

アフメドは教師になるのだろう。それは技術科の授業をすることが目的なのではなく、おそらく目の前で落ちこぼれていこうとしている中学生達をいくばくかなりとも掬《すく》い上げるために。どうしてか、どこかで自分の人生の選択を簡単に狭めてしまうことを選んでしまう――選ばされてしまう中学生に、他の指針を指し示してやることができるように。

アフメド・モアメド・ベン・フサイン・モアービ――彼のように、マグレブ系の、あるいはアラブ系の出自であるということが一目で分かるような姓名は、準備級《プレパ》、修士課程、博士課程と教育課程が高度になっていくごとに、歴然と志願者リストの中の割合を減らしていく。そこには構造的な問題が、原因がある。

アフメドはおそらくそれに抗《あらが》おうとしている。ジャンゴとしても応援はしてやりたいが、実際にはできることがある訳でもない。そしてジャンゴは、アフメドをこのように焚きつけた張本人が自分であるということも知らなかった。


事件は新聞社員の時間割りに合わせて生じるものではない。外回りが多く、突発的な用件を抱えがちなジャンゴは社会面編集部のミーティングに出る都合がつかないことはしばしばで、その立場を言わば濫用《らんよう》していた。だから時にデスクとの個人的なミーティングとしてレオンの部屋に呼ばれることがある。

「部屋」といってもフロアを仕切るパーティションに毛の生えたようなものだ。おそらく男手の五、六人分もあれば間仕切りの壁をスクラム組んで押してやって、上司レオン・ヴェルトの個室をもうちょっと狭くしてやることだって出来そうだった。レオンは仕事に煩《うるさ》く部下に厳しくあたる傾向があり、人望がある一方で一部の反りの合わない者達には煙たがられていた。例えばジャンゴもその一人だ。

だが学部時代のインターンシップで新聞社に来ていたジャンゴをスカウトしたのは、じつはまだデスクを務めていなかった頃のレオンだった。彼はちょっと生意気で鼻っ柱の強い学生を、いわば「引き抜いた」のだった。

レオンが重視したのはジャンゴがアラビア語とトルコ語が出来るということだったが、これは「出来る」と嘯くほどの実力はなく、単に地中海全般のイスラム教徒と付き合いがあるというぐらいの話にすぎなかった。実際にはアラビア語の決まり文句や、トルコ語の挨拶が出来るというのが精々《せいぜい》で、コーランを読んだこともないと分かった。

だが確かに大学出にしては交友関係がやけに移民階級の方に偏《かたよ》っていた。そしてとかく理想主義的で意識の高いジャーナリスト志望の学生の中でも、ちょっと世をすねたような斜に構えたジャンゴの姿勢をレオンはより好ましく思ったのだった。予想されていたことだが、この部下はレオンがデスクに就いてからもしばしば公然と逆らってくる。彼にとってはちょっと扱いかねたろうし、そうした自覚はジャンゴの方にもあった。

ただジャンゴがもう一つ分かっていなかったのは、レオン・ヴェルトはそうした跳ねっ返りの強い部下のことを嫌ってはいないということだ。じじつレオン自身がかつては、今のジャンゴだった。レオンはまさしくこういう部下を必要としていた。ジャンゴのことを、手は掛かるが必要な攪乱者《トリックスター》だと見做《みな》していたのだ。

コティディアンのような保守中道系新聞社の編集部には、ジャンゴのような上に逆らう下っ端の記者が——獅子身中《しししんちゆう》の虫としてではなく、紙面の歪《ゆが》み偏りを均《なら》していくバランサーのような存在として、必要なのだと社会面編集部長は考えていた。プレスというものは部が一枚岩で一丸となって動いているのが良いようにみえても、それではある一定の共鳴音しか部屋から出ていかなくなってしまう。社会は雑多であり、そこに響いている通奏低音は不協和音そのものだ。紙面に調和の取れた交響楽が奏《かな》でられているようでは、それは社会の写し絵たりえていないことの告白にしかなりえない。

しかし当のトリックスター本人は、今日もデスク詣でをあわよくば避けられないかと、出社時間を調整してレオンとすれ違えるように工作している有り様だった。その日はたまたまレオンが昼食時にオフィス直近の自宅に帰らず、社内でサンドイッチで済まそうとしていたためにジャンゴを捉まえることができた。

例によってお小言と反発といった定番の遣り取りが交わされていたが、ちょっとした一言に今日もジャンゴが絡んだ。話が「ジャンゴの連れ」のアフメドのことに及んだ時に、そうしたアフメドの行動についてレオンが「珍しいパターンだな」と言ったのだ。なるほどそれは「失言」だったかもしれない。ジャンゴはすぐさま噛みついた。

「なにが珍しいって言うんです？」

レオンはとっさに逸言《いつげん》を悟った。欧州では職業人が転職やキャリアアップのために大学に入り直したり、各種のスタージュやダブル・スクールを受講するかたちで学位や免状や資格の上積みを図ることは珍しいことではない。ただそうした職業上、社会階層上の流動性《モビリテ》の高さに浴することが出来るのは、奇妙なトートロジーを孕《はら》んだ言い方になるが、ある特定の社会階層に存する者達だけである。これはトートロジーではなく、単なる社会の矛盾、浮き世の不条理というべきものかもしれない――社会階層上の流動性が期待できない階層というものが厳然とある。

つまり自分自身のキャリアを選択したり変更したり、上方修正したり出来る層と出来ない層とが二分化されつつあるのだ。それは統計的に社会流動性の高さを誇っている北欧諸国ですらそうだし、社会の多様性、もっと直截《ちょくせつ》に言えば多民族性を受容する傾向の強い国、たとえばフランスやドイツではさらに顕著《けんちょ》な傾向だ。

貴族や平民の区別が廃絶されていても、暗黙のうちに硬直した社会階層が新たに生み出されている。

もっとも卑近なことを挙げれば、安定した高収入の職業を手にする者はたいがい親が高収入だし、より高いレベルの教育を受けている者はたいがい親が高学歴なのだ。

しかもこうした新時代の「階級」が、今日もっとも厳しく差別が警戒され、繊細な扱いが求められている「人種」や「出自」といった分類項目と相関を持つ、というのが移民受け入れ国の不都合な現実だ。

フランスの移民政策は二十一世紀にはいってから締めつけ政策に舵《かじ》を切っているが、移民層の社会統合は必ずしも奏功していない。

たとえば規制強化前後の全欧での社会統合についての、欧州委員会による二〇〇七年の調査報告によれば、フランスの失業率は二十一世紀に入ってからだいたい一〇％内外で振幅しているが、外国人移民層では男性一四％、女性一八％にのぼる。ＣＮＬＥ（貧困と社会的排除防止対策評議会）の二〇一〇年の報告では、フランス国籍の人々の貧困率が一一％を数えるのに対し、移民層の貧困率は二一％と高く、さらに局限すればマグレブ系、アフリカ系の移民貧困率が四〇％を超えていた。

その後も階層固定化の傾向は止まず、徐々に分断と孤立の度合いを高めている。

アフメドの家庭は移民層の内では成功者に属する方だが、典型的な旧植民地マグレブ地域系の移民であり、族内婚的傾向を保った求心力の強い大家族の出身だ。金曜にはモスクに出向くし、アルコールは摂らないし、断食月《ラマダン》も守るが、職場で日に五回の礼拝を強行したりはしないし、メッカに巡礼に行ったこともない。四角四面に戒律を守るよりも、生活の様々な局面で長いものに巻かれている穏健なイスラム教徒という立場だった。

一家の男性はたまさかの失職中でなければ何らかの勤めを持っていたし、一族に赤貧に喘《あえ》いでいるとまでいえる貧困家庭は見られない。若い者は移民二世か三世で、訛《なま》りのないフランス語を話し、アラーの教えに反しない限りは共和国の価値観に寄せて暮らすのもまたよし、といった心情である。フランスのイスラム家庭としては、ややフランス化《フランシゼ》の進んだ一族と表現することも出来るだろう。

それでも、アルジェリア系のモアービ家では、教育によって社会階層の移動をはかるという発想は稀《まれ》なものだった。学位を取って教職に就職し直すというような発想そのものが珍しいものだったのだ。

だからその意味ではレオンが言った「珍しいパターンだな」というのは割にアフメドの家庭状況を言い当てた一言ではあった——単に事実を陳《なら》べただけのこととも言えた。

それなのにジャンゴが噛みついたのは、その物言いに滲《にじ》んでいた、一抹《いちまつ》の蔑視《べっし》を嗅ぎ取ったからだ。

「アフメドはアルジェリア系だっけ？」

「親父はアルジェ生まれですね」

「酒も飲まないし、宗教的にも敬虔《けいけん》な方だよな？　親に逆らわず、職業校で手に職をつけた口だろう。学位を取って転職ってのは割と珍しくはないかい？」

レオンの言っていることは、その通りのことではあったが、丁寧に言い直してみただけでも既にちょっと言い訳じみたきらいがある。

「マグレブ系の移民の出なら、学位なんかに色気を出さないで、下働きでいろって言うんですか？」

「ジャン＝バティスト、第一に、私が一言も言っていないことを言っていたかのように言わないでくれ。第二に、ガラージュの整備工のことを君こそ一段劣った仕事のように考えていないか？」

「イスラム教徒が学位を取って転職しちゃいけませんか？」

「そんなことは言っていないよな。ただ一般的な傾向として珍しいと言っただけだ」

「そうやって一般的な傾向ってのをことさらに摘示《てきし》するのが差別の始まりなんですよ」

レオンはうむと考え込んだ。それから苦笑いで認めた。

「たしかにそうかもしらん。『イスラム教徒は一般にこうだ』などと一括りに判断するのは——悪しき本質主義《エサンシアリスム》に違いない。それは確かに差別の始まりだな」

「本質ですって？　なにが本質的《エサンシエル》だって言うんです？」

「いや『本質的』かどうかじゃない、違う言葉だよ、社会学で言う『本質主義』っていうのは。個別のもの、たとえば個人の性質を見た時に、それを個人に固有の性質、個人が置かれた個別の状況のなすところのものと捉えるんじゃなくて、人種なり民族なりの本質——つまり括弧付きの『本質』とやらに由来するものと捉える。それは人種隔離《セグレガシオン》の中心的なイデオロギーなんだな」

「じゃあイスラム教徒は一般に学位を取って転職したりしないなんてのは——」

「有《あ》り体《てい》な本質主義で、偏見で、差別だな。それはそうだ。失言だったよ」

「随分簡単に認めるんですね。まあ確かに一般的な傾向としては、そう言えることは言えるのかもしれないけど……」

「それを判断の基準とするのは危険なんだ。たとえば『一般的な傾向としては』高学位、高職位の職業では移民層の率が歴然と下がる」

「それはデータを示してもらわなきゃね」

「近年の統計の値までは追っかけてないが、移民政策が選別締めつけに振れた頃の数字でよければ覚えているよ、散々記事に引用したからね。十年前、INSEE（フランス国立統計経済研究所）による統計だ。職位別労働者人口で割合を出せば、フランス国籍労働者を母集団として幹部職や高度知的職業に従事する者の割合を数えると一五%強といったところだが、外国人労働者が母集団なら一〇%を切る。もちろん母集団そのものの大きさも外国人労働者の方はフランス国籍者の五%強しかいないわけだが、『幹部職・高度知的職業に従事する外国人労働者』をフランス国籍者と比べると後者比三%ほどにしかならない。歴然と割合が低いわけだな。フランス国籍者の中では中間管理職に就く者が二二%ほどにのぼるが、外国人労働者の中では一一%にとどまる。もちろん外国人労働者の受け皿になっているのは事務労働と現場労働だ。フランス国籍者ではそうした職域に全体の五〇%強の労働者が属しているが、外国人労働者を母集団にとれば七〇%近くに及ぶ」

「外国人労働者ってのは……ちょっと漠然としてますね」

「ジャンゴ、君は文学部だろう、社会学は取らなかったのか?」

「単位なら取ったかもしれませんね。どんな授業だったかなんて覚えてないですけど。レオンは社会学専攻でしたね。修士号《メトリーズ》まで取ったんでしょう?」

「なんだかいけないことでもしたみたいに言うじゃないか。DEA（二〇〇〇年頃までの旧制度下における、修士と博士の間にある研究課程）まで持ってるよ」

「それで社会学がどうしたんですって?」

「社会統計の『外国人労働者』だよ。七〇年代の終わり頃から国勢調査とかの行政が主体となって行う調査においては人種、民族、政治心情、宗教……そうしたことに関するデータの蒐集《しゅうしゅう》は禁じられている。どうしてかは判るな?」

「差別の温床《おんしょう》になっちまうから……ですか」

「そういうことだ。外国人労働者は定義が明確だし、社会的身分規定だから実数把握の対象になる。だがこれをもし仮に、たとえば人種や出身国や宗教で統計をとるとすると……」

「国民戦線（現・国民連合）やらの極右政党が喜ぶような数字がぞろっと出てきてしまうって訳ですね」

「アメリカ辺りだとニューヨーク州では殺人事件の加害者と被害者はどの人種に偏っているか、なんていう統計を警察が出したりしているが、あれは危険なものだな。つまり悪用されがちな危ないデータってことだ」

「犯罪率と宗教の相関なんて、多くの市民が体感として……肌感覚として持ってるものだと思いますがね」

「君がそれを言うのか」

「持ってて良いっていう文脈では言っていません」

「それはそうだ。何らかの宗教と犯罪率に相関があるとして、それを論《あげつら》うのは大変危険なことだ。扇動であり教唆にあたるだろう。そういう時に犯罪率をその宗教の性質に見いだすとすれば、さきに言った『本質主義』ということになるわけだよ。しかもこうした相関は因果関係があることを意味しない。それは一種の疑似相関であって、特定宗教と犯罪率とを結びつけるならば、それは為にする議論であって論点先取になるだろう。では現に相関があるなら、それは本質に依《よ》らないとすると何によってその相関が生じているのか？　君にはもちろん論点がどこにあるかわかるよな」

「そりゃあね。自分自身がその差別の交差点に立たされているわけですし。レオンの言う犯罪率との疑似相関を生んでいるのは、宗教の教義や信者の性質によるものじゃあない。それは貧困と無知の問題だ」

「そうだろうな。移民階層と犯罪率の相関、郊外の低家賃公団の密集地と事件数の相関、それぞれより強く相関関係を示し、おそらくは因果関係をも示すだろう事実は、移民階層の貧困率が表している。つまり移民階層の社会包摂《アンテグラシオン》の失敗が、貧困の温床となり、犯罪率の母体となっているわけだ。ところでジャンゴ、君は貧困と『無知』と言ったな。それはどうしてなんだ？」

「きれい事だと判っちゃいますがね……移民の社会包摂《ほうせつ》ってのが問題になるなら、処方箋《しょほうせん》はやっぱり福祉と教育しかないんじゃないかって思いますよ」

「君がアフメドの転職を応援してるのはそれが理由なのか」

「いや、別にアフメドが中古車屋をやってようが、教師になろうがそれはどうでもいいですけどね。本当に気になっているのは……」

　ジャンゴは言葉を選ぶように膝の上に組んだ両手を見下ろしていた。

「階層の分断がこのうえ更に進むこと、社会が移民の排除に向かうことかな。移民と犯罪率の関係なんてのを言挙げして、それを差別的な……『本質主義』ですか、それで染め上げて保守層を扇動する……そういう国民戦線あたりの支持層のおっさんどもに阿《おもね》るような記事がコティディアンに躍るようなら、私自身が社内テロを起こしてやりますよ」

「物騒なことを言うなよ。しかし階層の分断が着実に進んでいるのは事実だ。人種隔離と言ったが、いまや移民階層はここリモージュでも環状線外の公団住宅に集中している。パリでも郊外《バンリュー》、クリシー＝ス＝ボワのスラム化は有名だな、事実上の人種隔離政策《アパルトヘイト》が進行している」

「そのことも事実の摘示としてならばおおっぴらに指摘して良いってことですか。私からすりゃ、レオン、あなたの加筆、『ベレア地区では今年にはいって三回目です』なんてのは、火に油を注ぐ体の扇動政治みたいに見えますよ。コティディアンも保守化してる」

「しかし焦眉《しょうび》の危険に言及して、市民に回避を促《うなが》すのも公器たる新聞の役割だ」

「そうかな、それは私とは線の引き方がちょっと違いますね。あなたが根っからの差別主義者《ラシスト》だって言いたいわけじゃない、今日の話でレオンの立場は理解しましたけど」

「そうなのか。私のことを差別的な上司だと君は考えていると感じていたが？」

「差別ってのはなかなか難しいもんです。この私自身がつい最近、若い子に『差別的』だって言われたばっかりでね。かちんと来ましたが」

「その子は君がマグレブ系だなんて知らなかったんだろう」

「こともあろうに俺をイスラム教嫌い《イスラモフォブ》みたいに扱うもんだから腹が立っちゃってね。ですが考えてみると、まずカラシニコフのお出ましがあったのか、まずイスラム・テロの可能性があったのか、それを確かめたい、そこに優先順位があるっていうのは、警察の旦那方も、われわれ新聞記者《ブンヤ》も共通した関心に違いないわけですが、まずそこに関心が及ぶっていうのは……」

「今日の社会状況からすれば当然の危惧《きぐ》だと思うがな」

「いや、レオン、それが『当然の危惧』であるとすること、それそのものが既に……」

「それは既に確かに我々も内面化してしまっている差別なのかもしれないな。君にとってはテロリスムっていうのはどういう類型の犯罪なんだ。あれは政治犯なのか、宗教的確信犯なのか」

「あれだってイスラム教とは本質的な繋がりはないでしょう。単に実行犯がもともとイスラム教徒だっただけで」

「動機は宗教的な色味を帯びているとは言えないか？」

「あなたはどう思います？　私はそれは――宗教的な建て付けっていうのは、詭弁であり粉飾であると思ってますよ。あれも本質があるとすれば貧困と無知、それから絶望ですかね。梲《うだつ》の上がらない者達の社会への復讐……イスラム原理主義は取ってつけた口実《プレテクスト》なんじゃないのかな」

「私の見立てもだいたいそんなところかな。あれは犯罪類型としてはアメリカのスクール・シューティングに近いんじゃないかと思うよ。宗教的テロリズムというよりはね」

「まあ、フランス中のイスラム教徒があれには苛立ってるでしょう。ルクレール通りのモスクではシャルリー・エブド襲撃事件の直後に『我らが名の元にやるな！』ってでっかい看板《アフィシュ》を立ててましたよ。だいたいテロを起こしている奴等なんてのは原理主義に目覚めたとか言ってる割には、飲酒もすれば、ドラッグも嗜《たしな》む、一方でラマダンは遵守《じゅんしゅ》しない、日に五度の礼拝だってやっている節はないし、絨毯の一枚も持たず、メッカに行ったことも当然ないでしょう。それから貧しい者に施しをしてやっていた例《ためし》なんかあるもんですかね。多分知ってるアラビア語も『アッラーフ・アクバル』だけで、コーランには触れてもいない。敬虔なイスラム教徒の敵なんですよ、あいつらは」

「宗教的テロリストとは違うっていうのは、そもそも核となる宗教的な主張、なんだったら要求と言ってもいいが、ないものな。君は本質は『貧困と、無知、それから絶望』と言ったな。『絶望』っていうのはどういうことだ?」

「あなたはスクール・シューティングに準《なぞら》えたけど、私もその辺じゃないかなって思いますよ。移民一世はだいたい祖国が欧州に比べて著《いちじる》しく貧しくて村に餓死者が積み重なってたとか、深刻な伝染病が蔓延《まんえん》していたとか、あるいは酷い政情不安で、国家レベルで荒廃していて、道を歩いてるだけで命の危険すらあるとかいった、切実な動機を持っていたんだ。だからまさしく命辛々《からがら》逃げのびて来たわけで、避難所《アジール》となった国の持て成しがちょっとぐらい行き届かなくっても、日々の弾圧もなければ、毎日死線の境にいる訳でもないなら、ともかく文句は無いわけだ。ですが二世、三世となると話は違う。彼らにとってはフランスに生まれながら、まずは多くがいきなり貧しく生まれついてしまう。貧しくって学もない。福祉も教育も行き渡らず、うまくフランス社会にくるみ込んでやるような手だてにもアクセス出来ない。二世、三世にとっちゃ、生まれながらにハンデ戦を強《し》いられているようなもんで、自分はフランスに生まれたフランス人なのに他の奴等と手札がぜんぜん違う、物心ついたらもう自分の人生ほぼ梲は上がらないっぽい、出だしからおおよそ詰んでるってことになる。唯一の頼みはイスラム教徒同士の互助組織だが、貧しい移民を囲い込んでフランスの市民教育や学校教育なんかを小馬鹿にして遠ざけようとするから、悪循環から逃れられない。これが移民二世、三世の生まれながらに直面する絶望ですよ。俺の人生出だしから詰んでる。キリスト教徒《クレティアン》の国が俺達を差別している。国は豊かな筈《はず》なのに、俺達の手に入るものは何もない。これはもう社会に復讐するしかないじゃないですか。彼らに対する差別は現に存在する。差別が存在するから彼らもまた態度を硬化させるし、かたや社会の方もそれに応えて差別の度を高める。フランスの公教育にアクセスして社会階層の移動をはかるなんていう発想はもう出てこない。学校なんて役にも立たないいんちきを教えているばっかりだって思っている。それで教師も学校も蔑《ないがし》ろにするし、なんだったらフランス共和国の価値観そのものの否定に走ったりする。まあ敬虔なイスラム教徒だったら、共和国の価値観よりもアッラーの意志、モアメドの教えの方が優先するってのは当たり前だが、そんな殊勝な心がけでイスラームの教えに殉《じゅん》じようとしているわけじゃないです。だいたい敬虔なイスラム教徒ほど、落ち着き先の国の制度とうまく折り合いを付けているもんですからね。アフメドの家なんて、街路じゃ娘もヒジャブを被《かぶ》っているが、学校じゃあぱっと取り外して、それで別段なんの文句も言ってない。成功しているイスラム教徒はだいたい現実主義者だから、金持ち喧嘩せずってやつでいちいちキリスト教徒相手にことを荒立てたりはしないもんですよ。だいたい商売相手がキリスト教徒なんだから。喧嘩しているのは貧乏人だけ。やっぱり貧困がすべての出発点なんだな」

「じゃあどうする、問題の解決にはやはり福祉の充実ってことになるか？」

「まあ、絵に描いた餅ですよね。サルコジの移民政策で、新規移民には入国条件として市民教育のスタージュをやるじゃないですか？」

「ああ、実情は不案内だが……」

「ありゃ、文化部の方で依頼があって取材先は私が紹介したんですよ。共和国市民の遵守すべき価値観ですといって、政教分離《ライシテ》、言論の自由、男女同権、一夫多妻制《ポリガミー》の禁止みたいな感じで、授業の強調項目からいってターゲットは完全にアラブ系なんですよね。それからフランス語教育と。フランスではフランス語を使ってねってわけですが、もちろんマグレブ系やサハラ以南旧植民地からの移民は授業なんか聞いてませんね。市民教育としても職業教育準備としても、制度としての効果の程は疑問視されていますが、当局としては出来ることはやっているという所じゃないでしょうかね」

「君は現場も見てきたのか？」

「ええ、もちろん。荒れてる地区の中学校みたいな感じで、男はすぐに脱落していっちまう。件のアラブ互助会の方が居心地がいいんでしょうね。忠実に全回出席してるのはだいたい女性ばっかりで、市民教育もフランス語教育も、どっちのスタージュも後半になるとアラブ系マグレブ系のおばさんの寄り合いみたいになってますよ。あとは昨今だと、シリアとか、クリミアとかね、紛争地帯から身一つで逃げてきましたみたいな人はもう肝が据わっているのか、だいたい自分の価値観と違う文化を押し付けられてもがたがた文句は言いませんね。なにしろ今まで押し付けられてきたのが匕首《あいくち》の刃や機関銃の銃口だったたっていう連中なんで」

「スタージュの効果の程は疑問って言ったな？」

「ええ、一番包摂しなきゃいけない層を取り逃がしてる感じはありますね」

「つまりアラブ互助会に吸われていく男達か。これはどうしようもないのかな……」

「私には一つアイディアがありますけどね……これ言うと怒られそうだけど」

「どんなアイディアだ、教えてくれないか」

「あのね、共和国市民教育ってやつの教師をイスラム系のおっさんにするんですよ。今は中道左派系のリベラルな教育の行き届いた若い女がフランス共和国の守るべき徳目について縷々《るる》説明するわけですよ。これが共和国の価値観です、人権ですって言って」

「それじゃいかんのか」

「これはまさしく差別的な発言ってことになるんでしょうけどね、アラブの野郎どもに話を聞かせようっていうんなら、ごりごりのホモソーシャルな座組みをして男達の密談ってかたちにすると上手《うま》く回せそうではある。いろいろ気にくわんところはあるが、こっちでどうにかこうにか生きていくための秘訣《ひけつ》だぜって、男の密談って形で教えるんですよ」

「それは問題発言だな」レオンはつい失笑して言った。

「なんだったら講師に極右のおっさんなんかを起用したらどうなんですかね」

「移民排斥運動の急先鋒を起用するってのか？　スタージュの場で移民はとっとと国に帰れと説教するのが関の山だろう」

「いや、それなんですけど、あのキリスト教右派保守本流のおっさんたちって、ちょっとマフィアの親父みたいな乗りがあるじゃないですか。懐《ふところ》まで入ってきたやつを無下《むげ》に扱わないみたいな、やくざ者の仁義《じんぎ》みたいな徳目があるでしょ？　外国人なんですけど困ってるんでなんとかしてくださいって頭を下げたら、『なんだ、仕方がないな』とか文句垂れながら面倒見そうじゃないですか。リベラル教育の権化《ごんげ》が教壇から『これがフランスで守られる人権、守らなければならない人権です』って大上段にやるよりもね、おっさんが倉庫の裏かなんかでね、『これはほんとはいけないんだけど、こんな風にもやっていく手はあるんだぜ、内緒な』って教えてやったほうが……」

　もはやレオンは大笑いだった。涙を拭きながら言う。

「社会包摂のためにと手弁当で走り回っているリベラル左派よりも、移民排斥極右派の父権《パテルネル》的な権威の方が、教化には向いてるかもしれないって？」

「まあ私に社会包摂政策立案のコンサルティングが回ってきたなら、そう提案しますかね」

「アラブ系イスラム教徒の父権的男性社会《ホモソシアリスム・パテルネル》はキリスト教右派の心性にむしろ似ているっていうことか。なるほど卓見かもしれないが……しかしこれはかなりきつめの『本質主義』だぞ。人を悪《あ》し様《ざま》に言っておいて、君も相当な『本質主義』を論ずるんだな。提案としては有効そうに見えるだけに難しいが」

「私はマグレブ系に片足を突っ込んでるんだから、当事者としての感想といったところですが」

「いや、君、当事者性があったところで、本質主義の罪咎《つみとが》に変わりはないよ」

「まあ、被差別層の方がことさらに差別的であるってことも、まあ、どこでも見られることですし」

「……実感が籠《こ》もってるな」

「とぼけないでくださいよ。私があっちのコミュニティでいま何て呼ばれてるか知ってるでしょう？　言ってみりゃ、どっちの側からも差別されていて一番かわいそうじゃないですか。上司は理解がないし」

「なに言ってるんだ、この理解溢れる上司に向かって」

「ちょっとした拍子に、普段は糊塗《こと》している差別感が漏れでてしまうような社会部長ですか、頼りたくないな」

「調子に乗るなよ。君は差別って問題について実感してきているっていうのに、差別そのものについて向けるものの見方がちょっと素朴《ナイヴ》に過ぎるんじゃないかな。差別の交差点に立たされているがゆえにかえって見過ごしている部分があるんじゃないかねえ」

「レオンの考え方こそちょっと教条主義的《ドグマティク》なんじゃないですか。だってキリスト教徒はこうしたものだ、イスラム教徒はこうしたものだなんて決めつければどうしたって、その言うところの本質主義ってのになっちゃうんじゃないですか」

「もちろんそうだ。だいたい括《くく》りの大きい話はだいたい本質主義に陥《おちい》るんだよ」

「それじゃ犬ってのはだいたいこうしたもんだ、猫ってのはだいたいこうしたもんだって言うのも本質主義なんですか」

「それで個別の犬なり猫なりについて個別性に配慮せずに大ざっぱな判断をしているんなら本質主義ってことになるよ」

「それじゃ何かについて大枠で語るってことが、そもそもいったいに本質主義で差別だってことになっちゃうじゃないですか」

「ある意味ではそうなんだよ」

「そういうのは『区別』って言いませんか？　なんでも十把《じっぱ》一《ひと》からげに『差別』って非を打ってたら話にならないでしょう？」

「あらゆる区別が原理的には差別と同断なものだよ。『これは差別ではなくて単なる区別だ』っていうのはまさしく移民排斥派の右派ラディカルの得意技じゃないか」

「だとしたら何であれ、ことごとに区別しないで生きていくことは誰にも出来ないでしょう、何だって初めは大ざっぱな括りで把握していくしかないんだから。それともなにか区別して生きているってことが、もう自動的に差別的だってことになるんですか？」

「ある意味ではそうだよ。人は誰も原理的に差別的だし、差別主義者なんだよ。自らが内面化している差別ってのに気が付かないでいるだけで」

「なんですって、レオン、『人は誰も原理的に差別的』とは？　それは用語の濫用ってやつじゃないですか。誰だって何にもべったり区別しないままで生きていくなんてことは出来る訳はないでしょう。アメーバじゃないんだから」

「単細胞生物にすら選好ってものはあるよ」

「ちょっと待ってください、なんかしらの選好があるってことがもう差別だっていうんですか？」

「思考実験としてはそうだよ。してはならない差別と私固有の選好ってものの間に通底するものがある」

「じゃあ、あなたが……例えば……異性愛者だってことが、もう差別なんだっていうんですか？　そりゃ言葉の濫用にもほどがあるんじゃないですかねぇ」

「私には私の選好がある、私には私の判断があって区別がある、そのこと自体は即差別的なんだってことにはならないだろうさ。だが差別と通底するものは既に含まれている。人は原理的に差別的だっていうのはそうした審級《アンスタンス》での話だ」

「控訴審《アペル》だか上告審《カサシオン》だか知らないが、どんな審級の話だろうと、自分に自分なりの区別、自分なりのものの好みがあるってことまで差別と言われたらたまったもんじゃないでしょう」

「もちろん内心の自由ってものもある。君には差別的である自由すらあるってことだ。差別的であることが問題になるのは、それを差別ではないと誤認した時、そればかりをことさらに正当化した時、それを手放しに表明した時、それを他者に押し付けた時、そしてとりわけそれを根拠に他者に擅断《せんだん》を執り行った時……」

「他者との関係のなかで差別が顕在化するってことですか」

「そうだな、個人的な選好に過ぎないものが、他者を巻き込むならば差別と一衣帯水《いちいたいすい》の剣呑《けんのん》な判断につながっていく。とりわけ差別が大きな問題となるのは、それが社会制度の一部をなした時だ。差別は制度化しがちだし、ひとたび制度化すれば、単なる内面的な選好とは異なったものになる」

「つまり差別の問題化ってのは、他者との関係を取り結ぶ際に、広く言えば社会化を契機に生じると？」

「そうだ。例えば君が犬好きだったとして、その是非は問われないが、犬好きのための社会的制度設計を提案するなら、その社会的妥当性というのは当然問われることになる。それと同時に、差別問題が表面化しているような社会的制度の歪みを問題にするにあたって、それがもともとは『持っていても是非を問われる筋合いのない個人的な選好』——いわば個人的な内面化された『差別』とどこかで結びついているんだっていうことへの自覚が必要となるだろう。とりわけこと言論に携わる自負があるなら、自分が内面化している無意識の差別については自覚的でなくてはならないし……自分は差別的な人間ではないっていう素朴で御目出度《おめでた》い自己認識については大いに疑っておかなくちゃいけないな。今の文脈で言うと、およそ人たるもの大なり小なり『差別的である』ことを免れるものではないのだから」

「しかし普通に考えて、自分が差別主義者である、だなんて認める人はなかなかいないでしょうけど」

「だって自分がしている区別が——たとえば猫よりは犬の方が好きだなんていう小さな区別が罪深いことだなんて誰も思わないだろうからね。そして実際にそれは別段罪ではないよ。ただ、そうした『犬好きの意志』を利した形で制度化がなされるなり、法制化がなされるなり、あるいは広く新聞の紙面に謳《うた》われるなりすれば、即座に妥当性を問われることになるし、不適切だと叱責を受け、あるいは社会的な立場が失墜するほどの糾弾の対象となることもありうる」

「犬好きであるために社会的な立場を失うんですか」

「こうした取るに足りない比喩《ひゆ》が、どれくらいの射程を捉えているかは理解できるだろう。ジャンゴ、例えば外国人排斥主義《クセノフォビー》ですらそれ自体は個人の内心にとどまっているかぎりは罪ではないんだよ。だがそれは表明されないかぎり裁かれることのない差別であっても、ひとたび公的な立場から表明したりすれば即座に糾弾の的になる。『差別』っていうのは万人の内心にすでに潜んでいるものだし、それが問題になるのは他者との間に利害が生じる時だ」

「問題化しない限り差別感情を抱えていても構わないって言うんですか？　それはちょっと認め難いな」

「個人の選好というものがあって、それが縒り合わさってパーソナリティが形作られるのだから、その極端な現れである差別感情ですらその個人を構成するものだって言えるだろう。もっともまったく理不尽で不当な差別感情を個人が抱えていたとしたら、それはどうしたって人間関係や社会生活のなかででも軋轢《あつれき》を生んでいくだろうな。人は自分自身のパーソナリティを隠して生きていくというわけにもいかないんだから。つまり、内心にある差別感情は裁かれないというのも一種の極論で、結局は他者との関係の中で自分の選好のうち、妥当なもの、不当なもの、保持すべきもの、保持しておく意味のないもの、そうした整理をしていかなきゃまともに人とは付き合えないし、社会人としての生活が危ぶまれるよ。かくして今日の社会を生きていくなら、人は内心の差別感情は最小化したほうが適応しやすい。一般的にはね」

「……一般的には？　なんらか特殊な場合ってものもあるっていうんですか？」

「本来ならば憚って当然の差別感情を、剝《む》き出しにしたほうがその人の『社会的判断』の上で都合のよい場合がある」

「あぁ、なるほどね。差別感情を共有する仲間と移民排斥運動のグループを形作るとか」

「差別は結社には都合の良いツールになるからね。移民排斥運動みたいな人聞きの悪いものではなくっても、もうちょっと穏当なものに見えても差別感の共有ってのが集団の求心力になることって多いよ。君は右派カトリック保守の富裕層でやってる『ラリー』を知ってるか？　一部富裕層カトリック教徒の間で一種の社交界みたいなものが形作られることがあるが、子供をその社交界に送り込んで、友人とか、恋人とかは、そのグループ内で選ぶように促されるんだ。ダンスパーティをやったり、遠足を企画したり……まさしく社交界《ラ・ソシエテ》だよ」

「聞いたことないな。そんな気持ち悪い組織」

「『上流階級』の閉鎖性が集団力学の中心にあるからね。社会階級や宗教的、政治的価値観の共通する者たちだけで、同質的な集団を組織して、交際相手はそこから選択するんだ。集団組織の動機はもちろん価値観の近い者たちだけのグループで交際範囲を囲い込むことだが、バックボーンになっているのは『価値観の遠い者たち』に対する差別的忌避感だな」

「この時代にそんな組織が存在するんですか」

「彼らからすると、価値観の混乱した今日の浮き世に子供を解き放ちたくないんだよ。上流階級の内婚制《エンドガミー》クランみたいなものだ。子供を荒れた公立学校にやりたがらない親っているだろう？　彼らの言い分としては子供に安全な環境を準備するってことになる」

「それじゃカトリック系の私立学校ってのは、そんな富裕層の内婚制を担保するためにあるんですか？」

「いや、そこまで言うと言い過ぎになるが、ミッション系私立学校の父兄会《APE》ってのは今日の社会ではかなり濃い目の同質集団社会みたいなものに現になっているよ。ゲイテッド・シティとかアパルトヘイトとか、彼らはむしろ積極的に賛成するんじゃないかな」

「しかしそれは裏返すと、移民層にありがちな閉鎖的なイスラム教徒同郷人会みたいなものにも一脈通じる話ですね。あっちはあっちで不道徳な無神論者やキリスト教徒とは付き合うなって囲い込みが始まることがありますよ」

「皮肉な話だが君の言ってたように、キリスト教極右保守層と、イスラム原理主義同郷人会の間には精神性に似通った部分があるのかもね。少なくとも同質性の高い内婚制クランを形作るっていうのは共通してる」

「リモージュにも『ラリー』とやらはあるんですか？」

「さあ、どうかな。あったとしても君のようなマグレブ系の出自にかかる者や、私のような極左リベラルの目の届かないところで活動してるんじゃないかな。活動拠点は多分司教館とミッション系私立校の父兄会だろうね。カトリック青年会なんていう穏健なボランティア組織の中身がそれだ」

「じゃあ、あの辺にあるのかな……」

「『結婚式は絶対教会でやる派』だよ」

「古き良き麗《うるわ》しい習慣みたいに思ってたけどそんな裏があったんですか」

「これは憶測《ひょうでん》だけど、そうした同質集団の中では外国人嫌悪《クセノフオビー》なんか隠す必要もないかもしれないね。国民戦線の票田だよ」

「なるほどねえ、やっぱりこうした問題には、レオン、あなたに一日《いちじつ》の長《ちょう》がありますね」

「そう思うなら、そんな生意気な口を利くんじゃないよ。君は差別の現場には詳しいのかもしれないが、それだけに差別の構造については観点がちょっと素朴なんだよな。差別と闘っている側なんだから、自分の『差別に対する感覚』に無意識の自負を持ってしまっている。若い意識の高い学生なんかは、だいたいそうなんだけど、『差別はいけないことだ』なんて当たり前のことを言い募っているばかりで、自分自身に内面化している差別感には気が付かないし、社会集団の相互差別なんていう簡単な互酬性《ごしゅう》にも目が届いていない。差別的な強者と、差別される弱者の見方っていう、悪者《ヴィラン》と正義の味方みたいな単純な構図にことを矮小化《わいしょう》しがちなんだ。そもそも『差別はいけないことだ』なんて考えは意見とするに値しないよ」

「どうしてです。まあ、あなたのせいで、差別ってのもこれはこれで結構複雑なもんだなって思いはじめてるとこですけど、『差別はいけないことだ』ってのはきれい事でもなんでもない、ここは守らなきゃいけない金科玉条《きんかぎょくじょう》なんじゃないんですか？」

「だって『差別はいけないことだ』なんて皆が言ってることじゃないか」

「皆言ってて何が悪いんです？」

「つまり差別する側も差別される側も、場合によってはそれがひっくり返っても、みんな『差別はいけない』って思ってるし、自分の差別は『差別じゃなくって合理的な区別だ』ってぐらいに感じているものだ」

「あぁ、それは……さっきの『ラリー』のメンバーなんかにとっても、それは合理的な住み分けに過ぎないんでしょうね」

「驚くべきことに、彼らの組織は公徳心の高い善人ばかりが揃っているんだからね。少なくともそう自認していて、そのうえ大概は高額納税者だ」

「でしょうね」

「そういう観点に問題の焦点があるんだよ。『差別はいけないことだ』なんていう誰も反対しない命題など、意見と呼ぶに値しないってのはね、ジャンゴ、こういうことだ。『移民層の社会包摂のために福祉と教育を拡充すべく、公金を投入すべきである』――こういうのを意見と言うんだよ。これは誰もが認める意見ではない。だがおよそ意見というものは、こうして賛成する者も、反対する者も出てくるような建て付けになって初めて意見としての意味を持つ。初めて議論の叩き台となるわけだ」

「なるほどねえ」

「簡単に頷くんじゃない、こんなのまだ意見としては漠然としすぎだ。強く移民排斥を訴える層以外には、だいたい賛成してもらえるだろう？　実際には極左から中道政党まで、こうした『公金投入』についてはまったく同じ意見になる。『条件付きで賛成だ』ってね。皆賛成。これはまだ意見としてはっきり像を結んでいないんだ」

「いや、待ってください、その『条件』ってのがそれぞれの政党なり、支持母体なりで、いろいろ変わるでしょう？　中身が違えば多くが賛成している意見とは言えない」

「したがってちゃんとした意見としてはこうなる。『移民層の社会包摂のための福祉、教育予算拡充にあたって、これこれの条件を満たすべきである』とね。こうなって初めて政策提言の様相を呈してくるな。意見として成立する」

「レオンならどういう条件を考えるんです？　よもや予算縮小派ではないでしょうけど」

「これはただの譬《たと》え話だよ。私にも定見は無いな。というより私自身の定見はあまり持たないように努《つと》めていると言ったほうがいいかもしれない」

「それで社会部のデスクが務まりますかね」

「いや、やはりプレスは公器とすべきだ。社会部のデスクの一存を広告するものではないからな。甲《こう》論乙駁《ろんおつばく》を両論併記といきたいね」

「編集方針ってものがあるでしょう。というか割とつねづね強権を振るってませんか？」

「だから時々こうして部下の不満を吸い上げているんだよ。これは私の師匠に負ったジャーナリズムの心得だがね、メディアは大衆を善導しようなどと考え出すと危険なんだよ。紙面に歪みが生じるからな」

「結構歪んでると思うけどな。その師匠ってのはかつての上司かなんかですか？」

「いや大学の恩師だよ。研究指導の社会学の教授だ」

「レオンは研究テーマってのは何だったんですか？　修論と、それからＤＥＡ論文も書いたんでしょう？」

「ざっくり言うと、投票行動の基準となるマインドセットが成り立つのに、どういう社会的条件の影響が大きいかって話だ」

「どういうことでしょう？　マインドセットとは？」

「思考様式《マンタリテ》みたいなものだな。ものの観方、考え方。つまりだな、市民が選挙で投票するにあたって、それぞれの市民ごとに異なった立場、異なった政治信条、異なった利害関係、異なった関心があるわけだ。たとえば軍事、外交、教育、福祉、税制……それぞれの問題につき、それぞれの個人が固有の関心から『この問題についてはこういう対応が望ましい』という判断をするとしよう。それでは何処の党に投票しようかとなった時に、軍事についてはＡ党に賛成だが、外交政策についてはＢ党に賛成だ。しかし教育政策はＣ党の提言が望ましい、そして税制に関してはＤ党の言うように断固減税を支持する、と。こうなったら、この人はどの党に投票すべきか。どの党に投票するだろうか」

「それはその人にとって最も重要な問題について賛成している党に入れるってことになるんじゃないですか」

「これだとちょっと悩ましいよな。だが実際にこんなふうに問題ごとに支持したい党がばらばらになってしまうことなんてあるだろうかね」

「どういうことです？」

「こういった様々な政治的イシューについて、案外特定の党がその人にとってベターな『政策セット一揃え』みたいなものを準備するものじゃないだろうか」

「『政策セット』ですって?」

「つまりだね、例えば君は前回の選挙ではどこに票を投じたんだ?」

「私はだいたい、最も少なく悪い《ル・モワン・モヴェ》ところに入れますけどね。まあ基本的には左派連合になりますか」

「私もそんなところだが……だとするとだ、軍事については縮小、外交については穏健派、教育予算は拡充して教員の待遇改善、福祉予算の削減は拒否、税制については累進《るいしん》課税の強化……ってな具合になるだろう。つまりそれぞれ別個の政治的問題について、だいたい所定の政党連合が君にとって妥当な『政策セット』を提案していることになるんじゃないか? 例えば『軍事については縮小するが、外交は強硬派』なんていう政策セットはちょっと馬鹿げてて考えられないから、最初の二つは当然セット売りになるだろうけれども、これは教育、福祉政策などとは独立した問題だよな。だから教育や福祉、あるいは税制については、それぞれ異なった政策オプションを選びたくなってもよさそうなものじゃないか」

「まあ、アラカルトで、それぞれ別に注文するってことになりますか」

「ところが実際にはそうなっていない。前菜、主菜、パンにチーズにサラダボウル、ドリンクにデザート、全部別個に選択したってよさそうな話だが、そうではなくって人はだいたい今日のセット・メニュー、A定食かB定食かを選べばだいたい望んだものがセットになっているんだ」

「これ、そういう話なんですか?」

「たとえば軍縮オプションを選択している政党は、ほぼ自動的に福祉、教育予算の拡充がセットでついてくるし、おまけに、例えば女性問題なら平等化推進、環境問題ならエコロジー政策推進がついてくる」

「なるほど確かに、本来別々の問題がだいたい連動するようになっているってことですか」

「これがフレンチ・タコスのテイクアウトなら、具の肉三つをそれぞれ選んで、お好みのソースを選んで、サイド・メニューを選んで、ドリンクを選んで、ポテトをつけてって出来るんだろうが、投票行動っていうのはどうだ？　ケバブ屋方式じゃないだろう？　学生食堂《レスト・スコレール》方式だろう？　A定食かB定食を選べば、そのレーンを進んでいくだけで、他のメニューは全部自動的に舞い込んでくるじゃないか」

「投票行動は学食式か。面白い喩えですね」

「これはどうしてなのって話だ。まるである人の選びたい政治的選択は、軍事、外交、福祉、教育、税制といった個別であるはずの諸問題につき、全部セット売りになっているみたいじゃないか。どうして独立した問題が全部束ねられているのか、『軍拡かつ福祉予算も拡充』とか『男女共同参画には賛成だがエコロジー政策は縮小』みたいな選択肢は無いみたいだが、それを選びたい人っていうのはいないのか、ってこと」

「たしかに興味深いですね」

「この問題に先鞭《せんべん》をつけたのがトマス・ソウェルというアメリカの社会学者で、『政治的ヴィジョン《ア・コンフリクト・オブ・ヴ》の葛藤《イジョンズ》』っていう一九八七年の本で、だいたい市民の政治的選択というものは、進歩主義的な『非束縛的価値観』を重んじるか、保守主義的な『束縛的価値観』を重んじるかっていう二つに分かれているんじゃないかって論じたんだ。世の中は変えられるから変えていこうぜっていう発想の人と、いや現状は取りあえず維持して手持ちのリソースをうまく按配して調整していこうぜっていう発想の人と、世界観みたいなもので二分されるんだと」

「いやそれはアメリカの話でしょ。そりゃ当たり前でしょう、二大政党制なんだから、どうしたって政策セットはA定食かB定食かって話になるんじゃないですか」

「それは因果が反対で、この話は『何故《なぜ》二大政党制は成立するのか』という問題の前提になっているんだよ。それにフランスだって事実上は二大政党制みたいなものだろう？　結局右派連合と左派連合のどっちを選ぶかみたいな選択しかないじゃないか。フランスもA定食かB定食かの二択だよ」

「確かにねぇ。でもレオン、その政策セットっていうのは、ただそんな進歩主義か保守主義かみたいな二分法《ディコトミー》だけで説明できるものなんですかね」

「私が学部にいた頃には、これと似たような議論が再燃していて、それは認知言語学者のレイコフの『比喩《メタファー》によるモラルと政治――米国における保守とリベラル』（一九九六）が出たからだな。どうして共和党支持者と民主党支持者の間では話が通じないのか。どうして、まともな議論にならないのか、まったく価値観、世界観が違うのだろうかっていうような素朴な疑問を、認知言語学的なメタファー理論で整理するっていう発想だ。そこでは政治的な選択の支えになる道徳観念の元型《アーキタイプ》っていうのが、煎《せん》じ詰めるとその人の持っている家族像みたいなもののメタファー的拡張に過ぎないんじゃないかっていう論で、『リベラルな慈しむ両親』っていうのを家族像の核に観ているか、『厳格な父親』っていうのを家族像の中心に置いているかっていう、いわば個人的体験、育った家がどんな家だったかみたいな話がその人の世界観の大枠を規定しているっていうんだ。それで国民が政府に何を望むのかっていうのは、子供にとって親の責務は何かという家族観の投影に過ぎないんだっていう議論だな。つまり国民にとって政府は何をすべきかという問いは、子供にとって親は何を与えてやるべきかみたいな価値判断が基盤になって決まってくるっていうこと」

「なんだか雑駁《ざっぱく》な議論に聞こえますがね」

「もともとレイコフの認知言語学っていうのは、言語の中核にはメタファーの働きがあるっていう立論だからな。言語っていうのは、上とか下とかいった、即物的で具体的な……ほとんど物理的な描像が核になっていて、あとはその核になる描像がメタファー的に投影されてより複雑な認知の元型になっていくっていう言語論だ。我々の表象する複雑な言語現実も、世界像も、いずれもけっこう雑駁なメタファー構造がベースになっているっていう発想なんだから、雑駁といわれても、それは本当に雑駁なものなんですよっていう返答になるだろう」

「しかし政策セットがA定食かB定食かになってしまうっていうのは、だいたいそうした話でほんとうに説明出来るんですかね？　進歩主義か、保守主義か、親が甘かったか、厳しかった、みたいな」

「私の立論はこうしたソウェルやレイコフの議論に見るように、有権者には多様な選択肢があるというよりは単純な政策セットを二択で選ぶというようなマインドセットができ上がってるんじゃないかっていうことだったんだな。ちょうどブルデューのハビトゥス論が出た頃で、要するに人間は生活圏の中での日常の活動を通じて、その人固有のマインドセットを培《つちか》っていくというような議論だ」

「生まれ育った環境によって世界観ってものが、それぞれ個別に培われていきますねっていう結論でいいんですか。そりゃそうだろうって気もしますが」

「こういった路線で考えていくと、政治的なマインドセットばかりじゃない、何が差別なのかっていう道徳的な判断だって、その人が生活している広い意味での環境によって培われてきた、すぐれて属人的なものなんだっていうことになるな。つまり万人に普遍の道徳的基盤が存在するというよりは、何らかの環境要因を元型に自分なりの道徳観を涵養《かんよう》していくってことになるわけだ。ソウェルに言わせれば、その人の価値観が束縛的なのか非束縛的なのかに依るし、レイコフなら家族観の元型が優しい親だったのか厳しい父だったのかに依る。ブルデューに言わせれば、それぞれの生活圏でじわじわ蓄積《ちくせき》していって、やがては身体化するにいたる抽象的な『性向』みたいなものがあって、それがシステムをなしていると」

「それがあなたの修士論文《メトリーズ》のテーマだったんですか」

「こうした世界観とか、道徳観とか、政治信条の選択なんていう問題圏では、家族観、家族構造なんてものが、かなり決定的な役割を果たしているんじゃないのか。もともとエマニュエル・トッドの『世界の多様性』だってマインドセットは家族構造の影響だっていう立論だったろう」

「たしかに政治的マインドセットの成立要因なんていうと大げさですけど、育った家がどうだったか、みたいな卑近な話にしかなっていないような」

「だが、そのことは意味深長なんだよ。なぜって、育った家庭が違うなら、政治信条のマインドセットは異なるというのだろう。基本的な道徳観念というものが異なるというんだ。我々の目下の論題に戻って言えば、差別とは何か、何を差別と呼ぶのか、どういう差別は許されないのか……そういった具体的な判断というものには実は決まった答えはない——育った家庭によってそれぞれ異なった『差別というものについての考え方』ってのが醸成されているっていうことになるんだからな」

「なんだかすっきりしませんねえ。社会学ってのは……答えはこれだって見得を切るってわけにはいかないんですかね」

「この社会においては『答え』って奴そのものが、環境依存の流動的で不確実なものだっていうのが結論になるのかもしれないからな。対象が十分に複雑なものには、単純な答えはありえないだろう。それとも君は誇張やはったりでもいいから『答えはこれだ』と決めつけてもらいたいタイプなのか?」

「決めつけてもらいたいですよ。差別とは何か、こんな簡単な質問に答えがないなんて落ち着かなくなりませんか」

「あのな、ジャンゴ、『生命、宇宙、そして万物についての究極の疑問の答え』は『42』だそうだが、そう聞けば君は、なるほど判ったと溜飲《りゅういん》を下げて納得するのかい?」

V——フォーブルドン

楽音の並びは初めその順次性ばかりが意識されていた。しかしいまや楽音の同時性が万人の耳に響き始める。楽音は進行を持つばかりでなく膨《ふく》らみをも獲得しつつあったのだ。

すでに三声を当然のものとして同時に奏《かな》でられる複数の音——和音のうち特権的な組み合わせが土地により様々な価値を得ていく。主旋律から三度と六度離れて、上下に長短三度を振れる楽音はブリタニアにて双子《ジメル》と呼ばれる。

定旋律《カントゥス・フィルムス》に六度下、完全四度下の二声を添《そ》えたフォーブルドンはブルゴーニュの森に好まれた。カントゥス・フィルムスの調べは様々なヴァリエーションを生み出し始め、俗謡やコラールを持ち込んだ定旋律は作曲者達の共有財産となっていく。

ゾエ・ブノワの要求は段々に過大なものになってきた。

初めはジャンゴの兄ノエのガレージでのことだ。鍵《かぎ》形の紙片の一葉《いちよう》を「これ、持っていっていい？」というほどのものだったのだ。それが数日後には「もう二、三枚見せてもらえないかな」となり、ついで「箱ごと全部持っていっていいかな」という要望になるまであっというまだった。

「もう二、三枚」と言われたところでは、その二、三枚とやらを託すのにアパルトマンに寄ってもらって置いてあった小箱のものをわたせば話《はなし》が済んだのだが、「箱ごと全部」となった段でさすがにジャンゴも訊き質《ただ》した。

「そりゃ、兄貴のとこの車庫に積んであるだけだから持ってくるのは構わないけど……なにか気になることでもあったのか？」

「うん、全部ひっぱりだして比べてみたいなって」

「顕微鏡ででも調べるってのか？」

軽口に混ぜっ返すつもりだったが、ゾエの返答は肯定だった。

「うん、ルーペで見ただけだけど……」

「ルーペ？」

「十倍の。石とかを見る時に使うやつなんだけど」

「十倍……ってどのぐらいだかぴんとはこないがな」

「結構おおきくなるよ。紙に書かれた文字のインクの際《きわ》の広がりとか見えるし。この短冊《たんざく》は……長方形の短辺っていうのかな、横のところは鋏《はさみ》で切られてるね」

「ルーペで判るのか？」

「上下から潰れるように捩《よじ》されているんだよね。ナイフやカッターだと繊維が平行に引きされるんだけど」

「それはまあ……ほら、箱の幅に合わせて……幅を調節したってことだろ、分からなくはないが。だってさ……箱の内張りのクッションに使ったんだろって話だったたんだから」

「問題は長辺のほうだよね。どうしてこんな鍵形になってるのか、どうやって切ったのか」

「そこはルーぺじゃ分かんないのか？　電子顕微鏡が必要なのか？」

ゾエは冗談に取り合わずに真面目に答えた。

「こんなにジグザグに切れるってことある？」

「まっすぐ切れるほうが変な話だろう？」

「だって紙なんて折り目を付ければそれだけでまっすぐ切れるものでしょう？　ジグソーパズルを作るんでもなければ、こんなにジグザグにはならないじゃない？　だからこのがたがたの切れ目が『合い』になる二つの紙片《ピース》があるか確かめるために、全部の箱を検《あらた》めたいなって思ったんだよね」

「ジグソーパズル？　これはパズルなのか？」

「だって、こんなふうに切れ端がぎざぎざなんだから、隣合う紙片があるはずでしょう？」


そういうことでジャンゴは兄のガレージの箱を全部引き取ってきて、件《くだん》のドージョーのタタミの上でゾエと一緒に赤絹の内張りを剝がしてみることにあいなったのだった。

箱の内法《うちのり》の絹の内張りは四隅に綺麗なプリーツをつけて宝石箱のようなクッションの利いた『箱の内装』を形作っていた。それを一つずつ剝がしていくと、想像していた通りどの箱にも下地材というかクッションというか、衣服で言うところの接着芯みたいに、問題の綿衣リサイクルの紙片が容積一杯に拡がっていた。

ジャンゴが言ったように、紙片の短辺の鋏による切断跡は、箱の内法の幅に従って切り詰められたものだったのだろう。それはどの紙片も一様であり、その幅はまさしく「箱の長辺の幅」にほかならない。

しかし、かたや紙片上下の長辺をおおまかに形作るのは、すでに見たような鍵の歯のような不規則な段のあるぎざぎざの線である。その描く曲線……というより無数の線分で作られた上下に酔歩《すいほ》するような階段線は、その酔歩にも拘《かか》わらず一定の則《のり》を超えることはない。下がった段はいずれ回復し、上がった段はやがて下がってくる。ほんとうに鍵のように、その凹凸《おうとつ》が、最終的には一定の上下範囲に収まっていくように見えるのだ。だからこそ実際にはかなり複雑な上下稜線《りょうせん》を持っているにも拘わらず、全体としてはほぼ横長の長方形……栞《しおり》か、レシートか、切符《ビエ》かなにか、そうした短冊のような大きさ、かたちに収まっているのである。

それならば……この上下の不規則な折れ線の意味は何なのか？　もちろんそれこそがゾエの関心の的だった。

「ほら、ちょっと見てみてよ」

「ほぉ……結構大きく見えるもんだな」

「これぐらいの倍率でも紙の繊維ぐらいまで辛《かろ》うじて見えるよね」

ゾエが持ち出した折りたたみルーペは、蝶番《ちょうつがい》を伸ばすとコの字形に拡がる切手蒐集《しゅうしゅう》家などが使うタイプのルーペで、紙片の上に額縁《がくぶち》状の観察面を据えるとそれがぴったり焦点距離になって、接眼レンズに十倍の像が見える。確かに書写《カリグラフィ》のインクが紙の繊維に染み出ていく逐一の様子が窺われる。十倍の世界で既に、紙上の文字は実際には複雑なフラクタルの輪郭を持っているのだ。

「これ、判る？」

ゾエが示していたのは紙片の上長辺のジグザグの一角だ。

「あれ、これは染みか？」

「凹《へこ》みのところに染みがあるよね？」

「そうみたいだな」

「この染みが凹みには必ずあるんだよ」

「本当か？」

ジャンゴは紙片の上にルーペを滑らせながら、ぎざぎざの鍵状の輪郭を辿っていった。

「あるよ！　ほんの痕跡だけだけど」

ゾエの指導のもとに折れ線を辿っていく。ジャンゴはいまだ半信半疑だった。

「どういうことだよ」

「これさ、よこっちょは鋏で切ってあるんだよね。幅を箱に合わせてある。でも上下はぎざぎざで不規則だよね。この上下の幅がちょうど良かったんじゃないの。箱のためにわざわざこう切ったわけじゃない」

「どうしてそう言えるんだ？」

ゾエは自分が預かっていた小箱を一つ開けて見せ、その絹の内張りをめくる。

「これ見てよ、この一箱の『中敷き』は材質は似たような綿フェルトの紙だけど……」

「これも箱の中敷きだったのか？」

「そうだよ、最初にわたしが借りてった箱なんだけど、絹の内張りを剝がして出てきたのがこれ」

「真四角じゃないか」

「似たような材質だけどこれは真四角……っていうか正しく長方形、上下左右を鋏で箱に合わせて切ったものだよね」

「まあ、中敷きのクッション材として挟んだだけなら不思議はないが……何も書いてないな。色も違う。これはグレイだ」

「鍵形のはクリーム色だよね。材質としては近いけどこれは別物だよね」

「なにも文字が書いてないし……こういうのもあるのか」

「いや、これは本当に別物なんだよ。というかこういう何でもない綿フェルトの芯《しん》が本来の用途だったんじゃないの？　ジャンゴが言っていたみたいにクッション材としてなら色なんかどうでもいいし、かたちもおおまかなところが近ければ長方形でも、上下がぎざぎざでも構わない。これで本来の用途には足りるでしょう？」

「本来の用途？　じゃあ……」

「この箱に収めるためのちょうどいい厚みと大きさがあればいいんだよ。鍵形の紙片は上下がぎざぎざだけど上下の幅がだいたいちょうどよかったからそのまま使えた。左右は箱に合わせて鋏で切り詰めてある」

「つまり、この凹凸には何の意味もないっていうのか？」

「箱の中敷きとしてはね。クッションとしてというか、この赤い絹の内張りを箱の内壁に合わせてぴったり広げることが『用途』だったんじゃない？」

「一体、この鍵形はなんなんだよ？」

「それが問題なんだよ。ともかく鍵形は箱に収められるのに必要だった形なんじゃなくって、たまたま厚みと……ふかふか感？　要するに触った感じと、それから上下の幅がちょうどよかったから、絹の内張りを箱の内壁に添わせて広げるのに使っただけで、その証拠に同じような材質の綿フェルトなら長方形でも良かった。その方が良かったぐらいじゃない？」

「じゃあなんで、この問題の鍵形は……」

「たまたま箱の縦幅とちょうどよい綿フェルトの短冊があったっていうことじゃないかな？」

「そのちょうどよい幅の綿フェルトが、なんでこんなぎざぎざなんだよ」

「だから並べてみて全部比べてみたいんだよね。いまのところたかだか三つばかりの鍵形の紙片を比べただけなんだけど、それでも判ったことがあるよ」

「そりゃなんだい、もったいつけるなよ」

「上下の鍵形のパターンはだいたい似通ってるね」

「みんな同じか」

「そうじゃなくて似てるだけ。みんなちょっとずつ異なってる。上下左右に特段の対称性はないんだけど、だいたい似た感じではあるってこと。それから共通して真ん中にはラテン語の文が……トロープスの一節が書かれてるんだけど、文言がどれも違っている。いつでもほぼ真ん中をトロープスの歌詞が横切っているよね」

「鍵形のパターンってことなら判らないことじゃないよな。要するに鍵のパターンってのはどれもちょっとずつでも異なっていなけりゃいけない。ただ全体としてはだいたい似たような雰囲気になるだろうし」

「それに大まかな寸法は一定になるよね。だって……」

「入るべき鍵穴が一定の太さなんだからな。じゃあ、やっぱりこれは鍵なのか？」

「だとしたら鍵穴はどこにあるのかってことだよね」

「こんなふにゃふにゃな紙片で鍵になるもんかね」

「あのさ、ジャンゴ、『鍵穴』っていうのはものの喩《たと》えだよ。この紙片の上下の高さ……鍵の大枠を決めているもの、それが『鍵穴』なんだよ」

「それはこの……箱の短辺の高さ？　この箱の奥行きに合わせてあるってことじゃないのか？」

「違うんだよ、この紙片はたまたまもとからこの箱の奥行きとちょうど同じような縦幅になっていただけで、箱に合わせたのは左右の横幅の方だけだよね。そっちは鋏で調節した」

「じゃあ鍵形の上下のジグザグの方が、この紙の元の形だったたって言うのか？　そりゃいいけど、どうしてこんな……ジグザグが付いていたっていうんだ」

ジャンゴはあらためて鍵形の紙片を手の中で裏返して矯《た》めつ眇《すが》めつ、日に透かしてみる。ゾエのルーペで縁のパターンをまた仔細《しさい》に窺ってみた。たしかにところどころで鍵形の凹部に褐色の染み、あるいは染みの痕跡があるように見える。

「刃物で切ったにしては複雑すぎる。適当に破ったのでもこうはならないよね。これなんだけどさ、パンチ穴の切り取り線《ペルフォレ》みたいになってたんじゃないかな？」

「切り取り線？　切手や印紙みたいにってことか？」

「印紙？」

「あぁ、ゾエ、きみ、いくつだっけ」

「二十二」

「その辺が端境《はざかい》かあ。収入印紙《タンブル・フィスコ》ってちょっと前までは切手みたいになってたんだぜ。こう、ぴりぴりって小額の印紙を切って所定の額面を作るっていう……」

「へぇ？　いまはバーコードの印刷されたレシートみたいなやつだよね。昔の方が面白そうだな」

「今の方が便利だよ。でも印紙でも切手でもいいけどさ、それじゃ結局長方形になるもんじゃないか？　こんなふうに鍵形パターンになるわけがないだろ」

「切手って言えばさ、コルシカ島とかサルジニア島とかの記念切手ってあるじゃない。オレロン島とか」

「変わり切手ってやつか。島の形になってるとか」

「イタリア半島の形の切手とかさ」

「コレクション用のやつか、勿体《もったい》なくて使えないような。それでこのルーペを持ってきたのか。これ切手蒐集家《フィラテリスト》用のだろ？」

「まあ、筆跡鑑定とか、消印の判読とかに使うようなものだね。蚤《のみ》の市で買ったんだ」

「きみの私物か？　まぁ、好事家《こうずか》らしいというか」

「手写本の文字の形が怪しい時とか、これで見るんだよ。最近はあんまり使わないけど」

「なんだそりゃ、『手写本の文字の形が怪しい時』なんてあるのか？　手写本なんかを見ることそのものが最近はあんまり無いだろうからなあ」

「いや、今どきは携帯にアタッチメントをつけて、つまり接写レンズをつけて写真撮っちゃったほうが早いから」

「手写本を見ること、あるのかよ。きみは本当に好事家なんだな。俺の友達に紹介したいよ。電話《パージュ・ジ》帳《ヨーヌ》って言うんだが」

「電話帳なんか読まないよ」

「いや、そういう渾名《あだな》のやつだ。ときに、これが切手みたいな切り取り線だったんだとして、どうしてこんな形にパンチ穴を打ったって言うんだ？」

「どの鍵形紙片も真ん中には聖歌の文言が横切っている。一枚だけ、ただ横線が真ん中を横切っているだけのがあるけど、他は聖歌の一節が書かれてるんだよね。この紙片の核になっているのはやっぱり、この聖歌なんだと思うんだ。だから上下の鍵形パターンは聖歌に付随するものだったんじゃない？」

「『聖歌に付随する』？　どういうことだ」

「この切り取り線《ペルフォラシオン》は聖歌の上下に……というより、多分だけど聖歌の上に記された歌い方の指示だったんじゃないかって思うんだ」

「歌い方……歌詞の上に？」

「これはさ、楽譜だったんじゃないかって思うんだよね」


そしていまジャンゴのドージョーの畳の上に膝つきに向かい合った二人の間には、ことごとく絹の内張りを剝がされた工芸品と、その材料になっていた……内張りの芯に使われていたと思《おぼ》しい綿フェルトの紙片がならんでいた。

　うち二つはゾエが言っていたように、ちょっと毛色の違う灰色の綿フェルトで、天地と左右が鋏で切り詰めてあるものだった。それ以外は問題の鍵形パターンの紙片ばかりで合計十五枚ほどにも上る。

　それをゾエは畳の上に縦にならべて、配列を入れ替えたりと工夫していた。

「これが繫がるところがあるって思うんだな？　ジグソーパズルみたいに」

「うん、ちょうど合うところが無いかなって……」

「これはラテン語なんだよな、文言っていうか、歌詞に当たりをつければ、ピースの収まりどころが判るんじゃないか」

「それなんだけど……ちょっととびとびだね。続けて読めば一文になるっていう組み合わせが見つからない……」

「繫がりそうにないのか」

「それどころか、何が書いてあるかぴんとこないところもあるんだけど……」

「きみは……ジュヌ・ユマニストだっけ？　ラテン語優等賞の常連だったと聞いたけど？」

「ラテン語じゃないんだよ、これ。ところどころが、ラテン語じゃなくって、古仏語……っていうかオクシタン方言だね」

「オクシタン……」


ジャンゴもリモージュの生まれ育ちだ。オクシタン方言など使いつけなくとも、その位置づけぐらいは了解していた。

フランスはイベリア半島とはピレネー山脈により隔《へだ》てられ、イタリア半島とはアルプス山脈により阻《はば》まれ、所属が流動的だった北東部ライン川周辺域を例外として、全域がガッリア地方の名のもと古代から独自の自己同一性《イドンティテ》を保っていた。

もちろんガッリア地方は、ある時にはローマの版図《はんと》となり、またある時はゲルマン民族による蹂躙《じゅうりん》を経験した。またある時はイギリス、フランスの両国にまたがる御家騒動によって各地域は引き裂かれていた。しかしそれにも拘わらず、フランスの母体となった地域である西フランク王国は西部ヨーロッパの諸国にくらべてずっと統一も早かったし、民族、宗教、言語的な基層《スプストラートゥム》が安定していたと評価できる。古代、ガロ・ロマン時代、中世を通じてフランク王国が常《つね》に一枚岩の国体をなしていたとは言えないが、有《あ》り体《てい》に言って西フランク王国は――ひいてはフランス王国は、だいたい安定して「そこにあった」のだ。十世紀にカロリング朝が断絶してもすぐにカペー朝のフランス王国が後を襲い、以降は王朝の盛衰こそあるもののフランス革命まで王国の国境線に激動はない。ブルボン朝においてほぼ、今日《こんにち》のフランス共和国の輪郭が形作られている。

その中で、アルザス・ロレーヌ地方のように国取り合戦に翻弄《ほんろう》されてそのつど所属を変えてきた地域も当然あるが、フランスの国土、国体の大枠は、八世紀カール大帝の即位時からそれほど変わっていないのだ。

隣国をみれば、小国が分立していたイタリア半島の統一は十九世紀の統一運動《リソルジメント》まで果たされなかったし、ドイツ帝国の統一《アイニグンク》は十九世紀後半を待った。そのためイタリアやドイツでは各地の方言形の懸隔《けんかく》は大きく、しばしば相互に意思疎通が出来ないことまである。しかるにフランスは十六世紀にはすでにフランス語の統一化、規範化に乗り出しており、十七世紀にはジャンセニスムの修道士の手になる所謂《いわゆる》『ポール・ロワイヤル文法』が発表されていたし、同じ十七世紀末にはアカデミー・フランセーズが『アカデミー・フランセーズ辞典』の編集を完成していた。これらの業績はフランスの言語的中央集権化が、近隣諸国にくらべると著《いちじる》しく進んでいたことを物語っている。「これがフランス語だ」という言語的アイデンティティが、ルネッサンス後期にはほとんど官製の御墨《おすみ》付きをえて公布されていたも同然だったのだ。

このように言語的統一化、規範化の進展が早かったフランス王国であったが、それは各地方にさまざまな方言形が残存することを妨《さまた》げるものではない。ブルターニュ地方のブルトン語はケルト語派の流れを汲《く》む。北部のフラマン語は低地ドイツ語の一派だ。アルザス語《エルゼシッシュ》は高地ドイツ語《ホッホドイッチュ》の係累《けいるい》をなしている。とくに北東部フランスは歴史的経緯からも当然だが言語の混交が多地域で見られる。

かたや南西部フランスでは北西のドーバー海峡から反時計回りに、大西洋、ピレネー山脈、地中海、南から東に回ってアルプス山脈と、動きの少ない安定した国境線を描く自然条件が連続していたために、著しい言語混交が生じなかった。そもそも、このアキテーヌ地域においては隣国との鍔迫《つばぜ》り合いは、北東部フランスに比べるとさほど激しいものではなかったのだ。そのため、北部、中央のフランス語と比べても、方言形の特徴が割と穏当な範囲におさまり、ゆるやかな連続性を保って分布していたのである。

それがオック語地域《ラング・ドック》——すなわちオクシタン方言圏である。北部、パリを中心とするオイル語方言《ランド・ドイ》圏《ル》とは、語彙《ごい》やアクセント特徴などに幾つかの変異が見られる。

オック語、オイル語という方言名には、この二大方言圏に見られる象徴的な区別が刻まれている。今日の標準現代フランス語では肯定の返事として「Oui《ウィ》」と言う。これはフランス語話者でなくとも知っている、観光客だって使えるような基本的語彙だ。このフランス語における「イエス」を、オック語では「òc《オック》」と言い、オイル語では「oïl《オイル》」と言っていたというのだ。つまり今日では、この後者、パリ圏の「オイル」が生き残って全国で通用しているということになる。ちなみに右の「オック」と「オイル」という「肯定の返事」はいずれも同語源であり、古代ラテン語の「hoc《ホック》」ないし「hoc ille est《ホック・イッレスト》」に由来する。hoc は中性の指示代名詞であり「それ」というほどの意味だ。すなわち古フランス語期の「オック」と「オイル」は今日の口語日本語における「それな」、「ほんそれ」という肯定とほぼ同功の表現だと言える。

さて北仏のオイル語、南仏のオック語の方言圏の境はかつてはだいたい中部フランスを南北に仕切っている大河川ロワール川の上下に求められていたが、とくに中央王朝の支配権下になかった南部の地方諸侯の領土領域にはオクシタン文化圏が残存している。そして古来のアキテーヌ地域圏のうち中部フランスの臍《へそ》の位置に準《なぞら》えられるリモージュ近辺の旧称リムーザン地方、現在のヌーベル・アキテーヌ地方がオクシタン文化圏の事実上の北限をなしていると捉えられていた。

リモージュはオクシタン文化、オック語文化圏の北の都という自負があったのだ。

そんなわけでリモージュ市内にもオック語、オクシタン文化の保存活動というものがあり、オック語協会であるとか、オクシタン文学会といった草の根の団体が拠を据えている。市民生活のなかにオクシタン文化、あるいはオック語の痕跡はほとんどないが、それでも「Chabaz d'entrar《シャバ・ダントラール》」、すなわち「ようこそ、いらっしゃい」といった表現が辛うじて生き残っており、リムーザン地方の古い商店や飲食店の軒先や市《いち》の入り口に伝統的に掲げられている。

基本的にはオクシタン方言は「古いロマンス語」——つまり近代フランス語の成立以前の「地方のラテン語の方言」の立場に近く、北部オイル語の強い影響下に成立をみた今日のフランス語よりは、スペイン語やポルトガル語や、特にバルセロナを中心とするカタルーニャ地方に分布するカタルーニャ語に言語特徴が似ており、より源流のラテン語に近い——一言でいえば古い。

だからラテン語に詳しいフランス人ならば、少なくとも文字になったものならば読解は難しくない。フランス人にとってスペイン語やイタリア語は、発音や会話はともかく文になっているものの読解に関して言えば、代名詞だとか、冠詞と縮約《しゅくやく》した前置詞だとかいった基本的な機能語の使い方さえ頭に入っていればだいたい類推が利くものだが、オクシタン方言もほぼ同じ扱いが出来る。つまりラテン語を学んでいる学識者であれば、オクシタンは辞書はなくとも「だいたい何を言っているか判る」ぐらいの親しい言語なのだ。

ただ、問題は詩である。歌《うた》というものはしばしば情報が非常に凝縮されていて、日常に近しいものであるにも拘わらず、その「言語」は往々にして高度に様式化されているため読解し難《がた》いのである。童謡や民謡のなんでもない片言隻句《へんげんせっく》が、いざ精細に読み解こうとすると、相当に込み入った文脈を解きほぐさねば明快にならないのはどこの言語でも見られる事実だ。

ゾエが「ぴんとこない」と言っているのもそうした事情によるものだった。

何を言っているかはだいたい了解できても、その文言が厳密にどういう意味で、どういう文脈の中にある表現で、いかなる表現効果を担っているのか……そうした文芸的に精確な読解には準備を要し、調査が必要なのだ。

「オクシタン方言ってのは、そんなに難しいものなのか？」

「難しいかどうかで言えば、難しくはないよ。だって、やっぱり『普通の』フランス語ではあるんだからさ。でも……」

「意味がわかればそれだけで良くないか？」

「大意が取れればそれで本当に判ったってことにはならないでしょ？」

「まずは大意が取れればそれだけでいいじゃないか」

「たとえばさ……『枯れ葉』っていう詩があって、これは枯れ葉のことを歌った詩なんだなって判ったらそれで足りるの？」

「まずは足りるだろ？」

「この詩は枯れ葉のことを歌ってますってだけでいいの？　それは百科事典の『芋虫《いもむし》』の項目には芋虫のことが書いてありますっていうぐらい、当たり前で、無意味なんじゃない？」

「いや、『芋虫』の項目に芋虫のことが書かれているのには意味はあるだろ。それだけで一定の意味を満たしているだろ？」

「ジャーナリストの感覚っていうのはそうしたもんなの？」

「別に『ジャーナリストの感覚』を代表しようっていう自負なんか無いけどさ、まずはそういうもんじゃないかな？　なんだ、それだけじゃいけないのか？」

「いけなかないけど、それじゃものを読んでいるとは到底言えないんじゃないの？」

「きみにとっては『ものを読む』ってのは文言をそのまま読んで、言ってることを虚心坦懐《きょしんたんかい》に受け取ること以上を指すのか？　だとすれば、それは俺のジャンルでは『牽強付会《サンス・アビュジフ》』って言うんだよ」

「わたしのジャンルでは表面上の通り一遍《いっぺん》の意味が判ったからって、それだけじゃ判ったって言えないって言ってるの」

「じゃあ、あと何が知りたいんだよ、裏の裏の意味まで知りたいっていうのかよ」

「そうだよ、本当なら。少なくとも文脈ってものが見えてこなきゃ」

「そんなもんがあるってのか、こんな……端切れの文言にさ」

「文脈を持たない言葉なんかありゃしないよ」

「じゃあ、どんな文脈があるってんだ」

「それはまだ判らないけど……でも……」

「これが『楽譜』だっていうのが、きみの考える文脈なのか？」

「それを詳しい人に訊いてみたいんだよ。だからこの小箱の中から引っ張り出した紙片を、ちょっとわたしに預けてもらえないかなって」


それから一週間後のことである。ゾエ・ブノワからの呼び出しでジャンゴはリモージュの中心街、オペラ座の前に佇《たたず》んでいた。このオペラ座には音楽院《コンセルヴァトワール》が併設されているというのだが、芸事……というかハイ・カルチャーに疎《うと》い彼にはどの部分が音楽院なのかもよく判ってはいなかった。

もっともリモージュのオペラ座は、パリやミラノに見るような世界に誇る文化と伝統の体現者といった押し出しではない。二十世紀半ばのモダンなコンクリート建築であり、庶民の立ち入りを拒む上流階級の社交場といった趣《おもむ》きはない。むしろ市民がジーンズにリュックサックで気軽に立ち寄る、街のコンサート・ホールといった雰囲気で、実際にオペラ座の前の石段には若い学生が車座になって屯《たむろ》しているのが常だ。

そして音楽院はオペラ座の横合いにつつましいエントランスを開いており、ちょっと見た限りではまるで劇場関係者の出入り口みたいに見えるし、じじつそのように勘違いしている者も多い。だが実際には、戦災が軽微だったここリモージュの中心街には珍しい、戦後の大規模建築になるオペラ座は、中央の大劇場を囲繞《いにょう》する容積のかなりの部分を音楽院の校舎にあてており、独自の音楽院図書館も同じ建物の中にあった。

ジャンゴが招かれたのは、その音楽院図書館の事務室だった。


「こちらがルオー先生。御専門は古楽で、音楽院の音楽学《ミュジコロジー》、楽典の教授だよ」

ゾエの紹介に合わせてルオー教授は会議机から立ち上がった。ジャンゴも手を差し出して近寄る。

「こちらはジャンゴ・レノールト。コティディアンの記者です」

「初めまして。この度はどうも……」とジャンゴは名刺を懐《ふところ》に探った。

「ディディエ・ルオーです。初めまして、ジャンゴ。Dから始まる綴りなら、僕たち、イニシャルが同じだね」

「いいえ、ルオー先生、私はほんとはジャン＝バティストって言うんです」

「ギタリストのジャンゴも本名はジャン＝バティストだよ」

「えっ？　だからなの？　ミドル・ネームがゴーティエだからだって言ってなかった？」

「ゴーティエなのは本当だ」

「ほんとに信用ならないなぁ」

「ジャンゴって呼び始めたのは兄のノアだったそうで。物心がついた時には家族はもうみんなジャンゴって呼んでましたね」

「それで君もギターを弾くの？」

音楽院の教授にお目通り願って、これを訊かれない筈《はず》がなかった。例によってお定まりの断りをいれなければならない。

事務室の中央の会議机にはゾエが届けていた黒檀《こくたん》の小箱が積まれており、内張りから剝ぎ取った綿フェルトの紙片は卓上に広げられたグラシン紙の上に並べられていた。ゾエが指さして言う。

「ルオー先生に怒られちゃったよ。プラスチックのクリアファイルに入れてたんだけどさ」

「なにか問題でもあるのか？」

「ジャンゴ、これ、文化財扱いだってさ。プラスチックに入れておいたら染料が変質して固着してしまうかもって。だからこの硫酸紙《りゅうさんし》で包んでおかなきゃって……」

「……ちょっと待てよ、この鍵形の紙片がか？　文化財？　そんな貴重なものだったのか？」

「類例は少ないね。とても珍しいものだよ」

ルオー教授は卓上の紙片を掌《てのひら》で示してそう言った。クッキングペーパーの上に焼かれたクッキーみたいに、几帳面《きちょうめん》に並べられた紙片が硫酸紙の上に列を作っている。

「君は……」とジャンゴはゾエに訊いた。「……これがそんな珍しいものだって知ってたのか？」

「知ってるわけないだろ。ただ、これは楽譜なんじゃないかなって思ったから、古い楽譜に詳しそうな先生を知らないかって、マチルドに……」

「じゃあ、声楽科のあの娘《こ》が……」

「ルオー先生に渡りをつけてくれたんだよ」

「ルオー先生、これは本当に『楽譜』だったんですか？」

「ディディエで構わないよ。結論から言うとこれは『楽譜』の元型《アーキタイプ》みたいなものだね。歴史的遺産だよ。今日来てもらったのは、これを文化財として音楽院に寄贈してもらえないかっていう話なんだけど」

「それは構いませんけど。うちでガレージに置いといたって何の価値もないわけですし。でも、そんなに貴重なものだったんですか、これが？」

「貴重だね、はっきり言って。まったく類例のないものじゃあないけれど、古楽……中世の音楽の貴重な資料として、断片なりとも公開して研究の対象になるようなものだ」

「これが『楽譜』の元型……元型っておっしゃいましたよね。こんなものがどうして楽譜に見えるんですか？」

「ジャンゴはギターは弾かないって言ったけど、楽譜というものがなにかは知っているんだろう？」

「……そりゃあ、五線譜《ごせんふ》に御玉杓子《おたまじやくし》の躍ってるやつでしょう？」

「まあ大概はそうしたものだよね。五線でも六線でも四線でもいいけど……」

「六？　四？」

「ギターのタブ譜っていうのは六線の楽譜みたいなものだろう？」

「あの『コード表』ってやつですか？」

「コードに限らないよ。メロディ譜にもリズム譜にもなるからな。でも、さすがに弾いてみようとしたことはあったんだね？」

ルオー教授が傍らのラップトップに示したのは、ブルーズのスタンダード・ナンバーの冒頭だった。ギター用の運指譜《タブラチユア》で、六本の線はギターの六本の弦に対応している。五線譜のスコア同様に右へ向かって時間が推移するが、音符の代わりにギターの何番目のフレットを押さえるべきかが数字で指示さ

```
e----|-/9~-~--~--~-|-8-8---7-7--|-5--5--5--5-|-5----------|
B----|-/8~-~--~--~-|-7-7---6-6--|-5--8--7--6-|-5----------|
G-7/9|-/9~-~--~--~-|-8-8---7-7--|------------|-----7~-7---|
D----|-------------|------------|------------|-----6~-6---|
A----|--0--0--0--0-|-0~-0--0~-0-|-0--0--0--0-|-0-/7~~--7-|
E----|-------------|------------|------------|------------|
        |  |  |  |   |  |  |  |   |  |  |  |   |  |  |  |
```

ギター用運指譜

れている。ここで見せられていたのは、Aセブンスの形をスライドさせる出だしから、クロマティックに五フレットのAセブンスに回帰するお決まりの進行――これはキース・リチャーズが弾くロバート・ジョンソンの曲を採譜したものだった。

「そりゃ、この渾名で誰彼なしにからかわれてきましたからね。でも指がこんがらかっちゃってすぐに挫折しましたが」

「一番簡単なはずの子供向けに移した『ドレミ』のハ長調が、ことギターでは却《かえ》って難しくなってしまうからねえ。あれが幾多のギター初学者の壁になってるね、確かに」

「キーをEにすればいいのに？」とゾエが言っている。ルオー教授は笑って答えた。

「ブルーズが入り口なら、最初の関門で撥ね返されるフランスのギター初学者はずっと減るかもしれないな」

キーがどうとか、ジャンゴにはぴんとこないが、他にも腑《ふ》に落ちないことがある。

「四線っていうのは、なんのことですか？」

「五線譜が成立したのはルネッサンス期なんだよ。それ以前は四線のネウマ譜っていうのが普通だった」

ルオー教授はネウマ譜の画像を呼び出して見せた。

ジャンゴは首を捻《ひね》って歌詞を呟く。

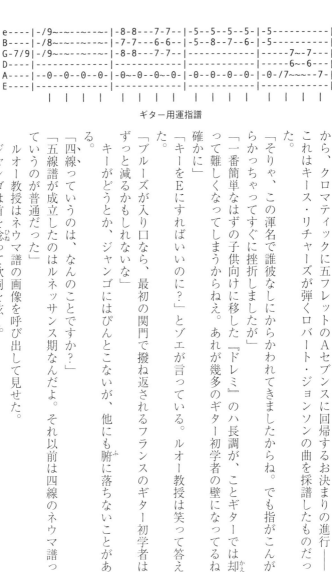

「アレルヤ、ラウダーテ、プエリ、ドミヌム。ラウダーテ、ノーメン、ドミニー」

「アレルヤ、子等、主を讃《たた》えよ。主の名前を讃えよ」

ゾエの解題に、さすがにこれくらいは分かる苦笑いでジャンゴが応じる。

「だいたい見た目は今日の五線譜みたいなもんじゃないですか。言われなかったら線が四本だなんて気がつかないかもしれないな」

「きょうび音楽家なら五線譜が身に染み付いているから、あれ、変だなと思いそうなもんだけどね」

「ルネッサンス期以前というと……どんな音楽ですか」

「代表例はグレゴリオ聖歌だな」

「つまり……この？」鍵形の紙片を指さしたジャンゴにルオー教授は首を振った。

「いや、この紙片のものはさらに古いものだ」

「これらは……グレゴリオ聖歌のヴァリエーションみたいなものだって聞いたんですが……」

「グレゴリオ聖歌っていうのが、そもそもかなり大きい雑駁《ざっぱく》なカテゴリーだからなあ。中世の聖歌全般っていうぐらいの話で、じっさいには時代的な、音楽様式上のかなり大きな偏差《へんさ》がある。けっこういろいろなんだよね」

「なるほど、五線譜の前に、今日の楽譜みたいなものがもう出来てたんですね。この上下の斜めの鍵線みたいなのは何なんですか」

「それが写本本来の表記だった、音階を示すものだね。それを、より厳密な四線譜に落とし込んだものだ」

「じゃあ、もとはこの鍵表記みたいなものが……『楽譜』の元型というか……」

「音程の上下動を具体的、即物的に記したものだったんだろう。中東の音楽の『小節』を利かせたよ

アクセントと連動したダイアステマ記号のある四線ネウマ譜

うな歌唱法に近いんだな」

「こぶし……ですか」

「初めは音程というものは、純粋に音節的《シラビック》なものだったんだよね」

「シラビック？」

「言葉の一音節に、一音程が対応していたんだ。世界中の童謡がだいたいそうした構成になっているよ。ハ長調に乗せれば……ド、ド、ソ、ソ、ラ、ラ、ソ……。『き、ら、き、ら、ひ、か、る（Ah vous di-rais-je ma-man)』ね」

「世界中でですか？」

「そうだね。音楽というものは、まず初めに言葉だったのかもしれないね。まさに、初めに言葉ありき」

ゾエがそのコメントにくってかかる。

「そう？　手拍子とか、足踏みとか、そんな……音程がないもののほうがずっと原始的じゃないですか？」

「『世界中で』と言ったのは勇《いさ》み足だったかな。たしかにそんな『リズム』の元型みたいなものが、よりプリミティブで普遍的な音楽の成り立ちの形に近いのかもしれないね。手拍子。ステップ。そうした拍を刻まないプリミティブな音楽っていうものは考え辛《づら》いかな。手拍子を伴わない歌って稀《まれ》なものだからね」

「そうなんですか」ジャンゴは素直に頷いていた。

「歌えば手を打つ。それはかなり普遍的な人情のなすところなのかもしれないね」

ゾエが首を傾《かし》げて斜め上の中空を眺めながら言う。

「でも幼稚園《クレシュ》で教わるような歌は確かに……音程と音節が一対一で対応してるのかな？」

そして低い声で呟く。

「アール、ウェット、ジャン、ティ、アル、ウェット、アール、ウェット、ジュ・トゥ・プリュ、ム、レ……」

「〽ヒバリよ、ヒバリ、お前の羽をむしってやる」という童謡だが、たしかに音程の動きは音節にぴったり対応しているようだ。ルオー教授はにこりとして付け加える。

「学校で習う唱歌のたぐいばかりじゃない、囃《はや》し歌とか、人選《エリミナシオン》びの歌とか、そうした民俗に直結した歌の方がはっきり形を残しているかもしれないね」

人をからかうための歌、あるいは「どれにしようかな」と指さし選ぶ数え歌、なるほどどれも歌の調べはシラビックだった。

「それじゃあ、歌の音程……というか、メロディっていうのは、音節がベースになっているっていうことですか？」

「まず、基本的にはね」

「そうすると、歌っていうのはもともと、イントネーションとか、アクセントとか、そうしたものだったっていう……」

「メロディを乗せる媒体は、笛よりも、弦よりも、まずは声が最初だっただろう。声、すなわち言葉、それがメロディの基盤となっていたんじゃないのかな。それゆえ音程は音節を基盤に組み立てられた」

「じゃあ、音楽っていうのはもとをただせば言葉のアクセントみたいなものだったたってことでしょうか？」

「そこまで極端な話じゃないけれども、音程は音節とともに上下動したっていうのは普通のことじゃないかな。だから……たしかに最も古い『楽譜』は、言語に付せられたアクセント記号みたいな形式になりがちだったんだよ」

そう言って、ルオー教授が見せたのは古写本の『謡《うた》い』の指示であるが、ジャンゴの目からするとそれは確かに『楽譜』というよりは、アクセント記号の付せられたテクストに近いものに見えた。

フランス語のアクセント記号……あるいは古代ギリシア語に付せられたアクセント記号、そうしたものに似た、「上げ」、「下げ」、「曲げ」みたいなシンプルな記号を用いて、中世古楽の『楽譜』が書かれていたというのである。

「でもこれだと、音節の無いところ、言葉の無いところにまで……『アクセント記号』が付いていますよね？」

「そうだね。言葉が途切れた後も、音程の上下動が止まっていない。その音節が引き伸ばされたところに、かなり長々と続く音程の振れが記されている」

「これは音節に対応してはいないですよね」

「むしろ音節が引き伸ばされているんだね。そしてそこに音程の上下動が持続して振れ続けている」

「アーア、ア、アアア」とジャンゴは中東のアラビア語の朗唱みたいに謡った。

「こんな感じですか。これはアラブっぽい感じですよね」

「グレゴリオ聖歌の長く引き伸ばされた音節は、だいたいそうした音の移動を伴った謡いになってい

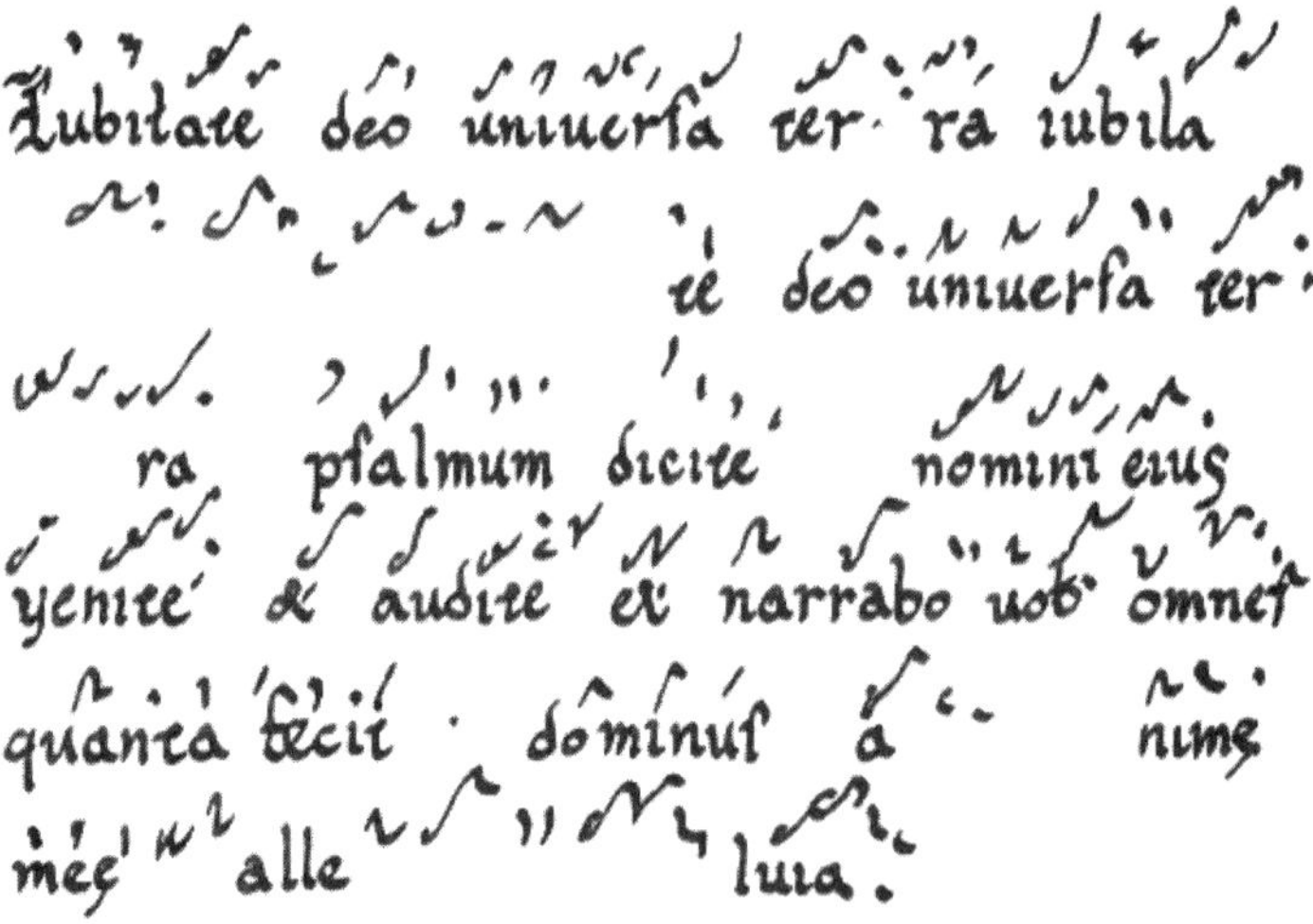

グレゴリオ聖歌 Iubilate Deo universa に付せられた、まだアクセント記号に近いダイアステマ記譜

る。中東風とも共通した古楽の『小節』だよ」

「それじゃ、もう音節が基盤とは言えないんじゃ……」

「音程が言語的な音節の枠を乗り越え始めているんだな」

「それじゃ、この『言葉の無いところ』に付いている『アクセント記号』みたいなのが……」

「……引き伸ばされた謡いの音節っていうことになるね。こういうのを『メリスマティク』な歌唱と言う」

「メリスマティク?」

「一番有名なのはこれじゃないかな?」

そういってルオー教授が謡ったのはクリスマス・キャロルの「荒野の果てに（Les Anges dans nos Campagnes）」の大サビだ。

「グロー、オオオオオー、オオオオオー、オオオオオーリア、イン・エクセルシス・デーオー」

「ああ、はい、なるほど」

それから教授はホイットニー・ヒューストンの「I will always love you」の、これまた大サビを首をふりふり謡ってみせた。ジャンゴは苦笑しながら頷いていた。

「聖歌から、ポップ・ミュージックまで、メリスマティクに大見得《おおみえ》を切るのは常道なんですね」

「こうして言葉に従っていた歌だったものが、歌に言葉が従っていくようになるんだな」

「そうすると歌い方の指示も、言葉に付せられたものではなくなっていかざるを得ないですよね」

「我々が考えるような『楽譜』に、従属的に歌詞が付記される形になっていくな」

「さっき見せていただいたネウマ譜なんかが、すでにそうですよね。それに比べるとこのアクセント記号みたいな『謡い』の指示は、まだおおよそ『言葉ありき』というか、言語ベースで書かれているような具合に見えます」

「宗教的な歌唱というのはやはり儀式としての面が強いし、その言語的なメッセージの方に主眼が置かれているだろうからね。典礼《てんれい》音楽の最終的な効能は神への帰依《きえ》であって、音楽的な美学の追求じゃあない」

「いまの『荒野の果てに』はいつごろ成立したんですか？」

「十六世紀ごろかな。メリスマ歌唱法の方は十世紀には始まっているんだよね。長く謡われる『アレルヤ』や、『神よ憐れみたまえ《キリエ・エレイソン》（Κύριε ἐλέησον）』は、主旋律と独立して通奏低音みたいに謡われることも多かった」

「じゃあ、『荒野の果てに』のメリスマティクもけっして先進的な演出ではなかったということですね」

「すでに定着した技法、唱法という認識はあっただろうね」

「十世紀っておっしゃいましたね？　その頃の楽譜には、そうしたメリスマティクな歌唱法もすでに書かれていたんですか？」

「それが問題なんだよ。今見てもらったアクセント記号みたいな『歌い方の指示』と、後にネウマ譜、五線譜に結実するような楽譜記号法の成立との間に……十一、十二世紀のテクストの中に辛うじて今日の『楽譜』の元祖とも言える記法が成立しつつあった。まだネウマ譜のような相対的に音程を精確に記述するような仕組みではないが、さりとてテクストに添えられたアクセント記号のような高度に抽象的なものでもない記法……音程というものを……音の高低というものを、具体的な表象で書き表そうとしたテクストというものが残っている。とりわけ、ここリモージュの写本がつとに知られているんだ」

「リモージュの?」

「この街、古代のアウグストーリテムがガロ・ロマン時代の砦と大規模自給自足農園共同体を母体にしていることは知っているよね」

「いや、知りゃしませんが、そうなんですか?」

「中世には司教区として、中部フランスの要衝《ようしょう》となった……」

「巡礼路の、いわば国内の中間地点ですしね。まあ、要衝ではあったんでしょうが……そんなに中央からも注目されていた街でもないでしょう? リモージュといえば『左遷地《させん》』だっていうぐらいの認識で」

革命期の前後にリモージュという土地は、立場を失ったものが流される先、あたかも流罪《るざい》先の僻地《へきち》という認識があったのだ。もちろんルオー教授もその辺の歴史は心得ていただろうが、そのリモージュを中部の『要衝』としたのは大真面目な話だった。

「リモージュの司教区は中世の中部フランス学術コミュニティの中心地だった可能性があるんだよ」

「学術の中心地……? それは……地元民ならではの贔屓《ひいき》の引き倒しじゃないでしょうかね。だって……リモージュ大学だって二十世紀の設立でしょう？　近いところで言うとポワチエなんか、それこそ中世から大学がある街じゃないですか。それに比べるとねえ。そりゃ確かにガロ・ロマン時代の遺跡はあるでしょうが……学問の要衝？」

「君、『エコール・ド・サン・マルシアル』って知らない？」

「なんですか？　そういう学校《エコール》でもあるんですか？　聖《サン》マルシアル橋のあたりに？」

「いや、ここで言う『エコール』っていうのは『学派』のことだよ。『聖マルシアル楽派』と称された音楽の『学派』が、ここリモージュにあって、それが『ノートル・ダム楽派』と同じぐらいのインパクトを音楽史に与えたっていう説があるんだよ」

「『ノートル・ダム楽派』と同じぐらいって言っても、その『ノートル・ダム楽派』っていうのをそもそも知らないですよ。パリのノートル・ダムのことですか？」

「そうだよ。シテ島のノートル・ダム」

「それが有名なんですか？　つまりノートル・ダムの楽派っていうのが？」

ゾエがじれったそうに口を挟む。

「十二世紀の多声音楽《ポリフォニー》……ポリフォニックな音楽の誕生と発展に功があったとされている楽派なんだよ」

「ポリフォニック……って言ってもな。それは大したことなのか？」

ルオー教授が、いきりたっているゾエを宥《なだ》めて、ゆっくりと言った。

「ジャンゴ、ちょっと前に音楽というものが、まず初めにどうだったのかっていう話をしたよな」

「しましたね」

「まずは音楽は言葉だったのかもしれない、一節に一音を宛てたもの、シラビックな音程が音楽の原型だったという……」

「ええ、それから、手拍子とか、足踏みとかも、音楽のベーシックな姿だったかもしれないっていう話だったでしょう」

「音楽ってそもそも何だろう？」

「えっ、何ですか、急に？」

「そもそも音楽って何なのか。音楽の最小構成要素とは何なのかってことだが……」

ジャンゴはしばし考え込んだが、やがて意を決したように呟いた。

「ディディエが言っていたとおりでしょう。まずは言葉だったんじゃないですか。初めに言葉があった。そして言葉に……音節に音程が与えられる……歌になる」

「手拍子、足拍子の方はどうする？」

「そっちが音楽の元型であってもおかしくないですよ。手を打つ、足を踏む……つまりさ、人間なんかより先に動物の音楽ってのがあるでしょう？　鳥の囀《さえず》りとかさ。それから啄木鳥《きつつき》の木を打つリズムでもいいや。言葉や手拍子なんかより、そんなのが先にあったんじゃないですかね」

「それで構わないよ。鳥の歌、鳥のリズム。動物の声や嘶《いなな》き、あるいは足踏み、なんなら風の音や雨音や雷鳴であっても構わない。人為としての音楽よりも、自然物としての音楽ってものがあるだろう。そこにすでに音色があって律動《リズム》があるよな」

「それはそうでしょう」

「つまり音程もリズムもそこにある」

「あるんじゃないですか？」

「それじゃ、ハーモニーはどこにあるんだ？」

「は？」

「ハーモニーは、音の調和は、和音は、自然界のどこにあるんだ？」

「何を言っているんですか？」

「自然界にも共鳴っていう現象はあるだろう。郭公《かっこう》の声と谷間を渡るその残響と……意図せず生まれる巧まざるハーモニーというものはある。だが楽音としてのハーモニーはどこに由来を見いだせるだろうか？」

「楽音としてのハーモニーですって？」

「音楽のもっとも基本的な三要素とされるものがある。それはリズムとメロディと、そしてハーモニーだ」

「それがどうしましたか？」

「いいかな、ジャンゴ。リズムは何処《どこ》にでも在る。世界中の音楽がリズムを持っている。手拍子があって、足拍子がある。それ以前に、牛馬の足並みが既に律動としての音楽を奏でているし、人の歩みもそれだけで律動としての音楽と言える」

「それはそうでしょうね」

「そしてメロディもどこにでもある。世界中の音楽がメロディを持っている。人が歌えばそこに音色があって、旋律がある。言葉がなくったって、鼻歌でもいい、唸り声ですら構わない、そこに旋律がある。それ以前に、クロウタドリ《メルル》やシジュウカラ《メザンジュ》の鳴き声が既に旋律としての音楽を奏でている」

「まあ、わかりますけども……」

「事ほど左様にだよ、自然界にも律動があって旋律がある。リズムがあって、メロディがある。そして世界中のどんな国の、どんな民族の音楽でも、そこにリズムがあることを君は疑わないだろうし、メロディがあることを疑わないだろう。それならばハーモニーはあるか？　ハーモニーはいつでも、どこにでもあるか？」

「ええ、そんなこと考えたこともないからなぁ……」

「音楽の三要素といいながら、リズムもメロディも、およそ人の歴史の及ぶ限り昔からあるだろうし、およそ人のいるところ何処にでもあるに違いない。ところがハーモニーはどうだろう。それはいつから、そして何処にあるだろうか。それは歴史上のある時に、ある場所に生まれたんじゃないのか？」

「ハーモニーっていうのは、そんなに特別なものなんですか？」

「ハーモニーには、おそらく我々に知りうる誕生日と、生誕地があるんだよ」

「じゃあ、それが……もしかして……」

「その誕生日と、生誕地が、このリモージュの、中世に位置づけられるっていう可能性が高い」

「それはつまり、まさにリモージュで、ある時ハーモニーが生まれたって言うんですか？」

「ハーモニーが存在するという文証が、文献が、リモージュに残っているんだ。それが聖マルシアル楽派の残した、中世に稀なる多声音楽の存在の最初の文証《しょう》なんだよ。パリのノートル・ダム楽派はオルガーヌムという最初期のポリフォニー音楽を歴史に証しているが、それに先駆けてリモージュの聖マルシアル楽派が多声音楽の第一歩、おそらくその誕生の痕跡を残している」

「リモージュで？　ここはそんな特別な場所だったんですか？」

「中世リモージュの聖マルシアル修道院はクリュニー修道院と並んで、欧州に屈指の収蔵点数を誇る図書館を持っていたんだよ。リモージュはフランス中部の重要な学術センターだったはずなんだ。左遷地であるどころか……」

　ジャンゴはゾエに振り向いて訊く。

「君は知ってた？　こんな話」

「いま知った」

「そうか」

「ディディエ、その多声音楽の最初の文証っていうのは……いまもリモージュにあるんですか？」

「いや、パリの国立図書館の書庫《マガザン》だ」

「ここにはないの？」

「電子データでよければ」

そう言って、予《かね》て準備してあったのだろう、ラップトップのアクティブ・ウィンドウを切り替えると、羊皮紙の手写本のページが映し出された。

それを見てジャンゴは息を呑んだ。

黒檀の小箱の内張りから出てきた紙片。その鍵形の輪郭の理由がはっきりと解った。

「これか、これだったのか」

「そうみたいだね」

ゾエは涼しい顔で言っている。

「ディディエ、この……行間の点線は……」

「最初期の『楽譜』だね。アクセント記号のような抽象度の高いものじゃない、具体的に点の置かれた高低が、音程の高低にそのまま対応しているんだ。謡いの上げ下げの指示ばかりじゃない、具体的な音高を図像として表している。ネウマ譜や五線譜のような高度に様式化されたものではないが、まるでＭＩＤＩソフトウェアのピアノロールの図像化みたいだよね。これは立派な『楽譜』と言っていいだろう」

「これがリモージュで発見されたんですか」

「十一世紀末までにこうした音楽理論と、記法がすでに成立していた。これは『ラテン語手写本一一二一』と呼ばれるもので、多声音楽の最古の文証として音楽史に名高い写本なんだ」

「ゾエはこれのことを知っていてここに？」

「知りゃしないよ。だからルオー先生に聞きたかったんじゃない」

「だって君はこれが『楽譜』なんだって言ってたじゃないか。最初から知ってた訳じゃないなら、なんで……」

「これが記念切手みたいにパンチ穴で切り取られたものなんじゃないかっていう話はしたよね。じゃあ、その点線は何を意味しているんだろう。何かを意味しているとして、どうして……紙片は大まかに言って長方形の大枠に収まるんだろう？　そう考えたら、点線は自由に上下に蛇行《だこう》しているようだけれども、一定の枠があるっていう風に見えたんだよね。一定の枠があって、だから全体としては縦の高さが……紙片の上下の幅が決まってくる。上がり下がりはあるんだけど、それが一定の幅に収まるってどういうことなのかなって考えたんだ。細かに上下することはあっても、なにか自然な上限、下限が定まっているもの。たとえば体温とか？　あんまり下がると死んじゃうし、上がりすぎても死んじゃうよね。自由に上下しているようで極端な上振れ、下振れがないってことは、そこになんらかの自然的な制限があるって考えたんだよ。人体にホメオスタシスがあって、体温は一定の幅でしか上下しないとかね。それで真ん中の聖歌の文言を見れば、これはその文言を読む時の……謡う時の声の高さを意味しているんじゃないかなって思った。だって人の声なんてせいぜい二オクターヴぐらいに収まるものでしょう？　五線譜だって上下の加線込みでやっぱり二オクターヴじゃない？　だからね、この鍵形の上下の振れの制限、鍵なら鍵穴にあたる縦幅の制限は歌い手の『音域』なんじゃないのかなって」

「音域？　それが大まかな枠組みを決めるっていうのか」

「そしたら、真ん中を横切る聖歌の文言が、横にも振れているのが気になってくるよね。普通の句読法じゃなくって、言語的には分けないところを広く取ったり、隣の単語との隙間が詰まっていたり、要するに普通の文とは分けるところ、分けないところの規則が違うじゃない？　これは歌なんだ、横軸の伸び縮みは歌詞の時間軸に従っているんだって思ったよ。そうしたら、これは歌なんだとしか思えない。縦の振れは音高で、横の振れはリズム……というか時間軸だよね。そうしたら対称性の無い下のぎざぎざの意味も判ったよ。下の辺のぎざぎざは目下見えている文言とは直接関係ない。それは下の行——次の行に書いてある歌詞に係わる音の上下を意味しているんだなって。だからそれはもう楽譜に違いない」

　ジャンゴは目を見張ってゾエの説明を聞いていた。

「だからこういう『楽譜』が存在するのか、音楽院の子に聞いてみたわけ。そしたらルオー先生の目に留まって、これは確かに楽譜だとわかったってこと」

「脱帽ものだな」

「どうしてこの紙片が点線で切れてしまったのか。それは多分、綿フェルトが酸度の高い五倍子《ごばいし》で侵されたからじゃないのかな。音高を記した楽譜の点線の部分が五倍子の色インクの腐食を受けて劣化して、繊維が朽ちてしまったんだよ。だから楽譜の点を打ったところが軒並《のきな》みパンチ穴みたいに朽ちて解《ほっ》れて、そこからぴりぴりって切れ目が出来ちゃったんだね。だからこんなふうにジグザグな折れ線の上下端ができ上がったってこと。だけどそこはそんなに音域の広くない範囲での上下の振れなんだから、全体として一定の幅に収まる——ちょうど小箱の中敷きに使ってもいいかなっていうぐらいの幅の綿フェルト紙片がいっぱい出来たっていうことだよね。箱を作った人にとっては、これはただのリサイクルだったんだろうけど」

「そんなものを俺の祖父《じい》さんが集めてたって言うのか？　それは何でなんだ？」

「そんなの知らないよ。でもお祖父さんが集めてたのは、この『紙片』だよね。箱は入手経路に過ぎないと思うよ。だって紙片が入っていた小箱はどれも内張りがほぼ全部剝がされて、中身がすぐに取れるようになっていたけど、ふたつあったグレイの芯の入った箱の中敷きは全部剝がされてはいないよね。これ途中で関心を失ったんだよ。外《い》れの箱だったんだ」

「しかし……なんで祖父さんは……待てよ、これ、すごい文化財ってことなら、高く売れるとかそういう話なのか？」

ルオー教授は残念そうに言う。

「いや、そこまでの価値はないだろうね。つまり市場的な価値は。文化財としては貴重なものだけど……」

「そういえば国立図書館に入っている方とは内容は同じなのかな。つまり文言というか……」

「同じ部分があるね。つまりこの紙片はおそらく『ラテン語手写本』の筆写だろう」

「写したものってことですか？」

「原著は羊皮紙、こちらは綿フェルト。素材にも違いがあるし、言ってしまえばちょっと格が落ちるんだね。こちらは要するにコピー。コピーの断片だってことになると思う」

教授の言葉にジャンゴは少し意気消沈《いきしょうちん》していた。とんでもない文化遺産を掘り当てたのかと思っていたのだが、そこまでの大事《おおごと》ではなかったというのだ。いわば歴史的に重要な写本の「複写」の断簡《だんかん》が幾枚か見つかっただけだと。

ラテン語手写本 1121 より

「そうかあ、ただの複写に過ぎないってことか……」

「いや、二枚ほど『ラテン語手写本一一二一』にない文言のものがあるね。オクシタンのやつ」

「どういうことだ、原著にないページがなんでまぎれているんだ？」

「この綿フェルト紙片の元の形は知らないけど、そもそも全部が『ラテン語手写本一一二一』の引き写しだって根拠はないんじゃない？」

「それじゃ勝手な加筆をしたっていうことになるのかな」

これにはルオー教授が口を挟んだ。

「そこにこの紙片の独自性がある。勝手な加筆というよりは、編集上の意図みたいなものが別に想定されるかもしれないじゃないか？　だって得られているのは一頁《ページ》にもならない断簡ばかりで、それが何頁で一冊の写本になっていたのかもわからない。むしろ既存の写本との異同があればこそ、検討する意義というものが出てくるってことになるよ」

「そんなもんですか？」

「だって音楽史に名高い『ラテン語手写本一一二一』と同じ記法、同じルールで、別のオクシタン歌謡の採譜が行われていた可能性があるっていうことだろう？　その意味において学術的な価値は高いかもしれないじゃないか」

「それが祖父さんの黒檀の小箱蒐集の目的だったのかな？　いったいなんでまたこんな小箱に――いや、小箱に隠された断簡なんかに爺さんは執着していたんだろうか。最初の疑問点には、まったく解答が得られていないってことなのか」

ゾエは含み笑いで言う。

「あのガレージに引き取ってきた段ボール、全部ひっくり返さなきゃいけないいんじゃないの？　それが知りたいんならさ」

マルセル・レノールトは中世音楽史研究にささやかな貢献を齎《もたら》すべく紙片を蒐集していたのだろうか。それとも彼にはまた別の関心が、執意があったのだろうか。

「そうだ」

思い出したように、ジャンゴはウエストバッグから二葉の写真を取り出した。

「なにそれ」

ゾエが覗き込む。

「ノエから――兄貴から写真を借りてきたんだ。祖父さんと祖母《ばあ》さんの写真なんだけど」

一枚はマルセル・レノールトが、おそらく受け持ちの生徒達と教室の前で撮った写真だった。高校生と思しき生徒達も正装でネクタイをしてしかつめらしく画面に収まっている。一九六〇年代だろうか、高校生が妙に大人びた出で立ちで、その一方でそれぞれ顔は幼かった。これが当時の高校生の一般的な風体なのだろうか。

もう一枚はどこの公園かは知らないが噴水の前で撮った夫妻の写真で、晴れ着というほどのものではないが祖父は背広にネクタイを締めている。隣の祖母は四十絡みといった程か、長いスカート姿で祖父に寄り添っている。なるほど北アフリカの出身とあって、肌がやや浅黒くてマルセルとはその点で様子が違っていた。

「似てるね」とゾエが言った。祖母ヤスミナとジャンゴのことである。

ジャンゴのマグレバン風の容貌はやはりこの祖母譲りのものだったのだろう。

Ⅵ――コントルポワン

同時に響く異なる音の共鳴が巧みに織りあわされて和声《ハルモニア》が醸《かも》しだされる。多声にわかれて交歓しはじめた音の膨《ふく》らみが「緊張」や「解決」といった印象の変化、感情の動きを音楽に与え、和音の配列に意図が生まれセオリーが編み出されていく。

やがて多声の和声は分散和音《アルペジオ》に撒種《さんしゅ》され、和音の響きに時差が刻まれるようになる。和声を構成する音達と、旋律を構成する音達が相即のものとなり、多声の共鳴と旋律の進行に共通した理路が齎《もたら》される。こうして楽譜上に縦に並んでいた和声は時間軸上にずれてゆき、雁行《がんこう》しあう和声＝旋律が互いにこだま《エコー》を交わしあいはじめる。

多声によって奏《かな》でられる和声＝旋律は同時性の枷《かせ》から自由になり、他の声部のこだまが精緻《せいち》に企まれた時差をもつ追唱によって楽音の中に反響しつづける。多声による時差をもった和声＝旋律の繰り返し――対位法《コントル・プンクトゥム》である。シンプルな追章《カノン》がルネッサンス期にはさらに複雑なフーガに結実する。そしてバロック期には複数声部の時間発展は厳格な技法として確立した。

＊

その後ゾエからの連絡はしばらく途絶えていたが「いいとこのお嬢さん」であるらしい彼女が家族ぐるみのバカンスでどこかに行ってしまっていても不思議なことではないし、ジャンゴは日々の雑務に忙殺されていて気にもしなかった。事件記者であるジャンゴにとっては仕事というものはこちらの都合とは関係なく舞い込んでくるのが日常だ。そもそも「事件」というのは定義上、予定通りに順次発生するという類《たぐ》いのものではない。

　だいたい朝早くに起きてすぐに煙草屋《ブレス》に寄り、デミタスのコーヒーをお供に路上の席で二、三紙をひっくり返し、それから出社してレオンに捉まってなにか用を言いつけられなければ、溜まったメールとRSSフィーダーの未読記事を捌《さば》いたあと、その日の動きが決まる。地方紙の社会面の担当には即応性と機動力が求められるのだ。

　もっともこんな古き佳《よ》き時代の新聞記者《ジュルノー》っぽい身振りは、むしろ旧弊《きゅうへい》と形容されてもおかしくはない。同僚は大概は光ファイバーの通った自宅で朝の情報蒐集《しゅうしゅう》に励み、携帯電話とタブレットを駆使して、最小限の移動で最大効率の取材に努《つと》めているのが普通だった。ジャンゴが朝一出社の生活習慣を保っているのは、実のところ日が昇るとすぐにでもアパルトマンの自室が例によってピザ窯《がま》みたいな暑さになってくるからだ。

　北部郊外の集中工業地域《ゾーン・アンドユストリエル》で先月末の大規模バイク・ミーティングの際に事故死したバイカーがおり、その追悼集会が開かれることになっていた。幹線道路では追悼ランと称して百台からのバイクが隊列をなすことだろうし、憲兵隊《ジャンダルム》も交通整理とトラブル対策に出張《でば》ってくるはずだ。それから追悼ランのルートがバイパス沿いに市内に入ってくるならロック・フェスのための交通規制とかちあって混乱があるだろう。規制情報は警察や市役所から発信されるのが常《つね》だが、問題のウェブ・サイトの更新が遅い。どのみちジャンゴは警察署本局に出向くことになるのではないか。

　ジャンゴは幸いレオンと出くわすことなくデスクを後にして、ぺらぺらのダンガリーのジャケットをひっかけてカワサキに跨《また》がった。リモージュぐらいの規模の町だと、交通事故で死亡者が出た程度で社会面に短信が載る。せいぜい自分の事故の記事で埋め草をしないで済むように気をつけなくてはならない。ヘルメットのストラップを締めると外環道路へ向けて走り出した。

郊外の工業地域では案の定、ごったがえす追悼集会のバイカーに巻き込まれて憲兵隊に記者証を見せなければならなかった。ただでさえ暑い夏の午後に、街路に犇《ひし》めく追悼ランの車列としばらく同道するはめになり、よれよれのシャツが排気ガスで煤《すす》けてしまった。

事故現場の献花を写真におさめて、これ以上追悼ランの車列に巻き込まれないように高速に迂回《うかい》すると市街へと一路戻ってきた。市街では幾つかの街路が封鎖されていて、これはきたる日曜に行われるトゥール・ド・フランスの中西部ステージの出発点がリモージュだからだ。市街の目抜き通りは自転車レースのために開放され、周辺の駐車車輌も追い出されつつある。かくして郊外の追悼ランと、ロック・フェスと、自転車レースのために、事情を知らない乗用車が行きたい界隈《カルチェ》に近づけなくて右往左往している。辻々に憲兵隊の青軍服や国家警察の紺制服が待機していた。今日は憲兵も警察も大わらわだ。おそらく警察署本局でも呑気《のんき》に交通規制の詳細について質問に答えていただくというわけにはいきそうもない。ジャンゴは今日は警察番には日が悪いと見て、社に一度電話をいれて帰社する前に寄っておくところはあるかとデスクに伺いをたてた。

するとレオンから、文化部のチームがロック・フェスの主催者と出演者の取材のために、ヴィデオ・クルーを連れて催し物広場の特設舞台の裏に出向く予定だったのだが、車が出せなくて困っているという話《はなし》があった。

「今日は環状線からずっとごった返してますよ。高速へ迂回した方がいいかも」

「いや、車がそもそも来ないんだよ」

「追悼ランにぶつかって足止め喰ってるんじゃないですか？」

「それがアフメドに連絡がつかないんだよな」

「アフメド？　ああ、あいつがカミオネットを出すんですか」

「どうしたんだか、電話に出ないんだ、事故にでもあっていないだろうな」

「いま、町中を警察が右往左往してるから、事故なんか起こしてたら面倒そうだなあ」

「ジャン＝バティスト、ガラージュに寄ってみてくれないか？」

　ガラージュというのはコティディアンのいわば「車輛部」として世話になっている整備工場のことだ。例のアフメドの伯父《おじ》が経営している中古車屋の併設である。リモージュ市街からは川向こうの住宅街の外れに位置し、モータープールとプレハブのワークスペースを設けた、ちょっとした規模の整備工場で「ＤＩＦ《ディフ》オートモビール」と社号を掲げている。

「それは構いませんけど、ガラージュにも連絡つかないんですか？」

「アフメドの携帯も、ガラージュの固定電話もずっと留守電《レポンドゥー》なんだ」

　レオンも様子がおかしいと考えているようだ。たしかにアフメドという奴は、ジャンゴとは違って掛かってきた電話を留守電の自動応答に任せて知らん顔できるような男ではない。という以前に、アフメドは――これまたジャンゴとは違って、そもそも遅刻するタイプではないのだ。

「じゃあ帰りがけに寄ってみますよ」

　ジャンゴはレオンに請けあうと、本当に事故でも起こしてなきゃいいがな、と独り言《ご》ちた。なるほどアフメドに連絡がつかないというのは「よっぽどのこと」にあたる。それにガラージュにも連絡がつかないというのもおかしい。伯父ヤシンのガラージュには、アフメドの従姉妹《いとこ》か又従姉妹か知らないが、割と近い姻族の一人でずっと勤めている電話番が常駐しているはずなのだ。その彼女、ファテイマタは名前も容姿もマグレブ系だが、出自はイスラム教徒だろうにヒジャブは被《かぶ》らず、タンクトップに刺青《いれずみ》の入った二の腕をさらしている女丈夫で、自動車整備の資格や技術はないが、電話番だけでなく経理事務全般と車輛登録の実務を大部分受け持っている。他にDIFオートモービルに常駐しているのはチーフ整備士《メカノ》のクロードで、もともとはプジョーの正規代理店《コンセショネール》にいた四十絡みの熟練工だ。

あとは日によって二、三人の整備士の出入りがあるが、車輛の運搬などの雑務を引き受けているアフメドが早くも古参の扱い、あとは職業校のフォルマシオンを終えたばかりのカリームという若者がいて、クロードの弟子みたいに付き従って手ほどきを受けている。全体としてアルジェリア系移民の家族経営の会社だが、別段雇用をイスラム教徒に絞っている訳ではなく、じっさいクロードはカトリックだった。

右のごとく平生ガラージュにはざっくり三人常駐しているはずなのだ。経営者のヤシンは中古車の輸出入の会社経営がメインでガラージュにはほとんど出向いてこない。こちらは郊外にあるヤシンの自宅の離れが本拠だが、不動産などとは違って現物の車輛を、場合によっては車輛運搬トレーラーに積んで動かさなければならない都合があるので、業態の大部分は運転手の「手配師」に近い。本社もガラージュ同様に実務の差配は、番頭格の息子や甥《おい》に任せていて、ヤシン本人はだいたい広い庭園の草刈りなんぞをやっているのが常だった。アフメド曰く「そんなことほど、人を雇ってやらせればいいのに、金持ちっていうものは変なところで吝《しわ》いんだよな」とのことで、ジャンゴも似たような話はいろいろなところで聞いたことがある。

はたしてDIFオートモービルに辿り着いてみると、表門の鉄格子にはチェーンが絡んでいて、整備工場のプレハブもシャッターが下りている。純正部品の納入業者は週末には稼働しないから、だいたいウィークデイは部品の手配で過ぎて、翌週に車検に出す車輛の整備が玉突きになってしまい、週末にかけて――時には日曜日にまで、大わらわで「残業」をしているというのが、ＤＩＦオートモービルの普段の成り行きだ。こうして週末を前に休業しているというのは尋常ではない。

見れば、整備工場の手前に並んでいる代車の列に、よくコティディアンで徴発《ちょうはつ》しているルノーのワンボックスが並んでいた。おそらくそれがコティディアンにヴィデオ・クルーをピックアップに来るのにアフメドが使うはずだった車だ。ではアフメドはどうしたのか。そしてＤＩＦオートモービル自体がどうして時ならぬ休業に及んでいるのか。

相変わらずアフメドは電話には出ない。ガラージュの固定電話にかけても無駄だろう。目の前で閉まっている整備工場のシャッターの横に突き出している「事務室」のドアの向こうから呼び出し音の「エデンの東」のテーマが大音量で鳴り響くだけだ。整備工場だけに呼び出し音が馬鹿でかい音量に設定されているのだが、なぜ「エデンの東」なのかは判らない。

ジャンゴは門扉《もんぴ》の前にカワサキを停車して、鉄格子に取りついた。乗り越えようと思ったわけではないが、揺すった門扉は鈍い音を立ててびくともしない。重いチェーンを少し持ち上げてみる。車輛の牽引《けんいん》に使えるような太い鎖に拳ほどもある南京錠がぶら下がっていた。

不安が兆《きざ》した。鍵穴《かぎ》を塞ぐように黄色のテープが貼られている。剝がすと貼り直せなくなるやつだ。警察の封印が掛かっている。遠目によく見えないが、事務所の扉にも封印がされているように見える。

ともかくガラージュが事件現場みたいな扱いになっているのが不穏だった。ジャンゴが初めに想像したのは、やりての中古車販売業者だけに、脱税か何かの査察で踏み込まれたのではないかということだ。

まずは社に連絡だ。事情は解らないが、かなり不穏な成り行きでガラージュが閉まっていて、アフメドはおろかスタッフの姿もまったく無く、借り出す予定のワンボックスも閉ざされたフェンスの向こうだ、という旨《むね》をレオンに告げなければならない。「どうやらアフメドは来そうにないから、足はなんとか別に手配するしかないですね」というわけだ。色よい話ではないし、文化部に直接電話するのは、すこし億劫《おっくう》だったので、社会部のデスクのレオンに電話すると、先方がこちらを探しているところだった。

「電話切っていたな?」

「バイク乗ってましたから」

「カミーユが取ったんだが、ガラージュのスタッフか、関係者か、ヤシンとかいう人から君に連絡が来ていたらしいぞ」

「ガラージュのヤシン? ああ、それはアフメドの実家の弟の方じゃないかな。なんですか、アフメドが夏風邪でもひいたんですか」

伯父のヤシンと同名でややこしいが、イスラム教徒の家ではよくあることだ。もっともカトリックの家だって、ジャンやジャックが何人もいるのは普通のことである。

「それが、なんでもアフメドが逮捕されたって言ってたらしいんだよ」

「はあ? 逮捕? 今朝の話ですか?」

「何やったんだ?」

「こっちが聞きたいですよ! 私も寝耳に水で……アフメドが逮捕? 勾留《こうりゅう》されてるってことですか? 警察署に? ガラージュも警察の封印が掛かってるみたいなんですよ」

「私も詳しい話は聞いていないんだが、カミーユによれば先方はえらく興奮していて、君を呼び出したがっていたということなんだが……」

「弟の電話番号なんかしらないな……折り返しの連絡先はメモしてあるんですか？」

「実家の方に連絡をくれという話だ」

「実家に？　えぇ、何でだろう、あれかな、携帯電話が使えないのかな？」

「よく判らんが穏やかじゃないな」

「判りました、こっちから連絡とってみますけど……実家の電話なんかかけたことないのに」

「君のところには直接連絡は無かったのか？」

ジャンゴが慌てて着信履歴を検《あらた》めると、なるほど身元不明の着信が二、三度、移動中に舞い込んでいた様子がある。固定電話の番号だ。メッセージの録音はない。

アフメド逮捕の報を受けて、コティディアンではひとまず代わりの車の手配を緊急にしていたらしい。ともかくロック・フェスの取材が遅れそうといったことよりなにより、どうしてアフメドが逮捕されているのかという話題で騒然となっている様子だ。ジャンゴからは「そもそもガラージュは無人である」ということまでを伝えた。あとは帰社する前に、事情を確認しておくと告げて電話を切った。

それから身元不明の着信に折り返してみたが、呼び出し音が続くばかりで先方が留守になっているらしい。おそらくこれが「アフメドの実家」で、そちらでも右往左往が始まっているのかもしれない。

「家に行っちまった方が早いかな」

ジャンゴはヘルメットを被り直すと、アフメドの実家を目的地に選んだ。しかし何で実家なんだろう？　リモージュ北部の大霊園の近くの住宅地だったはずだ。市中が警察や憲兵隊でごった返しているなか、ジャンゴはリモージュ市街地の縦断を何往復かやっている勘定《かんじょう》になる。なんだか今日は無駄働きが続きそうな予感がする。

それにしてもアフメドがパクられたというのは驚きだ。あの遵法《じゅんぽう》精神に足が生えて歩いているような奴が、どんな罪状を負ったというのだろうか。まさかガラージュでなんらかの「事件」でも起こしたのか？　アフメドが犯しそうな罪といったら……朝のお祈りをさぼったとか、そんなところだろうか。なにしろ警察のお世話になるような奴じゃない。

煙草が吸いたかったが、もうヘルメットを被ってしまった。まずは移動だ。


曲がりなりにも身内の扱いの「車輌部」スタッフが逮捕されたとあって、社会部では噂もしきり、アフメドの実家と警察とを回って帰社したジャンゴに事情を確かめねばと皆やきもきしていた。しかし戻ってきたジャンゴの機嫌がすこぶる悪いのを見て、あれこれと質問攻めにするのが躊躇《ためら》われた。けっきょく火中の栗を拾いにでたのはレオンである。

「ジャン・バット、事情は判ったのか？」

「ふざけた話ですよ！　人権問題だ！　これ記事にしていいですね？」

「いや、何を言っているかわからん、落ち着いて事情を話せよ」

すっかり熱《いき》り立っているジャンゴを宥《なだ》めて、なんとか話を聞き出そうとしたレオンだった。だがジャンゴは曲がりなりにも一端《いっぱし》の記者ともあろうに経緯を簡単に纏《まと》めることも出来ずに、二言目には罵《ば》倒《とう》表現を織り交ぜて、どうやら国家権力に弓を引こうという勢いで、不得要領に捲《まく》し立てはじめた。

「これが落ち着いていられるかって言うんだよ！　レオン、法務部に顔を繋いでもらえますか？　ちくしょう、ふざけやがって！」

「法務？　なんだ、弁護士が要るのか？」

「弁護士、そうだ、それから……人権団体だな、レオン、あの、友達の……いましたよね、ガイヤックさんですか、フランス労働総同盟の……連絡取れませんかね」

「なんだ代議士まで動員しようってのか、まずは何があったか教えてくれよ。アフメドは何をしでかしたんだ」

「仮車検証の期限切れですよ、中古車屋なら誰も覚えがあるところでしょうが……」

「仮車検証？　ナンバープレートを使い回しでもしたっていうことか？」

「使い回しですらないんですよ……自動車販売業の使う回数券みたいな切り取り式仮車検証《クーポン・デタシャーブル》の期限切れ。判ります？　こんな篦棒《べらぼう》な話があるか！」

「それで『逮捕』されたっていうのか？」

「されたんですよ。朝一で自宅に踏み込まれたって。つまり家宅捜索ですよ、連絡が無いのも道理だ、アフメドもヤシンも携帯からラップトップから、のきなみ押収されてます。ヤシンの方――つまりアフメドの弟はガラージュの社員じゃないんで、割に早く釈放されたんですが、自宅待機を言い渡されているとかで」

「待ってくれ、待ってくれ、仮車検証の期限切れ？　それでどうして家宅捜索なんかされるんだ？　通信機器まで押収だと？　そりゃ、おかしいだろ」

「おかしいですよ！」

「臨時運行許可の失効ってことなんだな？」

「それだって、仮ナンバーを付けて走り回ってたって話じゃないんですよ。ガラージュから出して、トランスポーターに積んだとか、その程度でさ！」

「理論的には――ナンバー未登録車の運転ってことになるのか……。何級の違反だ？」

「四級です。罰金は数百ユーロってとこですか、よく知らないけど」

「ともかく、それは交通法規違反《コントラヴァンシオン》なんだよな」

「そうです！」

「それで、なんで家宅捜索されてるんだ？」

「無茶苦茶だ！」

「だいたいそれは使用者責任ってことになるんじゃないのか？　つまりガラージュの責任者の？」

「それでガラージュも閉まってるんですよ」

「なんだかよく判らない話だな。交通法規違反で家宅捜索して何を調べようって言うんだ？」

「つまり明白な別件逮捕なんですよ！　仮車検証の期限切れで、従業員の自宅に家宅捜索なんて聞いたこともない！」

「別件……って何のことだ、なにか余罪でもあるっていうのか？」

「アフメドとね、弟の他には、ガラージュのメカノと経営者のアフメドの伯父、みんなパクられてるんですよ！」

「はあ？　何を馬鹿な。仮車検証の期限切れでなんで三人も、四人も勾留される話になるんだ？」

「レオン、これはね、ユルヴォワ法の枠組みの話なんですよ！　アフメドらはね、テロリスム準備に参画した可能性があるっつって引っ張られてるんです！」

「テロ準備だって？」

後ろで話をうかがっていた社会部の面々も騒然とした。

「テロの準備の廉《かど》で……アフメドは勾留されてるっていうのか？　令状《マンダ》は出てるんだろうな？」

「まともな令状なんか出てっこないじゃないですか。引っ張れる口実《プレテクスト》の罪状に『仮車検証の期限切れ』ですよ！　笑わせんなっていうんだ！　パリ同時多発テロ以来の非常事態宣言《ヴィジピラト》がまだ利いてる。だから今なら現場の裁量で無茶が通るんだ、非常事態って理屈で」

「それじゃあ、一種の超法規的な措置《そち》として、交通違反の別件逮捕で……テロ準備の疑いでアフメドは捕まったのか？　なんだって……」

「イスラム教徒だからですよ！　これが差別でなくてなんだってんだ！　それが今なら通るって腹なんですよ、今の今なら！」


アフメドの自宅の呼び鈴が鳴ったのは同日の早朝、六時のことだった。

眠い目を擦《こす》って、ドアを開けたのはアフメドの弟のヤシンである。まさかドアの外に国家警察がぞろっとそろって待っているとは思いもしなかった。さらにその後ろに並んで、ものものしい武装を用意して強制的な突入の準備までして待機していたのは特別介入部隊だった。フランス国家警察特別介入部隊、RAID――Recherche, Assistance, Intervention, Dissuasion（捜査・支援・介入・抑止）――と呼ばれる特殊部隊だ。

ヤシンは防弾チョッキに特殊なヘルメット、そして短機関銃を携えた特殊部隊を目の当《ま》たりにして、初手から身が竦《すく》んでしまった。そしてこうした状況で誰もがすることをした――取りあえず両手を挙げて恭順の意を示したのだ。

厳しい誰何《すいか》と、横柄な身体検査……武器を帯びていないかを確かめられて玄関ホールの壁に貼り付けられた。それから国家警察は、なにかの罪状と被疑者の権利についてのお題目《だいもく》を陳《の》べていたが、ヤシンの耳には何も入ってこなかった。それから騒ぎに気がついたアフメドが奥から出てくると、この大男の「制圧」のために複数の警官が取り囲んだ。

あとになってアフメドは、自分が何の疑いでこうして取り巻かれていたのかもさっぱり判っていなかったと述懐することになる。仮車検証の期限切れがどうとかいった口実については宣言があったのかもしれないが、すっかり度を失っていたアフメドは何を言われているのかほとんど聞こえてもいなかったし、きちんと筋道だてて聞かされていたとしても、それはそれでなにも理解できなかったことだろう。なにしろ交通法規違反で……免許証の点を失ったり、罰金が下されたりするというのならまだ話は解る。だが自宅に踏み込まれて拘束を受けるという事態と、その「罪状」はまったく結びつかないものだったのだから。

アフメドはまったく抵抗しなかったし、反駁《はんばく》も、疑問をぶつけることすらも出来ないでいた。ただただ混乱していたのだ。そしてこれは何かの間違いなのだと思っていた。アフメドとヤシンはそのまま、壁にピン留めされたような様子で、泡を食ったまま、私財の押収におよぶ捜査員たちを横目で窺うばかりだった。何箱もの段ボールに書類だの、手紙だの、公共料金の明細書だのが詰め込まれ、ラップトップ・コンピュータも携帯電話もすべて取り上げられて、幾枚もの書類に署名をさせられた。実家にいる親に連絡することも許されなかった。

まだ夢の中のような気がしていた。ひどい悪夢だ。だがこの悪夢はまだ始まったばかりだった。思えばまだ服も着替えていないのだった。寝巻き代わりのスウェットの上下に、足下はたまたま戸口の傍に履き捨ててあった整備工御用達《ごようたし》の安全靴を突っかけてきていた。爪先にスティールのカップが入っているワーキングシューズだが、裸足《はだし》のままで足を突っ込むと、内張りの革が磨り切れたせいで剝《む》き出しになったスティールカップが素足の甲に擦《す》れて不快だった。そののちこの足の甲は靴擦れが裂けてしばらくの間は安全靴を履くたびに癪《しゃく》の種となる。

手錠と腰縄を掛けられた時には、自分が本当に犯罪者として扱われたという事実に密《ひそ》かに衝撃を受けていた。捜査員の一人は狭いダイニングの椅子の背に掛かっていた薄っぺらいウィンドブレーカーを手に押し込んでくる。手錠を隠せるようにという「配慮」なのだろうか。それは弟のウィンドブレーカーで、やや細身のヤシンの服は「がたいのいい」アフメドには着られない。それは自分のじゃないと言おうと思っても言葉が出てこなかった。

二人が全く抵抗しなかったので、捜査員も特殊部隊も特別な乱暴には及ばなかったし、ともすれば厳しい舌鋒《ぜっぽう》になる指示の言葉も過分な暴言には到らなかった。だがこうして早朝から自宅に踏み込まれて私財を押収されるというのが乱暴ではないとは誰にも言えないだろう。なすすべなく家から連れ出された時には、物見高い隣人たちが街路で遠巻きに自宅を取り巻いていた。それに気がついた時にはいたたまれなくって叫び出したいような心持ちになったが、完全武装の特殊部隊に囲まれてすっかり萎縮していたアフメドは、口が乾いて声を出すことも出来ないでいた。

隣のヴァネ家の奥さんが手近な警官になにか食ってかかっていた。彼女が「何かの間違いなんじゃないの?」と、「アフメドが何をしたの、おかしいんじゃない?」と捜査員に嚙みついているのが遠く聞こえてくる。それは唯一慰めになる言葉だった。こんな風に警察に踏み込まれなければならないような人間ではないと、隣人が国家権力に抗議してくれているのだ。しかし自分自身は「そうとも、これは何かの間違いです」と声を上げることとすらかなわなかった。

ヤシンとは別に警察車輛に押し込まれた時にも、まだ忘我の境にいた。

運転席と後部座席の間には保安機動隊が持っている盾《たて》みたいな材質の、ポリカーボネートの間仕切りがあった。透明だったはずの樹脂製の仕切り板は強い力でなにか固いものを擦り付けたような擦り傷だらけで、車内で繰り返された幾多の騒動の歴史がこの擦過痕《さっかこん》にありありと窺われた。だがアフメドとしては暴れる気力も湧いてきはしなかった。むしろ脱力していたし、自分は何もしていない、逮捕されるのはおかしいのではないか、不当なのではないかと抗弁することすら思いつかなかった。あまりのこと、突然の理不尽な展開に、いわばまっとうな判断力が根こそぎ奪われていたのだ。かくして警官に挟まれてしばらく後部座席で身じろぎもせず、憮然としている間に警察車輌は環状線をはずれ緩やかな坂を下りて憲兵隊の駐屯地を過ぎると、国家警察の警察署本局のビルディングが見えてきた。自分でもよく通った勝手知ったる並木道の通りだったが、警察車輌の車窓から眺める街路はまるで別世界のように感じられた。その通りは植生の豊かなヴィクトール・チュイヤ公園に面していたが、早朝の公園の様子はまったく目に入ってこない。ただその対面に聳《そび》える警察署――いまから勾留されることになる剣呑《けんのん》な施設ばかりが視界に迫ってくるようだ。

まるであっという間に辿り着いたかのように思えた警察署では、すぐに駐車場へと車が入り、そこから裏口のようなところを通されることになった。

この町に長く暮らして、警察署のことも外観ならずっと見知っていたのだが、思えば中に通されたのは初めてだった。出来れば一生通されずに済めばその方が良い、そんな場所もあるのだ。

入り口は二重ドアになっていた。ガラス張りの洒落《しゃれ》たドアだが鉄線が入っているのがいささか武骨な印象を与える。一枚のドアを潜《くぐ》って、後ろを閉めると前のドアが開く。そんな風に、必要なら出入りに制限がかかるような設《しつら》えになっているのを初めて知った。これは外気を遮断するための設計ではあるまい。自由な往来を「遮断」されるのは人の足だ。出るも入るも、自由にはならない、この戸の通行は門番の監視のもとで「許されて」なされなければならない。

比較的モダンな署内の廊下は艶《つや》のあるリノリウムで、階段も通路も汚れ一つなく磨《みが》き上げられており、ぽつぽつと灯った天井灯が反射していた。まったく人気《ひとけ》がなく閑散とした廊下に同じような造りの扉がずっと等間隔に並んでいて、SF映画に出てくる抽象化された無機質な空間そのもののように見えた。

簡素な社会保障事務所みたいな小部屋に通された。取り調べ室だ。白い壁に白い天井。洒落っ気の無い、三脚の椅子と、何の事務用品も置いていない空《から》っぽの机とファイルキャビネットだけの部屋だった。机上にはただラップトップ・コンピュータが持ち込まれて鎮座しているばかりだ。室内の全貌を絵にするのなら、全ての線を定規で描けそうな具合だった。こんな部屋もあるのだ。この部屋を言葉で表すなら「無味乾燥」の一語で足りるだろう。もし映画や演劇の背景としてこの部屋が用意されていたら、現実感がなくって嘘臭く見えたことだろう。小道具係がステイプラーなり、ペン皿なり、ポストイットなり、そんな雑多な小物を配置して、それらしい雰囲気を醸し出そうと配慮するだろうが、現実の取り調べ室には机上にボールペンの一本さえ転がっていなかった。

アフメドはしばらく室内を見回して、こんなところにずっと押し込められていたらいずれ気が狂うだろうなとぼんやり思った。そういえばこの警察署本局の、こうしたオフィスのどこかの部屋で、数年前に警官が拳銃で自殺をしたのだと聞いた。被疑者として連れて来られても気がおかしくなりそうだが、それは捜査員の方だってそうなのかもしれない。

ともかくここは非人間的な場所だと思った。

間口が狭い割に奥行きがあって、圧迫感がある。窓側の椅子に座らされた。窓は嵌《は》め殺しになっていた。冷房が効いているのだろう。室内はひんやりとしている。

捜査員は二人組で、国家警察の茄子《なす》紺《こん》の制服に身を包んでいる。すっかり現実感を失っていたアフメドには顔がよく認識できなかった。ただ警察官という抽象化された存在だけが机を挟んで座っている。

取り調べが始まって、名を聞かれ、誕生日を聞かれ、出生地と住所を聞かれる。まさしくその住所に押し込んできたのだろうに、何を改めて聞くことがあるのだろうか。

仕事と日常のルーティンのことを聞き質《ただ》される。やはり現実感がなく、ただ聞かれたことに答えているだけといった具合だ。自分の声がどこか遠くに響いているように聞こえる。質問……答え……なにも言いよどむことはない。なにしろこれは何かの間違いなのだ。こんな風に勾留される謂《いわ》れなどないし、身に隠す必要のあることなどひとつも無い。後ろ暗いところなど無いし、痛む腹もありはしない。淡々と応答が続く。

そしてやがて自分がこうして捕縛されている取りあえずの理由が、仮車検証の期限切れ、つまりは未登録車輛の運転に係わることだと判ってきたところで、ますます混乱は深まった。罪状に見合わぬ拘束と仰々《ぎょうぎょう》しい尋問。そして私財の押収。なにもかも間尺が合わない。

この悪夢の意味が徐々に判ってきたのは、数ヶ月、いや半年も前の仕事のことを、やけに細大《さいだい》漏らさずに質されるようになった頃合いだった。ずっと前に一緒に働いていた同僚の誰かに捜査員は多大な関心を持っているようなのだ。言われてみなければ思い出さないような、僅《わず》かな交渉があっただけの「同僚」……

それは国外に中古車を移送する都合で、一種の「輸送隊」が組織された時のことだった。オドメーターがほとんどゼロキロメートルを示している新車ではあるまいし、自走できる中古車だったらわざわざ車輛移送車に積んで動かすような面倒をとったりはしない。売却先まで乗っていくだけの話だ。ただ先方が遠隔地ともなれば、帰りの足について用意がなければならない。

たとえばアフリカ北部沿岸の町に車を移送するならば、スペイン南岸まで自走してフェリーで地中海を越えることになるが、帰りの足を連れていく必要がある。

そんなわけで中古車数台の隊伍《たいご》を組んで「輸送隊」はイベリア半島を縦断し、地中海を渡り、カサブランカなり、チュニスなりの遠方まで足を伸ばす。そして車を届けたら、四、五人の輸送隊は一台の車に収まって帰国することになる。帰りはだいたい行きよりも楽しいものだ。律義に交替で運転してもいいし、なんなら賭けでひとり犠牲者を選び出し、残りの人員はビールでも聞こし召しながら車中で歌でも歌っていたってかまわない。イスラム教徒の中でも戒律に厳しい者と、柔軟な者がある。だいたいは所属しているコミュニティによって対応が異なってくるのだ。アフメドに関しては飲酒はしない派だったし、ラマダンは固く守る派だったが、アルジェリア系移民にはよくあることで、日に五度のお祈りはあまり励行していないし、家では家族の女子にヒジャブを強要することもなかった。

同じイスラム教徒が飲酒に及んでいても、特段気にすることもない。「宗派」の違いみたいなものだ。

こうした「輸送隊」は多い時には一月《ひとつき》に何往復かが組織されるが、数ヶ月と間があくこともある。ガラージュのスタッフだけで遂行してしまうこともあるけれども、なにしろ車を届けるだけの単純作業だから熟練のメカノを擁《よう》する必要もないので、多くの場合はスポット参加の臨時雇いで隊伍を組むことになる。

いきおいガラージュの移送担当のアフメドは輸送隊の「主任」となり、臨時雇いの親戚の若者とか、その友達とか、そのまた知り合いとかの寄り合い所帯を率いて北アフリカやら旧共産圏やらに足を伸ばすことが一再ならずあったのだった。

輸送隊はその都度《つど》徴集される傭兵《ようへい》団みたいなもので、理論的には知り合いの知りあいぐらいの知己の中に募ることになるとはいえ、実践的には要するに「まったく知らない縁もゆかりもない奴」の集団といった具合だったし、それでさしたる問題も生じなかった。

免許証に点がちゃんと残っていて、前夜にきちんと寝ていて、酒がすっかり抜けていればそれでよかった。要するに「行き」の行程で事故らないで現地に辿り着いてくれさえすればいいのであって、「帰り」にはなんなら飲んだくれて寝ちまっていたって却《かえ》って邪魔にならなくて都合が良いくらいだ。

知り合いの知り合いで手すきで日当が欲しい奴……そんな奴は手近にいくらでも見つかる。徴集側のガラージュの性質上、輸送隊はしぜんイスラム教徒の割合が多くなることが普通だった。もっとも別に募集に思想信条の差別はない。単にイスラム教徒《ムズルマン》の知り合いにはムズルマンが多いというだけの話で、例えば高校の時の連れのクリスチャンだって良かったし、従兄弟《いとこ》の友達の知り合いの仏教徒であっても構わなかった。

だからその都度の寄り合い所帯の人員を数ヶ月と遡《さかのぼ》って全部思い出せと言われたって、特別なトラブルの生じた回でもない限りはなかなか思い出せるものではない。半ば常連の奴もいれば、一度だけの行きずりの人員だっている。

そして捜査員が今、事細かに問い質しているのは、まさしくそうした行きずりの臨時雇いの一人のことだった。

捜査員は「モアメド・なにがし」という名を告げた。まあイスラム教徒なら当たり前の名前だ。アフメドは「自分もモアメドですが」とコメントした。

だいたい呼び名がカリームだろうが、ヤシンだろうが、アフメドだろうが、イスラム教徒の男子ならミドルネームのどこかには「モアメド」は入っているもので、金曜礼拝の日にモスクに小石を投げ入れたら、「モアメド」にぶつけない方が難しい。だからモアメド同士だったら区別のために互いにミドルネームの方で呼びあったり、ムッシュー・モアービとか慇懃《いんぎん》無礼に洒落のめしてみたりするのが世の常だ。

より詳しくは「モアメド・フサイン」だと言うが、情報が増えていない。重ねて「自分もモアメド・ベン・フサインですが」とコメントせざるを得ない。「ベン・フサイン」は父称由来の姓で「フサインの息子」という意味だ。「ベン・フサイン」や「ビン・フセイン」も避けて通るのが不可能なぐらいに金曜のモスクには犇めいている。

捜査員の言う「モアメド・アブダライム・アッサイード・フサイン」はアルジェリア系移民二世だか三世だかのフランス人で、名前の通りのイスラム教徒、モンプリエ、トゥールーズ、そしてル・マンなどに居住していた。DIFオートモービルの輸送隊に徴集されたということは、誰かの従兄弟の友達の知り合いかなにかだったのだろう。アルジェリア系ならどこで繋がっていても不思議はない。トゥールーズもル・マンも近くはないが、その時はたまたまリモージュの近辺に身を寄せていたということだ。

アフメドとしては縁もゆかりもない人物で、その来歴なんか聞いたこともなかった。縁もゆかりもない——いや、それは本当のことではない。縁はあったのだ。一時のことだが、臨時雇いの輸送隊に彼はいた。ただそれだけの縁であって、正確な姓名、出自、人となり、思想信条、日々の不満や不平の在《あ》り処《か》……。そんな個人的なプロフィルを把握しているわけもない。たしか免許証は見せてもらったはずだし、交通違反の常習者でないことは、目の前でANTS——内務省の免許、パスポートなどの個人情報管理のサイトにアクセスしてもらって、累積《るいせき》反則点がないことを確認していた。

だが言わばそれだけの関係だ。「アルジェリア系のモアメド」なら、もっと親しい奴が他に二人もいる。

しかしいま問題になっているモアメド・アブダライム・アッサイードはアフメドの知人たちとは著《いちじる》しく異なっている点があった。モアメド・アブダライム・アッサイードは警察の重点監視対象だった。つまり官憲にマークされていたのだ。そしてマークされているどころか——後で知ったことだが、国際指名手配されていた。

その罪状はテロリスム準備だった。

アフメドは自分にかかっている嫌疑の深刻さを、ここで初めて理解しはじめていた。

アフメドは仮車検証の期限切れの問題で捕縛されていたのではない。彼はテロリスム準備の廉でいわゆるユルヴォワ法……「組織犯罪、テロリスム、その資金供与との闘いに係わる強化法案」の枠組みで勾留されていたというのが、この悪夢の核心だったのだ。

ジャンゴにとって——報道人としての彼にとってイスラム原理主義テロとはいかなる性質のものだったのか。

彼は気心の知れたアフメドや、他の友人たちとも、上司のレオンとも、深く踏み込んでこの問題について議論したことはなかった。

カトリック系キリスト教徒の名前を持つジャンゴはイスラム原理主義のテロリスムに憤《いきどお》りを、そして侮蔑を感じる。マグレブ系の容姿をもつジャンゴとしてはイスラム教徒の立場を危うくしかねないテロリスムにはほとほと迷惑と呆れを感じざるを得ない。

テロリスムは必ずと言ってよいほど排外主義の盛り上がる契機になる。それならば報道人としてのジャンゴは、テロをいかに捉え、いかに報じるべきなのか。その「べき」とは、言論に携わる職業人としての義務なのか、それとも文化や民族の交差点に立たされた私人としての当為だろうか。

そしてそもそも「イスラム原理主義のテロリスム」というものは本当に存在するのか、それはみな本当に「イスラム原理主義のテロリスム」だったのだろうか？

官憲の横暴を告発すると息巻いているジャンゴには、友人が巻き込まれているという「私情」がある。コティディアン紙社会部の同僚はだいたい左翼連合の支持者で排外主義を是とするものはいないが、それでも諫め顔になるものはあった。現状では官憲が監視を強くしているのは無理からぬことではないかと言うのだ。

「だって、やっぱり国内のテロリスムは過激化してますよね？」

社会部でインターンとしてアシスタントを勤めているマリーがいとも素朴に言い放っていた。

「だからイスラム教徒を監視するのは当然だって言うのか？」

ジャンゴが突っかかるが、彼の癇癖の強さに慣れないインターンは正面からくってかかられて閉口している。レオンのような巧みな窘《たしな》めはやはり年季のいった老練の芸で、学生には荷が重い。

「テロリスムの背景としては看過できない要素じゃないですか？」

「マリー、君にもレオン先生の講義が必要みたいだな。そいつは『本質主義《エサンシアリスム》』だってやり込められるところだぜ」

あいにくレオンは自室で電話中で席を外していたが、彼ならばなるほどインターンの素朴な認識に教導を施《ほどこ》していたところだったかも知れない。

大枠として、フランスは大戦以来二十世紀後半には隣国の数々に比べるとテロリスムの脅威がそれほど差し迫った国ではないという認識があった。

もともと表面化している民族問題、領土問題が少なかったことと、国内の政治的対立が武力闘争を伴うような過激なものになることが稀《まれ》だったことによる。フランスにとっては火種は基本的に海外――旧植民地や委任統治領にあるものだった。

テロは国外で起こるものという認識、言ってしまえば「油断」は二〇一〇年代に劇的に変質することになるが、もちろん予兆はすでに二十世紀のうちにもあった。

いわばフランスにおけるテロリスムは段階を追って徐々に悪化してきたのだ。

マリーが手元のラップトップに呼びだしているのは外ならぬコティディアン社会面の連載記事「市民生活に迫るテロリスムの足音」のウェブ再編集版だった。そこにまとめられたテロの年代記はマリーやジャンゴが生まれる前から始まっている。

まずは一九八三年七月のオルリー空港爆破事件、そして一九九四年十二月のエールフランス八九六九便ハイジャック事件である。前者はアルメニアの民族分断の報復としてトルコ航空のカウンターが爆破された事件であり、後者はアルジェリア系の武装組織がフランス航空の旅客機をハイジャックした事件だ。

どちらもフランスではテロに対する警戒水準を大きく引き上げなければならないという世論を強く喚起した出来事だったが、いずれの事件もフランス本土の水際《みずぎわ》――つまり空港を舞台としていた。テロリスムはやはり「海外から来る」ものだったのだ。

戦後フランスの安全保障上の慢心に決定的な楔《くさび》を打ち込んだのは翌一九九五年七月の地下鉄駅爆弾テロ事件に代表される、アルジェリア系イスラム過激派による連続爆弾テロである。都市が、市街が舞台となった。

この時は手引きを断ったとされる同じイスラム教徒の司式者《イマーム》の殺害を皮切りに、パリの地下鉄駅が爆破され八人の死亡者を数えた。さらに凱旋門のあるシャルル・ドゴール広場で釘爆弾が破裂し、リヨンでも鉄道線路の爆破未遂があった。さらにはパリの青空市《マルシェ》やリヨンのユダヤ系の学校までが爆弾テロの標的となったのだ。つごう十件ほどのテロ活動が数ヶ月にわたって連続して行われた。事件の直後にテロ警戒の非常事態宣言が発令され、実はこの時の宣言が折々に警戒レベルを変えながら今日《こんにち》にいたるまで継続している。

二〇〇三年から五段階の警戒レベルに「色分け」された。危険無しの「白」、漠然とした危機に注意警戒の「黄」、可能性のある危機――テロに備えよの「橙」、高い可能性の危機――より深刻なテロに備えよの「赤」、そして確実な危機――重大なテロに備えよの「緋」。

その翌年のマドリード列車爆破テロに応じて警戒レベルは「赤」に引き上げられ、一度は「橙」に戻ったものの二〇〇五年ロンドン同時爆破テロを受けて再び「赤」に引き上げ直された。以後の警戒レベルは遺憾ながら「高め安定」が続いている。

空港やターミナル駅で小銃を抱えた特殊部隊が警邏《けいら》する姿は常態となって久しい。

「いまやテロリズムは市民生活の喫緊《きっきん》の脅威じゃないですか」

「だから監視は強めておくべきだって言うのか？　ちょっとぐらい手続き《デュー・プロセス》の正当性を犠牲にしても？」

そして二〇一〇年代にはフランスの警戒レベルはついに最高の「緋」に達した。確実かつ甚大な危機を想定した警戒レベルの文字通りの非常事態宣言である。二〇一二年のミディ＝ピレネー連続銃撃事件を受けての措置だった。

南仏のトゥールーズ、そしてモントーバンで二度にわたり軍人が射殺される事件が相次《あいつ》いだ。死亡者が三名に重傷者が一名、いずれも空挺部隊の兵士だった。逃走する犯人はその後ユダヤ系の学校の前で教師《ラビ》を射殺、さらに学校に押し入って件《くだん》の教師の子を含む児童三人を射殺、一人に重傷を負わせた。この学校襲撃の直後に当時のサルコジ大統領がヴィジピラトの警戒レベルを「緋」に上げたのだった。

その後足取りを辿られた犯人はアパルトマンに立て籠《こ》もったあげく官憲に射殺されるにいたる。この犯人モアメド・メラーはアルジェリア系フランス人の聖戦主義者《ジハーディスト》で、アル＝カイーダに所属する聖戦士《ムジャーヒディーン》を自称していた。志望はしていたが自分はなることが出来なかったという理由で「軍人」に個人的な怨恨を抱いていたと言われている。またパキスタン・アフガニスタン国教の紛争地域でターリバーンの訓練を受けていたとされる。

フランスを震撼《しんかん》させたこのモアメド・メラーの連続射殺事件は、変な言い方になるが爾後《じご》の国内のテロリズムの一つの雛形《ひながた》となっていった。

マグレブ系フランス人で、不遇を託《かこ》つ若いイスラム教徒。前科もあって官憲には既に要注意人物と見做《みな》されていた。急進的ジハード主義に傾倒し、周囲からも孤立し、あまつさえ紛争地域にジハードの研修に出向いている。ジャンゴの言う、「俺の人生、詰んでるな」と思っている梲《うだつ》の上がらない若者がジハード主義に吸い込まれていく典型例がすでにしてここに見られる。

こうしたプロフィルを持った急造の若いジハーディストが、その後も二〇一〇年代のフランスにおけるテロリズムの立役者になっていくのである。

このように急進的ジハード主義のテロリストは犯行時に「アッラーフ・アクバル（神は偉大なり）」と唱える。その振る舞いにもっとも敏感に反応し、激しく憤懣《ふんまん》を訴えるのは、過激なイスラム教徒に脅《おび》えるキリスト教徒のフランス人ではない。むしろフランス在住のイスラム教徒の方である。

旧植民地マグレブ地域からの移民、そしてその二世、三世、すでにフランスに根を下ろして生活者としての地位を得ているムズルマンたちは、こうしてテロを引き起こす際にアラーの名を引き合いに出すことに、むしろ強い憤りを感じるのだ。かつて、テロ事件の直後にジャンゴがモスクに見た張り紙には「その名のもとにやるな！」という悲鳴のような殴り書きがあった。まさにその言葉こそ欧州における生活者としてのイスラム教徒の慨嘆であり、悲鳴なのだ。彼ら穏健なムズルマンたちにはイスラム教の名のもとに、アラーの名のもとに、暴力と破壊を働くということが最大の冒瀆に感じられる。

それは許し難《がた》い瀆神《とくしん》行為であると同時に、国内の宗徒を繰り返し追い込んでいく愚行でもある。若いジハーディストが「アッラーフ・アクバル」と唱えてテロリズムを起こす時、必ずや巻き起こるイスラム嫌悪《イスラモフォビー》、なかば必然的に強化される反イスラム主義《アンチ・イスラム》――それに苦しみ、耐えなければならないのは普通のイスラム教徒たちに他ならない。

そしてモアメド・メラーのテロリズムが明確に新しい類型をなしていたのは、それがフランス人の犯行だったという点だ。フランスにおけるイスラム過激派のテロリズムは、海外から来訪するものでは最《も》早《はや》なくなった。ジハード主義テロリズムがフランス国内で「内製」されるようになったのだ。

こうしてフランスにおけるテロリズムは二〇一〇年代に新しいフェイズを迎えた。最早テロリズムは海外のジハーディストが空港や港に持ち込むものではない。その立役者は国内で育ったフランス人――フランスは自国内にテロリズムを育ててしまっているという現実に直面しつつあった。

「すでにテロの多発は国内で問題になっていますが、それは認めるしかないですよね？」

「何を認めろと言っているのかによるよ。国内のイスラム教徒がテロの原因だと認めろっていうのか？」

ジャンゴがマリーの胸元を指さして詰め寄るので、さすがに年嵩の同僚が窘めに入った。

「ジャンゴ、誰もそんなことは言っていないだろう？」

「ちょっと分別があれば誰も表立ってそんなふうに言いはしないでしょうよ。でもこのアンカー仕事、『市民生活に迫る……』だってそうだ、何が脅威なのか言外に仄めかしているのは明白だろ。暗黙のうちにそういうことが共通認識になっていくんだ」

ジャンゴの憤りは、まさしく彼らのペンこそが、その共通認識とやらを助長しているのではないかという屈託に端を発していた。「ベレア地区では今年に入って三件目である」……それは何を暗黙のうちに言っていただろうか。昂進しつつある危機を特定の地区《カルティエ》、特定の社会階層と結びつけてはいなかっただろうか。

二〇一二年に一度「緋」のレベルにまで昂進したヴィジピラトの警戒レベルはその後の数年のうちに再び「赤」、そして「黄」のレベルにまで引き下げられたが、しかしそれは束の間の安寧《あんねい》だった。二〇一〇年代中盤のフランスはまさしくテロリズムに繰り返し鞭打たれる国と成り果てていた。二〇一五年のシャルリー・エブド襲撃事件、同年のパリ同時多発テロ事件、翌二〇一六年のニース・トラックテロ事件……ここ数年は「イスラム系」のテロリズムが続発し、フランス国民の「常識」が書き換えられようとしていた。

ますます国内における宗教的、民族的な断絶が深刻化し、フランス全体で急進的サラフィー・ジハーディストを危険視する傾向が強まっていく。必然的に反イスラム主義、排外主義、そして移民制限を訴える右派メディアと政党が発言力を強め、支持層を膨らませていく。ここ十数年の大統領選、議会選の焦点は極右政党の躍進と、それを妨《さまた》げるための中道左派連合との対立である。市民感情が排外主義と差別的政策に傾いていくのを止められないでいるのだ。

だがしかし現実に持ち上がっている問題は、本当に宗教的、民族的な断絶だったのだろうか。つまり国内に育ちつつあるイスラム過激派が、共和国体制とその理念に牙を剝いているというのが現実の構図なのだろうか。共和国の理念とイスラム主義の戦い、クリスチャンとムズルマンの間の闘争なのだと言えるだろうか。事実、ハンティントンの言う「文明の衝突」なのか。

今日の政治、社会学者や経済学者の中では、一般市民の人心に強固に刷り込まれつつある宗教的、民族的な分断線とは別の、もっと形而下の具体的な分断線が議論の対象になっている。それは経済格差と階級の固定化である。ひらたく言えば、いま社会に危機を齎している分断線は単に貧富の境、持てる者と持たざる者との間に引かれているのだ。

移民階級の若年層をイスラム原理主義が吸収し、動員していく構図の根本原因は、キリスト教やイスラム教の宗教性にあるのでも、共和国市民と移民集団の社会常識の差異にあるのでもなく、レオンとジャンゴがかつて議論をたたかわせたように、単に貧困層の閉塞感にあるというのだ。テロリスムの種は宗教や民族に蒔《ま》かれているのではない。それは貧困と絶望の支配する土地に蒔かれ、屈辱と怨恨の土壌に芽吹き、被差別感や不公平感を肥料として育つ。

そして現時点のフランス共和国の社会構成は、はっきりとした社会統計の数字としては扱いがデリケートになるが、著しく社会流動性が制限され階級が固定化されつつあるなかで、貧困層と移民層は相当程度に明白な重なりを持っている。そして北アフリカ、マグレブ地域や中近東に旧植民地領や移民統治領を持っていたフランスでは、移民層の多数が他ならぬイスラム教徒で占められているのだ。

こうして移民層の社会包摂《アンテグラシオン》に苦労するフランスが、国内に芽生えようとしている「社会の敵」を選別し、滌除《てきじょ》しようとするとき、そのターゲットは必然的に貧困層、移民層に向かうことになる。社会秩序を守るための方策が、すなわち貧困層の孤立を促《うなが》し、その絶望を深め、さらには社会に対する敵対心、復讐心を強化してしまう。

彼らの「博愛《フラテルニテ》」は共和国への信頼には繋がらない。彼らがあてに出来る、依拠《いきょ》しうる「同胞愛《フラテルニテ》」は社会底辺に隠然と動員をかけている急進派ジハーディスムにしか求められないことになる。

こうして、悪循環の輪が閉じるのだ。

テロリスムは公然と「アッラーフ・アクバル」の掛け声のもとに遂行される。その掛け声しか彼らには残されていないのだ。彼らには自由《リベルテ》も平等《エガリテ》も、共和国に寄せる同胞愛も与えられていないのだから。

そうしてイスラム原理主義のテロリスムが市民生活を脅《おびや》かした時には、かならず「アッラーフ・アクバル」の掛け声が発せられたことが世に伝えられる。そう報道される。

メディアもまた数々の美辞麗句《びじれいく》の下に隠しながら、社会的な義憤を訴えながら、それでも今日のフランスを苦しめる分断線を強化するのに働いていないか。

「我々、メディア自体もイスラム原理主義とは軋轢《あつれき》があるじゃないですか?」

マリーはきわめて常識的なことを言っているという自認であるから、ジャンゴが熱り立っているのにもなかなか引かない。事実、メディアもまたテロリスムの標的となったとの認識は広まっている。

影響が大きかったのは、もちろん記憶にも新しい二〇一五年のシャルリー・エブド襲撃事件である。

シャルリー・エブド紙は様々な国家、民族、宗教あるいは政治団体を、全方位的に嘲笑する攻撃的な風刺メディアとして受け取られていた。極右も極左も、エコロジストもフェミニストも、カトリックもシオニスムもイスラム原理主義も等しく嘲弄《ちょうろう》の対象であり、スポンサーを持たない独立系の時事報道機関として、その一貫した攻撃性に悪名を得ていた。どんな組織を攻撃することもタブーとはしない編集方針には「定評」もあり、その攻撃性にしばしば眉を顰《ひそ》められながらも、フランス共和国の国是の一つである「表現の自由と政教分離原則《ライシテ》」の体現者として一定の評価を受けてもいた。

しかしその過激な報道姿勢はたびたび「行き過ぎ」として時の為政者の苦言を頂戴することがあったし、有形の反抗を受けて実害を被《こうむ》ることもあった。とりわけイスラム原理主義からの反応は往々にして過激であり、例えば二〇一一年には火炎瓶を投げ込まれて事務所社屋が全焼するような目にあっている。

これには長期間にわたる対立の文脈があり、シャルリー・エブド紙はイスラム教の預言者モアメド(ムハンマド)を嘲弄するような風刺画を頻繁に掲載して、原理主義者ばかりか穏健なイスラム教徒をすら苛立たせていた。肖像や彫塑像を偶像崇拝の禁止という戒律のもと忌避しているムズルマンに対し『ムハンマドの生涯（La vie de Mahomet）』という漫画を挑発的に出版したシャルブ（ステファヌ・シャルボニエ）はアルカイーダの機関誌に「手配中の人物」として挙げられており、警察の護衛を伴うのが常となっていたほどである。

したがって二〇一五年の襲撃事件の直接の引き金となった『シャルリー・エブド』の記事、漫画が何であったのかという問いは意味をなさない。すでに長らくの葛藤があり、因縁があった。

実行犯であるサイードとシェリフのクアシ兄弟は、アルジェリア系フランス人でパリ一〇区に産まれた。父を早くに失い、街娼だった母親も自殺と思《おぼ》しき薬物中毒によって死亡した。兄弟のそれぞれが十五歳、十三歳の時である。旧リムザン地域圏《レジヨン》の施設に他の兄弟ともども預けられた後に、兄弟は十代の終わりにはパリに戻り、そこで特に弟のシェリフの方が刑務所と娑婆《しやば》を出入りする内にサラフィー・ジハード主義に吸収されたと考えられている。彼は若きジハーディストとしてメディアへの露出もあった。兄サイードも二〇一一年にはイエメンでアルカイーダ系の軍事教練を受けており、そのことを把握していたアメリカの情報局ではすでにテロリストとしてブラックリストに記載されていたという。

兄弟の生い立ちは幼少期から相当に悲惨なものだったことが窺われる。虞犯《ぐはん》少年が犯罪組織に搦《から》め捕られ、収監を繰り返すうちに急進的な宗教組織に動員されていく。これが若い移民二世、三世がジハーディスムに吸収されていく典型的な構図なのだ。シャルリー・エブド襲撃事件と連動して起きたユダヤ食品店人質事件の犯人アメディ・クリバリはクアシ兄弟とは繋がりがあったが、彼もまた犯罪組織に加わり、強盗や麻薬取引で捕縛されて収監され、その獄中で改宗してジハーディスムの支部に加わるという経緯をたどったくちである。

「メディアの方こそイスラム原理主義をことさらに的にするような真似を繰り返しているじゃないか。まるでシャルリー・エブドの弔い合戦とばかりに、イスラム原理主義の影響を言挙げするだろう?」

「だって現実にそこには影響が見られる訳でしょう?　実行犯は現に——」

「アッラーフ・アクバルと叫んでたって言うのか!　その言葉は本当にイスラム教のもとになされた所業だっていう証拠になるのか?」

ジャンゴが机を叩くので、見かねた同僚が羽交い締めにて無理にでも椅子に座らせた。マリーは態度を硬化させている。彼女にしてみれば、こうして声音《こわね》を荒げて人を恫喝するような挙措《きょそ》に負けてはいられないという気持ちなのだ。

シャルリー・エブド襲撃事件に先駆けて二〇一四年の年末に三件の「テロリスムの疑いのある事件」が相次いで起こっている。

十二月二十日、フランス中部のジュエ=レ=トゥールで警察署に侵入しようとしたブルンジ出身のンゾハボナヨなる男が、刃物で複数の警官を傷つけ、あげく射殺されている。犯行時に「アッラーフ・アクバル」を唱えていたとされ、彼のSNSアカウントにはイスラム・ステートの旗が掲げられていたという。ブルンジはキリスト教国でイスラム教徒は国民の三%にも満たないが、改宗して三年に満たないというこの男ンゾハボナヨとイスラム・ステートとの関連について詳報は不明だった。

翌二十一日には東部ディジョンで「アッラーフ・アクバル」を唱えながら、舗道の歩行者の列に車で突っ込んだという事件があった。十数人が負傷したが、この事件の容疑者は直近十四年間に精神科に百五十回以上も通院歴があるため、精神障害《デゼキリブレ》であった可能性が報じられた。また警察の初動捜査によれば、犯行時に「パレスチナの子供たちのためだ」と発言していたという証言がある一方、ディジョンの検事の発表では「宗教的な動機があったのではなく、チェチェンの子供たちのためだ」と言っているとの報道もあり、著しい混乱がある。もちろん混乱しているのは報道ではなく、容疑者自身であるかもしれない。検事は「これは全《アブソリュマン》くテロ行為ではなかった」とコメントしている。

翌二十二日夜に西部ナントのクリスマス市に乗用車が突っ込み、十数人が負傷、うち一人が後に死亡する事件があった。運転手は三十七歳の男性で、やはり精神的な問題を抱えていたと見られ、その正確な姓名も報じられなかった。社会に対する憎悪と、諜報組織に追われている恐れについて書き記したメモが車中に見つかったとされるが、これについても詳報はなかった。

こうした事件の連続の中で、当時のヴァルス首相が警戒を強める一方で、扇動に惑わされないようにと呼びかけた。治安当局は警戒レベルの引き上げを宣言した。

これがシャルリー・エブド襲撃事件の二週間前の出来事だったが、三件の事件が襲撃事件に影響を与えていた可能性もしばしば示唆されるものの、その真実性については詳《つまび》らかではない。

ほぼ確かなことは――人は誰も三件の相継いだ「テロリスム」のことを漠然と覚えており、イスラム過激派のテロが続いているという印象を抱いていたということだ。三度とも「アッラーフ・アクバルが唱えられていた」という間違った記憶すら、多くの市民に共有されている。

これらの事件は相互に関係が無く、イスラム過激派のイデオロギーとどういう関係があるのかも曖昧だし、そもそもうち一件はおそらく精神障害者の犯した事件であり、もう一件は即物的には飲酒運転による事故である。ディジョンの事件では、テロ行為ではなかったと否定されているし、ナントの事件もテロリスムとの関係が直接示唆されたわけではなかった。

相互に模倣犯的な関係があったわけでもないし、そもそもイスラム原理主義との強い係わりはなかったのだ。

しかし人々の記憶には「連続したイスラム原理主義者のテロリスム」という虚像となって残り続け

ている。

こうした文脈の中でテロ警戒レベルが上がっている中で起こった、翌年一月七日のシャルリー・エブド襲撃事件の強烈な印象も相俟って、人心にはテロの記憶ばかりが累積していくことになる。そしてクアシ兄弟はシャルリー・エブド編集室に押し入り、こちらは現に「アッラーフ・アクバル」を唱えて会議室に自動小銃ＡＫの銃弾を乱射し、十二名を殺戮したのだった。

この大事件については、その犯人射殺までの経緯も、その後全国に波及した「ジュ・スイ・シャーリー」の大号令も、誰の記憶にも新しいところだから繰り返す必要もないが、ここで強調せねばならないのは、明らかに報道が、とりわけ表面的な第一報が、まるで「テロリスムの勃発」を手ぐすね引いて待っていたかのように反応していたということ――そして「アッラーフ・アクバル」という言葉を聞きつけるや、前後の事情も曖昧なままで、そのことを報じているということだ。

「表現の自由と政教分離の原則」のためにフランス国民は連帯する、相続くイスラム原理主義の暴力に屈しない、と言って街路を行進した市民たちは、彼らが念頭に置いていた「いくつものテロ事件」が本当にテロリスムだったのかどうかすら、すでに確かには思い出されない。それなのにテロが起こったという印象だけは確かなものとして語り継がれていく。

「まるでメディアがテロと報じるたびに、民衆が『アッラーフ・アクバル』の叫びを聞きたがっているみたいじゃないか！」

市民は、いわば脅えているのだ。ターゲットはもはや市民生活そのものだと恐れている。

シャルリー・エブド襲撃事件と同じ年二〇一五年十一月にはパリ同時多発テロ事件が起きた。

はたしてシャルリー・エブド襲撃事件におけるクアシ兄弟がサラフィー・ジハード主義の宗教的思想にどれほど傾倒していたかは判らないが、曲がりなりにもイスラム原理主義に改宗した者たちにとってシャルリー・エブド紙は明白な仮想敵と言って良い存在だった。すでに同紙は社屋の放火事件も経験していたし、当時の編集長にして中心人物のシャルブに到っては既に触れたようにアルカイーダの機関誌にイスラム主義の敵として名指しされ、官憲に警護されていた人物である。その意味ではシャルリー・エブドは原理主義テロリスムの標的として予測される対象だった。

しかしパリ同時多発テロの襲撃対象は、いわば全くイスラム原理主義とは係わりのない一般大衆――金曜の夜にそこにいただけの歓楽街の客に過ぎなかった。

このことがフランス国民には大きな衝撃となった。テロリスムの標的となることに理由はないのだ。サッカーを観戦していただけで、レストランで食事をしていただけで、ロック・コンサートを観賞していただけで、人は銃撃され、爆破され、殺されることがあるのだ、と。文字通り、そこにいる市民の全てがテロリスムの標的であるという事実を突き付けられることになった。

テロの現場実行部隊は三チームに分かれていたと言われている。郊外サン゠ドニ地区のサッカー場で数度にわたる自爆テロ。さらにパリ市街、一〇区、一一区の街路や飲食店の店内で次々に乱射事件が起こった。そしてロック・コンサート中だったバタクラン劇場の襲撃――ここでも無差別に観客に自動小銃の弾丸を浴びせるに及んだ。

例によって街頭乱射事件の実行部隊が「アッラーフ・アクバル」を唱えていたという証言があった。あわせて「シリアのためだ」と叫んでいたそうだ。またバタクラン劇場乱射事件の方でも「アッラーフ・アクバル」は聞こえたという。

死亡者は百三十人、負傷者が三百五十人を超える、フランス史に残る大虐殺となった。問題は被害の規模ばかりではない。この事件は綿密に計画された国際的なテロリスムであると認定された。三チームの三人組《スリーマンセル》を構成する実行犯グループは、構成員としてはマグレブ系のフランス人、ベルギー人、さらにイラク人などの国際的な混成組織だった。首謀者・コーディネーターとしては、モロッコ系ベルギー人のアブデルハミド・アバウードの名が挙がっているが、官憲の追跡中に共犯者の自爆テロに巻き込まれて爆死した。

実行部隊とコーディネーターの他には輸送班、連絡班といった支援部隊も控えている。このテロは入念な準備のもとになされた組織犯罪であり、人員を数えるだけでも関与者として三十三名が数えられている大所帯だった。このうち一月七日当日の現場で、爆死したり、当局に無力化された人員が七名、その後の捜査、追及のなかで更に六名が死亡した。テロ関与者として名指された三十三人のうち都合十三名が死亡していることになる。

ともかくこれは軍隊ならば数分隊なりで遂行される作戦《オペラシオン》である。実行部隊、支援部隊、そして出資者といった編成ばかりではない、実際に突撃自動小銃や自爆ベルトといった装備品も数が用意されている。こうした組織犯罪としての体裁は昨今のテロリズムの中でも割合に稀なものだ。

かかる国際的テロリズムの背後には、シリアのイスラム・ステートの情報機関の在ラッカ支部（カリフ国外でのテロリズム実行組織）が暗躍しており、数週間から数ヶ月を費やして作戦準備、武器供与に手を回していたという説が有力視されている。じっさい実行部隊や、コーディネーターを始め、関与者の多くがシリアでリクルートされたり、教練を受けたり、いずれにしてもシリア渡航経験が把握されており、そのためにフランスやベルギーの官憲のマークを受けていた。いわばシリア・コネクションとでも言うべき繋がりがあったのである。

ことほど左様に、パリ同時多発テロは多大な資金を費やし、多数の人員を擁して実行された国際的組織犯罪だったということになるが、その一大オペレーションの目的は何だったのだろうか。スポーツ・スタジアム、レストラン、コンサート会場……フランスの金曜の夜に娯楽に打ち興じる一般市民

――それが標的だったのだろうか。様々な歓楽施設で享楽をむさぼるフランス市民が攻撃の――復讐の標的だったというのだろうか。

この事件は、市民生活の自由と喜びとに冷や水をぶちまけるような理不尽な横虐《おうぎやく》によって、フランス国民を震撼させるとともに、つよい憤りと恨みとを瀰《び》漫《まん》させることになった。

そこまで事例を振り返ってジャンゴはマリーに問いかけた。

「どう考えてもメディアに偏向が生じてるだろう?」

「起こったことを報じただけで偏向報道だってことになるんですか?」

「『起こったこと』をどう報じるかが問題なんだよ。メディアが言えばそれはイコール事実ってことになるのか?」

次いで翌二〇一六年七月に起こったのがいわゆる「ニーストラックテロ事件」である。

南仏の観光地、ニースの海岸通りでパリ祭革命記念日の七月十四日を記念する花火を見物していた観客の列に、十九トン型の大型トラックが突っ込んでいった。たまたま突っ込んでしまったという話ではない、歩行者天国の交通規制で道路を封鎖していた警察車輛とバリケードを突破しての侵入だった。ジグザグ運転を繰り返す運転手は意図して出来るだけ多くの人を狙って、海岸通りの広い舗道の人波の方に進路を向け続け、あたるを構わず誰彼なしに轢《ひ》き飛ばし、あげく一・七キロメートルもの距離を前進し続けて、事故犠牲者を轍《わだち》の傍らに蜿蜒《えんえん》と残していった。つごう八十四人を轢殺《れきさつ》し、二百人以上の負傷者を出した。

もちろん交通事故だとは誰も考えなかった。これはテロリズムだったのだ。やがてようやく車道に戻り、タイヤが潰れフロントガラスが穴だらけになったトラックは、それでもまだ漸進《ぜんしん》を続けていた。路側《ろそく》からトラックを止めようとする警官との間に銃撃戦が起こっており、運転席と路側の警官の間を拳銃弾が飛び交った。犯人のモハメド・ラフェジ・ブフレルは射殺されたが、二キロメートル近くにわたる死者、負傷者の列があとに残され、パリ祭の催事会場は逃げ惑う人波の泣き叫ぶ阿鼻叫喚の地獄という様相を呈した。

シャルリー・エブド襲撃事件のようにクアシ兄弟とクリバリとのあいだで示し合わされた同時展開の凶行、あるいはまたパリ同時多発テロに見られる、言葉は悪いが連携の取れた暴力の展開……それらとはまた異なった行き当たりばったりで無思慮な手荒さがこのニースのトラックテロ事件にはある。予《あらかじ》め計画があっての凶行だったと後に調査結果が出た。犯人のラフエジ・ブフレルは予行演習とばかりに問題のプロムナードを何度も「試走」していたのだという。また武器の調達や、トラックの手配について相談相手も存在した。武器準備に協力した廉で逮捕、送検された「協力者」もいた。しかし計画的犯行というにはあまりに場当たりな振る舞いがそこにある。

とはいえ、トラックで突っ込んでいって、轢けるだけ轢く、そんな雑な計画的犯行があるものだろうか。また犯人は警官に応戦する時に使った拳銃の他に、運転席に何丁もの拳銃や自動小銃のモデルガンを持ち込んでいたと言うが、そのモデルガンで何をするつもりだったかは推測する他ない。

モハメド・ラフエジ・ブフレルはチュニジアの出身で、三十一歳、渡仏は二〇〇五年と最近のことで、ニース在住のフランス・チュニジア国籍の女性と結婚したという。子供を三人もうけたが、結婚生活は早々に破綻し、何度も家庭内暴力で通報されたあげくに離婚にいたる。その後は性的に放埒《ほうらつ》な生活に埋没し、男女の別なく関係を持ったと報告されている。また暴行、脅迫、窃盗などの罪状で度度有罪判決を受けていた。

名前に見る如くチュニジアのイスラム教家庭の出自だが、宗教的に敬虔《けいけん》なタイプではないどころか、飲酒や豚肉食もしていたし、モスクに姿を現したこともない。知り合いのイスラム教徒に言わせれば

「宗教には一顧《いっこ》だにしない」ということだ。そのモアメドがどういう理由で「イスラム原理主義」のテロリストになったと言うのだろうか。

　重度の麻薬中毒だったラフエジ・ブフレルは官憲には要注意人物としてファイルされていたが、イスラム過激派としてではなく、単に暴力や器物損壊や窃盗の咎《とが》でだった。事件を起こした年の一月に、おそらく居眠り運転の結果として交通事故を起こし、その際の口論が高じて暴行に及び、これは執行猶予付き六ヶ月の禁錮《きんこ》刑《けい》を言い渡されている。この段階でもまだイスラム原理主義の片鱗も見えていないのだ。

　時の内務大臣ベルナール・カズヌーヴは「急速に過激化した可能性」を示唆したが、はたして人はそんなに短期間で急進的ジハーディストになったりするものだろうか。刑務所でサラフィー・ジハード主義に吸収され、兄はイエメンに教練に行ったクアシ兄弟。シリアでリクルートされ、動員、組織されたパリ同時多発テロに実行犯たち。そうしたジハーディストの「戦士」たるにいたる前歴を持つ者たちと比べると、ラフエジ・ブフレルの宗教的バックボーンはあまりに希薄なのだ。サルサ教室に足繁《あししげ》く出入りしては「ヤク中」だからと敬遠されていたというラフエジ・ブフレルには、敬虔な信徒としてどころか、報復に狂奔する狂信者のような気配もまったく見られない。

　犯行時には髭をたくわえていたというラフエジ・ブフレルは、知り合いに聞かれて宗教的な理由で伸ばしはじめたと答えたそうだが、これは犯行の二週間前（一説には一週間前）のことだという。ずいぶん大慌ての急進化《ラディカリザシオン》ではないか。

　そしてニーストラックテロ事件のさなかに、ラフエジ・ブフレルが「アッラーフ・アクバル」を何度も叫んでいたという証言が一つ残っている。ニース・マタン紙などがインタビューの録画《トゥルナージュ》を添《そ》えて報じていたが、自宅のバルコニーから事件を見ていたというインタビュイーのところにまで、その叫びが聞こえていたということになってしまう。

顔と名を出してインタビューに答えているその人物の証言を疑うのも難しいが……はたしてラフェジ・ブフレルは本当にイスラム原理主義思想のもとに、大量殺戮を行ったのだろうか。彼にはアッラーの神意を代行すべく、テロリスムに及んだという自覚があっただろうか。

むしろ人生すっかり詰んでしまって、いい加減自棄《やけ》になった三十路《みそじ》男が幸せな観光客を軒並《のきな》み道連れにして自殺したかっただけの事件と解釈した方が自然である。それは人生に絶望した極めて孤独な人間の、世界に対する自己中心的な復讐であり、無理筋を通した意趣返しとしか思えない。

そうして世界に対して報復を企図する、貧しく愚かで、自分の力では二進《にっち》も三進《さっち》も行かなくなってしまった魂が、自暴自棄の大量殺戮の時に何かを叫ぶとするならば——そしてその魂がモアメドとか、アフメドといった名を持っていたとしたらとりわけ——その叫びはきっと「アッラーフ・アクバル」に他ならないはずだと、フランスの民心も、そしてジャンゴたちジャーナリストのペンすらも、あらかじめ思い込んで決めつけてはいないだろうか?


フランス共和国の二〇一〇年代の最大の懸念、最重要課題は、この数年のテロリスムの横行によってなかば強制的に決まってしまった。喫緊の安全保障上の問題が国内に立ち上がっていたのだ。市民の急進化を防ぎ、原理主義への傾倒を阻止しなくてはならない。そしてそのためには移民階級や貧困層の社会包摂《ほうせつ》が必須である。

そこで持ち上がるのが共和国の理念の価値の強調であるが、しかしその共和国が社会包摂に失敗しているという事実が、そもそも問題の始まりだったのではないのか。

例えば生い立ちの不幸だったクアシ兄弟のシャルリー・エブドに対する復讐。あるいはパリ同時多発テロの明白な組織的社会攪乱《かくらん》の意図。あるいはニーストラックテロにおける身も蓋もない個人的閉塞と社会への復讐。数限りないすぐに忘れ去られてしまうような、大事に到らなかった法執行機関への攻撃や国家秩序への挑戦、小競り合いや官憲への侮辱。

そうした事件の数々がいずれも、それぞれ随分と違った背景を示してはいないだろうか。それなのにこれら全てが一緒くたにされて、一つの意思に基づく脅威がフランス社会に挑戦を仕掛けてきているのだと、問題が不当に一元化されてはいまいか。それらはいずれも同じようにイスラム原理主義に由来するテロリズムであると、一括《ひとくく》りにして言えるのか。それらを皆同じ枠組みの中に押し込めているのは、いわばフランス国民にとって、さらには「社会の木鐸《ぼくたく》」を僭称《せんしょう》するメディアにとって、習い性になってしまった無反省な決めつけに依《よ》っているのではないのか。

なぜそれらの事件が等し並みにイスラム原理主義に由来するテロリズムであると言われるのか——それはテロリズムに及ぶ暴力的な社会の敵、秩序の敵が、決まってアラブ系の姓名を持っていて、決まって犯行時に「アッラーフ・アクバル」と叫ぶからだ。それどころか我々は——言論人も、市井の一般人もみな同様に、それが叫ばれていなかった時にすら脳裏に「アッラーフ・アクバル」を幻聴のように聞き取っている。

「アッラーフ・アクバル」が神の偉大さを讃《たた》える帰依《きえ》の言葉ではなくなって、暴力を執行する際の鬨《とき》の声のようなものに無残にも頽廃《たいはい》し、濫用《らんよう》されている。

この「言葉」、本来他のいかなる言葉よりも特権的であり大きな価値を負わされていたはずの「言葉」は、テロリズムに憤る一般市民にとってももちろん、今やそのように——もっぱら頽廃した用法のもとでのみ聞き取られている。それどころか急進主義に吸収されテロリズムの実行に至る「テロリスト」にとってすら、その「言葉」は暴力を駆動する呪文みたいなものに堕落しているのだ。でなければどうして人を殺そうという時に限って「テロリスト」たちは「アッラーフ・アクバル」と叫ぶのか。彼らはおそらく平生の生活の中では神の恩寵《おんちょう》を讃えて「アッラーフ・アクバル」とは言っていない。

「アッラーフ・アクバル」がこんな風に用いられ、こんな風に聞き取られていることに、一番大きな苦しみと悲しみを感じているのは他ならぬイスラム教徒である。

にもかかわらずテロリストたちがその言葉を最悪の瞬間に口にし、一般市民はその残響を聞き取り続けている。

コティディアン紙社会部の面々はもとより「事実を報じる」ことそのものの危うさについて、そこまで素朴な認識でいた訳ではない。「起こったこと」と「報じられたこと」との間に、必ず何らかの意味が——特別な意味が生じてしまうということに無自覚でいられるはずがない。

それでも報道が生み出す社会効果とでもいうべきものについて、身の引き締まるような思い……いや背筋が冷えるような逡巡と戦《おのの》きが一同に兆していた。

インターンのマリーにも問題の複雑さ、微妙さが確かに伝わっていたようだった。それはそれとして、社会部の古株の同僚から改めて苦言が呈され、ジャンゴはマリーに謝罪した。「友達が引っ張られたからって熱《いき》り立っちまって、君には八つ当たりみたいに声を荒らげてしまった」と詫びたのである。マリーの方はやや表情が硬かったが謝罪は受け入れた。

ジャンゴはその日のうちに幾つかの拠点を駆けずり廻っていた。

まず一つはアフメドの実家である。アフメドの弟ヤシンが、事実上容疑とは無関係ということで釈放されていた。この場合の容疑、まずは中古車の移送にかかる仮車検証がうんぬんという嫌疑が、DIFオートモービルの社員ではないヤシンには係わりもないことだったし、そもそも別件逮捕の真意――実際の要件であるアブダライム・アッサード・フサインとの関係がまったくなかったからだ。ジャンゴはまず実家待機を命じられているというヤシンに事情の聞き取りに行った。

問題がテロ準備に関する嫌疑であるということはここで判ったことだったのだ。アブダライム・アッサード・フサインは現在国際指名手配が掛かっていたが、罪状は「テロ準備への関与の疑い」である。

この数年におけるテロ続発の帰結として、テロリズムの準備となる武器弾薬の輸出入に官憲は厳しく目を光らせていた。そして現に具体的なテロ行為の前に、いくつかのジハーディストのアジト、あるいは輸送中の車が摘発されて武器弾薬が押収された例があった。

そしてまた幾つかの武器弾薬トラフィックは欧州の監視対象となっており、地下に潜伏されないように「泳がされ」ているものもあると言う。

とくにシェンゲン協定国外からの輸入は厳しい監視の対象になり、テロリズム関連では因縁の深いアルジェリアなどは古くから重点監視対象となっていた。もともとは二十世紀末の武装イスラム集団が監視対象だった頃からのことだが、現在では「イスラーム・マグレブ諸国のアル＝カイーダ機構」が武装イスラム集団の衣鉢《いはつ》を継ぎ、組織とコネクションを引き取っている。

ところでDIFオートモービルはフェリーで簡単に渡れるモロッコやチュニジアを基本的に商売相手として重く見ていて、一家の出自はアルジェリアだったが、なにかと規制が多くて通商や税関に面倒くさいことが多くなる遠い故郷の国との商売は敬遠していた。イスラーム・マグレブ諸国のアル＝カイーダ機構の封じ込めを狙う「アメリカ主導の対テロ戦争」の一環として展開されている「トランス・サハラにおける不朽の自由作戦」にモロッコやチュニジアは名を連《つら》ねており、フランスもその支援国の一つだ。

　そんなわけでフランスの私企業であるＤＩＦオートモービルの商売に後ろ暗いところなど何もなかった訳だが、このほど問題になったのはスポットで雇ったアブダライム・アッサード・フサインである。

　彼がどれくらいテロ準備に深く係わっていたのかは判らないが、少なくとも事情はこういうことらしい——武器弾薬トラフィックの摘発された例のうち一件で、輸送に用いられたレンタカーがアブダライム・アッサード・フサインの名義、免許証で借り出されていたことがあると言うのである。

　これだけでは何も判らない。アブダライム・アッサード・フサインがイスラム・ステートなり、アル＝カイーダなりの息の掛かったエージェントだったのかもしれないし、単に騙《だま》されて免許を利用されただけの被害者だったのかもしれない。ともかくそこに彼の名前はあった。

　したがって最悪のケースではユルヴォワ法に基づいてアブダライム・アッサード・フサインはテロリスム準備の協力者として捕縛されるし、良くてもどういう経緯で問題の免許証が用いられているのか、騙されたのか、はたまた盗まれたのか、それを聞き取り調査しなくてはならないということだ。

　そして通常は「疑わしきは被告人の利益に《イン・ドゥービオー・プロ・レオー》」という法理に従って、なんらかの事実認定がなされない限りはアブダライム・アッサード・フサインだろうが、その関係者だろうが簡単には勾留、捕縛など出来ないところなのであるが……テロリスムの水際阻止に狂奔する官憲は今日、超法規的にかなりの勇《いさ》み足にまで踏み込んでくる動きがあった。

　市民がすっかりテロリスムに過敏になっていて、あの事件も、またあの事件も、いずれも官憲は予兆を見逃していたのではないかという批判が過剰になっている昨今である。クアシ兄弟も、アブデルハミド・アバウードのシリア・コネクションの面々も、ラフエジ・ブフレルの協力者たちも、もともと官憲や協力機関は要注意人物としてその所属や渡航をかなり詳細に把握していたはずではないのか、と言うのだ。

予防的な摘発というものはしばしば法規を逸脱したものになりがちで、本来は法執行機関が厭《いと》うところではあるのだが、なにしろ何十人、百数十人という犠牲者を出すようなテロリズムが連続して勃《ぼっ》興《こう》している時勢である。手を拱《こま》ねいていて多大な犠牲者を出すぐらいなら、法的にぎりぎりのところを攻めて予防的摘発の遵法性に疑問が持たれても、適性法手続きの頑なな遵守《じゅんしゅ》と市民の犠牲を出さないことと、どちらが喫緊の状況において重要なのか問い返すという強力な切り札が切れる。

そんな訳で現在行方の判らないアブダライム・アッサード・フサインの周辺調査として、場合によっては協力者の炙《あぶ》り出しのために、官憲がテロリスム準備に関係した疑いのあるものたちの履歴を徹底的に洗い直していた。ＤＩＦオートモービルは何らかのトラフィックのフロント企業ではあるまいな、という訳である。

通常の捜査であれば、資金の動向の査察や、細かな内偵の繰り返しの中で、容疑が高まるなり晴れるなりするところであるが、現状のテロリスム水際阻止キャンペーン中に悠長なことは言っていられないという空気が支配的になっており、ともかく引っ張ってきて叩くのが早い、そのためには微罪でもあればひとまず引っ張る――こうした乱暴な捜査方針がなかば民意の後押しを背景に確立していた。

そして脱税疑惑どころか、テロ準備トラフィックに関与していないかという極めて重大な疑惑のもとに行われたＤＩＦオートモービルの査察は、せめてもの理由として唯一簡単に見つかった罪状――仮車検証の期限切れの放置という捜査口実のもとで行われた。

捜査の焦点は、すでに個人情報を摑んでいるアブダライム・アッサード・フサインとの通信履歴を確認することにあった。そして乱暴な別件逮捕に打って出たのはひとえに初動で隙を与えて履歴の消去に及ばれたりしないようにという配慮だった。

よしんば何も出なくとも、そして官憲の横暴と後ろ指さされようとも、現今の情勢と世論の後ろ盾があれば、目下の急務はテロ準備摘発のためにあらゆる手だてを迅速にとったという言い訳は十分に立つ。


これでアフメドが引っ張られている理由もはっきりした。アフメドは輸送隊の主任ということで、アブダライム・アッサード・フサインの雇い主だったわけだ。そして実際に第三国に往来している。これを怪しむならば、穏当には話を聞いておこうということになるし、乱暴にならまずは首根っこを押さえて尋問しておけということになる。

おそらくこんなあからさまな別件逮捕では勾留は二日に及ぶことはないだろう。しかし私財の押収などという強引な挙にでている官憲が、いま話の通じる組織であるとも思えない。向こうの理屈としては、アブダライム・アッサード・フサインとの連絡の痕跡を消されては困るからということなのだろうが、携帯をこねくり回そうが、コンピュータをこじ開けようが、書類を一枚いちまいひっくり返そうが、アフメドがテロ準備の片棒を担いでいたなんて証拠は出てくるわけがない。せいぜい判るのはアフメドの好みが尻の大きい女だということぐらいだろう。

アフメドはアフリカ行きの足取りからアブダライム・アッサード・フサインの動向まで事細かに証言させられているだろうが、果たして自分自身にかかっている嫌疑の深刻さは判っているだろうか。やつのことだから思い当たる節のある仮ナンバーの取り扱いの不手際という罪状について心底反省してしまって、涙ながらに釈明したりして、捜査員を困惑させているかもしれない。テロ準備への関与についての質問なんて、訳が分からなくって右の耳から左へと通り抜けてしまっているることだろう。

次にレオンの口利きでフランス労働総同盟（Confederation Generale du Travail : CGT）の後ろ盾をもつアルフォンス・ガイヤック議員に連絡がついた。CGTはリモージュに発足した労組連合で、中道左派の票田《ひょうでん》であり、運動の動員もとをなしている。あいにく即刻の面会の機会は得られなかったが、来週早々にお目通りが願える算段がついた。

ジャンゴの訴えは人権問題に敏感な労組系の議員から、官憲の適正手続きを欠いた別件逮捕についての圧力をかけてほしいという主旨だ。実際には、党内なり、労組内なりでの調整が必要だろうし、中道左派系の政党連合の中には目下、テロリスムの水際阻止のために官憲の分限を強化するべきではないか、あたら重要監視対象を手放しで自由にさせておいては良くないのではないかという方向での議会運営に舵《かじ》を切っているところも多い。つまり政権批判が最初の動機であるから、そうした議論になるわけだ。

それではアフメドたちの味方になってくれる勢力が左派連合にあるのかどうかだが、この辺の政治的牽制の如何《いかん》については、もとよりこちらは門外漢だ。ひとまず話を聞いてもらえて、それがどこかに繋がるかどうかは先方任せとなっても仕方がない。

それから人権団体に連絡をとった。たいてい週末の午後には「閉店」であるところだが、無理を言って面会の機会を作ってもらった。

文字通り「人権協会（Maison des Droits de l'Homme）」という組織で、人権問題についての無料相談を請け負っている団体である。法律の専門家が常駐しており、人権問題があるとなると、公共機関に対して法にのっとった形での書面を用意して要求をねじ込んでくれる。いわば人権問題の見張り番みたいなもので、とりわけアフリカ系やアラブ系の人権回復のためのノウハウを多く持っており、いままでにも相談者の顔を繋いだことがあったのだ。言い換えればアフリカ系、アラブ系の特に移民階層では、正当に要求できる権利条項に暗く、要求する先の機関にも通じていないことが多いので、そこを専門知によって補って、しかるべき手だてを探してくれるという作業を担っている。

だいたい官庁に宛てて要求をねじ込む書面を、適切な根拠法令を列挙して、あっという間に作ってもらえる。これに署名して受領通知付きの書き留めで送付すれば、官庁は何ヶ月以内に返答しないといけないことになっている……そういったノウハウを拝借できる強力な団体である。

今回の件では不当逮捕、勾留が長引いているとか、不当に私権が制限されたままでいるとかいった状況にまで到っていないので、即時警察を動かせるとは思えない。警察にも捜査権というものはあり、それも治安維持のために相当程度の裁量が許されている。

例えば本来は捜査令状や逮捕令状が必要となるようなアクションでも、相当程度の明白性、妥当性が担保できれば、警察は緊急に捜査権を執行できる例がある。簡単なところでは現行犯逮捕なんていうのも一例だ。

したがって今回の件について、警察がなんらかの緊急性、必要性を主張できるかどうかの確認が必要となるし、その伝で例えば勾留されている被疑者の即時釈放みたいな措置が通るかどうかは先方の胸三寸の問題にとどまりそうだというのである。

協会のスタッフからは政治家を動かして嘆願書を出してもらうような手があるかもしれないというのだが、それについてはもう来週にはアポイントがある旨を告げた。

もっとも協会常駐の専門家によれば、問題のような勾留はだいたい二十四時間で釈放するのが普通で、尋問中に例えば再逮捕といったような、より強い措置を下す可能性が生じなければ、初めの釈放はそんなに待たなくとも済むかもしれないという話があった。

次いでアフメドの実家にこうした幾つかの手だてをとって、どう事態を動かそうとしているかを告げた。今度はヤシンではなくアフメドの母親のヤスミナが電話に出たが、彼女は警察の横暴に怒り心頭で涙ながらにジャンゴの助力に礼を言っていた。ここで伯父のヤシンの話が出たが、こちらのヤシンはＤＩＦオートモービルの中古車販売部が「手入れ」にあい、本人も勾留されて尋問されているが、激昂甚《げっこうはなは》だしく、尋問にはいっさい協力せずに弁護士を呼び立てているそうだ。顧問弁護士とまでは言わないが、社に出入りの法務相談を頼んでいる弁護士がヤシン伯父の釈放のために立ち回っているという話だが、官憲に非協力的だと釈放が無駄に遅くなるというのもよく聞く話で、こちらは先行きが定かではない。

かたやガラージュのチーフ整備士クロードは、弟の方のヤシン同様にアブダライム・アッサード・フサインとの直接交渉がなかったので夕方には釈放されていた。

しかしガラージュのコンピュータがやはり差し押さえになっており、仕事場の封印を解くことも許されず、これでは仕事にならんと同じく御冠《おかんむり》だった。ＤＩＦオートモービルの業態が復活するまでにはしばらくかかるかもしれないが、その間の不利益の補塡《ほてん》はちゃんと補償されるのだろうか。

話に聞いているヤシン伯父の人となりから察すると、行政訴訟なりなんなりに訴えて、国からでも県　庁《プレフェクチュール》からでも補償を断固毟《むし》り取ると言い出すのではないかと思われる。

夜にはクロードやファティマタとも話をする機会があったが、クロードは電話で話した時以上の情報を持っていなかった。やはり弟ヤシンと同様に中古車販売部の輸送隊が何らかのトラフィックと接触する機会がなかったかどうかをつぶさに証言させられていた。もっともクロードは、ともかく排ガス規制値がクリアーできない中古車をなんとか白煙を吹かないように手を入れたり、電装系がサービスマニュアル通りでない不動車の絡んだ電気コードをなんとか解きほぐしたり、そんなこんなで百台からの車をいじくっている間に、どうして輸送隊だのトラフィックだのに係わっている暇があるっていうんだ、そんな暇が貰えるものならあんたが社長のヤシンに掛けあって貰ってみろと啖呵《たんか》を切って、取り調べ室では書記係の警官を苦笑させていたのだそうだ。

なんなら警察に手を回して、待遇改善の要求を官憲から社長にねじ込んでもらえとジャンゴが言ったら、こんどはクロードの方が苦笑していた。

それからアフメドの実家に寄った。ヤシンからさらに詳しい話を聞こうと思ったのだが、ヤスミナに捕まって、細かい話は出来なかった。アフメドの図体は母親の遺伝の影響も大きく、ヤスミナはソウル・シンガーみたいな恰幅で、身長もジャンゴと同じぐらいあったが、その彼女がジャンゴに抱きついて泣くのである。

まあ、言っていることとしては「アフメドが警察のご厄介になるような謂れなんかあるわけがない」ということと「ジャンゴ、あんたは本当は優しいんだよね」というぐらいのもので、喧嘩っ早いジャンゴがさんざんアフメドを巻き込んでは面倒を起こしていたのが小学生の頃からの繰り言になっているものだから、「本当は」という含みが文言に出てくるのだ。

あんまり助けになれてはいないがとジャンゴが謙遜《けんそん》しても、「性根は優しい」と相変わらず涙にくれている。性根以外はそうでもないのかと遺憾だったが、ジャンゴが各所に手を回してきたことをヤシンが説明すると、あのジャンゴがねえ、と感心しきりのようすだ。

「あの」とはどういうことか聞いてみても良かったが、せっかく評価が好転してきたところでもあることだし、余計なことは言わないでおいた。

人権協会の専門家が指摘していたとおり、もともと怪しげな別件逮捕だったこともあり、勾留は長期化には及ばなかった。翌日曜の昼にはアフメドも、それから伯父ヤシンも釈放される運びになっていた。

警察署は日曜とあって人気がないが、むろん日曜祭日、記念日に休業になる業態ではない。ジャンゴは釈放は昼と見込んで、勝手知ったる駐車場脇の裏戸口の近くで待機していた。戸口から少し離れて煙草を吸い、手の中の携帯用灰皿に幾つも吸い殻をねじ込んで待っていた。

この携帯用灰皿についてはゾエにからかわれたことがあった。煙草を吸っても良いかとも訊かない不調法者なのに、吸い殻を地面に放ったりはしないんだね、と責められたんだか感心されたんだか判らないようなことを言われたのだ。ジャンゴが柄《がら》にもなく携帯用灰皿を持っているのは、この警察署の出待ちで出入り口に詰めている時に吸い殻を捨てるところが無いという不都合があるためだ。

その灰皿がだいたいいっぱいになる頃にアフメドが釈放されて出てきた。

アフメドはジャンゴを見て、ちょっと涙ぐんでいる様子だった。親子して涙もろいのだ。ジャンゴは彼からも詳しい話を聞きたかったが、まずはお前のママに挨拶に帰ってやれよと、ヘルメットを押し付けてカワサキのキーを貸してやった。

「お前はどうするんだよ」

「歩いて帰れるよ。俺は伯父さんの方を待つ」

「伯父さんはまだ出てきてないのか？」

「まだだ。昨日のうちにクロードには会ったよ」

「なんだかえらい目にあった。結局濡れ衣だったみたいだけどな」

「そうだろうな。詳しい話は後にしようぜ」

「なんかさぁ、俺が銃器取引の片棒を担いでなかったかって……」

「だいたいの話は見当がついてるよ。輸送隊の日雇いの中にトラフィックに絡んでる奴がいたらしいな。ヤシンから聞いたよ」

「ヤシンもそんな話をされたのか。モアメドって言うんだけど、そんな大掛かりなことに絡んでるような奴には見えなかったんだよなあ。なんかサッカー《フット》の話しかしなかったしな」

「サッカー？」

「ほら……あの頃さ……アルジェリアがピンチだったろ？」

「アフリカ予選の話か」

「親父がチュニス出身の奴が一人いてさ。その時チュニジアは勝ち点二回取ってて大威張りなんだよ」

「まあいいよ、そんな話は。ヤスミナが待ってる。とっとと帰ってやれ」

ひとまずアフメドを押しやって帰した。警察の出口でサッカーの話なんかいつまでもしていても仕方がない。一年がかりのアフリカ予選の六ヶ月前の状況なんか事細かに覚えてやしない。

アフメドのことだから、いちいちカレンダーか何かで当時の動きを確かめられて、それでその頃にはアフリカ予選が半分ぐらいまで進んでいたってことを思い出したんだろうが、そんな話ばっかりされたんじゃ尋問している捜査官の方だって困ってしまったことだろう。だいたいマグレブ系でもなければ北アフリカの国々の地域予選の成績まで気にしている奴なんかいやしない。フランス人ならむしろアルゼンチンやブラジルの勝ち負けの方が気になっているのが普通だ。まあ確かにアルジェリアは多分予選落ちで、チュニジアは勝ち進むんだろう。マグレブ系の同胞《はらから》の間でもサッカーのことなら、モロッコとチュニジアとアルジェリアは敵《かたき》同士で、直接対決でなくっても互いに相手が負ければ拍手をするような嫌味な関係だ。帰りの車の中でサッカーの話なんかしようものならすぐにでも揉《も》め事になる。

アフメドが実家に向けてカワサキで走り去ってから、また小一時間ほどの間があった。だが長く待たされることはないだろうと踏んでいた。アフメドを待っているあいだに伯父ヤシンと付き合いのある弁護士が署に入っていったからだ。入り口の呼び鈴を押して、門番の係員が監視カメラ越しに出頭命令《ヴォカシオン》だか召喚状だかを確認しているのを横目で見ていた。弁護士の方も「ブンヤ」が来ているなと見咎《みとが》めていたはずだ。

やがて伯父ヤシンが、日曜の昼日中からスーツの弁護士を伴って、大声で出口に向かっているのが、姿が見える前から察せられた。なるほど大変な剣幕だ。なにしろ痛む腹がないと見ているところに無理筋の勾留と、横紙破りの別件の尋問だ。伯父が納得ずくで尋問に応じる訳がない。だいたいこうした中小企業の社長というのは御山の大将で、自分に非がないと見れば一歩たりとも引く気を見せないものだ。

二重ドアを煩《わずら》わしそうに潜ってきたヤシンは、こうした監獄かなにかみたいな設えも一々気に障《さわ》るようで苛々している。コーデュロイのパンツに、ベージュのポロシャツ。クラブでももたせればゴルフ場にでもいそうな姿だが、ポロシャツはよれよれで汗染みがついていた。

「なんだお前」ジャンゴを一瞥《いちべつ》して言った。

「アフメドは実家に帰りましたよ」

「アフメドの連れか。コティディアンの……」

「ジャン＝バティストです」

本当は名告《なの》る意味もなかったはずだ。アフメドと常時つるんでいるのは子供時代からのことだ。昨今でもヤシンのＤＩＦオートモービルのガラージュでも何度も擦れ違っているし、それ以前にはバーベキューパーティでしょっちゅうメルゲーズをご馳走になったりしていた。

ジャンゴは甥っ子同様、「むかし面倒をよくみてやったガキ」の一人だと認識していたはずだった。だが今は、まるで他人のように扱おうという、あからさまな疎意《そい》が感じられた。

記者証を軽く掲げて、ソフトケースから引きずり出した名刺を渡そうとしたが、ヤシンは手を振り払って拒否した。

アフメドの時は付き添いに下りてきた警官は戸口の向こうで踵《きびす》を返したが、ヤシンの付き添いの捜査員は外まで出てきていた。ヤシンはその警官を厳しく指さして脅すように言う。

「覚えてろよ。こっちは全うにやってんのに、くだらない言いがかりでこともあろうに人を犯罪者扱いしやがって」

警官は慇懃に返答する。

「必要があってのことです。失礼は御詫《おわ》びしますよ」

「御詫びじゃ済まねえ。とっとと持ってったものも返してもらうからな」

「手続きをしていただければ。ご迷惑をおかけしましたね」

「迷惑どころの話じゃねえよ。業務が滞《とどこお》った分は全部請求するからな」

やはりそういう話になっていたか。弁護士が依頼人をなだめ、警官に取りなしていた。警官は疲れたというような顔を隠さず、署内にもどって行こうとした。ヤシンがその背中に怒鳴りつける。

「帰りは送ってもらえないようだな！」

「帰りも警察車輛に乗りたいっていうわけじゃないんでしょう？」

そう言って、弁護士が苦笑しながら、落ち着いてと肩を叩いている。

「私が送っていきますから」

警官が通過する時にも二重ドアは一旦通過の足を停めている。なるほど一々これとなると、警察署ならば当然の備えだとはいえ、あまり良い気分ではいられそうにない。

弁護士と連れ立って駐車場の方へ向かうヤシンの後を追った。

「話を聞かせては頂けませんか？」

「話なんかないよ」

「冤罪《えんざい》で引っ張られたんですよね」

「お前、余計なこと書いたら承知しねえからな」

「許してもらったことしか書きませんよ」

「じゃあ何も許さねえ」

「一言貰えませんかね。これ別件逮捕で、要するに不当逮捕じゃありませんか？」

ヤシンが振り返った。

「不当も不当だよ！」

「テロ準備の嫌疑をかけられたと聞いていますが」

ヤシンは足を停めて振り返った。

「言葉に気をつけろよ」

低く凄むと、手を差し出した。握手を求めているのではない。ジャンゴが差し出したなりに引っ込めさせた名刺を要求したのだ。

ジャンゴが名刺を改めて手渡すと両手に摘《つま》んで声に出して読んだ。

「ジャン＝バティスト・レノールト」

そしてそのまま名刺を二つに引き裂いた。

「イスラム教徒はみんなテロリストだって言うのか」

腹の奥からわき出てくるような憤りが声音に滲《にじ》んでいる。

「そんなことは言っていません」

この憤りをジャンゴは知っている。

ヤシンは顔を上げることもなく呻くように呟く。

「言わなくっても思っているんだよな」

「とんでもない」

ヤシンは会社経営者で成功者だ。イスラム教徒としてはフランスの社会に上手《うま》く統合を果たした勝ち組の一人だった。そしてフランスで家庭を営み、会社を育て、自分ばかりか親戚一同の面倒も看《み》ている。何一つ恥じるところの無い高額納税者であり、教育機関や公益団体に寄付もしている。この社会に多大な貢献をしており、それを自負してもいる。

もともと移民階級から始めて、こうして成功を手にした者たち、地歩を築き得た実業家や経営者となった者たちは、自分たちの社会統合のための苦闘を、そのために払った努力を、そして費やした財物や有形無形のコストを、しばしば絶対的な基準と考えるようになる。

イスラム教徒でありながら、フランス共和国の価値をむしろ積極的に是認して、その保障している諸権利を当然のことながら自らにも厳格に要求する。

そして時に奇妙に思われることだが、彼らの主張する移民政策、社会思想は、ある種の論理的帰結として、極右思想に非常に近いものとして結実することがある。

つまり成功した移民たち、フランスに統合を果たせた移民たちは、共和国に新たに押し寄せる新たな移民層にアンビバレントな感情を持つようになるのだ。成功者たちは無差別な移民受け入れに反対しがちなのである。むしろ移民排斥的な立場を取りがちなのだ。

共和国に来るならば共和国の理念に従うべきだし、勤労の義務を果たすべきだ。ただフランスの福祉政策に只《ただ》乗りしようというような、寄生虫《パラジット》のような移民ならばフランスに来るべきではない。フランスに居たがっており、しかしそれにも拘わらずフランス共和国の価値観に服《まつろ》う気がないという我儘は通らない。フランスに従うのか、本国に帰るのか、どちらかを選ぶべきだ。働かない移民は帰れ。帰らないなら共和国の理念に従え。そしてここで働け。ここは政教分離の国なのだ。

これはまさしく排外主義的極右政党の支持者が言いそうなことに他ならないが、皮肉なことに成功した移民はしばしばこうした思想に辿り着くものである。

只で学校に行かせてもらえるのだからヒジャブを被ることにことさらに拘《こだわ》ることがあるだろうか。キリスト教徒だって構内では十字架を身に付けるのを控えるではないか。

ハラールのメニューも用意されているのだから、それ以上を学校給食に求める筋合いがあるだろうか。

フランス共和国の自由に浴することを望む以上、戒律の遵守のために制度を改めようとするのは過分な要求になるのではないか。

アラーを唯一の神、モアメドをその預言者であると宣言し、日に五度の礼拝をし、貧しいものには施しを与え、ラマダンを守り、巡礼の旅をする。イスラム教徒としての徳目を守ることと、フランスで生活することは両立出来る。ならば国家に服わないというのは我が儘に過ぎないではないか——これが成功を収めたイスラム教徒にとっての、ある意味現実的な、ある意味折衷《せっちゅう》的な、現世思想であり宗教的正解でもあるのだ。

だから彼らが従い、彼らがコストを支払い、彼らが守る社会の攪乱者、社会の敵、社会と対立するものは、イスラム教徒の敵でもある。この理屈に従えばイスラム原理主義武装革命は、社会の敵であり、同時に彼らイスラム教徒にとっての敵ですらあるということになる。

そして現に急進的ジハーディストはイスラム教徒にとって憎むべき対象であるに他ならない。なぜならジハーディストこそがイスラム教徒の安寧を乱し、その立場を失墜させ、そして社会の中で孤立する原因を作り出しているのだから。ジハーディストのせいで私たちイスラム教徒、まっとうにやっているイスラム教徒が苦しめられているのだから。

奴等にアッラーの名を引き合いに出す資格は無い、と言うのである。

こうして社会統合に成功しているイスラム教徒は原理主義者を蛇蝎のように厭い、憎むのである。

これは大いなる皮肉なのだろうか、それとも理の当然と言えるだろうか。

まさしくアフメドの伯父ヤシンがそうだった。

彼にとってはイスラム原理主義のテロリストは言わば最大の敵だったのだ。なぜなら彼が守り、彼が憩うフランスという国を攻撃するものであるから。彼が価値を置く、最大の徳目であるイスラムの教えを頽落《たいらく》させてしまうものであるから。

ヤシンにとってはイスラム原理主義はイスラム教ではないのである。

それかあらぬか、今日、フランスの官憲が、自分のことをイスラム原理主義に与《くみ》するテロリストの仲間ではないかと疑い、尋問をかけてきたと言うのである。

これ以上の侮辱は無かった。

週末の一日を勾留されたとか、ビジネスの邪魔をされたとかいうのは、言うなれば小さなことだ。

問題は官憲が自分を似非《えせ》イスラム教のテロリストなんぞと同一視しようとしたことなのだ。

ジャンゴにはヤシンが考えていることが判った。彼の憤激が判った。

そして彼がいま、ジャンゴに対しても激しい嗔怒《しんぬ》をぶつけようとしていることも、その理由も理解していた。

「お前らに話すことなんて無い」

ヤシンは無残に引き裂かれた名刺から手を離した。

紙片は風に虚しく散り払われ、警察署の駐車場の順路にそった側溝のグレーチングの隙間に消えた。

お前ら新聞記者《ジャーナリスト》とやらが、またぞろ書き立てるんだろう。紙面を虚しい言葉で埋め尽くすんだろう。

ニュースサイトで、テレビ放送で、ソーシャル・ネットワークで繰り返すんだろう。到るところに言葉を貼り付けて、それでいながら正しい言葉なんか一つたりと使えないでいる。イスラム・ステートの武装勢力、イスラム原理主義のテロリストと書くんだろう。イスラムの暴力、イスラムの脅威と書くんだろう。

何がイスラムの教えなのか、何がイスラムの徳目なのか、何がイスラムなのかも知らないくせに。

正しい言葉なんか一つたりと使えないでいるというのに。

そして付け足すんだろう。ほとんど何も言っていないに等しい、短く、乏しく、断定的なニュースとやらの末尾に。イスラムのテロリストが引き金を引く前に「アッラーフ・アクバル」と叫んだと。

それはそんな時に言う言葉ではないのに。そんな意味の言葉ではないのに。

何度もなんども繰り返し確認するんだろう。まるでその言葉を待っていたかのように。

引き金を引く前に……叫んだと。

「お前らに話すことなんて無い」

ヤシンはもう一度そう言って、ジャンゴと目を合わせることなく、弁護士のメルセデスの方へと歩み去っていこうとしていた。誰に対してだって目を逸《そ》らすような男ではない。そうした胆力に欠けているわけではない。なのに何故《なぜ》ジャンゴのことを正面から見つめようとはしないのか。

ジャンゴの方は為《な》す術《すべ》もなくその背中を見つめていた。

「親しげな顔をして近寄ってくるな。お前のことなんか信用していない」

弁護士がいたたまれないような、お気の毒と言わんばかりの表情を浮かべ、ジャンゴに小さく会釈《えしやく》してから後に続いた。

「ムッシュー・モアービ」

力なく声をかけたジャンゴに、ヤシンはドアの閉まる音で答えた。

ドアが閉まるか閉まらぬか、その瞬間に舌打ちのような音が聞こえた。

やはりジャンゴの方を見なかった。

ジャンゴにはその音の意味が判った。界隈での彼の呼び名だ。

メルセデスは静かに走り去った。

ジャンゴはヤシンの最後の言葉を反芻《はんすう》していた。

「裏切り者《トレートル》」と言ったのだ。

VII——ポリフォニー

同時に響く多声の交響《シンフォニア》、雁行《がんこう》する旋律たちの対位法《コントル・プンクトウム》——鳴き響《とよ》む和音の共鳴は、ある時は同時に空間を満たし、ある時は時差を隔《へだ》てて木霊《エコー》を交わした。固有の振動数を持つ一つひとつの音程は時間の函数《かんすう》で定まり、旋律の流れもまた時の進行に従う。音楽が本質的に時間の中に座を占めるのならば、そして同時性と継起性《けいきせい》が時間軸に厳密に規定されるのならば、「和音の時間」はどのように定義されるのだろうか。

同時に鳴っていてもそれらが不協和なら和音とは言えないのか。時間にずれがあっても残響の限りに響きあえばそれは和音なのか。より大きな旋律の単位が時を超えて反響しあう対位法は、単に同じ旋律が多声によって繰り返されただけなのか、それともこれもまた継起性に撒種《さんしゅ》された和声《ハルモニア》なのか。

律動《リズム》と旋律《メロディ》にくわえて和声をも獲得した音楽は、やがて和音の共鳴を同時性と瞬間性の頸木《くびき》からも解放し、時間軸の上に鏤《ちりば》められた楽音たちが自由に共鳴をはじめ反響をはじめている。ならばどの音とどの音が和音をなしているのかは、何によって決まるのだろう。一に聴き手の心理が生み出す仮構された形態《ゲシュタルト》に過ぎないのだろうか。

それならば和声とは、知覚における音程の時間的な配列そのものよりも、むしろ音たちを想起し、音たちを重ね合わせる意識の働きに、もっぱら依拠《いきよ》するのだろうか。だとすればポリフォニーの本質は、音たちの記憶がこだま《エコー》となって呼び交わされる場所がどこであるかに懸《か》かっていることになる。

＊

十月の終わりに開かれたその音楽会は、ジャンゴにはちょっと高尚すぎた。『ヌーベル・アキテーヌ地方の中世典礼《てんれい》音楽――セクエンツィア、トロープスの再構』と題された幾分アカデミックな小コンサートで、場所はリモージュ中心街の大図書館の講堂《オーディトリアム》である。以前に訪れたリモージュの音楽院の楽典セクションを本拠とする古楽の研究グループが主催していた。

コンサートの前座に数十分の学会発表《エクスポゼ》があり、スライドと短い動画を織り交ぜたプレゼンテーションによって、現在はパリの国立図書館に所蔵されている中世写本について解説がなされた。ジャンゴとゾエが手にした「鍵《かぎ》」の典拠となった書物――リモージュの『ラテン語手写本一一二一』とはまた別の写本が二点紹介されていた。

ひとつは『ラテン語手写本七七六』で、「サン・ミシェル・ド・ガイヤックの聖歌集《グラドユエル》」と題された十一世紀アルビの手写本。もう一方は『ラテン語手写本七八〇』、所謂《いわゆる》「ナルボンヌ聖歌集」で、こちらも十一世紀の手写本である。古い文献の典拠表示ならともかく、多くの古代中世の稀覯書《きこうしょ》がBNに一括して収蔵され、あわせて電子データの形で一般に公開されている今日《こんにち》では、こうした羊皮紙手写本はだいたいBN（フランス国立図書館）のラテン語写本整理番号で書誌情報が特定されている。

内容はジャンゴやゾエが見せてもらったことのある聖《サン》マルシアル楽派の聖歌集とだいたい似た形式、似た紙面構成で、大きく行間を取って記された典礼歌の「歌詞」の上に、蛇行《だこう》する「音階を表す点」がならんで旋律を指定していた。ジャンゴには、これら二写本の紙面はリモージュの『一一二一』と区別がつかなかった。

なるほど産地はリモージュから南に下ったアルビ、ナルボンヌといった南仏の古都であったが、十一、十二世紀前後の典礼音楽には一定の記法が定まったものと見える。いささかローカルなものではあるだろうし、時代的な拡がりも限られてはいたのだろうが、これら典礼音楽の原初の「楽譜」には広く共有された形式が存在したのだ。

以前ゾエに教えられたように、フランス南西部のアキテーヌ文化圏には中世から一貫した文化的アイデンティティと呼ぶべきものが保たれていたことが判る。

続く発表は、グレゴリオ聖歌から典礼音楽の多声性の獲得、パリのノートル・ダム楽派によって引き継がれた和声と対位法の発展といったような、中世音楽史の概括だ。そして世界によく知られているノートル・ダム楽派の業績に先行するものとして「我らが」アキテーヌ文化圏に生まれていた「ポリフォニーの萌芽《ほうが》」とでも呼ぶべきものの歴史的な重要性を強調していた。

解説はさらに進んで、南仏二写本の紙面の簡単な解題と「楽譜」部の読み解きに触れ、朗唱と演奏に移る。つまり今回の主題は、中世典礼音楽がどのように歌われ、奏《かな》でられていたかを歴史的に再構して、実演しようというものだったのだ。

発表の終わりの質疑応答では、なにぶん専門性の高い古写本と古楽の再構という主題だけに、はじめは名告《なの》りをあげる質問者も少なかった。会場にいたジャンゴも知る音楽院《コンセルヴァトワール》のディディエ・ルオー教授がしごくカジュアルに手を上げ、「アルビ、ナルボンヌの楽譜とリモージュ、聖マルシアル楽派の楽譜には何か違いがあるんですか」と訊いていた。発表者は、長く引き伸ばされたメリスマ歌唱の部分の小節の利かせ方がそれぞれ若干異なっており、街によって多用される節回しの流行《はや》りが違ったのかもしれないと冗談めかして応えていた。ルオー教授は「節回しに地方色があるんですか、この街ならではの流行というものが」とコメントして、発表者ともども聴衆の笑いを誘っていた。

ディディエはそもそもどちらかと言えば会の主催者側の人だろうから、これは知らなかったことを質問したのではなく、講堂内のムードづくりを買って出たものと思われた。ディディエ・ルオーの目論見《もくろみ》通り、質疑はそこから活発化して、歌われていたのは教会でですか、サン・テチエンヌ大聖堂でやっていたんですかとか、どんな楽器が用いられていたんですか、といった誰でも思い浮かぶような質問が続出して、聴衆の好奇心に応えた。

演台が片づくと中世古楽の研究グループのコーラス隊が登壇し、実演の部になった。もともとはカトリック教会の典礼であるから歌い手も実際には男性ばかりだったはずだが、実演では幾つかの「実際の歌唱の再現」を披露した後で、男女の四声に編曲されたバージョンも歌われた。だいたいは「神を讃《たた》えよ」とか「神の軍勢はこの上なく強固」などといった、ジャンゴからすると退屈なものばかりだったが、曲目が聖マルシアル楽派のレパートリーに及び、ミサの進行でいう入《イントロ》祭唱《ウィトウス》が始まった。「プロバーウィト・エウム・デウス・エト・スキーウィト・コル・スウム」という文言が響いた時にはさすがに彼もはっとした。祖父マルセルの小箱から出てきた文言だ。言ってみればこの言葉が、ジャンゴをこの場に連れて来たのだ。

「神は彼を審《しん》したまい、彼の心根を知りたもう（probavit eum deus et scivit cor suum）」——「彼」

とは誰か、それはゾエによれば「聖マルシアル祭のミサなんだから、聖マルシアルのことじゃないの」という話《はなし》で、実際テクストを読めばその通りなのだろうが、小箱と鍵の紙片、そしてそれがジャンゴのもとに紛れ込んできた因縁は、否応なく「彼」とは祖父マルセルを想起させるのだった。

神は祖父をどう審したもうたというのか。神は祖父のどんな気持ちを知っていたというのだろうか。

入祭唱の歌唱の残響が消えやらぬあいだにジャンゴは聴衆をぐるりと見渡すと、後ろの方の離れた席に来ていたゾエ・ブノワと目が合った。彼女が来ていたことは知っていた。そもそもゾエの招待だったのだ。

ゾエの方もジャンゴが来場していることは席を見てわかっていたのだろう——プロバーウィト・エウム・デウス……その文言が朗唱された瞬間に彼の方に視線をやっていたのだった。眉根を寄せて頷くジャンゴに、ゾエは顎で小癪《こしゃく》に見得《みえ》を切って応えた。まるで自分の手柄でもあるかのように。

長々しく尾を引く「神よ憐れみたまえ《キリエ・エレイソン》」のメリスマ歌唱が響く。

カトリック典礼では多くの場合、この求憐誦《キリエ》の後に栄光頌《グローリア》の詠唱が続く。かつてディディエがメリスマ歌唱の長く引き伸ばされた小節について説明した時にも触れた、「荒れ野の果てに」の大サビの「いと高きところには神に栄光（グローリア・イン・エクセルシース・デオー）」という一節である。

聖マルシアル楽派の典礼でも栄光頌が用いられることはあるが、今日の実演ではアンサンブル・オルガヌムの考証と再構を範とすると説明されていた。アンサンブル・オルガヌムとは、アキテーヌ、オクシタン文化圏の古楽研究の中心地の一つモワサックに本拠を置く、古楽研究・教育センターである。

本日の再現では詩篇の一節が求憐誦の後を引き取った。旧約聖書ラテン語流布版《ウルガータ》では「詩篇51：15

（七十人訳準拠の会派では「第五十聖詠」）」の文言だ。

主よ、わたしの唇を開いてください《ドミネ・ラビア・メア・アペーリエス》
この口はあなたの賛美を歌います《エト・オス・メウム・アヌンティアービト・ラウデム・トウアム》

第一行は男声の独唱が端緒をきり、第二行では男声斉唱のユニゾンで重々しい詠誦が繰り返される。
続けて「詩篇70：1（七十人訳準拠では「第六十九聖詠」）」の一節が朗唱される。

神よ、速やかにわたしを救い出し《デウス・イン・アドユトーリウム・メウム・インテンデ》
主よ、わたしを助けてください《ドミネ・アド・アドユワンドウム・メー・フェスティーナ》

第一行は同じく男声の独唱から始まり、第二行に入って男声三声のハーモニーがコーラスされた。和声の響きはハーモニーの美しさより、神に助けを請う万人の声を代表するかのような切々と重々しさに満ちていた。
三声オルガヌムの並行旋律が続き、そのまま小栄唱《グロリア・パトリ》の詠誦に入る。

願わくは父と子と《グローリア・パトリ、エト・フィリオ》
聖霊とに栄えあらんことを《エト・スピリトウイ・サンクト》
初めにありしごとく《シクウト・エラト・イン・プリンチピオ》
今も　いつも《エト・ヌンク・エト・センペル》
世々にいたるまで、アーメン《エト・イン・セクラ・セクロールム、アーメン》

この三声オルガヌム唱法がポリフォニーの曙《あかつき》の兆《きざ》しと言われているものだ。
これが産声を上げたばかりの原初の和声なのか。さすがのジャンゴにも胸に迫るものがあった。ハーモニーは和音の醸《かも》し出す美的感興のために編まれた技巧というだけでなく、このように数多《あまた》ある信徒たちの地の声を取り集めて天に届けるために必要だったのかもしれない。

屹立《きつりつ》するゴシック・フランボワイヤン様式の聖堂の大伽藍にこの調べが響き、天へと収斂するが如くに見える穹窿《きゅうりゅう》の冷えた空気を震わせて、身廊の会衆の頭上に降り掛かってきたなら……宗教心の薄いジャンゴでさえ、そこに神はましますという気にもなったかもしれない。


最後の演目ののち、演者たちが鳴り止まぬ拍手のなか舞台を降りてゆく。ルオー教授は講堂の舞台脇で演者たちや発表時の登壇者、モデレーターたちと談笑していた。やがてざわめきの中コンサートの聴衆は三々五々会場をあとにし、ジャンゴも大図書館のエントランス・ホールに出ていった。主催者に訊いてみたいことはあったが、事件記者のジャンゴに記事にするあてもないし、会場の前に集まっていって会の成功を寿《ことほ》ぎ、賛辞や礼の言葉を交わし合っている一群は、たいがい関係者だろう。ジャンゴがのこのこ出ていっても場違いになると遠慮した。

地階の講堂のすぐ上にあるエントランス・ホールはまだ明るく、ジャンゴはカウンターに立ち寄って、今日のコンサートのフライヤーを手に取った。ホールには会の聴衆がまだ幾組か集まって会話に打ち興じていたが、なかにゾエの姿もあった。隣にいるのはマチルド嬢か。おそらく音楽院ゆかりのグループだろう。ジャンゴは声をかけずに図書館の出口に向かう。

頃は諸聖人《トゥッサン》のヴァカンスである。ゾエは中部の大学院に在籍していたはずだが、休暇でリモージュに里帰りしていたのだろう。九月の新学期からしばらく音信はなく、彼女と袖擦《そです》り合うのも久しぶりだった。ところが今回の小コンサートについて、いきなり連絡があったのだ。縁のある出し物だから顔を出してみればということだ。

これはもともとディディエからの招待がゾエづてになされたもので、実際このあとジャンゴは二人と約束があった。だが、ディディエは会の主催者らとまだ話し込んでいるだろうし、ゾエも音楽院の学生グループと久しぶりに挨拶しているところだろうから、ここで人待ち顔に時間を潰しているよりはとジャンゴはとっとと図書館を出て行き、市役所前の街路に歩みを進めていった。

リモージュは短い秋が過ぎ、これからクリスマスに向けて雨の続く季節になる。中西部の十一月はだいたい重苦しい雨模様か、現に驟雨《しゅうう》が降りしきっているか、あるいは嵐が街路樹を激しく揺らしているかだ。リモージュの十一月は長く暗い湿った一月《ひとつき》になる。今日の晴れ間も一時のものだろう。

市役所通りを逸《そ》れてサン・テチエンヌ大聖堂のある旧市街へと足を伸ばした。今夕の約束は旧市街のブラッスリーだ。まだ少し時間があるので久しぶりにやや迂回《うかい》して大聖堂に向かった。西面の正面ポルタイユへ続く大聖堂通りを通っていく。こうしたヴァカンス期間の午後には大聖堂は門が開放されているのが常である。子供時代や学生の頃にはよく来ていた司教座の庭園も、社会人になってみるとすっかり間遠になってしまい、かわりばえのしない植物公園も様子を窺うのは久しぶりだった。中世典礼音楽の洗礼を浴びてというのは大げさだが、ちょっと思うところあって大聖堂のポルタイユを潜《くぐ》ってみるつもりだった。

名に洗礼者《バティスト》とあるにも拘《かか》わらず、ジャンゴにとって教会はそれほど縁の深い場所ではない。良く言えば穏当で標準的なクリスチャンの家庭に育ったため、誕生時にはさすがに洗礼を受けていたが、親が政教分離《ライシテ》の公教育に携わる教師であったこともあって、公教要理は薦められたが二、三度しか顔を出さなかったし、日曜にミサに行くという習慣もない。立派な不信心もので「ジャン＝バティスト」は看板に偽《いつわ》りありだ。

そもそも外郭《がいかく》環状線に近い学校群で育ち、友人は団地住まいの移民階級が多く、なんだったらラテン語の悪口よりはアラビア語の罵倒《ばとう》の方に通じているぐらいだった。コーランが読めない欧州育ちのイスラム教徒でも、だいたいどこかでアラビア語の悪口ぐらいは覚えるものだ。

今ではその界隈《かいわい》ですっかり評判が落ちて付き合いも失い、口にすることこそ稀《まれ》になってしまったが、トルコ語だって挨拶と悪口ぐらいはまだ記憶している。

かたやキリスト教の使徒信条《クレド》なんか暗唱したこともないし、イスラム教の五行の「信仰告白《シャハーダ》、礼拝《サラー》、喜捨《ザカート》、断食《サウム》、巡礼《ハッジ》」の宣言の方がまだよく覚えている。あとは問題の「アッラーフ・アクバル」、それから「神の御心のままに《インシャーアッラー》」と、「いずれそのうち《ブクラ》」と、「済まなかった《マアレーシュ》」……まあだいたいこんなところでジャンゴのアラビア語は打ち止めだが、ともかく洗礼者の名を持ちながら、ジャンゴにはキリスト教、キリスト教徒というものに寄せるシンパシーがやや欠けていた。

それかあらぬか徹底して不信心を通していた、そんなジャンゴが今ではイスラム教徒から裏切り者《トレートル》呼ばわりされているというのだから、身に降りかかる現実は忌まいましくも皮肉なものだ。僅《わず》かであっても自分の宗教的アイデンティティというものに反省が生じていたのも無理からぬところだった。

だいたい今どきの若者はそれほど「宗教的」ではない。むしろ学生生活、社会生活のなかで政教分離《ライシテ》が金科玉条《きんかぎょくじょう》となる方が普通だし、ことに高学歴層ほどその傾向が強い。だがそれでも、各個人に、あるいはそれぞれの家庭に、さらには国家そのものに染み付いている宗教的アイデンティティというものは、隠然かつ強固なものである。社会とか公共圏とかいった抽象的な上部構造をいかに把握し、どのように向き合っているか、そんな身過ぎ世過ぎの基本的方針の部分で、ジャンゴの考え方そのものにキリスト教の徳目が影を落としているだろうし、彼を縛ってもいることだろう。イスラム教徒との方が仲が良いなんて嘯《うそぶ》いていたって、やはり少年ジャンゴの精神性の基盤はキリスト教に培《つちか》われたものではなかっただろうか。なぜなら彼の家庭がそれに培われ、彼の住まう国そのものがそれに培われてきたのだから。

　基本的な道徳訓であるとか、あるいは日々の具体的な習慣であるとかに、宗教は影響を及ぼさずにはいないのだ。それどころか、ジャンゴの周りにも数多いる「無神論者」たちだって、「神はいない」と言い放つ時に否定している「神」がそもそもキリスト教の神を前提としているのだ。冷静に考えてみると、まったく滑稽なことにも思えるが、若い高学歴の無神論者たちが「信じていない」のはやはりキリスト教の神なのであって、どんな無神論者も「アフラ・マズダなんか本当はいやしない」だとか、「オリュンポス山に神の宮殿なんか建っていない」だとか、「仏なんか人間の作り出した架空の存在だ」などとは、こと改めて思っていたり主張していたりはしない。「信じていない」のも、「存在しない」のも、やはりキリスト教の神ではないか。

　つまるところ、いかに不信心で不心得であろうとも、ジャンゴは依然としてやはりキリスト教徒なのか。それはおそらくそうなのだろう。

　諸民族の交錯する巷《ちまた》に育ち、諸人種の交差点で翻弄《ほんろう》されて人格形成し、いまなおジャーナリストとしての在り方にも確固たる定点を持ち得ないでいるジャンゴであるが、それでも彼はやはりどうしてもフランス人であり、キリスト教徒であるジャン＝バティスト・ゴーティエであるのだ。

　ならばそれがジャンゴの「原罪」なのだろうか。

　自分ではいつだってイスラム教徒に共感を持ち、交友を保ち、共闘を申し出てきたつもりだった。中道左派系のリベラル報道人として、「政教分離」を保持してきた自負があるし、それは自ら任ずるところだ。だがそれでもなお、ジャンゴはどうしようもなく、彼らの言うキリスト教徒《クレティアン》どもだということになるのだろうか。だからこの先も日和見《ひよりみ》の蝙蝠《こうもり》野郎、姑息な風見鶏、卑劣な裏切り者と謗《そし》られ続けなければならない――そんな「原罪」があるものだろうか。

己の宗教的な背景を、ここらでちょっと落ち着いて見直してみなければならない。俺は俺だと言い放っているだけでなく、そんな「俺」の中に染み付いた宗教性というものを見直す機会が必要なのかもしれない。

そういう意味では今日の小コンサートは示唆に富むものだった。

聖書の文言や、聖職者の説教に、自らがどうしようもなくキリスト教徒であるという刻印を突き付けられることなどついぞ無かった。ところが今日の中世典礼音楽のコーラスにいささか圧倒されて、柄《がら》にもなく神のことを想ったのだった。

今日ある全ての音楽……合奏され、セッションされ、ジャムられ、声を重ねて歌われる、ありとあらゆる和声を持った音楽。その原初のかたちを目の前で示されたのだった。プロフェッショナルの声楽家の実演ではない。古楽の研究家たちとはいえ、いわば好事家《こうずか》の手すさびに探求されている演奏であり、歌唱だった。だがそれがあまりに荘厳に、荘重に聞こえた。

和声は、神を崇めるために、救いを求めるために誕生したのだ。文字通りに幾つもの声を縒《よ》りあわせて、その祈りを天に届けようとしていたのだ。

長く人と共にあったはずの音楽の歴史の中で、キリスト教者の信仰がこうした原初の和声を、繰り返される典礼のなかで不可避的に生み出していった。その重みがジャンゴを圧倒していたのだった。

冷静に考えれば、その響きに神の臨在を感じたという訳ではない。

むしろ圧倒的な存在感をもって迫ったのは、神そのものではなく、神を信じた者たちの臨在だった。神を信じた者たちがいて、その長い歴史の中で繰り返されてきた営みが、積もり重なって、ある時代、ある場所に——つまり中世十一、十二世紀のこのアキテーヌ地方に、原初の和声を生み出したというのだ。

小コンサートの趣旨自体は、その歴史的な重要性が主眼ではなく、地元贔屓《びいき》のお手盛りの演奏会という趣《おもむ》きだったかもしれない。

しかしジャンゴがそこで感じ取ったのは、和声を生み出すまでに繰り返されてきた信仰者の典礼の蓄積《ちくせき》である。そこには千年にもわたる日々の営みそのものがあった。

紀元後千年にいたる欧州キリスト教の歴史は決して平坦な歴史ではなかった。いったいどれほどの数に及ぶ聖職者が、そして民衆が、キリスト教者として苦しみ、キリスト教者であるが故《ゆえ》に死んでいったものだろうか。今日のようにキリスト教が世界宗教の一つとなるまでに、どれほどの苦難の歴史があり、蹉《さ》跌《てつ》があったことだろうか。

しかしキリスト教は現にその千年、紀元一千年紀を乗り越えてきた。

もちろん紀元千年の約束された千年王国は来なかった。だが少なくともキリスト教は千年の営みの蓄積のもとに和声を――その後、世界を制圧したとすら言える音楽の一形式、ハーモニーというものを生み出したのだった。そしてつづく二千年紀にハーモニーは世界全体を満たすことになった。

人の営々繰り返してきた信仰の形が、積み重ねてきた歴史の層の厚さが、その重さが、あるときに確かな構造と美学的な精妙さをもった、鉱物の結晶のようなものを産出した。

改めてジャンゴは講堂での感慨を反芻する。「ここに神は居る」というものではなく、「神を信じた者たちが居た、居続けた」という厳然たる歴史的事実に対する感銘――あるいはキリスト教徒の精神の歴史そのものに対する感銘だったのかもしれない。

信仰のもとに立ち働く、多くの、限りなく多くの民衆が、長い、果てしなく長い歴史を通じて、時にこうした有形無形の結実を得る。かかる歴史の重層性の中から生み出されてくる壮大な構築物、それはこの国のなかにしばしば見られる。たとえば司教座に置かれる大聖堂だ。

到底人の住まいには考えられないような異常とも言える規模と、尋常ではない様式に成る誇大妄想的な大伽藍建築の欲望。それは誰の欲望だったのだろうか。永遠たらんとする神の欲望か、それとも時の為政者の欲望か。それは王の意志に拠って建てられたのか、それとも聖職者の意図に従って建てられたのか。それは集権化された司教座に住まう、民衆たちの総意の結実だったのか。

ともかく何らかの権力のもとに膨大な労力と歳費と智慧《ちえ》とを凝らして、時には数百年の長計にもとづき大伽藍が建立される。実際に建築に係わった者の労力ばかりではない、司教座の運営そのものに懸かる有形無形の膨大な労苦と莫大な人心の集結が求められ、大伽藍はキリスト教国の歴史の中で、そこかしこに屹立する。

いったいいかほどの信徒がこれを求め、これを建てるべく身を尽くし、あるいは負担を請け負って、時には身代を消尽させてきたのか。

そんな気の遠くなるような壮大な建築物が、このリモージュにも幾つか存在する。とりわけ白眉はヴィエンヌ河畔の小高い要塞胸壁《ようさいきょうへき》の上に鎮座し、中世からリモージュ中心市街《サントル・ヴィル》一帯を見はるかすサン・テチエンヌ大聖堂である。

ジャンゴは中世古楽の結実たる和声の誕生への感銘を胸に、なかば無意識にこの街が生んだもう一つのキリスト教精神史の結晶物たる大聖堂に足を運んだのだった。

大聖堂の西面アプローチは見通しの良い通りで、旧市街の輪郭を描く街路の際《きわ》からすでに主塔の全容が見上げられる。ノートル・ダムやアミアン、ランスといったフランスに名だたる大聖堂に比べると西正面ファサードの建て付けは簡素だ。聖堂の主要部はゴシック・フランボワイヤン様式なのだが、西面には主塔が一本立ち上がるだけで、華美な装飾はない。遠目には豪壮な建築物に見えても、足下に立ってみるとこの西正面は、良く言えば虚飾を廃して重厚、悪し様《あざま》に言えば牢獄のようなのっぺりした壁面が正面に拡がり、その上に立つ鐘楼《しょうろう》を支える主塔も素朴な角塔である。

洞窟に入っていくような、大聖堂のものとしては簡素で小作りな主ポルタイユを抜けると途端に空気がひんやりと冷え、奥に進めば西正面に見た地味な出で立ちとはまた異なった豪奢《ごうしゃ》きわまりない空間が待っている。

内部は暗く、くすんだステンドグラス越しに入るあえかな外光と、信者の寄進になる側廊の底に灯った僅かな蠟燭の明かりだけが光源だ。頭上の高窓は身廊の底までは明かりを届けないので、聖堂の床は暗い谷間のように静まっている。身廊の奥には内陣が遠く控え、そこにだけ光が集まっているように見える。

リモージュに住む者なら、他所《よそ》から訪ねてきた親戚や友人を必ず一度は伴うような場所だから、この空間にはすっかり馴染《なじ》みがあるが、ジャンゴは身廊に踏み入るたびにかならず頭上の穹窿を見上げる。フランス各地の大聖堂すべてに見られる、リヴ・ヴォールトのアーチの天井を大聖堂の外部に張り出した左右の飛梁《とびばり》が支える構造であるが、こうして見上げるサン・テチエンヌ大聖堂の伽藍は、ジャンゴにいつでも森を想起させる。林立する身廊、側廊間の柱が頭上に延びていって、遙か上で枝分かれするように放射状にアーチを拡げ、穹窿は枝をうち交わす森林の樹冠《じゅかん》のように天を塞いでいる。

ジャンゴは順路を歩むように側廊を進んでいく。前後にまばらな人影はたいがいリュックを背負っているから、おそらく旅行者だろう。擦れ違いざまに聞こえたのは英語だった。察するにイギリス人観光客だ。

いつもならこんなでかい建物を建築重機もない時代によく建てたものだなと、ありきたりな感想を抱くばかりだが、今日のジャンゴはいささか敬虔《けいけん》になっている。目の前の巨大な柱を構成する切石の一つひとつ、その加工精度にあらためて嘆息する。この一本の柱を僅か自分の背丈ぐらいまで積み上げるだけで、どれだけの労苦が払われ、どれだけの術理が尽くされたものか、想像もつかない。

「よくも建てたものだな」は相変わらず思ったものだが、それ以上にどうしてこれほどのものが出来上がったのか、人心がどうしてこれほどのものを欲求したのか、その途方もない切望の集積に圧倒される思いだった。

身廊の奥、内陣の手前で伽藍の床面が大きく十字を描く交差部に踏み入ったところで、背後の西側壁面に立ち上がったギャラリーの上にあるパイプオルガンが突然鳴り出した。目の前のイギリス人――おそらく――の夫妻が度肝を抜かれていた。誰もが西のパイプオルガンの方を振り向いている。

伽藍に満ちる通奏低音ときらびやかな高音域のリード管の奏でるフーガの導入部だ。ジャンゴは腕時計を見た。十六時だ。ヴァカンス期間の土曜日だから、自動演奏の定期公演が始まったというわけだ。奏者のいない電気仕掛けだ。

楽典に通じないジャンゴには細かいことは判らないが、バッハか何かだろうかと思った。じじつ楽音はバロック期のものだった。音の圧力によって教会堂全体が一つの楽器となり、前後左右の壁や柱が共鳴しているように聞こえる。観光客の一グループが身廊中央のベンチに腰かけている。時ならぬ巨大オルガーヌムの響きに、拝聴を決め込んだというところだろう。

なるほどこれも「和音」か。ジャンゴは独り言《ご》ちる。

巨大な歌口が切り欠かれた、煙突のような低音管は腹部に響く低音を持続し、木製管とリード管は教会音楽特有の互いに合《あい》の手《て》を返すような旋律で対話を繰り返している。何十本と林立するパイプの数々の、どれが今鳴っているものかなんて聴き分けるどころの話では無い。大聖堂に充満する楽音は互いに溶け合って一体になっている。そこには和声の企みが幾重にも仕掛けられているのだろう。

講堂で聴いた原初の和声とはまた異なる、何重にも層を重ねて、共鳴し合う音の波。これは中世古楽とは違った、近代の入り口に完成した、また独自の音楽理論の所産であるが、ジャンゴにとってはリモージュに生まれたという和声が、世界中でさらに複雑な構造へと進化していって、こうして逆輸入を経て奏でられているという経緯に、我が事ながら予想してもいなかった誇りが兆したのを感じる。今日の小コンサートの演者たちが胸を張って言いそうではないか。こうした音の重なり、この構成美、この快楽はもともとアキテーヌ文化圏が生み出したものなんですよ、と。

通常なら観光客たちは三々五々、聖堂内部を一巡してから、だいたいは北部正面の薔薇窓の下の通用口から順次出ていくものだ。だが今夕はパイプオルガンのサプライズに圧倒されて、誰も足を停めたまま、大聖堂の内部空間が満々と楽音に満たされていくのに聴き入っていた。数分の大音響がはたりと止むと、思い出したように彼らはそれぞれにさざめきはじめ、やがて側廊を奥へと進み、ギャラリー下に並ぶ脇聖堂の数々を経《へ》めぐって、最奥部の後陣をぐるりと取り囲む小部屋のような放射状祭室の数々に安置された聖遺物やステンドグラスの画題、あるいは聖人伝説の掲示を検《あらた》めて、こうしてツアーは再開されて漸次《ぜんじ》終わりを迎える。

その列に並ぶようにジャンゴもいずれ北袖廊正面の通用口から光溢れる戸外へと出て行った。聖堂から出て行くと「外界」に踏み出したという感覚がある。やはり聖堂内部は異空間だ。あそこに、莫大な権力をもった為政者と聖職者、そして幾多の信仰者、労働者らの果つることなき信仰の歴史の集積が巨大な結晶となって空間を満たしている。いわば歴史の重層性がこの瞬間、同時に臨在しているのだ。

あたかも何十本ものパイプが同時に奏でる和音の一体性のように。

カテドラルの北には、市《いち》の立つ日には露店が軒《のき》を競う広場があり、今はがらんと空間だけが拡がっているが、ちょうど大聖堂を出てきた観光客はみな決まりごとのようにこの広場で北面のファサードを背景に写真を撮っていた。先のジャンゴの前を歩いていた推定イギリス人夫妻が慣れたフランス語で頼んできたので、大聖堂をバックに良い感じのアングルで記念写真を撮って差し上げた。サン・テチエンヌ大聖堂はこの北ファサードの造作が複雑でフォトジェニックなのだ。ここで撮って欲しいというツーリスト魂はよく理解できる。かたや入り口の西正面の前で写真を撮ると、「これから服役するところです」みたいな仕上がりになってしまうのだが。

スマートフォンを返した時の、推定イギリス人夫妻が投げ掛けた「本当にお優しいことです《ヴ・ゼット・トレ・ゼマーブル》」などという、良い所の御婆《おばあ》ちゃんみたいなクラシックな礼の言葉に軽く目礼を返すと、ジャンゴは旧市街の石畳へと足を向けた。

細道が歪《いびつ》に交錯するリモージュ最古の界隈で、ジャンゴの住まいの周辺とは、建物の古び方が異なっている。ジャンゴのアパルトマンの界隈は単にボロいのであるが、この辺りは古式ゆかしく手入れが行き届いているのだ。中・近世リモージュの木骨組積造り《コロンバージュ》建築を端正に保った観光地ならではの様相で、この地域の建物の維持には公金がつぎ込まれている。古都にはよくあることだが、古い町並みを良い感じに保ちたいという意図によるものだ。ジャンゴの居住地区では、詰まった雨どいから漏れた雨水がモルタル壁面にびっしり黴《かび》を蔓延《はびこ》らせていようが、屋根裏グルニエの明かり採りの破風《はふ》が素抜けになって鳩が出入りしていようが、公金は面倒を見てくれない。

土曜の午後は旧市街の細道が集まる石畳の広場には、びっしりテーブルがならんで、テラス席は既に人でいっぱいに埋まっていた。旧市街のこの食堂街がひとまずの目的地だが、まだ約束の時間には早い。ジャンゴはテラス席を縫って歩いて、その先の古本屋に入っていった。取り立てて古本に用は無かったが時間潰しだ。

いまや古本なんてものは探したければ全国ネットの通販や、アマゾンの方がだいたい使い勝手がよい。こうした店舗式の古本屋なんていうものは冷やかしにしかならんと思っていたが、ちょっと棚を眺めていたら驚くほど品揃えが良かった。品揃えが良いというか、品の偏《かたよ》りに意図が感じられた。歴史書の充実ぶりが背表紙の並びに目にも文《あや》で際立っている。そういえば祖父の遺品の『占領下のフランス人全史』が完本で売っていた。欠落を補いたいが完本の紐を解いて良いかと訊くと、店主はいやいやそうにしていたがそれでも折れてくれた。

「戦史ものが充実してるんですね」

「すぐそこに抵抗博物館《ミュゼ・ド・ラ・レジスタンス》があるから、自然とね」

ジャンゴが子供の頃は第二次大戦時抵抗博物館は別の場所にあった。大聖堂下の司教座庭園の植物園の一角にある古教会を改装して、戦中のレジスタンスの遺品や事績を蒐集《しゆうしゆう》した博物館を営んでいたものである。それがこの旧市街の教育機関の施設のビルに移動しているのだそうだ。そんな話は聞いたことがあったが、移転してからは行ってみたことがない。もっとも小学生が社会科見学かなにかで行くなら手ごろな規模の博物館だったが、大人が行って面白いものではないだろう。少なくともかつてのそれは面白くなかった。ただこの辺では珍しい「退役した古教会」に入れるということで侵入してみたりしただけだった。

『全史』の「続刊」部分をカウンターに取ってもらったまま、さらに書棚を検めて歩いているとそこに闖入者《ちんにゅうしゃ》があった。ジャンゴを見咎《みとが》めて「あら」と言っているのはゾエ・ブノワ嬢だった。

「あれ君か」

「ちょっと早いかなと思って」

「考えることは同じだな」

ゾエには連れがあった。

「そちらがもしかして……」

「そう。リュシアン。こちらはジャンゴ・レノールト」

「初めまして、リュシアン」

「こちらこそ、ジャンゴ」

ということで握手を交わしたが、今日の約束はこのリュシアン・エーデルマンと会うことが目的なのだった。ジャンゴはゾエを横目で眺めて言う。

「今日はジャン＝バティストとは呼ばないんだな」

ゾエは「ひひひ」と悪戯《いたずら》そうな顔で忍び笑いを浮かべている。リュシアンはパリ第一大の音楽史専攻の学生であると予《かね》て紹介があった。するとどうしたって……

「ギタリストじゃあないジャンゴ・レノールトですってのを言わせたかったのか？」

「いや、別に」

「そのくだりはもうやりました」とリュシアン。

「リュシアン、君もメディアテークのコンサートに来てたのかい？」

「ええ、もちろん」

「マチルドもいたよな」とゾエに水を向けると、彼女はつんと澄まして応える。

「いたけど。連れてきた方が良かった?」

マチルドはゴージャス系の美女なので、友人一同はガードに回りがちなのだと前にゾエが言っていた。

「そんなんじゃないが。ただ音楽院のグループが揃っていたなって……」

「そりゃ、まあね。あとはオック語協会の人達がみんな来てたよ。もっとオック語の歌をやると思ってたって」

「リュシアンは専門に近いところだよね、確か。音楽史っていうのは……」

「ええ、僕はパリ楽派が専門なんですけど……まあリモージュ楽派も重要なんで」

「こんなとこで話すことかな」とゾエは外を指さした。「もう行かない?」

「ちょっと待ってくれ、取り置きがあるから支払ってきちまうよ」

ゾエはカウンターまで着いてくる。人懐《ひとなつ》っこいのはいいが、物見高い娘だ。

「あれ? 『全史』だね。お祖父《じい》さんの遺品にあったってやつでしょ? 買い足したの?」

「まあ、行き掛かり上ね」

「この店は史学もの充実してるもんね」

「有名だったのか」

「まあね」

「なるほどそうか、準備級《プレパ》まではリモージュにいたという話だったもんな。君らならこの店は常識だったのか」

「っていうか選択肢があんまりないしね。もうこの辺りには古本屋なんて三、四軒しか残ってないじゃない」

「新刊の本屋だって絶賛縮小中だしな」

「Fnac《フナック》（書籍を扱うフランスの小売チェーン店）に希仏辞典がもう売ってないもん。リモージュはもう文化の果つるところだよ」

「君は……今はトゥール大だっけ、あっちは本屋はまだあるのか？」

「新刊書店も古書店もまだまだあるよ、あとはバンド・デシネやマンガ専門店ばっかりだけど。リモージュに帰ってくると悲しくなるよ」

「そうか……リュシアンはパリ第一ってことはカルチェ・ラタンか。あっちは本屋に不足なんかないんだろうな」

「まあ、そうですね……カルチェ・ラタンから書店が無くなるようならフランスの人文科学《ユマニテ》はもう終わりでしょう」

「なんだ、雰囲気が暗いな。終わりそうなのかい？」

「割と。ちゃくちゃくと近づいています」

「贅沢言ってるよ。やっぱりパリは夢のようだよ、私に言わせると。本屋の規模がもう全然違うもん。それでBNがあるし、古文書学院《アルシーヴ》があるしさ。濃いめの図書館がもう犇《ひし》めいてる」

「君の関心からすればそりゃ羨ましいんだろうな。君もパリに行けば良かったのに」

「そうだよねぇ。環境はトゥールの比じゃないかな。ましてリモージュともなると。もう人文科学が涸れ果ててるよね」

「なんだ、今日のエクスポゼじゃあ、ここから近代音楽の歴史が始まったって息巻いてたじゃないか」

「過去の栄光なんだよ」

「厳しいなあ、出て行った奴ってのはこんなものか？」

「まあ、私だって郷土愛はあるけど？　パリも、トゥールも長居はしたくないよ。もう水がまずいもん。パスタ茹でるのに水買わなきゃいけないんだよ？」

「リュシアンはもとからパリなのかい？」

「いえ、僕はブレスト出身で。僕もパリの水は飲めませんよ、ほんとに」


今日の約束《ランデ・ヴ》の主目的は、ジャンゴの祖父マルセル・レノールトの遺稿の整理を引き受けてくれることになったリュシアンとの顔合わせだ。それというのも今日の小コンサートの主題もそうだが、リュシアンの専門がまさしく中世古楽で、ノートル・ダム・ド・パリ楽派と対位法の発展というのが彼の修士論文《メモワール》の主テーマだったのだが、この専門ならば当然のこととしてリモージュの聖マルシアル楽派も視野に入っていなければいけないからだ。

この若き古楽の専門家に伝手《つて》を繋いだのはもちろん、リモージュ音楽院のディディエ・ルオー教授で、彼からの情報提供によって、リュシアンがマルセルの残した鍵形の写本断片と、在ると予想される遺稿の検討に乗り出していたのだった。つまりマルセルは黒檀《こくたん》の小箱を蒐集することで、中世羊皮紙手稿の綿布紙版写本断片を集めていたのであり、その関心は有名な『ラテン語手写本一一二一』に代表される、アキテーヌ文化圏におけるポリフォニーの誕生にまつわる文献の落ち穂拾いにあったのではないかという想定である。

そんな訳でこの新学期に入ってからディディエからの依頼に応えて、ジャンゴは祖父の遺稿の中から、特に楽譜に準ずるものと見られる書き込みのあるものや、なんらか音楽に係わるものと思《おぼ》しい手稿やタイプ原稿の遺稿をセレクトして段ボール一箱ぐらいに纏《まと》めたものをパリのリュシアン・エーデルマン氏に移送したという顛末があった。

リュシアンは研究資料の提供と面倒な送付作業の負担について、遺族ジャンゴに礼を言いたい。ジャンゴは祖父の遺稿に何らかの光を当てるという意図と関心に報《むく》いたい。というわけでこの諸聖人祭のヴァカンスに二人を引き合わせて互いに義を結びあってはどうかとディディエが仲立ちして席を設けることになった。関係者としてそもそもディディエにジャンゴを引き合わせたゾエも同席する。それで今夕の会食にいたったというわけである。

折しも中世古楽の発表実演があるということで場所をリモージュに定め、今日の夕べにこうして旧市街に彼らは集まった。小コンサートの主催関係者ということで音楽院教授のディディエはそちらの後始末にも立ち働いており、彼の合流はもうしばらく後になるが、それまでの空き時間にリモージュを案内していたゾエが自然な流れで旧市街へ向かい、かくして古書店でジャンゴとのやや尚早なニアミスが生じたという訳だ。

あわせてディディエの自宅に泊まることになっていたリュシアンは、明日の日曜にはジャンゴと共に祖父マルセルの遺稿の残余のチェックにジャンゴの兄ノアのガレージに出向くことになっており、こういう事情でマルセルの遺稿と綿布紙写本断片の謎の解明は、ほぼリュシアン・エーデルマンに託されることになっていた。

リュシアンからすると、写本断片は既存資料の枠内に収まるが、写本系統と言うのは同一内容のものでも新系統の発見だけで報告する価値が生じるため、修論の一章に組み込まれるかどうかはさておいて、古楽学会の学会報告に格好のネタであり、会誌にも一報が投稿される運びになるだろうとのことだった。新資料の発見だけでも立派な業績の一つなのである。

三人はディディエを待つのに約束のブラッスリーに隣接したカフェに腰を落ち着けた。ジャンゴが袋もないのに無計画に大部の本を何冊も購《あがな》ってしまっていたので、ディディエと合流したら隣のテーブルに移動すればよいというように、約束の店のすぐ真隣のカフェを選んだ。

「帰りはどうするのよ、その荷物」

「今日は歩きで来たんだよ。ヘルメットも持ってないだろう？」

そうか、とゾエは頷いた。彼女はジャンゴのアパルトマンの場所も知っている。

リュシアンの出身地ブレストはブルターニュ地方、フランス最西端の港町で古くから知られた軍港の街である。リュシアンに言わせると要するに「海軍の街」で、工学・技術系の大学や海軍士官学校と海軍の外郭組織みたいな教育機関が犇めいたモダンな造りで、そちらの旧市街の町並みの特徴は多種の石を組み積みにした所謂ポリリティスム建築である。彼が今暮らしているのはオスマニアン近代建築のパリ市街だし、そんなわけで中西部の木造モルタル・コロンバージュ造りの町並みが新鮮であるらしく、カフェ周辺の中・近世風の様相を見上げては感心していた。

「リュシアンの専門はパリ楽派だって？　リモージュ楽派とはやっぱり違うものかい？」

ジャンゴの素人《しろうと》質問にリュシアンは簡単に答える。

「もうちょっとモダンですよね。ルネッサンス期アルス・ノーヴァを準備した時代で……その前にパリ楽派のアルス・アンティクア……っていうのがありまして、その中心地がパリだったんですよ」

ちょっと言いよどんでいるのはジャンゴがどれくらい音楽史の用語に通じているか、距離を測りかねていたからだろう。じっさいジャンゴとしては術語を多用されてもなんのことか判らない。ゾエがその辺の距離を感じ取って割って入る。

「リモージュと並んで、多声の合唱、オルガヌム形式っていうのが発達したのがパリのノートル・ダム楽派で、古い技法《アルス・アンティクア》って後に言われたんだよ。それがルネッサンス期の新しい技法《アルス・ノーヴァ》に受け継がれたんだよね。中世古楽からルネッサンス期に橋渡しをして、音楽理論を整備していった時代ってこと」

「今日の発表でもダイアステマ記譜法がたくさん見られましたが……」

「ダイアステマ？」

「ほら、行間にドットを打ってくやつのことだよ」

「ああ、問題の鍵形紙片の成因になったやつか。スライドでもいっぱい見せられたな。パリ楽派でもあんな感じなのかい？」

「パリ楽派はもうネウマ譜……御玉杓子《おたまじゃくし》じゃあなくて四角い音譜記号を並べたやつに移行しつつありますね」

「それはディディエに見せてもらったかな」

「ネウマ譜から近代的な楽譜まではもうあと一歩っていうところだね」

「じゃあアキテーヌ地方の楽譜が、そのダイアステマの点線で……パリ楽派だと四線のネウマ譜……になる？　それからルネッサンス期になって五線譜《ポルテ》が誕生したと」

「そんなとこじゃない？」

「いや、実際には過渡期にはいろいろ混在していたんですけど……」

リュシアンは専門家だから慎重だが、素人のジャンゴとしてはゾエぐらいの乱暴なまとめをしてもらった方が理解の助けになる。

「まあ、こっちは楽譜の違いなんか説明されても判んないしな。だから今日の実演は有り難かったよ。実際に聴いてみなきゃ判らない」

テラス席のそこかしこで人々は笑いさざめき、乾杯の音頭に、囃《はや》し歌、それぞれに旧市街の雑踏を騒がせている。ジャンゴらの卓ではリュシアンがネット上のヴィデオをスマートフォンに表示して、中世古楽からルネッサンス期の理論化にいたる音楽理論発展の実演例を流して見せた。雑踏の只中《ただ》とはいえあまり大きな音も出しかねるので、ジャンゴとゾエは額を集めて画面に屈みこみ、リュシアンの解説を聞いていた。

今日もコンサートで聴いたリモージュ楽派典礼音楽のトロープス、それからパリ楽派アルス・アンティクアのオルガヌム唱法、さらにルネッサンス期アルス・ノーヴァの世俗音楽、この時代の到達点はギョーム・ド・マショーの『ノートルダム・ミサ曲』についてである。さらに三声の絡み合うマショーのロンド『わが終わりはわが初め《Ma fin est mon commencement》』を聴いたが、重厚な中世古楽の典礼音楽に比べるとなるほどモダンで軽快な感じだ。この『わが終わりはわが初め』という題は文字通りの意味で、一曲の終わりが一曲の初めの部分に繋がり、楽譜で言うと終端のところから鏡映しに折り返して進行するという趣向を意味している。いわゆる逆行カノンと呼ばれるもので、この最も有名な例がバッハの『蟹のカノン』である。

「あれはバッハの発明じゃあ、なかったのか」

「パリ楽派は音楽とその記述っていうのをかなり自覚的に理論化していましたから。その中でいろいろな実験があったんですよ」

「俺なんかが、ただ聞き流しただけじゃ、そんな趣向ってやつには気付きもしないだろうけどなあ」

「すこし頭でっかちと言うか、拵《こしら》えものめいた感じもありますけどね。バッハなんかにも言える傾向ですけど」

「こういうのは楽譜を見ながらじゃないと理解出来ないよな」

「逆に言うとこの時代に『楽譜』が音楽の実体のもう一つの形になっていったんだよ」

「音楽の実体?」

「ここからの時代に音楽の流布《るふ》媒体が実演そのものばかりではなく、楽譜になっていくってこと」

「どういうことだ?」

「ジャンゴ、この時代には配信サイトどころか、録音ってものがないんだよ」

「そりゃ判るが……」

「音楽を手渡していくのに、実演によるばかりではない、楽譜によって伝えるっていう手段が生じたっていうこと」

「楽譜……が音楽の実体なのか? そういうものか?」

「もちろん実際に演奏して初めて意味のあるものになるんでしょうけどね」とリュシアン。

「じゃあ、楽譜が読めなきゃ、やっぱり歯が立たないんだな」

「当たり前じゃない」

「リュシアンも、こうした様々な発達段階の楽譜が全部読めるのか?」

「それはまあ……古楽の研究なんて、音楽理論の研究と言うよりは文献学に近い部分がありますしね。僕なんかだと音楽会に出向くよりは、図書館地階の資料庫《マガザン》に手写本を掘りに行くような作業がほとんどですし。だから今日みたいな実演の機会は逃せませんよ。貴重な経験でした」

「リュシアンの研究だと実演の方はしないのかい?」

「もちろん古楽の音楽理論が専門でも、現にそこに楽譜があったら実演も絶対に見てみたいし、なんだったらしてみたいものですよね。すこしは嗜《たしな》みますけど……」

「音楽理論やってますって言って、実際に聴かせられなかったらつまらないもんね。それで何を弾くの?」

「ピアノとバイオリンは習ってました。でも僕の専門はまだピアノのない時代のものですしね。今の関心としてはオルガンとかチェンバロとか……」

　ジャンゴは、うわぁ、やっぱり彼も良いところの御子息か、とややたじろいだ。ゾエもそうだが、ちょっと上品なんだよな、俺の界隈の奴らに比べると……。だいたい電話帳《パージュ・ジョーヌ》の物言いじゃないが、子供に楽器を習わせようっていうのがそもそもブルジョア家庭の発想なんだよな。

「演奏家としては本当に拙《つたな》いものなんですけど……」

　いや、この謙遜《けんそん》もちょっとわからないぞ、嗜んだって言うがどれだけ嗜んでいるものか判りゃしない。

「じゃあゾエと同じじゃないか。ゾエはなんだっけ、アコーディオンだっけ？」

「違うよ。私のはバンドネオン。でももちろんアコーディオンだってやるし、鍵盤楽器も触るよ。うちにはピアノはないけどさ」

「音楽に関心があったらピアノは触ってみますよね、やっぱり」

「そういうものかい」

「だってある意味いちばん簡単じゃない？　なんていうか、ピアノって音が全部そこにあるじゃない。もちろん窮《きわ》めるのは本当に大変なんだけどさ、何も知らない子供だって、鍵盤を叩けば正確な音程は出るわけでしょう？　もちろん調律がちゃんとされていれば」

「いちばん簡単ってのは大きくでたもんだな」

「管楽器なんかは初めはまず音が出ないですしね。弦楽器も音程を正確に弾くまでが一苦労かな」

「そりゃそうだな。こっちのジャンゴ・レノールトはファが出なくてギターを挫折した口だからよく判るよ」

「でも入り口で音が出せるって言っても、そういうものほど案外奥が深くて難しいものじゃないですか？　ピアノは子供でもファを弾けるっていっても、その一音が出ればいいっていうものじゃないですしね。太鼓なんかも誰が叩いたって、そりゃ、音は出ますけど、あれが雑音じゃなくってのりのりの音楽になるまで道は長いでしょう。それにピアノは音が全部そこにあるっていうのもどうなのかな、ピアノの音程って結局離散《りさん》的じゃないですか。全部は無いでしょう」

「間《あいだ》の音が無いってこと？」とゾエ。ジャンゴは「離散的」なんて言葉が何で出てきたのかも判らない。リュシアンが言っているのは要するに、鍵盤楽器の音程は連続的なものではなく、いわゆる半音ずつの飛びとびだということだろうか。

「いいえ、ピアノは所詮十二平均率に調律するものじゃないですか。それは普通のことだけど、言ってみれば習慣的なものであって、当たり前のことじゃあないでしょう。純正音程とはズレがあるし……」

「そうか、全部の音がそこにあるっていうんなら弦楽器の方がそうなのかな？」

「ギターは駄目ですね。あれは十二平均率ですよ」

「フレットレスじゃないと駄目ってことね」

「何の話だよ」

「音程っていうのは、もとは弦の長さが半分になれば一オクターブ上がるっていうような、幾何学的、数学的なものなんだけど……」

「数学的？　音程がか？」

「そりゃ、ピタゴラスの昔からそうだよ。で、その一オクターブを十二等分してドレミを作るんだけど、それが十二平均率ってこと」

「そうか、ギターは十二フレットで一オクターブ上がるよな。なるほど」

「ピアノも白黒合わせて十二鍵で一オクターブ。でもこの十二等分がなんというか、周波数で均等割りにするから隣同士の音の周波数の比はどこも同じになってるけど、分割がある意味機械的だから……到るところで音程同士が整数比にならない」

「その整数比にこだわるのはなんでだ？」

「整数比が、音同士が一番響くところだからですよ。純粋な共鳴は整数比の所でしか起こらない」

「ギターの弦もハーモニクスを取るのは、12フレット、7フレット、5フレットだよね？」

「あの押さえるでも押さえないでもなく、ぴきーんってやるやつか。俺はあれ出来ないよ」

「あれは12フレ、7フレ、5フレがそれぞれ、ぴったり弦長の二分の一、三分の一、四分の一に当たるからだよ。だから調弦の時にそこで音を取るんだ」

「それじゃ、そこ以外は駄目なのか。なんというか近似値に過ぎないみたいな？」

「そうですね。十二音に等間隔に、いわば公平に割り振っちゃったから、間の音相互の純粋音程——純粋な共鳴は諦めているんですよ。ピアノなんかも普通十二平均率に調律するから、ある意味では純正音程は諦めている」

「それは仕方がないことなんだな」

「もちろんきちんと整数比をなして、いっさい倍音の唸りが生じないような純正音程だけでオクターブ内を分割していくっていうことも出来るよ。純正律《アントナシオン・ジュスト》って言うんだけど」

「出来るんならそっちにすればいいじゃないか。正しい《ジュスト》方が良くないか？」

「これはこれで問題があるんですよ。純正律に調律してしまうと、音程のそれぞれが周波数の上で公平に等間隔に並んでいないから、融通が利かない。特別に仲の悪い音の組み合わせっていうのが生じてしまうし、著《いちじる》しくよく響く和音と、そうではない和音が出てきて、なんていうか音同士が対等じゃなくなってしまう」

「割を喰う組み合わせってのがあるわけか」

「だから移調、転調も出来ない」

「しなきゃいけないのか？」

「音程を平行移動できないっていうのは大問題だよ？　演奏法にも作曲法にもすごい制限がかかることになる。コード同士の関係が対等じゃないんだから」

「じゃあ平均率の方がいいのか」

「ジャンゴはなんでそんなに単純なんだよ」

「だって対等じゃなきゃいけないんだろ？」

リュシアンが笑いをかみ殺しながら言う。

「まあ、そうですね。十二平均率は純粋音程はぴったり一オクターブ離れている音にしか取れないけど、別に妥協の産物ってばかりでもなくって、その代わりに汎用《はんよう》性が高くって融通が利く。公平だから配置転換が簡単ってところがある」

「じゃあ俺は平均率の方が良いな」

「ほんとに単純だね」

「だってそっちの方が公平《ジュスト》だろう？　なんだか人間関係の話、社会の話みたいじゃないか。全員が純粋な関係の音程にはなれない、全員近似値で我慢しているけど、その代わり特別に割を喰う奴もいないってことだろう？」

「それは言い得て妙ですね」

「結局、世のなか誰にとっても理想な状態ってことにはならないんだからな。誰かにとって最高な世の中をつくったら、軋《きし》みが生じて割を喰う奴はどこかに出てくる。それだったら誰もがちょびっとずつ我慢しているけど、概《おおむ》ね皆に公平だっていうぐらいで妥協するのが、制度設計としては落とし所じゃないかな。社会も車も、隙間なくぴったり設計して組み上げたんじゃ回らない。ちょっとの遊びが必要なんだよ」

「何を上手《うま》いこと言ったみたいな顔してんのよ」

「だとしたら和音ってものだってそうじゃないのかな。純粋音程かどうかは知らないよ。でも十二平均率か、それで本当は厳密じゃあないのかもしれないが、これでだいたいみんなの和声になる、誰を引っ張ってきてもみんな協同で一つの和音になるっていうほうが、ハーモニーの名に相応《ふさわ》しいんじゃないか。俺はだんぜん平均率の味方だな」

その方が人情に適うだろうと変な納得の仕方をしているジャンゴに、リュシアンは苦笑していた。

「しかし俺みたいな芸事に疎《うと》い不調法者が、和声だの和音だのについてこんなに考えさせられることになるとはな」

「ジャンゴはジャーナリストなんですよね。地方紙ですって？　どんな記事を書いてるんですか」

「ジャンゴは事件記者《フェ・ディベール》だよ」

「警察番なんだ。三面記事担当。昨日書いた記事は『猪《いのしし》、白昼の遁走《とんそう》』だ」

「猪？」

「環状線の近くで一群の猪が暴走して郵便配達の車に頭突きをしたあと給食センターの倉庫に立て籠《こ》もったんだ」

ゾエは笑ったが、リュシアンは目を丸くしていた。

「よくあることなんですか？」

「北のアンバザックまで行けば日常茶飯事だが、リモージュ管内では椿事《ちんじ》だ。だから記事になる。もっともこんな記事を書いたのは三度目だ。この前は『猪、深夜の遁走』だった」

「同じじゃない」

「まあ、ほぼ同じだ。場所が川向こうのフェティアだっただけだ」

「なんというか、平和ですね」

「パリじゃ猪は走らないだろう」

「パリの三面記事はもっと殺伐《さつばつ》としていて物騒ですけどね」

「あれだけ人が集まっていればなあ。パリじゃ殺人事件の記事ですら賞味期限は一日たらず、こっちじゃ一朝事《いっちょうこと》あれば友達の友達の証言まで取って一週間は埋め草になるよ」

「中世には首都の向こうを張って、一大学術センターを自負していたっていうのにね」

「リモージュは近代化にちょっと後れを取っていたからな」

「でも悪いことじゃないような気もしますね。僕なら猪が紙面を埋めている街の方がいいかな」

「無い物ねだりじゃないかなあ、私は大学が西洋古典セクションを廃止してしまうような街にはいられないよ。トゥールだって行きたくて行ったんじゃない」

「たしかに西洋古典の専門課程が無いっていうのは大学の名折れかもしれませんね」

古事の探求に携わるリュシアンからすれば、それは堕落に感じられたのだろう。人文科学と書いて以て人間性《ユマニテ》の拠り所とするのは、自由人の教養《リベラル・アーツ》をこととする者たち共通の感覚だ。

「リモージュ大学は歴史が浅いからなあ。二十世紀の創設だしな。もともと実学志向があったんだろ」

「大学のせいばっかりじゃない、古典の教養を支える民度がもうリモージュには失われてるんだよ」

ゾエは大げさに嘆いて見せるが、彼女としてはこの評価が本音のようだ。

「しかしガロ・ロマン時代からの歴史があるとはいえ、たかだか人口数万の中世リモージュでよくも一大学術センターを運営できていたものだよな」

「ローマ植民市の時代から豊かな街とはされていたみたいだけど、その割にはもともと農地が細切れで商業作物の大農園っていうのがないんだよね、リモージュには」

「ずいぶん故郷に点が辛いんですね。陶芸産業はヨーロッパ有数じゃないですか？」

「それは十八世紀以降の話なんだよ。革命期ほどまでは左遷《させん》地として知られていたぐらいじゃないか」

「中世まで何か都市の求心力となるような文化、産業を欠いていたみたいだよね。歴史の先生が言うには司教座が置かれて巡礼路の中継地点となったのが大きかったっていうんだけど」

「それでも今日の発表にあったみたいに、中世で既に中西部の宗教的要衝《ようしょう》には数えられていたわけでしょう？　パリはカペー朝の頃にはもう欧州でも有数の商都であり学術の都になってた訳ですけど、リモージュにも中西部の学識者を呼び寄せる何かがあったはずなんじゃないですか」

「たしかにパリのノートル・ダム楽派に伍するアカデミアが組織されていた痕跡はあるんだけど……なんていうか状況証拠みたいな話ばっかりなんだよな」

「聖マルシアル楽派の隆盛にはちょっと特別な個人的才能が寄与していた節があるんじゃない？」

　ゾエがなんでもないことのように言った。

「それも歴史の先生から聞いたのか？」

「いや、ルオー先生が言ってたんだけど、あとで聞いてみたら？」

「個人的才能って誰のことだい？」

「アデマール・ド・シャバヌだよ。今日聴いたばかりの、『聖マルシアルのミサ』の作曲者だよ」

「『年代記』のアデマール・ド・シャバヌか」

　聞き覚えはあった。小箱に収められていた紙片に初めて気付いた時に、アントワーヌの連れが検索した名前だった。あのときアントワーヌはなんと言っていたっけ――「嘘でも真でも……」あれはどういう意味だったのだろう。」

「『年代記』もなにも、今日も見た『トロープス、セクエンツィア、聖マルシアルの儀式次第』の事実上の著者。あの鍵形の紙片に書いてあった『プロバーウィト』云々がまさに恐らくアデマールの手になるものと考えられているんだよ。そう言ってたじゃない」

「俺は実演の部で感動していたからな。発表の方はふっとんじまったんだよ。それで、そいつが聖マルシアル楽派の中心人物だったのか」

「いろいろと毀誉《きよ》褒貶《ほうへん》の多い人だけどね」

「リュシアン、ノートル・ダム楽派にも、そんな中心人物ってのがいたのかい？」

「レオニウスとペロティヌスですかね。いずれも同時代にノートル・ダム・ド・パリ大聖堂の楽長を務めていた僧で、オルガヌム唱法の作曲者です。まさしく今日聴いたみたいな三声、四声のオルガヌムは特に確度の高いところではパリ楽派ではこの二人、レオナン師とペロタン師が先駆者と位置づけられてます。古楽の作曲者っていうのはいつもあんまりはっきりしなくて、どこでも真贋《しんがん》論争が起きがちなんですけど、おそらくは『オルガヌム大全』の著者と見做《みな》されているレオニウスが先駆者で、ペロティヌスはさらにそれを発展させたと考えられています。特にペロティヌスは真作だとほぼ認められているものが何曲もありますよ」

「じゃあ今日聴いたみたいな和声はそのレオナン師かペロタン師に先取権があるってことか」

「いえ、聖マルシアル楽派の方が古いと見られてますよ。レオニウス、ペロティヌスのオルガヌムは十二、十三世紀のものです。ペロティヌスの曲は記法がもう五線のネウマ譜で、ほぼ現代の楽譜相当のところまで来てます。三声部を別にして三列並記した、今に言う『総譜』みたいなものが残ってましてね」

「じゃあやっぱり、先駆者はリモージュのアデマール・ド・シャバヌってことになるのか」

「まあ、伝えられているとおりならばってとこかしらね」とゾエが混ぜっ返した。

「なんだ、含みのあることを言うね」

「アデマール・ド・シャバヌって偽書捏造《ねつぞう》の常習犯だったみたいなんだよね」

「そんな話があるのかよ。レオナン師とペロタン師の方は大丈夫かい？」

「聖マルシアル楽派に比べると伝存する文献もパリ楽派には多いですし。そもそも、この二人は文献学的な著者の同定というレベルではなく、作曲スタイルの分析がさんざんなされていますからね。オリジナリティのある様式を編み出した人たちですから、玄人《くろうと》の目からすると見誤りようもないって評価でしょうか」

「この二人がリュシアンの修論のテーマなのか？」

「いえ、これはアルス・アンティクア、古い技法と呼ばれた時代で、いわばノートル・ダム楽派の中興《ちゅう》《こう》の祖ですよ。僕のテーマだと出発点って感じですね。ここからルネッサンス期にいたる変遷を確かめながら逐一『調性』という概念の発展段階を辿っていくっていうのが主題です」


それからディディエ・ルオーを待つ間、リュシアンの修論計画に添《そ》って、中世を通じてルネッサンス期にいたる西洋音楽史発展の概観を聞き出すことになった。リュシアンの論述のライトモティーフは調性だそうだが、ここで問題となるのはやはりポリフォニーの誕生と発展だ。

以前にディディエから聞いた話に続きがあったということになる。

「初めはどうだったかって言うと、要するに典礼音楽のユニゾンの斉唱です。初期グレゴリオ聖歌は端的に歌詞に節をつけたもので、従って歌詞の音節《シラブル》が単位となって楽音も音節に対応していました」

「それは前、ディディエに講義してもらったよ。ところがその楽音が、宛てがわれた言葉をはみ出して伸びはじめたっていう話だろう？　メリスマになって小節を利かせるようになるんだよな」

「その前に中間段階もあるんですよ。まずは歌詞の一音節の中で音程の上下動が始まるんです。一音節あたりに変化する二音程が対応するようになる。シラブルの中で音が上がったり下がったりするわけです。この上下動を記述するために、ネウマ譜が編み出されたんですよ。シラブルの中に『上げていこう』とか『下がって落ち着こう』とかっていう指定を書きこめるようになった」

「シラビックな段階の次にネウマティクの段階が来たってことか」

「それがさらに行末の長音や、お馴染みの『キリエ・エレイソン』の長々とした朗唱、あるいは『グローリア』の超長音に対応して、引き伸ばされた音節の中で自由に旋律を描く技法が発達した、それがおっしゃるとおりメリスマティク唱法っていうやつです」

「それは聖マルシアル楽派の写本ではあの点々……なんだっけ、ダイアステマとやらで記述されていたんだよな。メリスマティクでも、なんとかあの点々で対応出来なかったのかな」

「音程の上下動の概略を伝えるには足りたでしょうけど、ダイアステマ記法では多声の歌唱が出てくると俄《にわか》に混乱が始まるんですよ。その点ではネウマ記譜法の方が有用だった。だから次の時代にはネウマ記法が主流になってきます。それがアルス・アンティクア、レオニウスとペロティヌスの時代で、ここでの大きなブレイクスルーは多声の同時進行を、ダイアステマ記法とは手を切って、ネウマ譜に記すようになったことです」

「そんなに大きな出来事だったのか」

「本質的には大きな出来事は記法の変化ではなくって、そもそもユニゾン斉唱だった旋律が、複数に分かれて多声になったことでしょうね。新たに伴われるようになった第二の声部は、主声部に対し一定の音程差を持つ。つまり四度とか五度といった一定の幅の音高差で、ずっと主声部に付き従うことになる。これが並行オルガヌム。今日の演目では詩篇の多声合唱では三声が並行するオルガヌムが披露されていましたよね」

「あれで途端に歌に広がりってもんがでるんだよな。この発明がもともとは聖マルシアル楽派の歴史的功績ってことだったと、ここまではディディエにも聞いたことがある」

「アルス・アンティクアでは定旋律《カントゥス・フィルムス》と対《つい》旋律の進行速度、進行リズムを変化させる技法がまず発展しました。単に主旋律に並行するのではない。ちょっと変化を付けていったんですね」

「それがレオニウスの功績として数えられているってわけね」

「ペロティヌスがそれを発展させて、長く続く持続音の上で、上声部《ディスカントゥス》を自由に動かしはじめた。こうしてリズムの変化を細かく記述する要請が生じたわけです。それで上下の声部を分けて複線化し、合わせて音の長さを記号化して楽譜に書きこむようになる」

「今で言うと、御玉杓子に旗が付いたり、白抜きになったりするやつか」

「そうして複数の声部が自由に音程を上下させ、合わせてタイミングも自在に変化させるようになっていくわけです。音自体が伸びたり、縮んだり、シンコペーションを刻んだり。もはや並行オルガヌムの並行性はありません。これがアルス・ノーヴァの時代。さっき聴いてもらったギョーム・ド・マショーの時代です」

「『ノートルダム・ミサ曲だったか」

「すでに複数声部が独立した旋律を持っているし、独自のリズムを刻んでいる」

「これが次の時代——十四、十五世紀の『より繊細な技法《アルス・スブティリオル》』の時代には、その名の通り、より精緻《せいち》化され、より複雑化されていくことになります。リズム記法が複雑怪奇になって、ある意味奇形化しているとも言えますね。つとに有名なのはパリの近くではシャンティイ写本、『変わり楽譜』の走りみたいなのが収録されていて、カノン形式を円環状の楽譜に書いたり、五線をゆがめてハート形の楽譜に設《しつら》えたりと、実験的というか、趣向を凝らしたものになっています。ところでこの時代の技法発達の中心地は徐々にパリを離れています。北はフランドル地方のブルゴーニュ公国、現代で言うとベネルクス三国やブルゴーニュ地方ですね、そちらに音楽の聖地が動き始めています。南では、そもそもアルス・スプティリオルの主要な写本はモデナやトリノにも残されているんですよね」

「フランドルやイタリアに中心地が移動しはじめてるってことか。もうルネッサンスが始まってる時期だっけ」

「北部イタリアではロンバルディア地方にトレチェント音楽っていう一派が出てきていて、これはその後十四世紀イタリア半島全域に多声音楽《ポリフォニー》を広めていく形になります。片や北のブルゴーニュ楽派がルネッサンス中期にはフランドル楽派に継承されて、宗教音楽ではモテット、世俗音楽ではシャンソンを生み出してます」

「シャンソン？」あまりに普通の単語が出てきたのでゾエが首を傾《かし》げている。

「フランドル楽派に狭義の世俗歌謡、『シャンソン』ってものの発明があったんですよ。この時代での立て役者はジョスカン・デ・プレ」

「聞いたことないな」

「きっと聴いたことのある曲があると思いますよ」

「ゾエ、君は知ってた？」

「中期ルネッサンスでは一番有名なんじゃないかな」

「僕にとってもこの時代で最重要な人物ですね」

「お気に入りなのか」

「お気に入りって言うよりは……対位法の源泉の一つですね。通模倣様式《イミタシオン》って言って、厳格模倣法っていう作曲技法を確立した作曲家ですから」

「誰の真似《イミタシオン》して作曲したんだって？」

ゾエが失笑している。

「真似って、それじゃ剽窃《ひょうせつ》になっちゃうじゃない」

「多声部構成の一曲の内部で、ある声部が他の声部の旋律を真似するんですよ。例えばバスの歌ったメロディをちょっと遅れてテノールがそのまま引き取る、さらに遅れてアルトが引き取るって言う風に……」

「要は輪唱《カノン》だよね」

「最も単純で厳格な形式は輪唱ですね」

ジャンゴは訝《いぶか》しんで眉を顰《ひそ》めるが、口をついた童謡は正解だった。

「フレール・ジャック、ドルメ・ヴ？（ジャックさん、寝てますか）ってやつか？」

　Frère Jacques,（ジャックさん）

　Dormez-vous?（寝てますか？）

　Sonnez les matines!（朝課の鐘を鳴らして）

　Ding, daing, dong!（きん、こん、かん）

「それが一番有名でしょうかね」

「そお？　アン・プティ・ボノム・オ・ブ・ドュ・シュマン（おちびさんが道端で）じゃない？」

Un petit bonhomme au bout du chemin（おちびさんがひとり道端で）
Qui mangeait des pommes a vu un lapin（林檎《りんご》を食べてたら兎に会った）
Lapin, lapin, donne, donne-moi la main!（兎さん、兎さん、手を繋ごう）
Mangeons cette pomme et soyons copains!（一緒に林檎を食べて、友達になろう）

これも有名なものだった。

「なるほど」とリュシアンも我が意を得たという顔である。

いずれもフランスの小学生なら誰でも歌えるだろう。学級を四グループほどに分けて、順次二小節ずつ遅らせて歌い出すのだ。輪唱のもっとも簡単な例だ。やったことのない子供はまずおるまい。

「これが……ジョスカン・デ・プレの発明だっていうのかい？」

「音楽の技法として打ち立てたという意味ではね。もちろん先駆的な例はあって、例えば先に触れたペロティヌスなんかが四声のオルガヌム、《Sederunt principes》で既に類例を見せていたんですけど、これを技法化して、歌詞や、主題となる旋律を各声部に割り振って、時差をつけて『模倣』し合うっていう形式をはっきり確立させたのがジョスカンだったんですよ。これはルネッサンス後期までに全ヨーロッパに流行ることになったんです」

「これが対位法の源泉？　対位法ってこんな簡単なものなのか？　ちょっと拍子抜けだな」

「簡単な例には違いないですけど、対位法のエッセンスが見られるんですよ、既に。対位法っていうのは、複数の声部を独立性を保ったまま、絶妙に重ね合わされた全体に纏め上げるという技法なんですから。異なった声部が、互いに共有している主題、旋律を順次出し合ってうねりを作っていく。例えば『アン・プティ・ボノム……』だって、単純な輪唱じゃありませんよ、これよく見るとすごく良く出来ている」

「わからんな」

「各行、十音節《デカシラブ》の整った詩ですし、押韻《おういん》も綺麗ですね。それで二小節ずつ遅らせて四声で合唱するとしましょう。すると一小節目の終わりで、ちょうど各詩行の句切れ《セジュール》を迎えて、ボノム、ポムウ、ドヌ、ポムって韻が揃いますよね。五音節目の母音で押韻して無音のeがぴったり小節末に来ます」

「なるほど?」

「二小節目の終わりではもちろんシュマンとラパン、マンとコパンがそれぞれ正確な韻になってます。ずらして別の部分を歌っている第一グループと第二グループが小節末ではぴったりと同じ声を上げることになっているわけです。ところでそのまま歌い継いでいくと次の二小節後に韻が揃って同じ声を上げるのは第一グループと第二グループではなく、第二、第三グループの韻が揃います。次の二小節後には第四グループが参入していますが、今度は第三、第四グループの韻が揃い、一方で第一、第二グループの韻が揃います。そして第一グループが一周して一行目に戻った時には韻が揃うのは第四グループとです。押韻が響き合う相手が次々と交替していっているんですよ。しかも第二小節末の押韻相手の交替の合間に、各行の中間句切れ第一小節末では一度全グループが同じ韻の声を上げて仕切り直しています。これは幼稚な輪唱ってものじゃあなくて、かなり精密に企まれた対位法なんですよ」

「へえ、これが対位法のエッセンスってことなのか……」

「もちろん作曲技法としての対位法はもっと複雑なものになっていきます。こうした輪唱は対位法の好例ですが、けっきょくのところ四声のメロディ、音階は依然同じですよね。それでは四声全てが音程の異なるメロディを歌っていたらどうなるでしょうか。四つの異なる歌が同時に無秩序に鳴っているだけになってしまうのか、それとも別のメロディなのに上手く重なる部分、上手く響きあう部分が出てくるのか?　あるいは、そうですね、四声が異なるタイミングで、異なる音高の、同じメロディを歌っていたとしたらどうなるでしょうか。タイミングを合わせていればハーモニーで共鳴するところ、歌がずれているので全てが不協和になってしまうでしょうか、それともずれているにも拘わらず四声の旋律が要所要所で和声の共鳴を持つように、ずれのタイミングと音程の差異を調整出来るでしょうか。調整出来たとしたら、その響き合い、共鳴の度合いの大きなところ、小さなところを交互に按配して、定期的に生じる四声の和声の共鳴に強弱のうねりを齎《もたら》すことが出来るでしょうか？」

「ちょっと待ってくれ、なんだか難しそうなことを言ってるぞ？」

「そんな風に、より技法としてより高度化すれば、対位法は複数の旋律が独立して進むにも拘わらず、度々共鳴し合い、また離れ、再び和声を合流させる……ハーモニーをめぐってそんな複雑な運動を形作る企みとなります。この困難で魅力的な課題に、中後期ルネッサンスの作曲家たちは夢中になってしまったんですよ」

「その火付け役がジョスカンだったと……」

「後期ルネッサンス期に登場する対位法の巨人はジョバンニ・ピエルルイージ・ダ・パレストリーナですが、通称のパレストリーナは出生地で、活躍したのはローマです。当時音楽技法の都の地位をフランドルに奪われていたイタリアが再びその栄誉を奪い返す形になります。パレストリーナは後の理論書にも厳格対位法の最大の範例と評価されています」

「厳格対位法？」

「楽曲の進行のなかで響き合う定旋律と対旋律のリズムに制限を与えて、厳格な規則化を施《ほどこ》したんです。そして定旋律と対旋律のセットをリズムの違いの比に依《よ》って類別して、その類別されたセットをどういう風に組み合わせて用いるかを徹底して定式化しています」

「なんだそりゃ、ちょっと聞いただけじゃ何のことやらさっぱり判らないぞ。ゾエ、君は解るのか？」

「うーん、ちょっと難しいね」

「もちろん、音楽理論、作曲技法の裏付けはありますが、つまるところ、こうした厳格な規則のもとにどんな音楽が鳴るのかっていうところが肝心でしょう」

「そりゃまあ、よく解んないけど、聴いてみてどうかってことだよな」

「じゃあ聴いてみましょうよ」

リュシアンがスマートフォンに呼び出したのは『教皇マルチェルスのミサ曲』。初めの部分はミサの儀式次第ならお馴染みの「キリエ・エレイソン」だった。

「うーん、なるほど。聖マルシアル楽派のものとは随分違うんだな」

「それから五百年近く経ってますからね。リモージュで教会音楽が和声を誕生させて以来、数百年後にこんな具合に進化してローマの総本山に戻ってきたってことになります」

「ミサ曲なんてあんまり聴かないけど、たしかに悪くないな」

「そうでしょう?」

「そんながちがちの規則に縛られて作曲されたものとも思えないね?」

「ほんとだな」

「がちがちって言ったって、規則のための規則じゃないわけですから。厳格な縛りを加えてみた上で、なんとか良い感じに按配できないかっていう努力の賜物《たまもの》ですよ」

「厳格な縛りっていうのも、どこにあるんだか判らないよな」

「よく聴いてみると、四声、五声、六声と重ねられていく声部がどれも違う高さで違う旋律を歌っているでしょう?　強弱もスピードもそれぞれに異なっている……なのに全体としてどうしてこうした統一感が出てくるのか、音楽として一体になっているのか、それが対位法の極意ということなんでしようね」

「いろいろと難しい縛りはあるけど、なんとなく良い感じに仕上げてみましたってことでいいのかな」

「まあ良いんじゃないの。だって聴く方はルールを聴く訳じゃないからね」

「確かにそうだな。でもリュシアンにとってはこれは……」

「深掘りすれば、止めどない技巧の嵐って訳ですよ」

「そうなんだろうな、なにしろ『アン・プティ・ボノム』一つとってもリュシアンには企みの巧みさにあれだけ目がいくんだものな。俺からすると『うさちゃん、友達になろう』ってえのが技巧的な対位法だなんて言われても、冗談だろって思っちゃうよ」

「これはパレストリーナの代表曲の一つで、いわばポリフォニー音楽の頂点の一つとは言えるでしょうね。技巧の粋《すい》はおよそ語り尽くせませんよ」

「ほかにも頂点ってのがあるのかい」

「末期ルネッサンスの大立て者はヴェネチアのモンテヴェルディ。モンテヴェルディは従来の厳格対位法をキープする方向とともに、それをもっと自由に崩していく方向をも擁護して、とかく保守的で規則遵守《じゅんしゅ》に傾きがちな音楽理論の守旧性に風穴を開けました。それから彼は最初期オペラのパイオニアで、大胆なオーケストレーションを監督し、多数の声部に楽器の別を指定した、今日的なオーケストラ総譜を楽団に持ち込んだ嚆矢《こうし》と見做されています。劇的でド派手な演出にサウンドエフェクトを繰り広げ、自身が大楽団を擁《よう》する音楽監督で演出家で舞台監督……この最初期オペラがすでにして音楽と演劇を融合した総合芸術の趣きを持っていたと評価されていますね」

「近代オペラの生みの親ってわけか」

「そうなんですけど、ちょっと遣《や》り手の興行主っていうか、山師っていうか、音楽家であるとともに敏腕のプロデューサーだったみたいなところもあって……入場料をとって出し物を見せるっていう世界初のオペラハウスに継続的に作品を提供したりしてるんですよね」

「なんだか面白そうな人だな」

「これが晩期ルネッサンスの話で、次にくるバロック期はもうずばりモンテヴェルディが先鞭《せんべん》をつけて路線を敷いた、いわば大劇場の時代に突入します。バロック期を通じて汎《はん》ヨーロッパ的にオペラが流行しますし、定期公演の小屋を持った劇団まで出てきます。イタリアだとコメディア・デラルテが地歩を築いていました。フランスでは、もとは宮廷にあったバレエもまた興行の舞台を劇場に移しはじめています。パリのオペラ座が少し後の創設ですよね」

「音楽が他の『出し物』と融合しているんだね。モンテヴェルディは先見の明があったんだ。そういえばシェイクスピアも自分の小屋を持っていたよね」

「グローブ座ですね。シェイクスピアはやや若死にでしたが、モンテヴェルディの同時代人ですよ。バロック音楽の時代は演劇史だとむしろ、コルネイユ、ラシーヌ、モリエールの時代に重なります」

「十七世紀だもんな。演劇の時代だ」

「文学史的にはそう言うかもしれませんが、音楽史と重ね合わせるなら、むしろ劇場の時代と呼びたいですね。純粋に演奏を聴かせるコンサートも大規模化していました。合奏協奏曲《コンチェルト・グロッソ》、つまりソロと大楽団の総奏っていうレパートリーが大向こうに受けた。そしてもちろんバロック後期は中世、ルネッサンスの音楽が総決算を迎える時代です。ヴィヴァルディ、バッハ、ヘンデル」

「ようやく知った名前が出てきたな」

「対位法の到達点はまずはパレストリーナかバッハに求められることになるでしょう」

「そうなのか。やっぱりバッハは偉大なのか。俺からすると陰気な音楽って印象ばっかりなんだが」

「そりゃひどいな、バッハには本当にいろんな側面がありますよ。稚気に満ちた趣向を凝らした小品も多いし、ある時には豊かな叙情性、ある時には峻厳で壮大な宗教性、またある時には……」

「やっぱり好きなんだ、話しはじめると止まらないね」

「音楽史が専門の学生相手に食事中にバッハを腐したりはしない方がよさそうだな」

「もちろん対位法の歴史においてもバッハが一つの総決算になりますね。聖マルシアル楽派が生み出した多声のハーモニー、パリ楽派が育てた原初の対位法、それらは和音の醸し出す感興を、それぞれ時間軸でいえば同時性の方向に組織するか、継起性の方向に配置するか、基底をなす二つの方向性に押し広げていきました。和声と対位法、時間軸をめぐる独立したベクトルが、重層的な時間性の中でバッハによって統一的に縒り合わされて綜合されます」

「うわ、難しいことを言うな。なるほど、でも、それが君の主題ってことか」

「熱いね、リュシアン、もう修論は書けたも同然なんじゃない？」

「おだてないでください、楽典では常識とされていることを言ってるだけですよ」

「これが常識なのか、信じられん」

「だいたい共通認識だと思いますよ。修論に纏めるなら、もっと独自の視点と、丁寧な検証がないと……」

「独自の視点か」

「それが調性っていうものに着目しようってことなんでしょ？」

「ええ、旋法とか調性というものが、この対位法の歴史にどう絡んでいくのかっていう、そういう視角ですね」

「つくづく真面目なんだな。ところでゾエも修論は目処《めど》がついてるのか？」

「やだよ、言いたくない。こっちにいる間に思い出させないでよ。トゥールに戻ったらまた悩むんだから」

「君のテーマは何なんだよ」

「言わないよ！」


その後、ディディエ・ルオーと合流した三人はカフェの勘定《かんじょう》を済ませると、隣の店に移動した。夕さり、少し風が冷たくなっていたので店内の席を選んだのだが、それはテラス席で地ビールの瓶を次次倒して気炎をあげていた若者のグループの煙草の煙が煩《わずら》わしいとゾエが言ったのもあってのことだ。ジャンゴも吸わないで、と釘を刺された。大麻《カナビス》の香りもあった。確かにあの煙を嗅ぎながら食事をするのはいやだろう。

ディディエとリュシアンはさすがに同学の徒とあって、放っておけば今日の小コンサートの演目についても、和声だか対位法だか知らないが、いかようにも深掘り出来るのだろう、話が止まらないようだった。二人は時々、同席者を置き去りにしてしまっていることを詫びているしまつだった。

ゾエはコンサートの実演よりも、発表で示された手写本の方が気になっているらしく、なるほどこちらは古典学者で本の虫、関心の範囲は文献の詳細の方というわけだ。話が文献学のことに及べば、リュシアンが「それならやっぱりパリに来なくちゃ、現物はみんなBNにあるんだから」としきりに薦める。ゾエはなにかパリに悪い印象でもあるのか、いい顔をしないのだが、彼女の専門から言ってもカルチェ・ラタンとパリ第四大学《ソルボンヌ》の研究書庫に足を踏み入れたならば、定《さだ》めし夢のような時間が過ごせるのではないか。

「確かに格が違うんだよなぁ。照会をかけてもだいたい重要な資料はあの辺がしまいこんでて……」

「やっぱり一度は来ないと」

ディディエが笑って言う。

「ソルボンヌや古文書学院《アルシーヴ》の奥の院は、だれか案内してくれる面倒見のいい教授でもいないと、どうにも一見《いちげん》さんには入り辛《づら》いよね」

「トゥールの指導教授に紹介状を書いてもらって学会に入っちゃえばいいんだよ。どうしたって伝手が必要だから」

組織は違うがさすがにパリ大の学生ともなるとリュシアンはさすがに目端《めはし》が利いている。

中西部は初めてと言うリュシアンが、せっかくだから地元の名物がいいと言うので、リモージュが本拠の三人がメニューに屈みこんで、それならこれか、これはどうかと解説を加えながら詮議を繰り広げる。人文知の涸れ果てる地だと言って、リモージュを見捨てた古典学徒も、それならこれは外せないと持論を譲らないあたりは、やはり地元愛は持ち合わせているのだろう。

ジャンゴからすると、リモージュに来たならこれを食べなきゃ、というんだったら選んだ店がそもそも違う。こんな洒落《しゃれ》たブラッスリーじゃなくて、裁判所と刑務所の近くのビストロに行って、リムジーヌ種の茶毛の肉牛にアタックするべきだ。サーロインなんていう腑《ふ》抜けた部位じゃなくて、リブロースか肩ロースの厚切り一枚、ウェイターが皿を置く時に「ずどん」と音のする奴だ。リュシアンとは明日も兄ノアのガレージで祖父の遺稿の落ち穂拾いに行くという約束がある。夕方に連れて行く店は決まったな、と思った。リュシアンは細身だが若いし、あれぐらいは腹に納めることだろう。

ここでは「子羊の腿《もも》と芋と蕪《かぶ》のソテー」が選ばれた。リモージュの特産はまずは畜産酪農だ。地味な田舎料理だが外れはあるまい。いくら地元の特産だからと言って、豚臓物のアンドゥイユだとか、牛臓物のトリッパだとかを注文しても仕方がない、あんなものは好きな奴だけが食べていればいい。

この店のお勧めメニューは牡蠣《かき》と帆立と海老をあしらった海の幸の盛り合わせなのだが、ブレスト出身のやつにリモージュで海産物なんか食べさせた日には、地元の評判を悪くするばかりだ。

リュシアンには残念なことに、リモージュに地場のワインというものはほぼない。気候のせいか、同じことかもしれないが地形のせいなのか、この辺では葡萄《ぶどう》畑は立ちゆかないのだ。ゾエとディディエは名前も知らないハウスワインをカラフェで頼んでリュシアンに振る舞っていた。ジャンゴはビール党なのでベルギービールのトールグラスを例によっていきなり二つ頼んだ。ゾエが「何で？」と首を傾げているのに、ジャンゴは声に出さずに答えた。一杯は届き次第一息に飲み干すからだよ。


ブラッスリーを出ると、この後リュシアンはディディエが自宅に連れて行くから、川向こうの住宅街まで車で帰るというので、ちょっと酔いざましに大聖堂の足下の広場のベンチに腰を据えた。すでに夜風が涼しい。カテドラルは夜間照明で薄闇の空に威容をさらしていた。

ディディエは二、三杯、いやそれ以上聞こし召していたはずだが、これで車に乗ってよいという判断の基準は、この国では人によって様々だ。初心者なら一杯目から駄目、老練なドライバーなら血中濃度や呼気の基準でこれぐらいまではよしという数字がだいたい定まっていて、なんだったらその場で呼気のアルコール濃度を測ったってよい。アルコール濃度測定キットは運転者の標準装備で車に積んでいなければ違法である。

大聖堂の飛び梁を見上げる広場のベンチでジャンゴは今夕のパイプオルガンの調べを思い出していた。

「なあ、リュシアン、さっき『重層的な時間性』とかって言ってたじゃないか」

「言いましたっけ」

「バッハが、なんだ、和声と対位法を統一するとかなんとか言う文脈で……」

「ああ、はい、言いましたか、なんだかあれですね、人の口から聞くと大げさと言うかなんというか照れますね」

「いや、対位法を語る君は総じて大げさだったけどさ」

「すみません、なんだか」

「いや、それが君にとって熱いテーマなんだろ、それはいいんだよ、そういうもんだろ、ところでさ……」

「なんでしょう」

ゾエは傍につったって、二人を見下ろしていた。ディディエは広場の隅の「犬の用達《ようたし》」コーナーの近くの水栓で、ほとばしる水に顔を洗っている。大丈夫かな、あの人。

「今日、あのコンサートを聴いてさ、それからこっちに来る時に、近くの大聖堂に立ち寄ったんだけど、丁度パイプオルガンの自動演奏が始まったんだよな」

「へえ、私たちは聞き逃しちゃったね、それ」

「ああ、君たちもカテドラルに来てたのか」

まあ、リモージュを案内するなら寄らないわけもないか。

「その時にさ、ちょっと思ったんだ、重層的……っていうか、積み重なる時間っていうのか……」

何の話なのか、ちょっと抽象的で、趣旨の定まらぬまま、リュシアンもゾエも黙って聞いていた。

「今日のコンサートで、あのオルガヌム歌唱か、あれを聴いた時も……ここでオルガンの音を聴いてカテドラルの天井を見上げていた時も思ったんだよな、時間が積み重なるっていうのが……ちょっと、何を言ってるのか判らないな？」

「いえ、構いませんよ、時間が……ですって？」

「つまりさ、音楽っていうのは、こう時間の軸に沿って進むものだろう？　時間がずっと横に伸びていてさ。そこを『今』っていうか、『現在』がずっと、ずりずりって進んでいく……」

手振りで示すジャンゴに後ろからゾエが言う。

「楽譜は、まさにそういうイメージよね」

「それから今どきの編曲ソフトウェアのインターフェイスもそうですよね。横軸の時間をずっと移動していく」

「それで……音楽っていうのは……この時間の軸に音を配置していくわけだ。順次、高さを変えてさ」

まさしくジャンゴが言っているのは、楽譜やMIDIインターフェイスと同じ結構だった。X軸の上を時間が横に動き、Y軸では、紙上の作曲においてもデスク・トップ・ミュージックにおいても、音階にしたがって上下に配置された楽音が鏤められていく。楽譜でもMIDIソフトでも、あるいは発条《ぜんまい》オルゴールのローラーでも、時間の軸と音階の軸があり、一つ一つの音は時間の函数としてY軸のしかるべき高さに配置されていく。

「すると、この蛇行する音の粒の並びがメロディだ」

「はい」

「そして和音っていうのは、ハーモニーっていうのはこの音の粒が、こういうグラフ？　この図の中に縦に複数並ぶっていうことになるよな？」

「それはまさしくその通りです」

「でもさ、今日の対位法の話。対位法っていうのはメロディがあって、それが……例えばひとかたまりのメロディってのが、他の声の部とか、他の楽器の部とかにも分け持たれているわけだ。で、それ

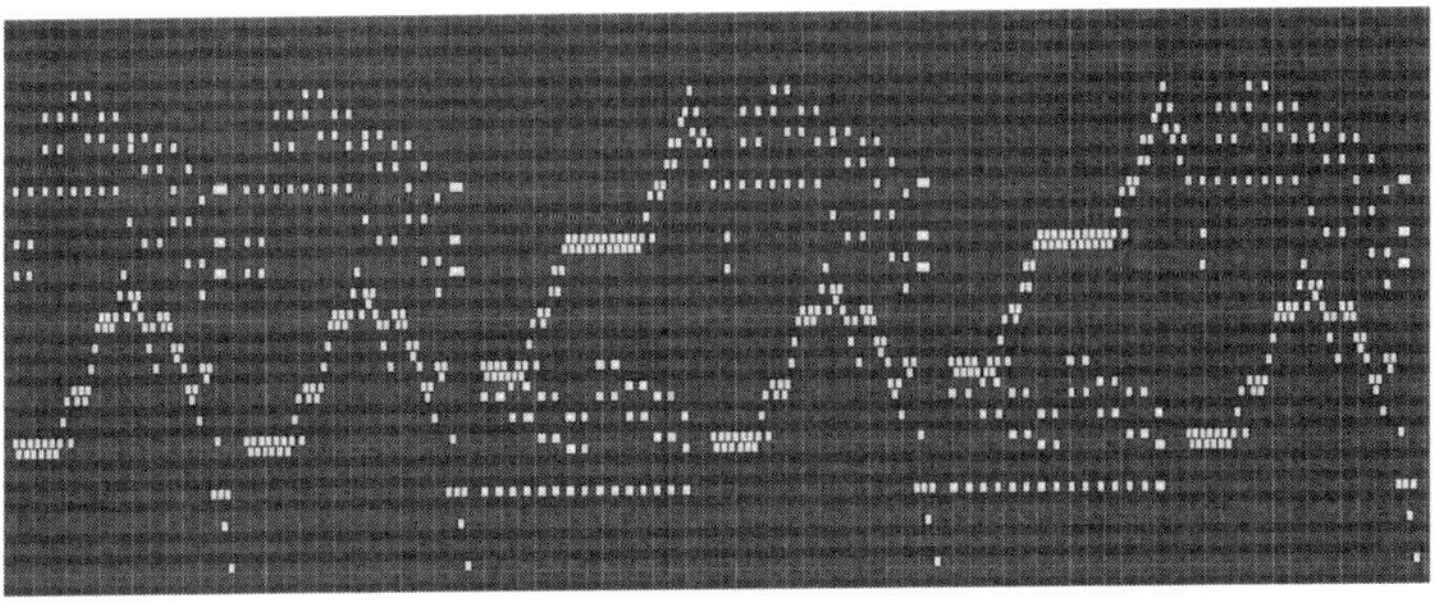

MIDI 編集ソフトウェアのインターフェイス
(Mozart 12 variations in Ah vous dirais je maman k265)

が音楽の進行の中で、もとのメロディとはずれたところにぱっと貼り付けられる」

「そうですね。DTMでの作曲ってまさにそういうイメージですよ」

「そのひとかたまりのメロディってのが、他所に貼り付けられた時には、横の位置も、縦の位置もずれているわけだ。時間軸上でも、音程の上でもずれている。ただ、それが貼り付ける場所を間違っちゃったのなら音楽にならないが、そこを工夫するわけだ。ここっていう貼りどころがある。対位法っていうのはそういうものだっていう理解でいいかな」

「言いおおせているっていう気がしますけど……」

「そんな風に仮に音楽を図示するなら、和音の響きは縦の配列の妙、そして旋律の美しさは横の配列の妙ってことになるわけだ。だとしたら、対位法っていうのは……縦にも横にもずれているのに、ずれてなお、いやずれているからこそ良い感じに響き合う、そういう風に組み立てるものなんだろう？　そういう対位法的な響き合い、それは何て言うんだ、和音、和声、いやそうじゃないよな、もっと大きな……瞬間的なものじゃなくって……ある程度の時間の幅を持ったかたまり同士の響き合いっていうのかな……」

「言ってること、判るよ」とゾエ。

「そうですね、そうした全体をこそ、ポリフォニーっていうかな」リュシアンも頷いていた。

「そうするとさ、ポリフォニーってやつは、その響き合いっていうのは、どこに生じているのかな。単純な和音というのとは違う、なんていうか時間の幅ってのがあるじゃないか。瞬間的な、単時点的な共鳴じゃなくって、ポリフォニックな反響——残響ってのには、時間軸のずっと前から……あるいはずっと後から呼び寄せられてくるような響き合いっていうものがあってさ……上手く言えないが……」

「判るような気がするけど」

ゾエはジャンゴの前に回っていた。リュシアンは考え深そうに膝の上に組んだ手を見つめている。

「さっき起こったことが、また起こっている。ずっと前に思ったことを、今また思った……なんだったら、遠い、とおい記憶が呼び覚まされたりするように……対位法っていうのは、なんだか不思議な時間の中を動いているんだなって思った。それは音楽理論としては——厳密対位法だっけ、厳密に、理論的に、数学的に組み立てられているのかもしれないけど、それとは別に、昨日あったこと、遠い昔にあったこと、そんな数々の記憶が、時を超えて今この時に呼び覚まされているみたいに」

ジャンゴは上着のポケットに煙草を探ったが見つからなかった。

「なんか妙なことを言っているよな。すこし酔っているかもしれないが……ともかく対位法が流れている時間っていうのはどういうものなんだろう、対位法の『今』っていうのはどういうものなんだろうなって思ったんだ」


しばしの沈黙があった。

やがてリュシアンは、そもそもメロディっていうものは結構ふしぎなもので、と話しはじめた。

旋律というのは知覚の対象としては少し奇妙なものであって、一つひとつの音が旋律なのではなく、いくつか集まった音の配置配列がある程度おおきな単位となって、まとめて一つのメロディであると感じられる。したがってメロディにはある時間の幅があって、そうした時間的持続の中に展開される複数の音の集まりを総体として捉えるような知覚の仕組みがあるのだ、と。ここまではまず当たり前のことだが、そこで知覚されている「音の集まりの総体」というのが、実はどこにあるのかは不明である。少なくとも知覚された具体的な音響そのものに依拠していないのではないか。

実はメロディというものの認識は、実際に知覚したその音そのもの、その特定の音色、特定の周波数の音に対してなされるものではない。つまり転調して音域が変わっても、奏でる楽器が変わってさえ、それを変わらず「同じメロディ」として感じられる。子供が小さな木琴で静かに奏でても、ハードロッカーがディストーションの利いたエレキギターの爆音で奏でても「同じメロディ」と感じられるということだ。それどころか口の中で歌わずとも、人はメロディを頭の中に呼び出し、心内で音なき演奏を繰り広げることができる。

つまりメロディというのは、それを構成している具体的な音たちについての知覚、認識なのではなくて、音高や媒体が変わってしまっても維持されるような、なんだったら何らの媒体すら存在せずとも保たれるような、もっと漠然とした、音の並びのイメージ、音の並びから受けた印象のようなものなのだと言うのである。いわばメロディの知覚は、音群そのものの知覚ではなくて、音に対する印象、音からうけた「感じ」の知覚――具体物ではなく心理的形象の知覚なのだ。旋律はもともとは物理音という現実的な現象をトリガーとしておりながら、物理的具体的な現象を離れた、抽象的な心理的実体に過ぎない。

ゾエは「それなら『言葉の意味』っていうのが、そもそもそうしたものじゃない」と言って、ちょっと矛先《ほこさき》が哲学めいたところに入り込んだ議論を、さらにリュシアンと続けていた。ジャンゴはその議論はもう聴いていなかった。

対位法って何だ、対位法の時間ってどうしたものなのか、対位法の今っていうのはどういう今なんだろう、そんな風に思い煩っていたのは、別に何らかの音楽理論について拘泥《こうでい》していたわけではなかった。

彼が考えていたのは、要するに聖マルシアル楽派の三声オルガヌム唱法のことだった。そしてサン・テチエンヌ大聖堂の伽藍のことだった。

典礼音楽の詠誦のポリフォニーにとって必要だったのは、四度か五度かしらないが、並行オルガヌム唱法の和音の響き、それそのものではない。それは多くの人の声が――まったく異なった声音《こわね》、異なった高さ、異なった音色をもった、数限りない、数多の人々の声が詠誦に合流していくということ、そのことそのものだったのだ。

大伽藍の穹窿をあれほどの高さにまで持ち上げたのは、神の座を豪壮に打ち建てなければならないという信仰上のあるいは世俗的な要請によるのではない。それは多くの人の労力――長いながい時間のなかで営々呼び寄せられ続けた人々の、倦《う》まず弛《たゆ》まず努《つと》めてなおいつ果てるともしれない多大な労力が費やされ、蓄積されていくということ、そのこと自体が目的だったのだ。

典礼音楽のポリフォニーも、聖堂の大伽藍も、本質はただこの今に存在する具体的な現象、具体的な事物であることを越えて、そこに呼び寄せられてきた万人の営みが重層的に沈殿《ちんでん》した記憶の殿堂なのではなかったか。

対位法は単なる作曲技法ではない。たった今、あるいはずっと前に聴いた旋律――声が違う、あるいは楽器も異なる旋律――音程がずらされた、あるいは律動が伸縮した旋律――そんなあえかで定型すら持たぬ、それでいて決して過《あやま》つことない確かな旋律の記憶が、聴者の「今この時」に呼び寄せられ、あたかも「今この時」に同時に響いているかのように、聴者の心にありありと臨在する。
こうした、対位法によって集められた「今」こそ、有情《うじょう》の人の生きている「今」なのではないか。なぜって自分の生きているこの「今」この時に、一瞬いっしゅんの「今」にさえ、重層的な時間の堆積をなして呼び寄せられた記憶が沈殿しているではないか。自分自身の記憶ばかりではない、そこに呼び寄せられる他者の記憶すらが。

ディディエとリュシアンを乗せてヴィエンヌ川を渡る大橋へと走り去っていく車を見送って、ジャンゴとゾエは踵《きびす》を返して中心街の方へ向かった。

ジャンゴのアパルトマンはそちら、ゾエの実家はさらにその先の住宅街の方だ。

「送っていこうか？」

「いいよ、要らない。ジャンゴ、酔っぱらってるじゃない」

「そんなに酔ってないよ」

「酔ってるよ。買った本はどうしたんだよ」

ジャンゴは両手を開いた。何もない。ちょっと苦笑いを浮かべた。

「ブラッスリーに忘れてきたろ。あの窓辺のところにぽんって積んだ時に、あ、危ないなって思ってたんだ」

「だったら出しなに言ってくれよ」

「そんときは私もちょっとぽわぽわしてたからさ」

「忘れちまったか」

「預かっといてくれるよ。明日にでも取りに行けば？」

「忘れちまった、思い出した」

「なに言ってるの、酔っ払い」

「なあ、ゾエ、対位法って面白いものだな」

「すっかり感化されちゃってるね。リュシアンに弟子入りしたら？　明日も会うんでしょ、頼んでみなよ」

「対位法っていうのはさ、その作用ってのは、人が覚えてる、人が思い出すってことに懸かってるんだ」

「忘れちゃった人がなんか言ってら」

Ⅷ——記憶《メモワール》

暗く湿った十一月が過ぎ冬至《とうじ》が近づけばもう夕べの五時には日が暮れるけれども、そのかわりに秋から冬にかけて天を覆っていた暗雲が晴れて、アヴニュと名のつく主だった街路にイルミネーションが灯り、リモージュは市街一帯がクリスマスに向けて華やぐ。指の芯《しん》まで冷えるような外気の寒さこそ本番を迎えるものの街を闊歩《かっぽ》する市民の表情はむしろ晴れやかだ。十一月の雨天の間は誰もがフードを深く被《かぶ》って下を向いて歩いていたものだが、いまは顔を上げて赤くなった鼻や顎の先を寒気に晒《さら》して様々に飾られたウィンドゥを冷やかしている。クリスマスが近づくと文字通りに街が明るくなるのだ。

繁華街の目抜き通りは車道を塞ぎ、丸太小屋《カビーヌ》が立ち並んでいる。丸太小屋と言っても実は即席のプレハブの物置き小屋みたいなものなのだが、ちょっと見には本当に丸太を組んであるように見える。辻つじにサンタクロースや雪だるまの像が立ち、小屋を縫って歩く街路にはウッドチップが撒かれて、まるで公園の小道みたいに設《しつら》えられている。寒風にのってハーブを塗《まぶ》した鳥の丸焼きやスパイスを効かせたホットワインの香りがビルの谷間に籠《こ》もっていた。

街に点在する広場もそれぞれに平生とは一変している。小屋掛けの地場の物産展が催されていたり、サンタクロースと撮る写真ブースがあったり、広場全体にスケートリンクが設置されていたり——駅前公園の大駐車場には移動遊園地が来ており、クレーンのような大掛かりな遊具が若者たちを吊り上げて振り回し、絶叫を上げさせていた。風向きによってはその歓声が何本か道を隔《へだ》てた目抜き通りまで遠く響いてくる。歩行者天国になった中心市街《サントル・ヴィル》は家族連れでごった返し、軽食屋や洋菓子屋は普段の歩道状のテラス席に加えて、臨時のテーブルセットを車道の半ばまで拡げていた。

デモの集合地点などにも使われる共和国広場はクリスマス市の中心地だ。そこには普段から遅くまで開いているブラッスリーやカフェが軒《のき》を争っているが、今晩はクリスマス市に客を取られたか路上のテラス席は閑散としていた。市《いち》の「小道」が禁煙だからだろう、連れの家族と離れて一服しにきたと思《おぼ》しい父親が幾人かいた。

ジャンゴとゾエの姿もそこにあった。


「なんだか君はいつでもヴァカンス中みたいだな」

「当たり前だろ、だってヴァカンスの間しかリモージュにいられないじゃない。私からすりゃジャンゴは帰郷の度に何か持ち込んでくる地元の友達って感じだよ」

「そうか。『友達』ってのは光栄だな」

「はい、これ」

ゾエは早速、今日の用件だった二冊の本をジャンゴに手渡した。

一つは決まった赤い装丁で知られるフランス大学出版局の哲学叢書《そうしょ》――所謂《いわゆる》クァドラージュ叢書の一冊でジャック・シャイエ『中世音楽史』という本だ。もう一つは同じ著者の『十一世紀末までのリモージュの聖《サン》マルシアル楽派』という資料だった。ジャック・シャイエは音楽史、音楽学《ミュジコロジー》の碩学《せきがく》で、特に中世典礼《てんれい》音楽についてはいずれも基礎文献にあたるそうだ。

もちろんジャンゴが通じていないジャンルのものだったが、あらかじめこれらを読んでおく必要が生じていた。この度祖父マルセルの手稿の一部をパリに持ち帰ったリュシアンが、その内容を整理して、聖マルシアル楽派にまつわる新資料の発見について中世音楽学会の紀要にリポートを一報書き上げていた。その草稿がジャンゴとリモージュ音楽院教授のディディエにも送られてきていたのだ。

リモージュゆかりの学術報告ということで、ジャンゴはコティディアン紙の文化部に話《はなし》を持ち込んで、そちらでも小さな紹介記事を掲載する運びになっていた。小箱の中敷きに使われていた紙片という新資料を発見したことが文化部の記者の関心を引いて、「小箱に封じられていた楽譜――中世リモージュ楽派の新資料」というようなやや大げさな見出しになる予定だ。この記事はきたる日曜版に掲載されるだろう。

「第一発見者」の縁者ジャンゴ自身と、報告を発表するリュシアンも取材の対象になった。このクリスマス休暇の間にブレストに帰郷するはずだったリュシアンは、研究の簡単な報告と資料返却のためにリモージュを訪れる予定だ。その機会に二人は文化部の取材も受け、例の小箱を手に写真を撮られることに決まっていた。

ジャンゴとしてもいざ取材を受けようというのに、リュシアンの研究報告の大旨ぐらい押さえておこうと、その報告の文献表の中で主要なものと思しきシャイェの著書に目を通すことにしたのである。思えば『リモージュの聖マルシアル楽派』という書名は問題の中心を射抜いていた。

そんなわけでゾエのリモージュ帰郷に際して問題の書籍を持ち帰り、ジャンゴとリュシアンの再会と取材の機会に先駆けて渡すという算段が纏《まと》まったのだった。

「うわあ、中身は楽譜だらけだな」

「そりゃそうでしょ。五線で採譜し直しているね」

「これ楽譜も全部判読しなきゃ駄目かい？」

「わたしもトロープスやセクエンツィアのテクストしか読んでないよ。これ、今はだいぶ高くなっちゃってるって?」

「そうみたいだな。学術書の相場観って判らないけどさ。これは……図書館の放出品かな」

問題の一冊は表紙にカバーフィルムが貼ってあり、開いてみれば貸し出しカードを差してあったと思しきポケットが表紙裏に貼り付けてある。裏表紙の内側には紙片を剝がした跡が残り、これは貼付された蔵書印を取り去ったものだろう。

「トゥールの公立図書館から放出されたみたいだけど、この本には需要が無かったのか……」

「トゥール大の図書館にあったしね。そもそもお膝元のリモージュでも無かったんでしょ?」

「貸し出し可の棚に置いているのは一館きりだった。それも先約ありでね」

「ヴァントーは行った? あそこなら多分持ってるよ」

ヴァントーは土地で言うリモージュ大文学部キャンパスのことだ。なるほどヴァントーの大学図書館のカタログならあったのかもしれない。

「西洋古典セクションがあったころは感じの良い専門の学生読書室があったんだよね。あそこにある本は全部読んでやりたかった。今はどこが引き取ったのかなあ。まさか目方で売っちゃったりはしないだろうけど……」

「まだリモージュ大が西洋古典セクションを整理したことを恨んでるのか」

例によってジャンゴはトールグラスのビールを頼んでいた。付け合わせはクリームソースを和《あ》えたマカロニにラクレットをかけて表面を焦がしたグラタンだ。ゾエの方は白ワインをグラスでとって、生ハムとチーズの盛り合わせをつつきながら不平顔で言う。

「だって中学の頃から憧れてた部屋をようやく我がものに出来るのかと思ってたらお取りつぶしにな

っちゃったんだよ。こんな酷い話ってある？」

「中学の頃から大学図書館なんかに憧れてたのかい？　優等生ってのは違うもんだ」

「職業体験のインターンだって大学図書館に行ったんだもん」

「本当に君は図書館の鼠《ねずみ》なんだな」

「ジャンゴはあんまり行かなそうだね」

「まあな。友達には一日に二回図書館に行くって奴がいるけどな。意味判るか？」

「お昼食べて、また午後に行ったんでしょ？　普通じゃない？」

「午前に十何冊も借り出して、それを返してまた次のを借りに行くんだよ、同じ日に。電話帳《パージュ・ジョーヌ》っていう奴なんだけど、どうかしてるだろ」

「最初に借りてった本で次に読まなきゃいけない本の文献表を作って、次はそれを探しに行ったんだよ」

「ぜんぶ図書館で一遍《いっぺん》にやればいいじゃないか」

「途中で探し物に自宅かオフィスか……大学の端末が必要になったんじゃない？　図書館のWi-Fiではアクセス出来ない会員制《サブスクリプション》のデータサービスにアクセスする都合じゃないのかな」

ちょっと虚を衝《つ》かれる。電話帳の奇行と思っていたが、こんなところに理解者がいた。ただ単に本を読了するのが異様に早い奴の異常行動だと思っていた。しかしあの行動にはそれなりの理由があったのだ。それにしてもゾエ・ブノワ嬢はときどきジャンゴをその機知で驚かせる。なんでも目から鼻に抜けるというか、初めから正解が判っているかのように簡単に答える。いや、これも同好の士ならではというところだろうか。

「君は電話帳とは話が合いそうだな」

「その人なんで電話帳って呼ばれてるの？」

「なんでも知ってるからだよ。君はマカロニの穴ってどうやって開けるか知ってるかい？」

ジャンゴはフォークに刺さったマカロニを掲げて意地悪そうな笑みを浮かべて訊いた。

「マカロニの穴？　ええ？」

「電話帳は知ってたよ。作製途中のマカロニに棒を押し込んで押し出すんだ。そのとき押し出された部分がスパゲッティになる」

「それぜったい嘘だよ」

「じゃあどうやって開けるんだ？」

「知らないけど……その作り方は嘘だよ。だってそれだとこの世のマカロニとスパゲッティをぜんぶ繋げた時の総延長が同じってことになっちゃうじゃない？」

からかい顔だったジャンゴが吹き出した。

「そりゃそうなるな」

「どう考えてもスパゲッティの方が長いだろ」

「賭けてもいいな、そこは」

「友達って言えば、テロ準備かなんかで引っ張られた人はどうなったの？」

「アフメドか。もともと探られて痛い腹なんかなかったからな。すぐに釈放になったし、教育課程の秋のステージュに出るのには支障なかったよ。そのあと教育実習があってな。これが受けられなかったら大事《おおごと》だったたんだけど」

「そりゃ良かったね」

「良かないよ。携帯とかラップトップなんかが返ってくるまでにまた一問着《ひともんちゃく》あってさ。何回も警察に召喚されてその場でログインさせられたんだ」

「それって出るとこに出れば訴えられるんじゃないの？」

「通常ならな。テロ防止法の特別措置《そち》の関係とやらで、取り調べの迅速化、簡素化のためだって言って、取り調べの最初に……まあ簡単に言えば『警察の指示に従う』みたいなことが書かれた書面にサインさせられてたんだよ」

「それを盾《たて》にとってるってこと？」

「同じ時に引っ張られていた雇い主の伯父《おじ》ってのがサインを初めから頑として拒んでてな。こっちは弁護士を呼んで正面対立していたんだが、整備工場では帳簿からコンピュータまで押収されていたせいで大騒ぎだったよ。そっちは番頭格の整備士が問題のサインをしちゃってたからな。結論を言うと、とっととサインして『指示に従った』アフメドの方が面倒は減ったし、私財の回収も早く済んだ」

「長い物には巻かれた方が得ってことね」

「伯父の方はまだばちばちに遣《や》り合ってるよ。行政訴訟も辞さないって覚悟だ。国家警察監察総監《アンスペクシオン・ジェネラル》にまで話が上がってる」

「だって人権侵害だよね、これって」

「人権問題だよな。移民層への差別も絡んでるし。これがカトリック系の名前を持っている奴にも出来ただろうかってさ。俺は早期釈放だけでもってのが目的で人権協会に駆け込んだんだが、もうちょっと話が大きくなってる。『警察の適正手続きを監視する市民オンブズマン』って団体があって、そっちから監察総監に苦情が上がったってことだ。調査委員会だかが組織されるって話なんだけど正直あんまり期待は出来そうにないかな。伯父の会社の弁護士にも聞いたんだが、行政訴訟も意地で乗り出すに過ぎない感じだな。伯父は国家賠償とかって吹き上がってるみたいだけど多額の賠償金をせしめるみたいな流れにはなりそうにない。せいぜいが監察総監から『遺憾の意』を引き出して、今後の適正手続き遵守《じゅんしゅ》に向けて監視を強めていくってぐらいの言質《げんち》を得られれば御《おん》の字ってところだそうだ」

「よく話が聞けたね。弁護士って口が堅いでしょう」

「単に話を聞きに行った訳じゃないからな。こっちは味方側の情報提供者だ。もともと人権協会に一番に飛び込んだのが俺だったしな。記者《ブンヤ》の職責を越えたところで動いていたから、取材目的じゃないってことは織り込み済みだ。その弁護士が伯父のヤシンって人にも取りなしてくれたしな」

「ジャンゴにもけんつくしてたって話だったよね」

「マグレブ系の屈託は理解出来るけどな。プレスを警戒するのも当然だよ……こっちも辛い立場なんだけどな……『裏切り者《トレートル》』はあんまりだよ」

「そんなこと言われたの？　なんで？」

「困っているイスラム教徒の事情を詮索してクリスチャンの新聞に書き立てるからだよ」

ゾエはちょっと眉根をよせ、頬を膨《ふく》らませて怒ったような――いや、悲しそうな顔を浮かべていた。

「そんなこと言われて黙ってたの？」

「方々で言われ慣れてるんだ」

「だって、ジャンゴがアフメドのことを心配して駆けずりまわってるさなかのことでしょ？　酷くない？」

ジャンゴはビールを干して、ガーデンチェアに深く背中を預けると、溜め息を吐《つ》いた。懐《ふところ》に煙草を探ったがゾエは文句を言わなかった。

「政治家にも渡りをつけたって話だったでしょう？」

「ＣＧＴの代議士にも会ってきたんだが、こっちも手応えはあんまりなかったな。少なくとも別件逮捕だ、違法捜査だって大掛かりなキャンペーンを張って政権批判するまでにはいたらない。中道左派連合はどっちかというと、反テロリズムの規制強化の方に傾いてて、今後のテロを封殺出来るなら警察権力の拡充に横車を押す意図はないんだよ。世論の支持が適正手続きを守るってことよりは、テロ防止のために具体的なアクションを起こすことの方に親和的なんだ。むしろ警察は何やってんだ、後になって『マークはしていた』なんて言ってないで、とっとと引っ張れと言わんばかりだ」

「なにかある度にそういう論調にはなってるよね」

「法執行機関が予防的な捜査や実力行使に出るって、えらい危険なことなんだけどな。でも党議党略が反テロの大号令の方に従っていて、ここにきて警察権力の勇《いさ》み足を監視しろって言ってるのは極左勢力だけだ。さっき言ったオンブズマンも共産党系の肝煎《きもい》りだしさ」

「じゃあ左翼系の議員には話を取り付けられるんじゃないの？」

「俺から話を持ち込んでもな……コティディアンは読者層も地元中道左派が主だし、極左政党は自前の機関紙を持ってるだろう？　俺には後ろ盾が足りないし、あればあったで中道左派の党利党略に縛られる」

「ジャンゴも党利党略に縛られているっていうの？」

「名刺を出して出来ることってことで言えばな。コティディアンで違法捜査を告発するキャンペーンを張ろうっていう考えもポシャったよ。上司に窘《たしな》められてさ」

　これについてはレオンとの間で激論が交わされた。結局コティディアン紙では問題の事件に関しては社会面に短信を出すにとどまり、法執行機関の勇み足を咎《とが》めるような論調にはならなかった。

　コティディアン紙のバックボーンは地元中道左派支持層であり、政治的な立場はリベラルかつ保守である。これは労組を中心とする中西部票田《ひょうでん》によく見られる傾向で、政治的、宗教的に独特なアマルガムとなった立場だ。人権意識や移民政策については鷹揚《おうよう》でリベラルな傾きを示すが、おなじ精神性が社会道徳や宗教的規範や家族観といったものについては強い保守性を保っている。極右勢力には厳しいアレルギーがある一方で急激な社会変革を厭《いと》う。皮肉なことだが移民層の成功者ヤシンですらイスラム教徒であるにもかかわらずリベラル保守という地元の政治傾向に近い考え方を持っている。

主たる読者層に阿《おもね》ると言えば卑下し過ぎだが、コティディアンの政治的立脚点からして、移民層と官憲の対立を煽りかねない論調は忌避されることになった。

以前であったら「社の方針」とやらに対して姑息な日和見《ひよりみ》、読者層に阿る風見鶏と決めつけ、現実から乖離《かいり》して現場の声を遮っていると詰《なじ》るところだったが、このところレオンと話をする機会が多かったので、ジャンゴとしても「上司の窘め」には耳を傾けざるを得なかった。

なにしろ社会の安定が万人の望むところで至上命題となっているというのに、告発記事のように扇情的なキャンペーンで市民感情を攪乱《かくらん》するようなことをすれば対立を深めるばかりに終わるだろう。それはそれで一種の偏見を強化することに寄与し、移民層と官憲が互いを仇敵《きゅうてき》と見るような構図を強化してしまう。

じじつリモージュのようなリベラル保守の牙城でさえ、一部地域では住民と官憲の対立が深刻化しており、警察がパトカーで見回りをするのが「危険」とされている界隈《かいわい》すらある。文字通りに石が飛んでくるのだ。こうした様相は地元紙が大いに「嘆いている」ところであり、これをジャンゴなどは御為《おため》ごかしの論調だとして批判しているが、だからと言って当局の横暴を告発するといった方向に舵《かじ》を切ればどうなるだろうか。それは対立問題の強化に働くばかりだろう。

レオンはこのように問題を大きな視座から捉えており、ジャンゴの意図したような告発キャンペーンは、社会正義の実現に寄与するのかどうか、実影響はどう及ぶだろうかと問われてみると、ジャンゴには返す言葉がない。

「まあ、その上司の言うこともわかるよね」

「最近うまく丸め込まれているようで癪《しゃく》なんだがな。こっちは差別の現場にいて、現実を直《じか》に知っているって気でいるが、それを声高に叫ぶことが社会断絶を深める効果しかないって言われればその通りなんだよ」

「差別を告発してもむしろ藪蛇《やぶへび》になっちゃうんだね」

「捜査の適正手続きを監視するってことに関しては手を離さざるを得ない。市民オンブズマンに任せるしかないのかな。それでも『社の方針』ってのがどうだろうと言いたいことを黙らせられるってのは我慢がならないし、信条にも反するから、コティディアンを離れたところでは自由に発言させてもらうつもりだ。もちろん上司の危惧《きぐ》するような『社会層断絶の強化』に繋がるようなことのないように配慮は必要になるだろうけどさ。上司と違って立場がないってのも強みみたいなもんだ。電話帳からフリーのジャーナリストに渡りをつけてて……」

「それは先刻の友達に伝手《つて》を頼ってってことだよね」

「ヌーベル・オプの日曜版《エブド》に署名記事を書いてたベテランなんだけど、バンリューの住人と警察との仲違《なかたが》いについてずっと追っかけている人で、全国の都市で起こっている同じような問題を調査しているんだ。どこでも同じことが起こっているようだけど、じっさい『同じこと』なのか、それとも地域によって偏差《へんさ》みたいなものが生じているのかをさ」

「偏差があるの?」

「まだわからんが、大きな共通した問題と、細かな個別の事情ってことだろう。広範なテーマだから個別の問題に即効性のある処方箋《しょほうせん》を提出するための議論にはならなそうだが、より大きな視座で問題を総覧してみるんだ。この人の調査に情報提供することになってね。もうレポートは送ったが近く引き合わせがある。彼はプレスがどう報じていたかを結構厳しくチェックしていて、あとはＳＮＳだな――ネット上の島宇宙みたいな閉ざされた言説空間でどんな論調が増幅されているのかがその人の関心事なんだ」

「反響室《シャンブル・デコー》ってやつね」

「ＳＮＳは何しろ拡散スピードが速い。かてて加えて誤報をばらまいたって謝る奴はいないし、そもその話の出所《でどころ》が判らなくなるのが普通だ」

「この夏に言ってたことだよね。すわテロかと聞けば……」

「カラシニコフだ、『アッラーフ・アクバル』だと噂がネットに躍る。一方でバンリューのごろつきの方も『警察が暴力を振るった』なんて話があれば即拡散だ動員だってのが始まる。それでやってることと言えば政治的活動じゃなくてスポーツ用品店の略奪だからな……。それじゃあＳＮＳに規制をかけた方がいいのかって言うと、ヌーベル・オプ紙やレヴェラシオン紙なら規制には反対で大道一致だろうが、件《くだん》の記者はもう規制は止むなしって方向に傾いていたよ」

「左翼系のジャーナリストならそうした規制にはぜったい反対なのかと思ってたけど？」

「これがプレスならスポンサーや支持母体の動向なりに縛られることになるけど、それは要するに自粛、自己規制ってことだからな。ＳＮＳみたいな不特定多数の発言プラットフォームに規制をかけるってのは深刻度が違うんだ、本来ならな。それがジャーナリストの立場からも規制に前向きって感じになるのはよっぽどのことだけど……。各地の現場を見てきた人が、なにしろＳＮＳのデマゴギー拡散装置としての優秀さに呆れちまってるんだ」

「左翼系のジャーナリストに転向を促《うなが》すほど……ってこと？」

「現状の危険性を放置出来るのかって問題だな。『言論の自由』と、いま目の前にある差し迫った危険とが秤《はかり》にかかってる」

「差し迫った危険……」

「それが『言論の自由の制限』を認容する要件になるからな。左翼系のジャーナリズムではよく問題になる論点なんだ。反差別の看板を掲げている左翼系プレスが、ならば『言論の自由』の制限には目をつぶるんだなと詰め寄られる」

「そうか、『言論の自由』のお題目《だいもく》と、反差別のお題目がバッティングしちゃうんだね」

「いわゆる『記憶の法律』をめぐる矛盾だよ」


それはまさしく最近の「大激論」においてレオン・ヴェルトにさんざん叩き込まれたばかりのことだった。言論の自由はプレスの金科玉条《きんかぎょくじょう》であり、反差別は絶対の基準であると素朴に信じていたジャンゴは、レオンの持ち出した実際上の矛盾という論点にぐうの音《ね》もでないほどにやり込められてしまったのだ。

「記憶の法律」——それはいかなる場合に言論の自由に制限が加わるかについて、いまも議論が続いている問題だ。言論の自由、表現の自由は「共和国の重んじる価値」の中でも、精神的自由権に属する最も枢要な価値を置かれているものの一つである。フランス人権宣言でも「人の最も貴重な権利」と規定されている。しかるに、その自由に制限を加えるとするならば、それはどんな場合に正当化されるのか。

「もともとフランス人権宣言にさえ一種の制限条項があっただろう？」と、レオン。

「そりゃ知ってますよ。『自由の濫用《らんよう》に相当すると法が定める場合をのぞき』ってやつでしょ」ジャンゴは当然のように答えた。

「それじゃ、その『自由の濫用』とは具体的にはどういうものなんだい？」

「……なんか、また俺を嵌《は》めようとしてますね」

「君が自分で嵌まっていくだけだろう」

「他人様《ひとさま》の権利を侵害しているなら『自由の濫用』ってことになるんじゃないですか」

「素朴に言えばその通りだが。満員の劇場で『火事だ』と叫ぶことは自由の濫用か？」

「それは自由の濫用なんじゃないですか？　すぐにでもパニックが起きて出口に殺到する群衆の中に死人が出かねない。知ってますよ、それぐらい。なんだかアメリカの古い裁判のやつでしょ」

「シェンク対アメリカ合衆国裁判だよ。『明白かつ現在の危険を生み出す』と言えるならば表現の自由が守るべき対象から外れるとした有名な判例だが……ここで問題なのはチャールズ・シェンクが裁かれたのは『徴兵拒否の薦め』を印刷して配布したからなんだが、徴兵拒否の薦めは『明白かつ現在の危険を生み出す』と言えるのかってことだな」

「あれ、ちょっと待ってください、シェンクってのはそれで有罪になってるんですか」

「なってるな。一九一九年だ」

「そんな前――第一次世界大戦の頃ですか。それは厳しいな。この有罪判決、今だと通用しますかね」

「これは通らんだろうな」

「通りっこないでしょう」

「それじゃあ、マスコミを招いてだな、その前で十字架を焼いて、抑圧されている白人の名のもとに『黒人とユダヤ人と、その支持者たちへの復讐』を宣言したらどうなる。黒人はアフリカに強制送還、ユダヤ人はイスラエルに追放しろって主張だ。これは自由の濫用か？」

「そうなるでしょうね。そもそも人種差別煽動でお縄になりますよ」

「また素朴なことを。これが一九六〇年代のことだとしたらどうだ。ゲソ法（人種差別、反ユダヤ主義その他の排外主義的行為を抑圧するための一九九〇年七月十三日法）の前だぞ」

「待ってください、自由の濫用かどうかは、それを禁じる法律があるかどうかに懸かってるんですか？」

「いや、そういうことを言いかけていたのは君の方だぞ」

「そもそもこれもアメリカの話でしょ？　じゃあ有罪だ。『徴兵拒否の薦め』で駄目だったんでしょう？　待てよ、六〇年代っていうと戦後だから、ちょっと状況が違うのかな」

「判例としては無罪になった。もちろんそれが本件の結論ということにはならないが」

「無罪ですか？　六〇年代で？　公民権運動の真っただ中でしょ？」

「それから良心的兵役拒否が問題になっていた時代だ。モハメド・アリがそれでチャンピオン・ベルトを剝奪されてる。最終的にはアリは無罪になったからシェンクの時代とは随分変わっていたとは言えるだろうな」

「それでもよく無罪で通ったな、そんな大文字のレイシズムが」

「当初は無罪にはならなかったんだよ。被告はクー・クラックス・クランの地域リーダーを務めていたクラレンス・ブランデンバーグって男だ。問題の行動のために郡の裁判では有罪、所謂修正第一条——表現の自由を盾にとって控訴したが棄却《ききやく》、オハイオ州最高裁判所でも上訴を棄却されてる」

「そりゃそうでしょう……ところが？」

「連邦最高裁判所に上告した結果、無罪が言いわたされたんだ。ブランデンバーグの行為が『差し迫った違法行為を唱道』することには当たらないという判断が下された。それは『明白かつ現在の危険を生み出す』ものではないとされたんだな、この段階では。合衆国憲法修正第一条がぎりぎり面目を保ったかたちだ」

「ええと、シェンクの判例からは……」

「五〇年後だな。このブランデンバーグ対オハイオ州裁判が新しい判例となったわけだ。ブランデンバーグ基準ってやつだ。君はジャーナリストの養成コースにいたんじゃなかったっけ？」

「アメリカの基準なんか知らないですよ……」

「アメリカ憲法の修正第一条は世界的にも大変重い規定なんだよ」

「フランス人権宣言の第十一条（表現の自由）だって重いと思いますがね」

「じゃあ君はゲソ法は違憲だと思うのか？」

「法の下の平等には反していると思いますよ。反ユダヤ主義《アンチ・セミティスム》の言論は違法なのにイスラム教嫌悪《イスラモフォビー》は合法なんでしょ？」

「ゲソ法を立法する上での法益は万人のものだよ。差別一般の禁止だ」

「それだってネオナチの歴史修正主義への対抗措置だってことは明白でしょ。明示的にユダヤ人を攻撃していなくともホロコースト否定論を出すだけで違法としたかったんだから。法文のタイトルにも『反ユダヤ主義その他の抑圧』って書いてあるじゃないですか」

「逆に言うとタイトルにしかないんだ。ちゃんと読んでおけよ。『あらゆる民族、国家、人種、宗教への帰属、不帰属に基づく差別を禁ずる』だ。条文には特別な反アンチ・セミティスム条項はないよ」

「でも立法趣旨は反アンチ・セミティスムに他ならないんじゃないですか」

「立法の動機はそうだと言えるだろうな。ドイツの『民衆扇動罪』（ドイツ刑法百三十条、一九六〇年制定、最新の改正は二〇一五年）相当のものが求められていた」

「あっちははっきりと反ナチス法でしょう」

「そうなるな。条文にナチスの行ったことを矮小化《わいしょう》したり否定したりするな、ナチスを是認したり正当化したりするな、とはっきり謳《うた》っている。そうした意見の配布・掲示・放送などをすることも違法だし、未遂でも違法だ」

「ある特定の信条に限って違法とするっていうのはバランスを欠いているようにも思えますが」

「それほどまでにホロコーストのトラウマが大きいと評価すべきだろうな。もちろんフランスにとっても対岸の火事じゃあない。歴史修正主義は――記憶を改竄《かいざん》するのはそれだけで罪にあたるというわけだ」

「記憶の改竄という罪、ですか」

「『記憶の法律』という言葉は知っているんだろう?」

「ジャーナリズム・コースのセミネールのテーマでありましたね……。あの時は幾つかあるテーマの中から一つ選んでグループ発表をするってことをやりました」

「どんなテーマがあったんだい?」

「トビラ法とかメカチェラ法とか、あとはアルメニアでのジェノサイドを認定する法案とか」

「君のグループはどれを選んだんだ?」

「当時リアルタイムで議論のあったメカチェラ法ですかね。まあ、目先の単位をとるのに汲々《きゅうきゅう》としていたから、他のテーマのことは覚えていないかな。発表の中身もグループの奴に任せちゃっていたし……」

「一つ選んで良しとしていたんじゃ頼りないいな」

「こっちは今だって目先のことであっぷあっぷなんですよ」

トビラ法（奴隷売買と奴隷制度を人道に反する罪と認める二〇〇一年五月二十一日法）というのは奴隷売買を非人道的な罪であると第一条に規定する、典型的な記憶の法律――つまり歴史認識の法的規定を目的とする法律である。以下同法には、奴隷制度についての教育、研究の推進（第二条）、奴隷制度が人道に反する罪であることについての国際的な周知（第三条）、奴隷制度廃止記念日の制定（第四条）、そして奴隷問題についての中傷的言論に対して擁護団体が原告となれること（第五条）が盛り込まれている。総じて「奴隷制度という歴史上の罪」を定着、確定することを趣旨としていて、特に第五条では言論の自由の一部制限に踏み込んでいた。つまり奴隷制を肯定することは「罪」なのである。

また、ジャンゴのグループがテーマに選んだメカチェラ法（フランス人引揚者に対する国家の感謝表明と交付金支給に関する二〇〇五年二月二十三日の法律）は一名に「引揚者擁護法」といい、特筆するならアルジェリア独立にあたり引き揚げてきたアルキ――「アルジェリア戦争に際して現地で徴用された親フランス側のイスラム系補充兵」の戦後補償をめぐる法案である。アルキは独立派のアルジェリア民族解放戦線（FLN）からは「裏切り者」と見《み》做《な》されていた。フランスとFLNの間でアルジェリア独立を宣言するエビアン協定（一九六二）が結ばれた時、そこには順次撤退していく約束のフランス軍に対して制裁を加えないことが盛り込まれていたのだが、現地補充兵のアルキたちの立場はこれらの条項から漏れており、実際に戦後しばらく彼らアルジェリアの「裏切り者」たちの虐殺、処刑が続いていた。一方で、アルジェリア人であるアルキたちはフランスへの渡航も当初は許可されておらず、旧宗主国からは見捨てられ、独立国では報復の的となっていたのである。

辛《かろ》うじてフランス本国へと落ち伸びることが出来た「引揚者」たちも、フランス社会への適応がスムーズに運ばず、結果として数世代にわたり不遇を託《かこ》つこととなった。この不当に見捨てられていたアルキたち、忘れられていた献身者たちへの再評価と戦後補償を行うというのがメカチェラ法の立法趣旨だった。アルキへの感謝を忘れるなという、まさしく記憶をめぐる法案だったのである。

とりわけ議論の対象となったのが第四条である。「特に北アフリカにおけるフランスの歴史的なプレゼンスに対し、それに然《しか》るべき位置づけを与え（第二項）、学校においても「フランスの果たした肯定的役割」について特に教える（第二項）という条項だった。

現地のインフラを整えたし、経済発展もあったし、衛生状況も改善させただろうという典型的な「植民統治領時代に良いこともやった」論であり、問題化した。「引揚者のことを忘れるな」と訴える「正しい記憶に懸《か》かる法律」であるに加えて、植民地主義フランスのマグレブ地域での蛮行を美化する「歴史修正主義的法律」でもあるではないかと、歴史学者や引揚者団体を巻き込んでの議論が巻き起こった。これは「記憶のための法律」なのか、それとも「記憶の改竄のための法律」なのか、というわけだ。アルジェリア大統領からも「修正主義に近い精神的盲目」と手厳しい批判が飛んだ。

「じゃあ君は引揚者擁護法をやったのか。論点はもちろん……」

「第四条が廃案になるかどうかですよ。あれはまだホットな話題だったしね。高校何年だったかな……。あの後すぐにサルコジが大統領になったんだけど、あの時は本気で驚いた」

ジャンゴが言っているのはメカチェラ法第四条の廃案、削除について議論されていた当時に、内務大臣だったニコラ・サルコジが二〇〇五年のパリ郊外暴動事件に際して、暴動に参加した移民層の青年たちを「社会の屑《くず》」と吐き捨てたことである。

この暴言が社会的な大反発を巻き起こした。暴動の激化が社会不安を煽り、社会階層の亀裂はいっそう強まる。こうした事態に支持を得がちなのは保守派の断言と扇情である。議会内でも分裂が拡大し、左派が提案した「メカチェラ法案の歴史修正主義的な第四条削除の提案」が、中道右派連合の働きによって否決に追い込まれたのだった。

こういう事情で、きたる二〇〇七年の大統領選の出馬を睨んでいたサルコジ内相が旧植民地アンティール諸島の訪問を現地から拒否される。

結果としてシラク大統領政権下の議会では二転三転があったものの、右の第四条第二項、「フランスの果たした肯定的な役割を学校で教育する」件《くだり》は最終的には削除となった。

この混乱の中でサルコジ内相は「問題の法案の何が問題なのか判らない」だとか「理由もなく改悛を一般化することに繋がる」という主旨の発言を繰り返し、火に油を注ぎ続けていた。ジャンゴが言った「本気で驚いた」というのは、この内相が暴動のわずか数年後に思惑どおり共和国の大統領に就任することになった件である。

「記憶のための法律なのか、記憶の改竄のための法律なのか……か」

「もう一点の問題はジャック・シラクの肝煎りで政府が憲法評議会に諮《はか》ったことだな。何が覚えておくべき記憶なのか……何が正しい歴史なのか、それは議会で議決するべきことなのかどうかということだ」

「そうか……歴史修正主義が条文に盛り込まれてるってことばかりじゃないですよね、そもそも覚えておくべき歴史ってのを議決するってことそのものが……なんていうか出過ぎたことと言うか……」

「立法府の僭越《せんえつ》に当たらないかってことだな。これは司法の方からも僭越とする議論はあってバダンテール・ドクトリンというやつだ。覚えてるだろうな?」

「生憎《あいにく》存じ上げませんが。誰ですって?」

「ロベール・バダンテール。元司法大臣だよ」

「判子の番人ですか」

国璽尚書《こくじしようしよ》のことをジャンゴは巫山戯《ふざけ》て言った。

「元憲法院院長と言った方が通りがいいな。憲法の番人と言ってあげてほしいもんだ。ル・モンド紙に『議会は裁判所ではない』というタイトルで寄稿してて、これが結構影響力を持ってるんだよ。たとえばさっき君も挙げていたけど、『アルメニア人ジェノサイド否定表現規制法案』ってのがあるだろう?」

「名前だけは……」

「本当に頼りないな。まあ、廃案になったんだが」

「廃案になったもののことまでは知りませんよ」

「もともとアルメニア人ジェノサイドを認める法律ってのがあったんだ。これは一九九八年に一度発議されて下院は通ったが上院の慎重論に引っかかった。そいつが再び発議されて二〇〇一年に今度は成立したんだな。実に一条きりの法律で、条文は『フランスは一九一五年のアルメニア人ジェノサイドを公式に認める』と言うんだ。虐殺があったということを法律で『史実』として認めようっていう法案だった。まさしく『記憶の法律』ということだ」

「なるほど……『史実』を議会が議決したってことになるわけですか」

「トルコ政府が認めていないんだけどな。これでトルコとの国際関係がちょっと悪くなったんだ。そして、この法案に処罰規定を足した法案がさらに後年に何度か発議された。要するに『アルメニア人虐殺否定論に与《くみ》した言説に刑事罰を科す』ってことだな。例によって上院で引っかかったりはしたんだが、紆余曲折あって二〇一二年には両院通過した」

「ほぼ成立ってことですか。でも通らなかったと」

「通さなかったのはここでも憲法院だ。論点はいろいろあったが、憲法院がとくに摘示《てきし》したのは『表現の自由の侵害』についてだった。法案の第一条を出せるかな？」

「出るんじゃないかな。ちょっと待って……」

「六法の条文がその電話機に入ってるのか？　たいしたもんだ。曲がりなりにも警察番だな」

「ブラウザの検索機能って知らないんですか？　携帯《ポルターブル》のことを電話機って呼ぶ人、久しぶりに見ましたよ。えぇと……第一条『法典第二一一－一条で定義され、フランスの法律でそれと認められたジェノサイドの罪の存在に異議をとなえ、または過度に矮小化した者には、一年の禁錮《きんこけい》刑あるいは四万五千ユーロの罰金、あるいはその両方を科す』……これだけの法律ですか」

「前半に言う『フランスの法律でそれと認められたジェノサイド』っていうのが、さっき触れた『アルメニア人ジェノサイドを認める法律』しか無いんだよ。それで事実上アルメニア人虐殺否定論を罰することだけが目的の法案になってたんだな。これを違憲とした憲法院の判決は要するにだな、立法府がみずから『これは犯罪です』って決定したことについて、そんな犯罪本当にあったのかと聞いたり、異議を申し立てたりすることを処罰するというなら、それは表現とコミュニケーションの自由への違憲的な侵害となるって言うんだ」

「まあ、こうしたものだと知ってはいますが、もう少し平たく言えないもんですかね？」

「議会が事実ですと認めたことについて、それは事実ではないと言えば罪に問われるというのなら、議会の事実認定がすなわち強権を持って事実性を自らに保証できることになるだろ。循環論なんだ。憲法院の言い方で言うと『立法者は違憲的な侵害をしている』ということだ」

「いや、しかしそんなマッチポンプは法律の世界に普通にありませんか。ゲソ法だって同じ論理で違憲になるんじゃ？」

「この辺に法解釈のアクロバットってものがあってだな、第一にゲソ法の違憲性を憲法院に付託《ふたく》するには『重要性要件』ってのがあるんだが、ゲソ法についてはこれを満たさず憲法院に付託できないとする破毀院《はきいん》の判断がある。ホロコースト否定論はじっさい危険なんだから、ゲソ法には法益があるだろってわけだ」

「法益があるから違憲的な部分は我慢しろってことですか」

「大ざっぱに言えばそういうことだ。それから法解釈のアクロバットという点ではホロコーストの認定っていうのは立法府が行ったものじゃあない」

「じゃあ誰が行ったものなんですか？」

「ニュルンベルク裁判だ」

「国際裁判で認定されたってことが御墨《おすみ》付きになるんですか？」

「バダンテール・ドクトリンに従えばな。『アルメニア人ジェノサイド否定表現規制法案』は立法府が定義して、認定して、それで逆らった奴には罰を与えると言っている。立法府が事実性を争ってはいけない大文字の『事実』を宣言できるとしていることになる。これは立法府の僭越であり、立法府には何がジェノサイドであるか宣言する資格なんかないだろうということだ」

「じゃあ、誰にならその資格があるんですか？　ニュルンベルク裁判にですか？」

「そういうことになる。四角四面な判例主義だが、立法府の決めることではないというのは、ぎりぎり納得出来るかな」

「じゃあ、最終的には国際法廷が決めるっていうんですか？　それ説得力ありますか？」

「納得出来なそうだな。けっこう影響力のある立場からの意見だが」

「当たり前ですよ。史実って何なのか、正しい記憶、守るべき記憶ってのが何なのか、それは司法判断の専権だっていうなら、裁判所こそ僭越じゃあないですか？」

「では誰が決めるべきだと思う、君は」

ジャンゴは挑戦的に見つめてくるレオンを見返して息を呑んでいた。

記憶……正しい記憶……忘れてはならないこと。

それを定義するのは立法府ではないだろう。では司法なのか。いや史実というものは裁判で決めうるものだとでも言うのだろうか？　そのどちらでもないなら……よもや行政府の責任なのか？　いや三権の相互監視がどうとかいう問題ではない。歴史……記憶……それはもっぱら国家のものであるというわけではない。いや、それどころか断じて国家のものではない。それは個人的なもの、すぐれて個人的なものではないのか。これ以上に個人的なものは無いと断言出来るほどに。

それならばどうやって決めるのか？　国民全員で決めるのか？　例えば国民投票でもして？

「それは……歴史学のコミュニティとか……」

「本当にそう思う？　史学者の中にもホロコースト否定論者なんか普通にいるし、なんなら国境を跨《また》げば両側にまったく相反する歴史が語られていたりするものだろう？　歴史観ばかりじゃなくてさ、それを罪や罰と結びつけるならどうする。歴史学に罪状や量刑まで考えてもらうのかい？」

ジャンゴはばつの悪そうな表情を浮かべた。自分でも腑《ふ》に落ちないことを言ったのは判っていた。

歴史……記憶……本当にあったこと……本当にあったこととして自分に刻まれていること。

それは誰が決めるものなのだろうか。誰に決められるものなのだろうか。


レオンとの議論を事細かに語った訳ではなかった。ただ上司にこんなことを言われたよ、とあらましを告げただけだったが、ゾエは興味深そうに聞いていた。

テーブルの上に頬杖を突いて、ときどき冷めてしまったジャンゴのマカロニに手を伸ばしていた。

ジャンゴがときおり戸惑ったような表情を見せるのを、彼自身が困惑を感じている件に差しかかるのを、面白そうに皮肉な笑顔を浮かべて見つめていた。

「『記憶の法律』……『記憶の改竄を阻止する法律』かあ」

ゾエはジャンゴの言葉を繰り返している。

「自分でもちょっと混乱してきたのは判ってんだけどさ……」

「誰が決めるべきか、なんて訊かれても困るよね」

「誰かに『付託』出来るものなのかどうかって気もするよな」

「そうねえ。記憶と言えばやっぱり個人的なものだし？　誰にも付託なんか出来ないかもしれないけど、歴史ってなると、公共的というか、皆のものでもあるっていうか……」

「だからと言って合議によって決めようってことになるかな？　それじゃ立法によって『史実』を決めていいって流れになってしまわないかい？　そもそも、そこに関する疑問から始まった話なのに」

「だけど史実って、ある程度大勢の人で共有してなければ意味がなくない？　わたしだけが知っている、わたしだけが信じている『史実』なんてあるのかな」

「大勢で共有していればいいのか？　そんな多数決みたいに？」

「多数決ってわけにはいかないよね。あとはアカデミックな議論が必要になるのかな。でも史実ってそもそも絶対に客観的なものが先験的《アプリオリ》に存在しているものではないじゃない？」

「それはまあ、そうだよな。歴史家に聞いても『真実は一つで不変』とは請け合ってはくれるまい。いろいろな切り口があるとか、多様な見方があるとか、そんな話になるんだろうな」

「現代歴史学の基本的テーゼだよね。歴史は観る者の目の中にあるっていうのは」

「そこに客観性ってものは永遠に担保されないもんなんだろうか」

「ずいぶん素朴《ナイヴ》な疑問だね」

「ただ、起こったことは一つなんだよな。たった一つで一回きりだ」

「歴史は繰り返すって言うじゃない」

「何回目かの繰り返しであるかも含めてたった一度の出来事だよ」

「それはそうかもね」

「でも、これが『歴史』である、『正史』であり、『史実』であるって基準がなかったら困るんじゃないか？」

「何に困るのさ」

「だって、それに基づいて何かの判断を下していく訳だろう？　歴史ってものは未来の判断への基準であり、補助線となるわけじゃないのか？　そうでなければ歴史なんて何のために学ばなきゃいけないんだ？」

「学ばなきゃいけないって……面白いからってだけじゃ駄目なの？」

「歴史ってのは何かの拠り所になるから意味があるんじゃないのか？　何らかの意思決定の……判断の根拠になるんでなければ」

ゾエはちょっと首を傾《かし》げている。

「なんらかの基準になる、判断の根拠になるっていうんなら、やっぱり学問的な議論の中で少しずつ正確性、客観性を研ぎ澄ましていかなきゃいけないんだろうね。そういう意味では歴史学のコミュニティに正史を委《ゆだ》ねるのは消極的には正解なんじゃないのかな。だって歴史学は営々そこについて議論を重ねてきた訳だし、これからの訂正や修正に堪えなければならないっていう学問上の規律《ディシプリン》があるわけでしょう？」

「これが正解と『議決』するよりはましってことか」

「だって新資料の発掘によって歴史観が刷新されることなんか、普通にあることじゃない？　というか歴史学の仕事ってそれに尽きるんじゃないかな。もはや触れることのできない過去の一回性の出来事、もう決して辿りつき得ない歴史上の『事実』に、出来る限り漸近《ぜんきん》するための不断の彫琢ってのが史学の仕事でしょ。だからこそ『史実』っていうのは目下の定説ということに過ぎないのかもね」

「君がやっている古典学なんていうのもそうしたもんなのかな」

「そうだね。失われている原テキストに、量も質も様々な遺稿をもとにして漸近していくっていうのが文献学の手続きだから。現時点での定本となっているテクストを覆《くつがえ》すような新資料が出てきたら、喜びこそすれ、学説の訂正に躊躇《ためら》うことはないんじゃないかな。たぶんだけど、みんな面白くなってきたって目を輝かせることになると思う」

「文献学の方じゃあそんな料簡になるのか」

「文献学っていうのも正しい記録と改竄された記録の間に何かを確かめていく作業だから、似た部分はあるかもしれないね。ちょうどそんな話が今日の話題なんじゃなかったかな」


思わぬところから、先日から考えて居たことに繋がった。今晩、ゾエと待ち合わせをしていた理由はシャイェの『リモージュの聖マルシアル楽派』を借りるということばかりではなかった。

リュシアンの報告を受け、文化部の取材を受ける段取りになったところで、ジャンゴは「報告」の中に頻繁に登場するアデマール・ド・シャバヌという人物について、ちょっとでも知っておかねばならないと思ったのだった。なにしろ彼こそ問題の中世典礼音楽の作曲者で作詞者なのだ。しかし中世ラテン語で書かれた彼の著書を繙読《はんどく》するというのは荷が重いし、現代語訳も無味乾燥でどうにも食指が動かない。

　こういう時にジャーナリストのジャンゴの考えることは一つで、それは既に読んでいる奴に話を聞くということである。その辺のことに詳しい者、取りあえずアデマールのことを知っている人物として、ジャンゴが白羽の矢を立てたのがゾエ・ブノワ嬢だったというわけだ。それで本の受け渡しといっしょに、簡単なレクチャーをお願いしていた。

　ここで妙な具合に話の平仄《ひょうそく》が合ったのは偶然だったのだろうか。

　なぜならアデマール・ド・シャバヌは——前回に会った時にゾエが言っていたところでは——偽書捏造《ねつぞう》の廉《かど》で後代に知られている毀誉褒貶《きよほうへん》の囂《かまびす》しい歴史の改竄者だったというのだから。

　正しい記録と改竄された記録。それをめぐってアデマールはどんな役割を担っていたというのだろう。

「要するにそいつは坊さんだったんだよな」

「十、十一世紀の中西部では名うての文人僧侶ってことだね。問題の聖マルシアル楽派の大修道院に所属する僧で、中世文化都市リモージュの中心人物、リモージュ中興《ちゅうこう》の祖の一人ってことになるよ。単なる聖職者っていうよりは遣り手の政治家みたいなかんじもあるね」

「本を書いたってだけじゃないのか」

「もちろん『アクィターニア年代記』、それから『フランク年代記』の著者としても知られているけど、リモージュ司教座の権威付けのためにすごく精力的に立ち回った人なんだよね」

「遣り手の政治家ってのはなんなんだ。中世の坊さんってのはそんな感じなのか？」

「だって中世に権力や富が集まっていたのは、王権と教会だからさ」

「そういうものか。たしかになあ。『三銃士』なんか読んでると枢機卿《すうききょう》ってのが暗躍してて、坊さんってのも生臭いものだなと思ったもんだが……」

「『三銃士』のリシュリュー枢機卿なんてのはいい例だよね。高位階の聖職者っていうのは良きにつけ悪しきにつけ、えらく政治的に立ち回るものじゃない？　深紅の衣は権力の証《あかし》だよ。中世の教会は騎士団を持ってたり、銀行を持ってたり、武力も財力も下手な地域諸侯より上だったりするから」

「アデマールもそんな器《うつわ》ってことなのか……学もあれば弁も立つ、財力も実力も備えた生臭坊主」

「中西部ヴィエンヌ川流域では音に聞こえた実力者ってことになるだろうね」

「それで彼の『年代記』には捏造が多いとかいう話なのかな」

「いや、それがね、もうちょっとえぐい捏造を繰り返していたっぽいんだよね」

「えぐい捏造？　史実を曲げたとかそういうことじゃなくてかい？」

「あのね、アデマール・ド・シャバヌはね、イエス・キリストの使徒をひとり捏造しようとしていたんだよ」

「使徒を？……捏造？　どういうことだい」

「このアデマールがリモージュ中興の祖って言ったよね。それじゃあガロ・ロマン時代の植民都市アウグストーリテムが、中世の護教都市レモウィケンシスに発達していった由来は知ってる？」

「リモージュの教会の初めってことか、それはあれだろ、そこの……」

とジャンゴが遠く指さしたのは、彼らが差し向かいになっているブラッスリーに面した共和国広場、そしてそこに賑々《にぎにぎ》しく繰り広げられているクリスマス・フェスタの向こう、いまは立ち並ぶ丸太小屋の列に遮られて見えないが、広場の反対側の果てにある遺構だった。共和国広場の西の一隅《いちぐう》は聖マルシアル修道院の跡地であり、聖マルシアルの納骨堂《クリプト・ド・サン・マルシアル》の遺跡がある。このほどの再開発で現状は埋め戻されているのだが、折に触れ考古学会に予算でもおりると、その一角では公園になっている表土を取り去って再発掘が始まるのだ。年嵩のリモージュ住人なら、広場の一角に地下への入り口があって、地下納骨堂がしばしば解説付きで一般公開されていたことを覚えている者も多いだろう。リモージュ市が一九六〇年代に広場に地下駐車場を併設しようとしたときに掘り当てた、リモージュ最古の遺構の一つだ。

ジャンゴが指さしていたのはもちろん、聖マルシアルが埋葬されていた納骨堂のところであった。

「聖マルシアルはいくら何でも御存じね？」

「リモージュに暮らしてて知らない訳にもいかないだろ？……たしか三世紀だっけか。初期ローマ帝国がガリア一帯への植民市を組織化していた時代の人物だよな」

この聖マルシアルが中世のキリスト教都市リモージュの信仰対象の一人であり、この街では特別に聖別されていること、初期レモウィケンシスを象徴する人物として、いまも多くの地名、施設名に名を残していることは既に触れた通りだ。

「ローマ皇帝デキウスの迫害の時代……紀元二五〇年のころにガリアに派遣された七人の宣教師の一人で、もちろん派遣の目的はガリアの教化。これはトゥールのグレゴワールをはじめ何人かの歴史家が書き残してる」

「どこのグレゴワールだって？」

「グレゴリウス・トゥーロネンシスだよ、六世紀のトゥールの司教。知らないの？」

「トゥールって街のトゥールか。どこの塔《トゥール》のおっさんの話かと思ったよ」

「『フランク族の歴史』のグレゴワールのこと」

「坊さんはだいたい似たような本ばっかり書いてるんだな。まあ、こっちはトゥールのことまでは手が回らないからな。君に任せておくよ」

「歴史家としての重要性はアデマールの比じゃないよ、メロビング朝期の同時代的証言を残してるんだよ！　その著述もフランス人なら……ましてジャーナリストなら常識だと思うんだけど……なんでわたし、こんな人に手を貸してんだろ」

「俺が何も知らないからこそ、君の助けが必要なんじゃないか。それで何だよ、聖マルシアルはリモージュの蛮族を教化するために三世紀にやってきたって話でいいんだな？　それが『正史』ってわけかい？」

「かなり信憑性《しんぴょうせい》の高い証言なんだよね。グレゴワールの著作は」

「含みがある言い方じゃないか。アデマールの方はそうじゃないのか」

「なんか筋金入りの嘘つきって感じなんだよ。十一世紀の文人僧侶アデマールはね、アウグストーリテム改めレモウィケンシスの教化上の中心人物、象徴だった聖マルシアルのことを、もっとフィーチャーして地方都市リモージュの護教的求心力を強めようと思ってたみたいなんだ。それで司教区の力を強化しようとしていたわけだね」

「いや、もともと聖マルシアルはリモージュ司教区内での象徴的存在だったたって話だろう？」

「他所《よそ》には知られていないじゃない。もっと全国区の……なんだったらローマ法王庁でも傅《かしず》くような大存在に持ち上げようとしていたわけ」

「ローマ法王庁が、こんな田舎町に左遷《させん》された宣教師になんで傅くんだよ」

「そうだよね、そんな訳ないだろって思うところなんだけど、アデマールはね、聖マルシアルはイエス・キリストの十三番目の使徒だってぶち上げたんだよ」

「十三番目の使徒？　使徒ってペテロとか、ヨハネとか、アンデレとか、ああいう奴か？」

「そう。最後の晩餐の席上にもいたって言って」

「イスカリオテのユダとも一緒にか？　無茶言うな、三世紀の坊さんがなんで最後の晩餐に出席できるんだよ。二百歳以上も生きてたっていうのか？」

「まあ聖書には何百年も生きてた人はいっぱい出てくるけどさ。メトセラは享年九百六十九だっけ」

「それにしたって……そのトゥールのグレゴワールは真面目な歴史家だったんだろ？　そっちの証言が確かなら……ローマ教会は二百数十歳のお爺ちゃんをこんなガリアの辺境まで蛮族の教化のために送り出したって言うのか？」

「いや、アデマールって人はその無茶を通そうとしていたんだよ。まずは『ウィタ・アンティクィオル（Vita antiquior）』――つまり『元祖 聖マルシアル伝』なんていう本をでっち上げちゃって。その中の記述で、聖マルシアルの生きてた時代を百年以上昔にスライドさせていたんだ。キリストの十二使徒と同じ資格で勝手に『列聖』してさ、そして十三番目の使徒、聖マルシアルは第一使徒、聖ペテロから直々に宣教の命を受けてアウグストーリテムにやってきたという……」

「子供のつく嘘じゃないんだから……通るわけないだろ。なんでそいつが後々三世紀頃の司教だって記録されるにいたるんだ」

「そこはそれ、途中でいろいろと奇跡とかがあってさあ、長生きするんだよ」

「確認しときたいんだけど、これは笑い話じゃあないんだよな？」

「それで十世紀半ばには『元祖 聖マルシアル伝』は修道院の火事で焼失しちゃうんだけど、今度は聖マルシアルの後継者だった司教アウレリアーヌスの筆と偽《いつわ》って新版をでっち上げたりしてね」

「アウレリアーヌスって、肉屋街のオレリアン小聖堂のアウレリアーヌスかい？」

「そうその人。リモージュで二人目の司教様だったんだ」

「じゃあ、やっぱり三世紀の人ってことだろ」

「そのアウレリアーヌスが書いたという触れ込みで、『新版 聖マルシアル伝（*Vita recentior*）』、あるいは『増補版 聖マルシアル伝（*Vita prolixior*）』っていうのが前著の衣鉢《いはつ》を継ぐんだけど……」

「それもアデマールの捏造なのか？　ずいぶん増長してないか？……あのさ、受けを狙って俺に嘘を言ってるってことはないよな」

「わたしが言ってるのは全部本当だよ。少なくともそう書いている本はいまジャンゴの手元にあるよ。……それで『増補版』では、我らが聖マルシアルは聖ペテロと聖ステファヌスの従兄弟《いとこ》だったたっていう設定で、そこではラザロの復活の場にいたとか、最後の晩餐に出席してたってのもこの本の中の話、あとイエスの足を洗ってやるエピソードで水と布地を持ち寄ったのが聖マルシアルだったとか……」

「好き放題言ってるな」

「もう奇跡のオンパレードでさ。『リモージュのヴァレリー』って知ってる？　『頭を持った聖女《セファロフォール》』ってやつ」

「サン・ミシェル・ド・リオン教会のレリーフの奴だろ。切断された自分の首を掲げて聖マルシアルに見せてるっていう……」

「敬虔《けいけん》なクリスチャンであるヴァレリーは異教徒の男と結婚するのをお断りするんだけど、激昂《げっこう》した男に首を一撃の下に断ち切られちゃうんだよね。すると奇跡が起こって加害者は落雷を受けて即死、かたやヴァレリーの方は自分の首を携えて聖マルシアルのミサが行われている井戸のところまで辿り着く。そして祈りを受けて平穏な死を迎える……」

「そんな話だったよな」

「これも『増補版』の中の逸話」

「本当かよ。すごく有名な話じゃないか。『黄金伝説』のなかの一挿話かなにかと思ってたんだが……」

「なんか、護教逸話集全般っていうか、本家の『黄金伝説』そのものの方も馬鹿ばかしく思えてきちゃうよね」

「それもこれもリモージュの司教座の権威付けのためなのか。なんとも厚かましい坊さんだな」

「いや、アデマールの厚かましさはそんなものじゃないんだよ。聖マルシアルなんていう使徒が本当にいたのかって疑問に思ってた人ももちろん当時からいてさ……」

「そりゃいるだろうな。むしろリモージュの修道院の連中こそ寝耳に水だったんじゃないか？　そいつらに取ってみれば聖マルシアルはリモージュに一番に足を踏み入れた宣教師の先人に過ぎないんだろう？」

「それで公然と議論を挑んだ神父もいたんだけど、アデマールは自説を強弁して、あまつさえ『嫉《そね》み深い連中の陰謀にたぶらかされて法王が異を唱えるとしても、ローマ法王よりは神に従った方がよいのではないでしょうか。なぜってローマに法王がましますよりも以前にマルシアルが使徒であったのではないですか？』などと嘯《うそぶ》いていたんだって」

「なるほど厚かましいこと極まりないな」

「そうこうするうちに管区会議で聖マルシアルに使徒の資格を認めるという決定が再三なされてしまうんだね。地元にもこれに反発していた人はいて、たとえば当時の大僧院長ユーグ一世だとか、司教ジュルダン師だとか、はてはサヴォワワ、クリューズの小修道院館長ブノワ師だとか、結構司教座の中にも対立があったっぽいんだけど、アデマールがのらりくらりと立ち回っているうちに論敵がだんだんいなくなっちゃうんだよ。ユーグ大僧院長は亡くなって、ジュルダン師が法王庁に怪しい使徒列聖論を認めないでくれって言う手紙を書いたのに、返事をくれるはずの法王ブノワ八世が折悪しく代替のタイミングで、新法王のヨハネ十九世は使徒列聖を認めてしまう。そんなこんなでジュルダン師もアデマールと和解というか、聖マルシアルの使徒列聖を認めてしまうかたちになった。なんとなく外堀も埋まったし、それでアデマールは聖マルシアルのミサ曲を作ったりして、既知事項みたいに扱うようになっていく。聖マルシアルの典礼という新しい伝統を拵《こしら》えていた」

「立ち回りの上手な政治家だったんだな。しかし聖マルシアルの典礼と言えば……」

「アデマール・ド・シャバヌ自身の手になると目されているのが『ラテン語手写本九〇九』いわゆる『トロープス、セクエンツィア、聖マルシアルの儀式次第』」

「例のダイアステマ記法のやつか。するとリモージュで生まれたっていうポリフォニーの最初期の表現っていうのは、その希代の山師アデマールの捏造だったかもしれないのか？」

「グレゴリオ聖歌の並行オルガーヌムから、各地に多声法の発展が跡付けられる類例があるから、アデマールが無から創作したってことはないだろうし、ダイアステマ記法も一種共有されていた形式ではあったんだよ。だから音楽史の中に然るべく位置づけられる中世古楽の新展開の証言となっているってことには変わりないかな。でもそれが使徒、聖マルシアル以来リモージュに受け継がれてきた伝統的な典礼形式だって言ったら、多分騙《だま》されているってことになると思う。十一世紀の音楽的、文学的、宗教的リソースの集大成としてアデマールが世に残した、壮大な実験だったんだっていうのが穏当な評価じゃないかな」

「呆れた話だが、たいした奴ではあるんだな」

「怪しげではあるんだけど、山師と切って捨てるには、どうして大人物ではあったみたいだよね。そうした才気走ったところが『年代記』を物する理由にもなったし、音楽の歴史にも爪痕を刻印する理由にもなった。それからアデマールの尽きることのない野心が、聖マルシアル使徒列聖なんていう法王庁まで向こうに回した一大プロパガンダの動因にもなったんじゃないかな」

「聞けば聞くほど……とんでもない奴っていうか、面白い奴だったのかもしれないな」


十三番目の使徒がいた——そんな大掛かりなペテンを法王庁まで相手取って成立させていた希代の山師アデマール・ド・シャバヌ。それはまさしく歴史を……人の記憶というものを改竄して、時代も土地も超越した一つの物語を中空に生み出して見せた、畢生《ひっせい》の大博打《おおばくち》だった。

史実とはなにか。そもそも史実は存在するのか。ただ一つの、正確な歴史上の現実というものを、資料の泉の中から人は汲《く》み出しうるものなのだろうか。

今の話によれば、使徒、聖マルシアルという壮大なフィクションを成立させるために、根拠となる資料群そのものが捏造されていたというのだ。

レオンとの対話のなかでジャンゴは歴史の在《あ》り処《か》を見失っていたが、ゾエの語ったアデマールの逸話は、また違った意味で歴史の怪しさ、得体のしれなさを告げ知らせていた。

歴史とは——議会が真実を議決して、その「真実性」を万人に押し付けることが出来るようなものなのだろうか。

それとも歴史は——既存の判例に依拠《いきょ》して司法が判ずるべき法的決定のごときものなのだろうか。

あるいは、そら恐ろしい能力をもった一人の怪人が、自らの智慧《ちえ》と才覚と、それから時代精神を混ぜ合わせて、どこからともなく中空に生み出す壮大な虚像に過ぎないのだろうか。

「それはそうと、リュシアンがリモージュに寄るんだよね？」

「ああ、来週の初めにディディエと一緒に会う約束なんだ」

「その時に例の取材も受けるの？」

「そういう予定だ」

「わたしも同席していいかな」

「むしろ歓迎するよ。君がいなくちゃ話が始まらないからな。君はこの一件では常《つね》に導きの糸を引いてくれていた。感謝してるよ、わがアリアドネー。なんなら日曜版の写真にも収まってもらえないかな」

「それは遠慮しようかな。ともかくリュシアンの報告が届けば、あの鍵《かぎ》の紙片の意味がもう少し判るんじゃないかな。それを期待してるんだ」

「リュシアンの報告って、プレプリントはもう俺持ってるぞ」

「そうなの？」

「ディディエもすでに持ってるよ。君にも回しておこうか」

「一応リュシアンに聞いてからにしよう。論文のプレプリントって横流ししちゃいけないものだよ」

「そうなのか、そうだよな。まあ、リュシアンに聞いたら、彼が直接くれるんじゃないの。たかだか数メガバイトの添付ファイルだよ」

「その数メガのために研究者は血道を上げるんだからさ」

「馬鹿にしちゃいないよ。それを言ったら俺なんざ、たかだか一キロバイト足らずの短信を社会面に載せるために、東へ西へと駆けずり回ってるんだぜ」

「ご苦労なことだね」

「まあ、お互い様だ」

「それも歴史を記す苦労の一端なのかもしれないね」

「……へえ、そんな風に考えたことはなかったな。しかし記者が駆けずり回るのも正確な情報を伝えるための労苦には違いない。俺も歴史の記述の体現者だったんだな」

「当たり前じゃない。もうちょっと言論人としての自覚を持ちなよ。それから記事には嘘や捏造はなしでお願いしたいかな」

「せいぜい努力するよ。使徒は十二人で充分だしな。それはそうと、リュシアンとの約束、あとで詳細を送っとくけどさ、君は割と小柄だけど胃袋は健康かい？」

「どういうこと？」

「前回リュシアンをウィルソン広場のビストロに連れてったらいたく気に入ったらしくてね。今回もそこに行く予定なんだ。リムザン牛の重たいのを出す店なんだけど……知ってる？」

「知ってる。『ビストロ・大喰らい《グルマン》』でしょ。わたし駄目。あれ、食べきれない」

「じゃあ、店を変えるかな……」

「いいよ、主賓はリュシアンでしょう。彼の希望が第一だよ」

「じゃあ、せめてうんとお腹を減らしてきてくれよな」


文化部の取材はディディエのお膝元、音楽院《コンセルヴァトワール》のセミナー室で行われた。

リュシアンがあらためて音楽史におけるリモージュ楽派の画期性について縷々《るる》説明し、ダイアステマ記法の多声音楽《ポリフォニー》の誕生という主題を強調するのを、取材班は録音しながらメモを取っていた。綿の襤褸布《ぼろきれ》から漉《す》いた紙片を指で示しながら、新たに発見された中世音楽の原初の楽譜について語った件では、ウェブ版には数分のヴィデオを掲示すると言われ、リュシアンは同じ説明をなんどか繰り返させられる羽目になっていた。

紙片をアップで何枚か写真に収めると、黒檀《こくたん》の小箱を持ってならんだジャンゴとリュシアンの写真が撮られた。取材班はリュシアンから学会報告のプレプリントを受け取っている。

一段落したところで、帰りがけに取材中にはあまり立ち入った話にならなかった「小箱の出所」が改めて話題になった。

「これをあなたのお祖父《じい》さんが蒐《しゅう》集《しゅう》していたということですけど、どこで手に入れたものなんでしょう？」

「いや、よく判らないんですよ。もともと祖父は私が産まれる七年ぐらい前に亡くなっていて、私自身は面識というか、顔を見たことも無いんです」

ジャンゴは高校の教師だった祖父が戦後に山間《やまあい》の僻村《へきそん》に蟄居《ちつきょ》して暮らしていたことには触れたが、対独協力者の汚名のもとに、街を追われてほぼ遁世《とんせい》していたことは説明しなかった。

「もともと歴史の教師ですから、リモージュと音楽の歴史のことは知っていたんでしょうね。小箱は趣味で集めていたんじゃなくて、散逸資料の出所を意識して蒐集していたんだと私たちは考えていて……」

「どこで作られたものだったんでしょう？」

「リモージュ近辺のオクシタン文化圏なのは間違いないと思うんですけど、はっきりしないんです。家具指物師《さしものし》にも見てもらったんですけど、こういう黒檀《エベヌ》の木片象眼《ぞうがん》は割にポピュラーで、細工にもさして特徴はないそうです。金具類なんかに特別なものが使われていると工房を特定できるんだそうですが、蝶《ちょう》番《つがい》は革命期からあるような一番当たり前のもので、工業製品としても普通のものだそうで……」

「じゃあ工房の特定には至らなかった？」

「木材の方も含め、特徴的なものでもないんですよね。象眼の部分はだいたい黒檀と紫檀《したん》の組み合わせで、箱の材は多くは胡桃《くるみ》か花梨《かりん》です。花梨の小箱っていうのも北はアルザスから、南はピレネーまで、フランス中で作られているって話でした。リムザン地方でも花梨の家具はよくあるみたいですね」

「いつごろのものなんでしょう？」

「これでニスを塗ってあればニスの組成から時代が特定できることが多いんだそうですが、こうした黒檀細工《エベニストウリ》は表面にはニスは塗らないとか。木の風合いが売りなんで。これらは仕上げのつや出しは亜《あ》麻《ま》仁《に》油《ゆ》です。それから木工ボンドを使っていなくて、象眼部の接着は膠《にかわ》だとか……ただ、それが昔のものだからなのか、近年の製作だけど伝統工法にこだわってそうしたのかの判断がつかないって言ってました。あとは表面加工に紙やすりが使われている痕があって、それだと十九世紀以降っていうことになるんだけど、工房での製作時の細工なのか、後年に何かの理由で擦《こす》られたのかは判らないって」

「様式に時代性ってものはないんでしょうかね」

「象眼の図像が、絵ではなくて、抽象的なモザイクパターンですよね。こういうアラベスクな様式っていうのが黒檀細工師《エベニスト》の間では不動の流行で、時代の特定にはいたらないみたいですね。あとは木が使われているんだから、放射性炭素の測定でもすれば一発なんでしょうけど……指物師の肉眼測定では、まず遡《さかのぼ》っても十九世紀って言ってましたけど」

「それは何で分かるんでしょう」

「まあ百年物ぐらいの古さかなっておおまかな判断じゃないですか？　あと祖父が蟄居していた山村が木靴の産地だったんですよね。その辺の山間の村の工房じゃないかって聞いたら、そういう工房の職人は黒檀や紫檀は使わないって」

「なんででしょう？」

「木靴《サボ》職人《ティエ》は堅い木はあんまり使わないらしくて、なんでも工具がぜんぜん違うらしいです」

「なるほど……。これ、どういう風に買い集めていたんでしょう、お祖父さんは。特に取り扱いのある御用達《ごようたし》の家具屋でもあったんでしょうか」

「古道具屋や蚤《のみ》の市やなんかでこつこつ買い集めていたんじゃないかと思ってます。一つ、蝶番のところに荷札《エチケット》の針金が絡んでいるやつは、市の出品の痕跡じゃないかって」

「値札がついてたってことですか」

「ええ」

文化部の記者は「原初の楽譜の新発見」よりも、小箱を蒐集していた老教師の動機の方が気になっているようだった。それは小箱の蒐集によって生じた偶然の出会いだったのか、それとも紙片が畳み込まれた小箱を探していたのか。出来れば老教師がいかなる理由で小箱を集めていたのか、その背景を記事に組み込みたいと思っていたのかもしれない。

だがジャンゴとしても確たることは言えなかった。

彼はマルセルが小箱を集めていたのは、楽譜の蒐集のためだったとなんとなく思い込んでいたのだが、別段つよい根拠はなかったのだ。

文化部記者との応答を後ろで見ていたゾエがちょっと口を挟みたそうにしていた。彼女の方はマルセルの動機は楽譜蒐集だとまさに確信していたのだが、その話に言及するなら……ジャンゴの祖父の履歴をつぶさに物語らなければならないだろう。つまりコラボとして糾弾されたアルザス生まれのマルセルの人生を。ジャンゴから言い出すならともかく、傍《はた》からゾエがそこに口を出すのは憚《はばか》られたようだ。そんなわけで彼女はちょっと不満そうな表情で沈黙を保っていた。

取材班はディディエからも談話を取っていたが、取材自体は小一時間の短いセッションに終わった。取材班とジャンゴら一行は、ディディエをセミナー室に残し、連れ立って音楽院地上階の玄関ホールへ下りていった。ジャンゴと文化部記者が、取材の間中ちょっとしかつめらしく話し合っていたのは自分の職業を意識してのことだったのだ。何しろコティディアン紙の地方支局の同僚である。階段を大股で下りながら、すっかりざっくばらんな話しぶりに戻っていた。

取材の後、音楽院の傍のカフェで時間を調節したのち、ビストロに向かうことになった。午後の休業時間があけたばかり、ビストロの夕方の部の一番に滑り込む形だ。冬至の直前とあってカフェを出た時にすでにとっぷりと日は暮れている。

音楽院から県庁の裏の狭く緩い坂道を上っていく先は中心市街で一番標高の高い界隈だ。イルミネーションの夜道に白く息が煙ったが、冷凍倉庫の作業員みたいな分厚い防寒ジャケットを着ているジャンゴは坂道の登坂にうっすら汗をかいてしまった。ゾエは辛子《からし》色のショートジャケットに毛織りのショールを掛けているだけだが寒そうにはしていない。ただ白い鼻の先が赤く染まっていた。ブルターニュ出身のリュシアンはやや薄手のゴアテックスのジャケットだったが、聞けばブレストの秋冬も雨天が基本だという。なるほど雨はいつでも降るものという備えだが、内陸のリモージュの冷え込みの厳しさを甘く見ていたようだ。リモージュのこの天候なら備えるべきは寒風で、防水のフードよりは耳当てのある帽子である。

坂の突き当たりにパレ・ド・ジュスティス――リモージュ地方裁判所がある。その横手の広場のバスターミナルに面して、裁判所と陶芸七宝《しっぽう》博物館の間に問題のビストロが店を開いている。開店直後だというのに店の前には人待ちの列があった。店ではもう一人同席者が到着する予定だったが、まずは三人で列の後ろについた。

　裁判所の裏のオルセー公園でもクリスマス市が開催されているからだろう、界隈の人出は多く、ビストロも早くも満席に近かったが、待ち時間はさほどかからず入り口に近い席に通された。ジャンゴは人を待っていることを告げ、アペリティフの品書きを頼んで席に着く。

　ジャンゴ自身は例によって生ビールの注文だが、ゾエとリュシアンはキールなどを取っていた。つくづく上品だ。こうした人待ちの食前酒《アペロ》を「待ち人を急かす《サ・フェ・ヴニール》」と言う。この一杯が会食者を「来させる」と言うのであるが、案に相違せず、ジャンゴがビールで咽《のど》を潤し、上品組がキールをちびちび嗜《たしな》んでいるあいだに待ち人は程なく現れた。

　人を探している様子のダッフルコートの男にジャンゴが手を振る。中背でひょろっとした男は耳まで包んだフェイクファーの防寒頭巾とマフラーを取り外しながら近づいてきた。

　ちょっと猫背のその男が頭巾をとると、櫛《くし》で梳《す》いたような黒髪で、寒気に鼻を赤くしたアジア系混血《ミックス》の顔が姿を現す。ジャンゴが紹介しようとした瞬間に、その男はコートのポケットから出した丸まった塵紙《ちりがみ》で鼻を擤《か》んだ。

「こいつが――」途中で鼻を擤む音が邪魔した。「――電話帳。こちらがゾエ」

「初めまして、お噂はかねがね」とゾエ。やや席から腰を上げていたゾエと、電話帳は身を屈めてビズを交わした。それからゆっくりと「初めまして」と言った。

「ほんとの名前はなんとおっしゃるの？」

「ルイ」

「そう呼んでも？」

「『あなた《ヴ》』を止めてくれるなら」

「電話帳、こちらがリュシアンだ」

電話帳はテーブルの斜め向かいのリュシアンはややビズには遠いと見たか、握手に手を差し出したが、たった今鼻水のついた塵紙をポケットに納めた手を一瞥《いちべつ》すると、にやっと不敵に笑って拳を突き合う挨拶に変えた。

「ご機嫌いかが《モンタラマ》？」

「……上々《マットレ》だよ！　ブルトン語を知ってるんですか？」

「そりゃ結構《フィスカル》」と電話帳はさらに方言で応えた。

「ブルターニュ出身だなんて教えたっけ？」とジャンゴ。

「ブレストでしょ。ブルトン語の一番古いパトワが残ってるとこ」

「『フィスカル』っていうのは、ややナント寄りの言い方ですね」

「そうなんだ。教えてくれた奴はモルビアネだったから」

モルビアン県はブレストとナントの間である。

それからリュックを下ろすと席に座った電話帳は、向かいの二人の頼んでいたキールを一瞥して、

「それいいね」と呟き、立ち寄ったウェイターにキール・ロワイヤルを注文した。

「こういう時は『同じものを』って言うんだよ！　なんでもうちょっと高い奴をわざわざ選ぶんだ、何かの勝負でもしてるのか？」

リュシアンとゾエが笑うが、ジャンゴの不平は取りあわず、電話帳は卓上にまだ置かれていた『リモージュの聖マルシアル楽派』を手に取ってぱらぱらと捲《めく》った。表紙の裏の貸し出しカードポケットをちらっと見て、裏表紙に蔵書印を確かめている素振りがあったのでジャンゴは言う。

「どこかの公営図書館が放出したものかもな」

「メディアテーク・フランソワ・ミッテランが建った時に、市営図書館が資料を大量整理しただろうからね」

「トゥールを御存じなの？」とゾエ。

「今年出来たばかりですよ？」とリュシアン。

「メディアテーク？」とジャンゴ。ジャンゴにとってはメディアテークと言えばリモージュのものだ。一九九八年に落成したモダンな図書館――先だっての古楽コンサートのあった場所である。

「ちょっと待て、全員混乱してるぞ。いいか、ルイ・フェルディナン、人はお前の知っていることを知らないし、お前が知っていることも知らない。もうちょっと人に優しくしろ」

「トゥールの新しい中央図書館――メディアテーク・フランソワ・ミッテランは二〇〇五年に建ったばかりだから」

「リモージュのよりも新しいのか」

「そう、旧市街地のロワール川沿いから、サンフォリオン地区って言って……川向こうのベッドタウンの方に中心施設を移設したんだよ」とゾエ。

「その時に旧市営図書館《ビブリオテーク・ミュニシパル》が蔵書の放出をした」と電話帳。

「そうなのか？」

「したに決まってる」

「それはそうだよ、旧図書館はまだ開いてるし、建物も立派だけど、中身はもう細々としててさ、メインはサンフォリオン地区の新図書館に移ってるんだよ。そっちは建物も新品で蔵書も新刊を中心に犇《ひし》めいてる」

　ゾエの簡単な説明に、電話帳は軽く頷いて続ける。

「それで旧図書館の放出品をトゥールの古書商《ブキニスト》が拾い上げて店晒《たなざら》しにしてたのを見つけた」

「いや、カタログから注文したんだけど」

「同じことだ」

電話帳とゾエの応酬にジャンゴが口をはさんだ。

「それで、お前はなんでこれはゾエが手に入れて貸してくれたものだって知ってるんだ？」

「えぇっ！　ジャンゴが教えたんじゃないの？　はぁ？」ゾエが呆れたように言った。

「だってそうなんだろ？　この本はリモージュには音楽院かヴァントーにしかないけど、どっちも表紙にカバーフィルムなんて貼らないし、ページ中に直に蔵書印を捺《お》すならいだ。これは他所から来たもので、拵えは公営図書館のものだし、ゾエはトゥール大の院に行ってる。だったらゾエがトゥールで放出品を見つけて買ってきた。それをジャンゴが借りた」

「それは、まあ、まるっきりその通りだが……ちょっとまて、出来たばかりだってのは何の話だ」

と、ジャンゴはリュシアンを振り返る。応えたのは電話帳だった。

「メディアテーク・フランソワ・ミッテランはブレストにもある。今年落成したばかりだ」

「同じ名前の図書館が？　ブレストにもあるのか？」

「メディアテーク・フランソワ・ミッテランはポワティエにもある。フランス中にある。そもそもパリのBNがメディアテーク・フランソワ・ミッテランって名前だから」

「あ、そういえばそうだ。僕らBNとしか言わないけど……」とパリ在住のリュシアン。

「フランスじゃ新しい図書館に名前を付ける時はミッテランでいくってていうルールがある」

「そうなの？」

「ゾエ、騙されるな、こいつは真顔で出鱈目《でたらめ》を言うから」

「何でそんなことするの？」

「この先ジャック・シラクが亡くなったら新設のものはジャック・シラク図書館になる見込みだ」

「ニコラ・サルコジが死んだら、何に名前が付くんだ？　ゴミ焼却所か？」

電話帳は薄いリュックから薄いマックブックを取り出すとリュシアンに言う。

「学会報告のプレプリントって僕にも送ってもらえる？」

目を丸くしていたリュシアンは携帯を取り出して、電話帳が教えるアドレスにジャンゴやゾエに送った添付ファイル付きのメールを転送した。電話帳はその場でメールを確認している。

「リュシアンがブレスト出身だってのはなんでわかったんだ？」

「言ってなかったんですか？」

「パリ大の音楽史専攻の院生だとしか言ってないよ。あのな、俺は人のことを他人にべらべら喋るような奴じゃあないんだぜ」

「それじゃあ、なんで……」

電話帳はとんとんとキーを叩いてから、卓上に置いて、一同に見せるようにくるりと回した。画面にはウェブ検索結果がリスト表示されている。そして困惑顔のリュシアンに向かって電話帳は当たり前のことのように応えた。

「リュシアン・エーデルマン、nは二つ——はブレストの高校で何度も表彰されてる」

「ちょっと待て、随分早く出てきたな。いまキーに五、六回しか触らなかったんじゃないか？

『Lucian』の一語だけで何でここまで特定できるんだよ？」

「検索履歴をプールしてリストにしてある。一度検索した語句は冒頭五文字をタイプするだけで履歴から引っ張り出して表示するスクリプトを組んである」

電話帳は『自動化』の鬼であった。

「人はひとたび何かを検索すると、あとで必ずもう一度同じものを検索する。どうかすると検索結果の画面を消した直後にまた同じ語を検索するものだ」

「そりゃ、そうかもな」

「時間の無駄だがこれも人の常だ。だからまた同じ検索をする手間を省くために自動化した」

「ご苦労なことだな」

「苦労は減ってる」

ゾエは「そのスクリプトってやつ欲しいかも」と興味津々《しんしん》だった。

「いずれにしても検索かければすぐ出てくる世の中だ。リュシアンは悪いことはできないな。しかしやっぱり君も優等生だったか。そりゃまあそう思っていたけど、あれか、ゾエの『少壮古典学者賞』みたいなもんか」

「なんで知ってるの?」

「これはマチルドから聞いたんだ。ラテン語は得意なのかって訊いたら、当たり前だろって」

「ジャン＝バティスト、あなた、割に人から聞いたことを他人にべらべら言う方なんじゃないの?」

「だってそうじゃなかったら新聞記者なんか務まらないだろ?」

「今言ったことの舌の根も乾かないうちに! 自分の言ったことに責任を持ちなよ、それが職業上の誇りでしょ? あんたたち二人とも、もう信用ならないわ」

「西洋古典学だったか、なるほど。ゾエはアンラッキーだったね。ちょうど君が進学するころにセクションが無くなっちゃった」

「あの……これも……」

「俺は言ってない。トゥール大に行ってるリモージュっ子だとしか」きっぱりとジャンゴ。

「トゥールの大学院に行く理由がそれだったんじゃないの？　ゲイ・リュサック高校のグランゼコール準備級《プレパ》では、出来の好い学生で専攻したいセクションがリモージュ大になければ、だいたいパリかトゥールを斡旋《あっせん》するからね」

「ゲイ・リュに行ってたってのは……？」

「『少壮古典学者賞』をとるような子が他に行くとこある？」

「はぁ……なるほどね……電話帳って呼ばれる理由が判ったわ。電話帳っていうか、もう百科全書だね。十八世紀に産まれてたらディドロからお呼びがかかってたんじゃない？」

「こいつは百科事典には載ってないことがむしろ専門なんだよ」

リュシアンが目を輝かせていた。

「どんなことです？」

「卵の殻を割らずに中身を吸い出す方法とか、オレンジの皮でモンスターのマウスピースを作る方法とかだよ」

「それじゃお婆《ばあ》ちゃんの知恵袋じゃない」

「そっちに近いよ。お婆ちゃんは何でも知ってるだろう？　最近では湯沸かしのサーモスタットが壊れた時に、サーモを迂回《うかい》してシャワーの湯を沸かす裏技を教わったばかりだ。あれは役に立った」

「危なくないの、それ？」

「あとで修理にきた技術者と大家にめちゃくちゃ怒られた。二度とするなって」

「当たり前だよ」

「常に湯が出るようにはからうのは大家の義務だろ。修理を待ってたって時間の無駄」と涼しい顔で電話帳。

「実際にはどうやるんですか?」

「サーモの温度プローブを抜いちまって、湯沸かしタンクを監視しながら湯を沸かして、ここだってところで電源を切るんだ」

「それは……危ないですよ」

はっとしたようにゾエが声を上げた。

「そうだ。電話帳! マカロニの穴はどうやって開けるの?」

「穴なんか開けないよ、あれはもともとああいう形でマカロニの木に生えてくるんだ」

ジャンゴが言ったのは古典的な冗談だが、リュシアンが吹き出した。ゾエは黙ってろと言わんばかりにしかめっ面で応えた。

電話帳は唐突な質問にちょっと戸惑ったが簡単に言う。

「金型《ダイス》を先細《テーパー》にしてある」

「ダイス?」

「パスタは機械で練って、それに圧力をかけて金型の穴から押し出すだろ?」

「そうだよね、工場だと。切るんじゃないもんね」

「その穴が大きければリングィネ、中くらいならスパゲッティ、細ければカペリーニ」

「それでマカロニは?」

「金型の穴をドーナツ型にしなきゃいけないが……」

「それは無理だよね、真ん中の穴のところが宙に浮いちゃう」

「実際、ドーナツ型の穴にする。ただ『マカロニの穴』にあたるところ、真ん中の棒は細い羽《ブレード》で三ヶ所ほど、金型の穴の外側部分と繋がって支持されている」

　電話帳は手振りで示した。

「原発のマークみたいに？　それだとドーナツ型の穴にはならないよ。押し出したパスタがそのブレードのところで切れちゃう。マカロニじゃなくって『雨樋《あまどい》』みたいな形にしかならないじゃない？」

「それは穴の形を平面で考えるとそうなる。でも押しだし金型は立体だ。厚みがある。真ん中の棒とブレードは金型の入り口のところにしかなくって、金型の穴の方は棒が途切れても、もう少し先まで続いていく。そして出口のところをぎゅっと細く絞ってある。これに圧力をかけて生地を押し込んでいくと……」

「そうか、入り口のところで泣き別れになった樋《とい》みたいなマカロニが、出口でぎゅっと押し付けられて筒になるんだ。なるほど、納得。やった、胸の支《つか》えがとれたよ」

「胸の支え？」

「ジャン＝バティストがいい加減なことを言うからさぁ。気になっちゃって。マカロニの作り方ってネットで検索しても調理法しか出てこないんだもん」

「検索ワードが悪い。ここは『マカロニの金型《マトリス》』って調べなきゃ」

　それから安い発泡ワインをとって大皿の海鮮サラダをみんなでつついた。メインディッシュはもちろんリムザン牛の肩ロースだ。

　胃下垂で胃弱の電話帳は子牛のエスカロップを頼んでいたが、リュシアンとジャンゴはその選択を腑抜けめと侮蔑して、自分たちはもちろんバスコットを選ぶ。細身なのに健啖家《けんたんか》のリュシアンをも魅了してしまった、でかくて噛み出があって、食していると怪我まで治ってしまいそうな気がするような、力のある肉である。肩ロースの一番手《て》強《ごわ》いところでは一切れが五百グラムはある。焼き加減はお好みだが、ジャンゴの薦めはセニャン、つまりレアのややミディアム寄りというところで、これはサーロインならレアが好みの向きでも、バスコットでレアを頼むと到底嚙み切れないのが出てくるので注意が必要だからだ。表面がかりっと焼けているのが好きならミディアム《ア・ポワン》がいいだろうが、リュシアンも前回同様セニャンに挑むつもりだった。

なにしろ厚みが三センチ近くあるので、虎やライオンみたいに生肉そのものが食べたいのでないなら、激レア《ブルー》は避けた方が吉だ。嚙み切れないどころか、ナイフの歯が立たないぐらいなのだ。じっさいバスコットやアントルコットのような肩ロース部位を頼むと、ウェイターがナイフを専用のものに交換する。ふつう食事用のナイフというものに切れ味はそれほど求められていないのだが、リムザン牛のロース肉はレア気味に焼くと通常のデザートナイフでは切れないのである。専用ナイフは刃が鋭利で、鋸刃《のこば》がついている上に、力を込めやすい柄の太さになっている。これで筋膜や筋を引き裂いていかねばならない。こうなると、なかなかお上品に乙《おつ》に澄ましてはいられない。

同じビフテクでも、フォ・フィレやバベット・アロワイヨなら、それは「お食事」だが、バスコットは「闘い」だ。のんびりやっていると、嚙み切れない部分をもぐもぐ嚙み続けている間に満腹感に追いつかれてしまう。

ジャンゴのお好みのソースはホースラディッシュと大蒜《にんにく》だ。リュシアンは青カビチーズのソースにしていた。付け合わせは山盛りのフライドポテトと、申し訳程度のレタスである。

いち早く届いた男どもの厳《いか》ついステーキ肉を見てゾエはあきれ顔だった。

「バスコットって何が低い《バス》のかな。肩の背中側の部位でしょう？　言ってみれば牛の一番高いところじゃない、位置的には」

「キロ単価が安いってことじゃないか？」

バスコットの普通の用途はステーキではなく、ＢＢＱでの塊ごと直火焼きで、隣接部位に比べると少し安い値がつくことが多い。

「枝肉に解体してぶら下げた時に一番下だからだ」と電話帳。なるほど肉屋の冷凍倉庫ではそういうことになるのか。

ここでも安い赤ワインをフルボトルで頼んで、闘いは始まった。

ゾエはパスタの話を引きずっていたのか、「森林監視員のタリアテッレ」を注文していた。山採りの茸《きのこ》のパスタだ。ヤマドリタケ《セップ》や、クロラッパタケ《トロンペット・ド・ラ・モール》をクリームで和えてある。

「そんな気の利いた皿もあったのか。ここは肉しかないもんだと思ってた」

「メニューなんか見やしないんだね。肉の厚さと焼き加減とソースしか選択の余地がないんだ」

タリアテッレには縮れた黒い茸が塗されているので、それはトリュフかとリュシアンが訊く。「死のトランペット」だと言ったら、それは毒茸じゃあないんだろうねと驚いていた。確かに食用の茸にしては物騒な名前だ。

リュシアンから祖父の手稿の山から判ったことを、食事をとりながら聞き出すつもりだったのだが、悠長におしゃべりだけしてもいられないので、ただ鯨飲《げいいん》に馬食《ばしょく》を重ねて、ひたすら会食は慌ただしく、もっぱら肉との格闘のうちに時間は過ぎていった。

食後は腹ごなしにクリスマス市を冷やかして歩いたが、先刻の「闘い」のさなかに汗をかいていたので夜風にすこし体が冷えた。一行は屋台でクローブの沈んだホットワインを求め、それを手に公園を出てきた。そろそろリュシアンの電車の時間が近づいている。

クリスマス市のオルリー公園の出口の一つは、エーヌ広場というバスターミナルを兼ねたロータリーに下りる石段がある。ヴァカンス中とあって地元民の姿のない広場の石段に四人は並んで腰かけた。ホットワインを飲みきるまでの一休みだ。

ぺらぺらのプラスチック・カップを両の掌《てのひら》に包んで啜《すす》ると、夜風に湯気が立ち上ってスパイスの香りがあたりに漂った。

「リュシアンの見立てでは、結局黒檀の小箱の紙片は何だってことになったの？」

ゾエがカップに赤い鼻を突っ込んだままで、くぐもった声で訊いた。

「紀要に出す報告書では大要――リムザン地方の典礼音楽を纏めた手写本を引き写した筆写の一系統で、綿布紙が没食子《もつしよくし》インクの酸化によってばらけたもの、内容は羊皮紙手写本のよく知られたものとほぼ同一というのが暫定的な結論なんですけど……」

「だいたい初めに想定されていた線に収まったのかな」

「この資料の来歴にはもうちょっと入り組んだ事情があったかも知れないんですよね。まだ想像の域を出ないので、今回の報告書には盛り込まなかったんですが……」

「想像？　リュシアンは何を想像したっていうんだい？」

「写本系統の検討っていうのはどちらがどちらを参照したのか、それを時系列に整理するのがわりと重要な作業になりますけど、例の紙片、あれって、例えば『ラテン語手写本一一二一』の写しだとばかりは言えないかも知れないって思うんですよ」

「へえ、それはどうして？」

「時代的には綿布紙に書写するっていうのは十一世紀よりすこし下った時代のものが多いから、普通に考えれば羊皮紙写本を写したものって想定になるんですけど……紙片の一つに、アデマール・ド・シャバヌの手になる手写本には無い歌の一節があるんです」

「へえ？」

「オック語の祈禱《きとう》だと思しいんですが……」

「アデマールの『儀式次第』には無い……歌？」ゾエが身を乗り出していた。

「だいたい十一世紀から十二世紀にかけてのダイアステマ記法の原初の楽譜が載る写本……リモージュの聖マルシアル楽派と強い影響関係にあるものだと、アルビのサン・ミシェル・ド・ガイヤックのもの、ナルボンヌ大聖堂のもの、リモージュに近いサン・ティリックス僧院のもの、BNが所蔵しているものだけでもまだまだあるんです。オイル語圏のものでよければパリに近いサン・モール・デ・フォッセのグラデュアーレとかね」

「幾つかは聞いたことがあるな。音楽会の時にレパートリーに入ってた奴だよな」

「ええ、あれはアルビとナルボンヌでしたね。内容的にも音楽的にも、聖マルシアル楽派の典礼音楽と似た形式、似た発展段階のものです」

「類例は多いってゾエも言っていたよな」

「わたしは総覧してみたわけじゃないけど……」

「もうちょっとプリミティブなメリスマ歌唱だと、九、十世紀の手写本がいくつか残っているんですよね。スイスのサン・ガランのミサ歌集《カンタトーリウム》、エーヌ県ラオンのグラデュアーレ、スイスのアインシーデルンの交唱歌《アンティフォン》、エロー県モンペリエの交唱歌ミサ次第……アクィターニアの多声音楽に限らなければ、聖歌の『採譜』の例は各地に残っています」

「カトリックの典礼音楽ってことだろ、そりゃ、場所によって全然似つかないものにはならないだろうな。そもそも聖典が同じものなんだし、儀式っていうのは定義上保守的なものなんだから」

「聖マルシアル楽派になんらかの特殊性があるとすれば、まずは自由オルガーヌム唱法、それから独立声部のある合唱の萌芽《ほうが》――つまり二声、三声の異なったメロディの合唱です。十三世紀にはノートル・ダム楽派によってコンドゥクトゥスと呼ばれる多声声楽曲の形式が成立していましたが、その原初形態みたいなものが認められるってことですね。ディスカントゥスのことは話しましたよね。その最初期の例の一つとして音楽史に刻まれている」

「ディスカントゥス……」

「定旋律《カントゥス・フィルムス》と呼び交わすようにして歌われる対位旋律の配置のことです」

「対位法《コントル・プンクトゥム》の原初形態がもうここに見られるってことね」

「ええ、そういうことです。それが汎《はん》ヨーロッパ的に広まっていくことになったわけですね。それから聖マルシアル楽派の残したテクストの中で特筆すべきはオクシタン……オック語の歌謡」

「オック語か……それはこの辺から南にしか分布してないってことになるだろうな」

「知られているオック語の聖歌は聖処女信仰の賛美歌ですね。『おお、マリア様、神の母君（O Maria, Deu maire)』。御存じですか？」

「もちろん知らないが」

「その本にも出てくるよ」とゾエ。ジャンゴが小脇に携えた『リモージュの聖マルシアル楽派』のことだった。

「楽譜の掲載された音楽論の検討のパートはだいたい読み飛ばしちゃったからな……」

ゾエはその本を手に取ると、さっとページを繰って問題の部分を探し当てた。

ジャンゴはここでもおや、と感嘆した。隣にいる電話帳もそうなのだが、本を繰って関心のあるページを引き当てるのが異様に早いのだ。おそらく訓練によって身に付いたものなのだろう。

電話帳に関しては辞書を引くのがすさまじく早いことに、高校の頃にはもう気がついていた。指を舐めてぺらぺらページを捲ったりしないのだ。その単語はここにあるというページをずばっと開く。結構な特殊技能だと感心したので秘訣《ひけつ》を訊いてみたことがあった。なんでも電話帳は辞書のページは三回捲るだけで目的の単語に辿り着けるように訓練していたというのである。つまり普通の学生は、この単語はどこかしら、a、b、c、とアルファベットを辿って目的の項立てを見つけるまで何ページも彷徨《さまよ》ったりするわけだが、電話帳に言わせれば「それは時間と労力の無駄」。ともかく最大三回で問題の部分に辿り着けるように訓練しており、えいっと辞書を開けば誤差一、二ページでもう目的の単語の近くまで躙《にじ》り寄っているという具合に手と目を鍛えている。彼に言わせれば、これは「そうするという意識」と反復訓練だけの問題だそうだ。三回で単語に辿り着けなかった場合には、さらに捲って探し続けたりはせずに、一回辞書を閉じてしまう。そして、もう一度新規まき直しでずばっと辞書を開くところから再開するのだった。これを続けているとだいたい慣れた辞書なら三回で必ず問題の項立てに辿り着くことが出来るようになるという。

電話帳の慣れた辞書で実演してもらうと——それはオックスフォードの英仏辞典だったが、彼はジャンゴが適当に挙げた単語のページを全て、二回までで開いて見せた。ジャンゴからすれば手品みたいなものだ。

彼によると、そうすると決めれば誰にでも出来ることなのだそうだが、体得すればこれは確かに便利そうだとは思ったものの、ジャンゴは結局いつまでもページを捲りまくって辞書項目の森に迷っているのが止められずに今にいたるのだった。

だからゾエの検索能力の高さを見て、この子はやっぱり電話帳の仲間だったんだなとの認識を強めることとなった。

そんなことを考えているうちに、ゾエは『リモージュの聖マルシアル楽派』の該当ページをジャンゴに突き出した。横では電話帳が原本の方の『手写本一一三九』の写真版をスキャンしている。彼のことだから驚くほどのことではないが、問題の写本群の写真版がスタンドアローンのラップトップに既に保存されているのだった。今日の話に合わせて「持参」していたのだ。

それはラテン語ではなくオック語の賛美歌で、もうジャンゴにもお馴染《なじ》みとなったダイアステマ記法でメロディが明示されている。歌詞は一見すると普通の「アヴェ・マリア」のバリエーションに過ぎないようだ。ジャンゴ一人なら見過ごしてしまっただろう。だがここには古楽と文献学を事とする学徒と電話帳がいる。

彼らの指摘のもと、文言を辿れば、たしかにそれは普通のラテン語ではない。その歌詞は低地ラテン語系の一方言、オック語で書かれているのだった。

O Maria Deu maire, Deu t'es e fils e paitre
おお、マリア様、神の母君、神はあなたの息子であり父
Domna preia per nos to fil, lo glorious!
ご婦人よ、祈りたまえ、我らのために、あなたの息子、誉れある者に
E lo pair' aissamen Preia per tota jen,
それから父にも等しく祈りたまえ、諸人のために
E c'el no nos socor, Tornat nos es a plor.
そしてもし我らに救済なかりせば、我らは涙にくれるばかり

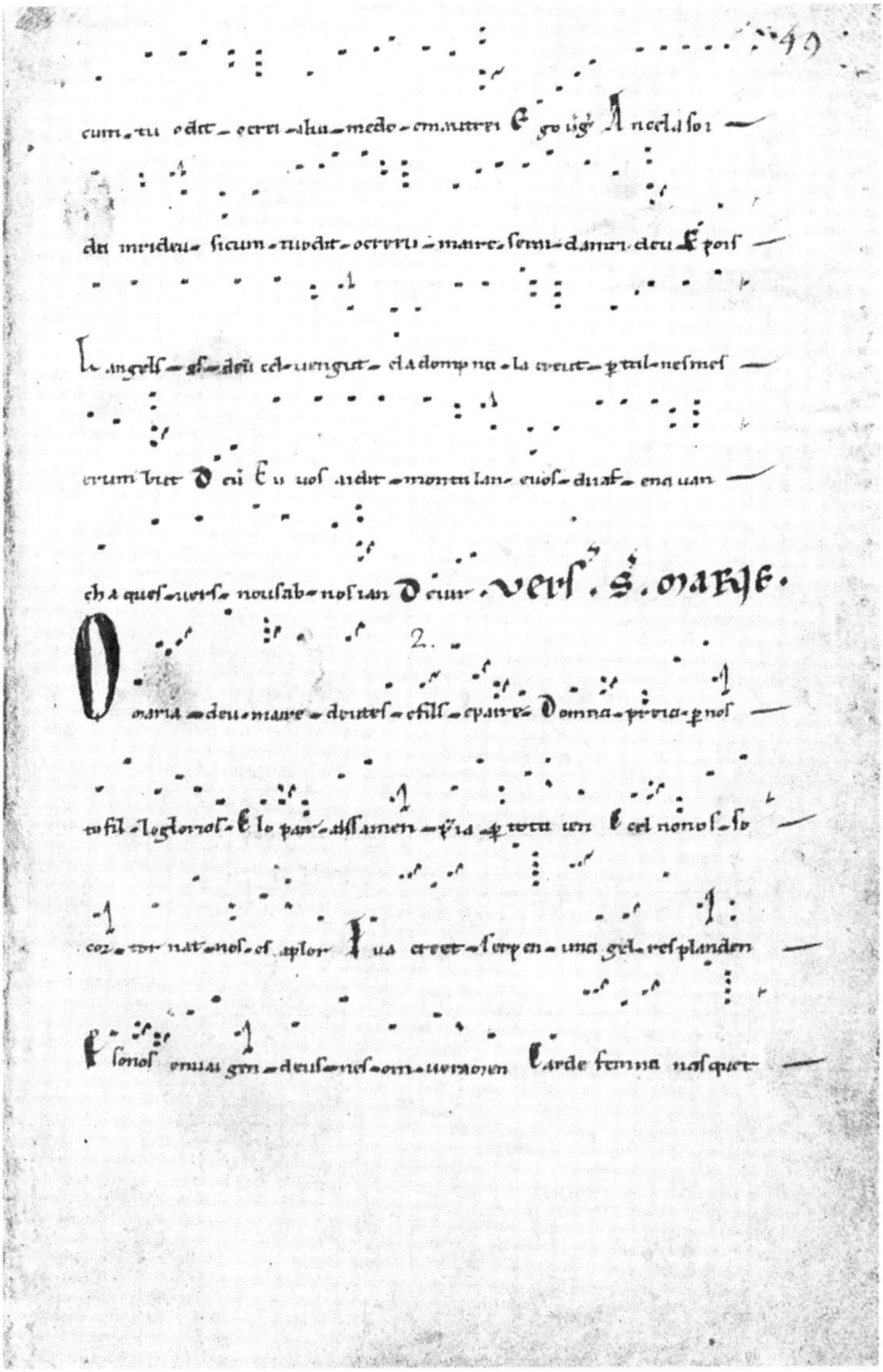

ラテン語手写本 1139

「なるほどラテン語じゃあないわけだ。そういわれなかったら気がつかないな」

「ポルトガル語だって言われても信じちゃいそうですね」とリュシアン。

「たしかにオック語はちょっとポルトガル語に近いね。スペイン語よりも」

ゾエの言葉には電話帳が頷いている。

「近代のロマンス系諸語よりむしろ元型のラテン語の方に忠実な形だからね」

「オック語の辞書っていうのはあるんですか?」

「勿論。リモージュにはオック語協会があるからね。いまでもオック語のミニコミ誌を発行してるし」

リュシアンの出身地ブルターニュ地方は、その名の通りブリタンニア、つまりイギリスの文化圏に近く、方言は言語的にはケルト語派に属している、こうしたラテン語の息吹《いぶき》がありありと残ったロマンス語系の方言は新鮮に感じられるようだった。

「この当時の典礼といえばラテン語が基本ですから、こうした『現地語』——土地の言葉の賛美歌っていうのは珍しいですね。こうした典礼次第に収録されているものとしては最も早いものの一つなんじゃなないかな」

「これ、メロディは特定されているのかい?」

「有名な『アヴェ・マリス・ステッラ』と同じ節だそうですね」

「Ave, maris stella, Dei Mater alma.(ご機嫌よう、海の星よ。神を慈しみたまう母)ってやつね」

「じゃあオック語版の替え歌だったのか」

「替え歌はあんまりですが、カトリック教会のお仕着せじゃあない、民間の中から出てきた地付きの歌謡ってことなんでしょう。これってちょっと興味深いじゃないですか?」

「カトリック教会はラテン語至上主義だもんね」

「そうなのかい？」

「だって現地の言葉の使用を良しとした第二バチカン公会議決議まで、ミサはどこの国でもラテン語で執り行うのがルールだし、聖典だって本物は流布版《ウルガータ》のラテン語テクストで、あとの各国語バージョンは言ってしまえば聖典の『翻訳』でしょう？」

「ええ、ですから、こうして現地語の賛美歌がこの時期にあって書き残されているっていうのはなかなか興味深いことですよね。それでなんですけど、こうした典礼音楽の地元ローカライズ・バージョンって他にもあったんでしょうか？」

「他にも？」

「例の鍵形紙片なんですけど、一つだけアデマール・ド・シャバヌの手写本や、その他のコデックスには収録されてない文言があるんですよ。僕が探しきれていないだけかも知れないんで、はっきりしたことは言えないんですけど……」

「そう言えば、ゾエもそんなことを言っていたよな」

「オクシタンの紙片はまだあったよね」

「一方は今見た手写本一一三九ですね。もう一方は今のところ由来不明で」

「それじゃ、それこそ新資料ってことになるんじゃないのか？」

「いえ、鍵形紙片の由来がまだ確かめられていないですから、すぐには決められないです。今回の報告では聖マルシアル楽派の典礼次第を記した写本――つまりアデマールのミサ曲集と内容の重複したものが一例を除けば全てということになりますから、その写本系列の一つの断片ではないかと疑われるというのを暫定的な結論としたわけですけど……」

「その問題の例外の一例っていうのは？」

「現物は今日お返しした箱に入ってますけど……」

そう言ってリュシアンは携帯電話の写真ロールから一枚の画像を選《え》り出した。小箱の中の鍵形紙片の一枚。一行の「歌詞」と上下をかたどる紙片のぎざぎざの線。様子は他のものと変わりがないようだった。

Nos do paradis gloria veramen

「なるほど？　『私たちに、まことに与えたまえ、天国を、誉れを』ってとこかしら」

「これもラテン語じゃないのか？」

「よく見てください、オック語だと思うんですけど」

「オクシタンだね。与格《よかく》の Nos（私たちに）だよ」とゾエ。

「そこはラテン語なら nobis になるところだ」と電話帳が請け合う。

「この文言がですね、典礼次第写本群に出てこないんですよ。今のところ。調査が網羅《もうら》的だとは到底言えないんですけど」

「君には修論の仕上げもあるしなあ。これにばかり拘《こだわ》ってはいられないもんな」

ゾエが首を傾げている。

「これだけ典拠が分からないってこと？　ちょっと変だね」

「どうしてだい？」

「だって他のは全て、アデマールの写本準拠になっているのに、これだけ例外ってことでしょう？他の例からすると、アデマールの写本と明らかに緊密な関係がありそうなのに、この紙片だけ典拠を他所に求めるなんて不自然じゃない？」

「これを書いた奴がアデマールに従わなきゃいけないって法があるかい？」

「だって写本ってそういうものだよ。オリジナリティなんか出さないのが普通なんだよ」

「じゃあ、これも何かに忠実な筆写だったってことなのか？」

「つまりさ、アデマールの写本の『外典』が出てきちゃったってことだよ？」

「『外典』？　アデマールの典礼式次第には……収録されていない残余があったってことか？　じゃあアデマールの方がこれを写していたっていうのか？」

「その可能性だってあるってこと」

　ジャンゴがリュシアンを振り向くと首を振っている。

「こっちがオリジナルだってことはないとは思うんですけどね。綿布紙の写本って羊皮紙写本に比べるとちょっと格が落ちますし、素材からして時代的にも新しい」

「もう一つ可能性があるだろ」と電話帳。

「もう一つ？　なんのことだ？」

「アデマールの写本も、鍵形紙片も、どちらも写しだという可能性だよ。オリジナルが他にあった——両方ともに参照されていた『原典』がある」

「えぇっ……そういう可能性があるの？　いや、そっちの方がありそうだね」

「そうか、原資料が別にあって、アデマールが写本を編んだ時に採らなかった部分もある。それが別系統の写本断片から出てきちゃったって……こういうことか」

「なんだか本当に聖書の原資料仮説みたいになってきたね」

「つまり、アデマールの方もぱくりだったって話なのか？」

「剽窃《ひょうせつ》とまでは言わないでしょう。だって歌詞の原形も元からあるものだし、オルガーヌム唱法も、その採譜法も、別段オリジナルなものじゃないんだから。強《し》いていえばそれを集大成したということと、それから使徒、聖マルシアルのテーマを主題に盛り込んで一種の『伝統』を拵えようとしていたってことでしょう？」

「それは歴史の捏造ってことになるんじゃないのか？　電話帳はどう思う？」

「アデマール・ド・シャバヌならやりそうなことだな、としか」

「みなさん、アデマールの事跡はご存じなんですね？」

「いや、今日の取材を受けるにあたってゾエにレクチャーしてもらったばっかりなんだけど」

「すごい遣り手の才人だったみたいですよね」

「ゾエの話を聞いた限りでは凄まじく厚顔無恥なペテン師って感じだったけどな」

「そんな言い方してないよ」

「いや、気持ちは伝わったよ」

「それでなんですけど……あのですね、すぐにって話じゃないんですが、ちょっと追加で追跡調査をしたいんです。もし良かったらご協力願えないかって……」

「そりゃ、こっちで力になれることがあれば？」

「今年度はもう修論にかかりっきりにならなきゃいけないんで、先々の話ってことになるんですけど。来年の夏以降の話ですね。アデマールの写本と、鍵形紙片の写本系統についてですね、今回の紀要報告では『後年の写しと見られるが、紙片の内容にはその余もある』って具合で言葉を濁《にご》していたんですが、修論が終わったらこっちも出来るところまで確かめておきたいなって」

「そりゃ、アデマールも参照していた原資料があるかも知れないってなったら、そっちの方が話がホットだもんな。見出しのつけやすい刺激的なテーマだよ。でもゾエや電話帳ならともかく、俺に役に立つことなんかありそうもないんだが……」

「いえ、ある意味個人的なこと、家族的なことって言うか……お祖父さんのマルセル・レノールトさん。彼の書簡って残ってないでしょうか」

「手紙？　祖父さんの手紙がいるのか？　と言っても手紙なんか出してしまったらそれっきりだろう？」

「いや、ジャンゴのお祖父ちゃんは後妻のヤスミナに手紙をタイプしてもらってたと思うよ。少なくとも戦後は。だから草稿なんかが残っている可能性は高いと思うな」

「自分の親戚のことみたいに詳しいんだな」ジャンゴが呆れて言った。

「文通相手とかでですね、ちょっと交友関係を調べたいんですよ。下世話な関心じゃなく。あのですね、トゥールーズ・カトリック協会、それからトゥールーズ・カトリック大学の関係者との交流が無かったかどうか知りたいんですよ」

「トゥールーズ・カトリック協会？」

「関心の焦点をずばり言うとですね。ジャンゴのお祖父さんはルイ・サルテ師か、その関係者とお知り合いだったんじゃないかって思うんです」

ルイ・サルテ師（Louis Saltet［一八七〇―一九五二］）はフランス・ベネディクト会派の聖職者である。トゥールーズ・カトリック大学の教授を務めた歴史家でもあり、司教座聖堂参事会員でもあった。

「アデマール・ド・シャバヌのことはよくご存じなんですよね。彼が聖マルシアルを原初の使徒の一人だとして列聖しようと画策していたことは」

「ああ、そのためにローマ法王にまで渡りをつけて、論敵……というか政敵をことごとく退《しりぞ》けていたって話だろ」

「それじゃあ、何で聖マルシアルは現在は他の使徒と列聖されていないんだと思います？」

「今でもリモージュでは聖人としてかつがれてるぜ？」

「第十三使徒としてではないでしょう？」

「そりゃそうだ。司教座創設の第一功労者ってところだな。使徒の一人だって話はどこかにいっちゃってるな」

「十九世紀半ばまでまだ使徒列聖の機運はあったんですよ。リモージュ司教が時の法王に請願を出したりしてます」

「断られたんだろう？」

「なにしろ『十三番目の使徒』という触れ込みですからね。カトリック教会全体に係わる大事です。ちなみにこれは却下されています」

「やっぱり三百年近く生きてたってのが怪しいもんな」

「それでも一八五四年にリモージュ司教座がまだ聖マルシアル使徒列聖を望むぐらいには信じられていた話なんですよ。今のリモージュではどうですか？」

「なんとなく使徒列聖論はお蔵入りになっているって感じ」とゾエ。

「これには訳があって、両大戦間……一九二〇年代から三〇年代にかけて、トゥールーズ大、トゥールーズ・カトリック協会の研究誌『教会文学紀要』でですね、そのルイ・サルテ師の論文がキャンペーンを張っていたんですよ」

「キャンペーン？」

「そういうと大げさですが、アデマールの手写本や書簡を調べ上げてですね、聖マルシアル列聖のための根拠とされていたものが全てアデマールの捏造であるっていう論文を連発していたんです」

「素《す》っ破《ぱ》抜きの特ダネか。記者《ブンヤ》の夢だな、そりゃ。それで大向こうには受けたのか？」

「あんまり注目されませんでした。カトリック教会のメインストリームではほぼ黙殺されていたんです。まあ、なにしろ大戦間の政情不穏な時代ですし、世界恐慌の真っただ中ですからね」

「そりゃ昔の坊さんが嘘ついてたなんて話をしている場合じゃないもんな」

「しかしサルテ師の論は彼の没後……二十世紀末に評価を高めて、今ではアデマールが資料捏造を働いたことはほぼ定説となっています」

「十一世紀のことがそんなに簡単に確かめられるのかな」

「簡単もなにも、サルテ師は手写本ばかりか、書簡の筆跡まで全て比較して、徹底的な批判的検討を行っているんですよ。後進もBNの写本や書簡の写しを総覧してサルテの仮説は強化されています」

決定的だったルイ・サルテの論文は次の通りである。
「一〇二九年のロンバルドの僧とリモージュの僧の聖マルシアルに関する討議」（一九二五）
「聖マルシアルに関するヨハンネス十九世のものと称される手紙」（一九二六）
「アデマール・ド・シャバヌの虚偽──一〇三一年十一月一日のブールジュ管区会議における聖マルシアルに関する決定と称されるもの」（一九二六）
「確固たる資料に基づく歴史的虚言症の一症例：アデマール・ド・シャバヌ（九八八－一〇三一）」（一九三一）

いずれもトゥールーズ・カトリック協会の『教会文学紀要』の所載である。これらの論述が再評価されたことによってリモージュの中興の祖の一人としても、年代記を書いた歴史家としてもアデマールの評価は地に落ちた。あわせて聖マルシアルを使徒として列聖しようという地方都市の野望は終《つい》に夢破れて消えることとなった。

サルテによれば、『聖マルシアル伝』は元祖、増補版を問わずアデマールの手になる贋作《がんさく》であり、著者とされる聖アウレリアーヌスとはなんら係わりない十一世紀の捏造物である。そればかりか、聖マルシアル使徒列聖を認めるという管区会議、法王庁からの手紙など、使徒列聖の根拠となる資料がいずれもアデマールの捏造である。つまり彼は「法王からの手紙」をすら偽造していたというのだ。

偽造された書簡は開口一番、法王ヨハンネス十九世からの「聖マルシアルが使徒だということが、この上なく純粋に真個である旨《むね》」の宣言から始まり、その根拠として「なぜなら彼は偽の使徒ではなく、真実の使徒であるから」という理由にもなっていない同語反復が続く。

こうした、捏造された伝記、でっちあげられた議決報告、偽造された書簡といった、嘘に嘘を塗り重ねたような資料攻勢によって、中世リモージュの聖職者はいずれもいつしか搦《から》め捕られ、彼らの間では聖マルシアルの使徒列聖が半ば既成事実として確立されていったのだった。

もちろん三世紀の司教が第十三番目の使徒だという途方もない粉飾を受け入れ難《がた》く、アデマールの立論や、それを消極的に受容している司教区の言論空間の趨勢《すうせい》に敢然と抗《あらが》ったものも少なからずあった。

その幾人かについてリュシアンが特に注目していたのは、サルテ論文にある「ロンバルドの僧」である。

ロンバルディアのキューザの修道院長の甥《おい》だという、この学識のあるベネディクト会士は一〇二八年のアクィターニアの司教区会議で公然と聖マルシアルの使徒性を否定し、アデマールの野望を僭越として切り捨てた。『聖マルシアル伝』も間に合わせの贋作であり、新しいミサの式次第をそれに基づいて「創作」するのは神意に背く行為であると攻撃したのである。

このため一時的に悪評を得たアデマールは、その後に捏造資料攻勢によって巻き返しをはかった。一〇三一年の管区会議決議や、「法王からの手紙」はその材料のうちの主なものである。また、司教区内での有形無形の暗躍があったことは想像に難くなく、もともとは使徒列聖に反対していたはずの司教や修道院長がなし崩しに使徒列聖派に巻き取られていった様子が窺われる。そしてこの小さく歪《いびつ》な言説空間では聖マルシアルが使徒であったという「史実」が書き上がっており、あまつさえ広く共有されていた。

結果としてアデマールの対抗戦略は奏功し、若いロンバルディアのベネディクト会士は失脚してアクィターニアを出奔《しゅっぽん》する羽目になる。

ルイ・サルテ師の研究によれば、このベネディクト会士の言こそが真正であり、アデマールの歴史捏造、さらには聖史の捩《ね》じ曲げを背信であり、瀆神《とくしん》行為だと決めつけたのも正当なことだった。ところがいかなる政略に搦め捕られたのか、この有徳の告発者は教会の敵と見做され、失脚して断罪されたのである。


リュシアンが段ボール箱に詰めて持っていったジャンゴの祖父の草稿は、だいたい戦後期のもので、何らかの著作を準備していたと思しく、断片的なメモランダムや文献リストがほとんどだった。纏まった著述はなく、ただ書類綴《シュミーズ》に分類されたメモランダムは中世の教会と世俗権力の関係についてのものが多く、この老教師は近代、現代史には大きな関心を抱いていないことが察せられた。

そして彼の遺稿群のなかで分量の多いものの一つに、アクィターニア地方のベネディクト会士の布教活動を追った資料のリストと、内容の抜き書きがあった。

聖ベネディクト会の伝道活動になぜ、その老教師は関心を抱いていたのだろう。リュシアンは遺稿からすると戦後からしばらくのマルセル・レノールトの関心は、ある特定のベネディクト会士の足跡を追うことにあったのではないかと考えたのだった。

「両大戦間のサルテ師の論文はあまり注目されていなかったんですが、もともとお祖父さんはリモージュの高校で歴史を教えていたんですよね。そのお祖父さんが聖マルシアル使徒列聖という問題を知らないはずがない。もともと関心はあったんじゃないでしょうか。それが戦後になると小箱の蒐集と並行して、件のベネディクト会士の動向を追跡していたことが窺われる。おそらくですが、お祖父さんはルイ・サルテ師のアデマール弾劾論文のことも早くから知っていた。それに共感があったんじゃないかって……」

「弾劾論文?」

「ええ、それというのもサルテ師の舌鋒《ぜっぽう》は結構厳しくて、史実を曲げた『年代記』の著者の蛮行を歴史的記述として摘示するっていうよりは、もう許されざる背信者を告発せねばならないっていう勢いがあるんですよ」

「史実を恣《し》意的に捩じ曲げるのは歴史学が一番厭うことだろうしねえ。まして資料を捏造するなんて『年代記』の方の信憑性も同時に知れたものだってことになっちゃうんじゃない?」

「史学の徒、史学の教授者としても、恥ずべき醜聞《しゅうぶん》だとは思っていたんじゃないかな」

「ええ、でしょうね。歴史の先生として、サルテ師の批判には共感があったんじゃないでしょうか。それでアデマール・ド・シャバヌの残したテクストを批判的に再検討していた節があります。そして綿布紙写本断片の鍵形紙片――あれもアデマールの写本が依拠していたもの、参照していたもの、なんだったらはっきり言ってしまえば剽窃していた『元ネタ』みたいなものを想定して追求していたんじゃないかって想像したんですよ。どういう経緯であの鍵形紙片の存在に気がついたのかは判りませんが、アデマールの典礼式次第写本のある種の同時代的証言として……追求の対象として、アクィターニアに散逸した小箱を何らかの方法で蒐集していた。どちらがどちらを写していたのかは判りません。普通に考えると高名なアデマールの写本が原本で、時代的に遅れる綿布写本は従と見るのが穏当で、今回の紀要報告でもそうした論調になりました。でも本当は、いま僕の関心はあの綿布写本断片はアデマールの写本の批判のために集めていたっていう可能性なんですよね」

「批判のために……」ジャンゴはくぐもった声で呟く。

「つまり成立経緯の検討という学術的な意味での『批判』としてばかりでなく、宗教学的な背信、歴史学的な不遜、文献学的な僭越を、道徳的に非難するみたいな強い意味をもこめて、それを『批判』しようとすることが動機だったんじゃないかって。ルイ・サルテ師の動機もおそらくは歴史的事実の客観的な根拠からの訂正などではなくて、神意を曲げた背徳者を断罪することだったと思いますよ。

落ち着いた学術的な筆致ですが、行間から憤《いきどお》りが香ってくるというか」

「マルセルもまた、そうした憤りに駆られていた……と？」

「こういう予断は学問的には危険なんですけど、なにしろ例の『外典』断片があるでしょう？　アデマールの写本はアクィターニア地方に産声を上げた多声音楽の発展の象徴例ではありますが、そこに汲み尽くされていないものがある。『その余がある』と抑えて論じたのは苦し紛れですが、ここでは『その余』が問題です。たとえばオック語のマリア賛歌『おお、マリア様、神の母君』みたいな地付きの民衆の中から実った果実は聖マルシアル楽派の写本にも辛うじて収録されていたわけです。この民衆性っていう属性がとても重要で、オック語で歌われた歌謡の系譜はフランス中世音楽史にもう一つのメルクマールを持っています」

「トルバドゥール歌謡」

電話帳が呟いた。ゾエも頷いている。ジャンゴは首を傾げているのも変なので頷いておいたが、あまりぴんとは来ていなかった。

「オクシタン文化圏、南フランスを後に席巻《せっけん》することになるトルバドゥール歌謡の隆盛と、アクィターニア地方のオック語——民衆語の賛歌の存在は一脈通じるじゃありませんか。多くのフランス中世文学の母体ともなった吟遊詩人の音楽です。十二、十三世紀ですね」

「教会音楽とはまた異なった音楽の伝播《でんぱ》チャンネルが生まれているってことね」

「多声音楽を生み出したのは教会音楽だったかもしれませんが、当時の楽曲の最大の流布《るふ》形態は祭と吟遊詩人に他ならない。『おお、マリア』みたいな、オック語の典礼音楽っていうのは、教会音楽の高尚な規範性と、地域の民謡の世俗的親しみやすさとを、両方兼ね備えているじゃないですか。これが吟遊詩人の世俗歌謡とどこかで接続されていくっていう気がしてならない」

「そう上手《うま》く繋がるかな?」

「繋がりそうだな」と電話帳。

「トルバドゥール歌謡は伝播の過程で、北フランスではトルヴェール、ドイツ地方ではミンネゼンガー、やがて世俗の愛を歌う職業作曲家、職業歌手っていう職業を生み出すことになる。文字通り歌謡曲の誕生、娯楽としての音楽というものが教会や宮廷を離れて成立する端緒となるわけだけど……」

「歌謡曲の誕生か」とゾエ。電話帳は頷いて続けた。

「職業歌手というものの成立以前の吟遊詩人の一つの母体となったのは、旅する僧なんだ。放浪する学僧が典礼外の単旋宗教歌《ラウダ》を広めることになった。当時のラテン風刺詩っていうのも聖職者——托鉢修道会や兄弟会みたいな宗教組織が広めたものだ。吟遊詩人という人材を供給したのは旅する学僧の組織だったんだよ」

「そうなんですよ。アデマールの写本の『外典』は、そうした聖職者と世俗のあわいに誕生しつつあった、もう一つの音楽の形にまつわるものなのかもしれません。北イタリア……ロンバルディアから来訪した旅の僧はアデマールに汲み尽くせていなかった『残余』を持ち込んではいたかもしれない」

「そこまで言うと想像が過ぎるんじゃないかな。ずいぶん途方もない話になってきたぜ」

「ともかくアデマールの典礼音楽には『外典』がある。そこには教会音楽と世俗歌謡の接点があって、中世末期に隆盛が約束されている。こうした観点からすると例の鍵形紙片は意味深長なんですよ。こうしたものが他にもあるかもしれませんよね。それを探すことは、アデマールの創意をいくぶん小さく評価することになりますが、その一方でアデマールが採り逃していた中西部典礼音楽の歴史をさらに具《つぶさ》に見つめることに繋がるし、場合によってはサルテ師の例のように『神の御心』をもっと正しく混ざり物無く受け取ることにも繋がるでしょうし、史学者としてなら資料捏造のノイズを取り去った、より純粋で正確な歴史観を得ることにも繋がるでしょう。かてて加えて、中世音楽史に刻まれたもう一つの歩み――世俗歌謡の歴史とも接合していくのかもしれないんです」

　リュシアンはちょっと興奮気味に語る。

「だから、お祖父さんが探していた紙片は、アデマールの写本よりも広い射程を持っていた、大きな展望を持っていた可能性がある。おそらくお祖父さんは、トゥールーズの聖職者歴史学者のコミュニティと連絡があったんじゃないでしょうか。ルイ・サルテ師とも直接の遣り取りがあったかもしれません。ほぼ同時代人ですよね。志《こころざし》を同じくする史学者です。アデマールの写本の『外典』の蒐集はサルテ師の批判的読解を補完するものだったのかもしれない。ですから、お祖父さんの書簡の草稿なんかが残っているなら、ぜひ拝見したいんです。お祖父さんが何を書こうとしていたのか、目していた著作の内容がおぼろげにでも窺われることになるんじゃないでしょうか」

リモージュ・ベネディクタン駅にリュシアンを送っていく間も、彼は興奮冷めやらず、修士論文《メモワール》の次に手がけるテーマはこれだと言って熱く語っていた。なるほど教会音楽と対位法構造、そうした落ち着いた研究テーマとは打って変わって、世俗歌謡の誕生と音楽の民衆化というテーマが持ち上がってきた訳だ。興奮するのも道理かも知れない。ジャンゴとしても協力するのに吝《やぶさ》かではない。

プラットフォームまで送っていったが、リュシアンは大荷物の資料の箱はジャンゴに渡してしまったので至極軽装だった。いったんパリに戻り、それからブレストに帰郷するのだという。

それから新年の学期が始まったら修士論文の大詰めに入るということだ。つくづく勉強が好きなのだろうが、嫌々やらされているのではなく、自分でテーマを見つけてぐいぐい邁進《まいしん》していく魅力が学問の世界にもあるものなのか。ジャンゴは興味深く思った。

まるで特ダネの匂いを嗅ぎつけて、これは逃してはならじと息巻いている、勇み足のジャーナリストにも似た勢いがあった。

電車が到着したときにはリュシアンは「そういう訳だから、来年の夏以降もリモージュには来る」と約束し、あわせてジャンゴの協力を重ねて懇願した。

それからもう一つ約束したのは、またあの肉と闘いにくるということだ。今日はまだ移動の予定があったからすこし手を緩めたが、本気でやるならあの肉には安い赤ワインのカラフがもう一つぐらいは必要だ。泊まりがけなら、もう少し長丁場の勝負が挑める。こちらについてもリュシアンの再戦の意志は固かった。

リュシアンが地域圏急行輸送《TER》の客車に乗り込む時に、ゾエが声をかけている。修士論文が大詰めなら、今はアデマールと写本断片のことはしばらく忘れて、そっちに集中した方がいいよ、しばらくはパリ楽派と対位法のことだけ考えていなよと、新テーマに息巻いているリュシアンを窘めていた。

そしていざリュシアンとの別れ際にゾエはこう言った。

「ボヌ・メモワール！（Bonne mémoire!）」

記憶《メモワール》。

その言葉にジャンゴははっとしていた。記憶――そうではない、ゾエは「良い修士論文《メモワール》を」と言ったのだ。「修論、頑張ってね」と。

礼の言葉と共にリュシアンは車内に消えていった。車窓が結露で曇り、中の様子は窺えない。見送り組はホームを後にした。


駅を出ると西の空に架かっていた弓張り月はすでに沈んでいた。

リモージュ・ベネディクタン駅は周りに高い建物がなく見晴らしはよいが、街灯が明るくて星空の様子ははっきりしなかった。駅前の公園に下りていく階段からは移動遊園地の遊具が見え、今も中空に若者を振り回して、派手なＬＥＤの灯を月無き空に振りまいていた。

噴水の脇を抜け、移動遊園地に近づく公園の道の半ばで電話帳が暇《いとま》乞いをして、中心街の東に拡がる住宅地へと帰っていった。

「もう帰っちゃうんだ。あの人、何しに来たの？　ほんとにリュシアンとご飯食べるためだけだったの？」

「君に会いに来たんだよ。興味を持ってたようだったから」

「わたしに？　なんで？」

「俺が電話帳に、君に似た娘だと言ったからかな？」

「彼とわたしが？　似てる？」

「俺に言わせると似てると思うよ」

「ええ、なんか複雑。似てないでしょ、どこが似てるの？」

「頭の回転が異様に速くて、人にあんまり影響されないところだよ」

「ジャンゴからするとわたしってそうなんだ。それは大部分はほめ言葉だよね」

「そうとってくれていいよ。それ以外はあんまり似てないかな」

「あの『時間の無駄』っていうのは口癖なの？」

「そうだな。しょっちゅう言ってるな。なんだか自動化したり、効率化したりするのが性分なんだよな。でも俺からすると無駄なことばっかりやってるように見えるんだけど」

「拘りのポイントはひとそれぞれだもんね」

「あいつ今どき床屋みたいな剃刀《かみそり》で髭をそるんだぜ。そのつど革砥《かわと》で研いで」

「へえ、電気シェーバーは使わないの？」

「シェーバーの清掃が、奴に言わせると時間の無駄なんだ」

「どういう基準なんだろう。せめて使い捨ての安全剃刀にすればいいのに」

「安全剃刀は切れ味がすぐに落ちるから、切れ味に拘ると毎日新しいの出して、毎日捨てなきゃ行けないから無駄なんだそうだ」

「そういう基準なの？　まいにち剃刀を研ぐのは無駄じゃないんだ。意味わかんないね」

「ニュース番組とか見てられないんだよ。事情が判るまで時間がかかり過ぎって。新聞だと一瞬だろって言ってる」

「それはちょっとだけ分かるかも。ご飯食べるのは時間の無駄じゃないのかな。人に会うのも時間の無駄だって思うんじゃない？」

「人付き合いは別なんだ。良い奴っていうのは無駄なことをしてくれる奴だからって」

「どういうこと？」

「自分のために無駄なことをしてくれる人は自分のことを考えてくれる人なんだから、こっちも時間を使って返礼するんだって」

「変な人だね」

「子供の頃からずっとあんな感じだよ」


移動遊園地では子供がバンパーカーをぶつけあって歓声をあげている。一つひとつの遊具やキャンディスタンドや屋台の食堂《ビュベット》が思いおもいに違った音楽をかけている。巨大なクレーンみたいな遊具が唸りを上げ、カルーセルは五十年代のチャールストンで、射的場ではよく歌詞を聞いてみると実は陰気な別れ話のクリスマスソング。ゲームコーナーではそれぞれの台がそれぞれの効果音を発して黙ることがない。そして到るところで発電機が唸り声を上げていた。移動遊園地は光と音の坩堝《るつぼ》で、全ての音響が奇妙に混じりあっている。

遊園地の囲いの外ではもうぱったりと人出が絶えて、オフィス街のビルの谷間は冷えた氷河の谷間のように静まり返っている。背後の遊園地が意味を失った唸りを上げ続けているから、閑散とした空気が際立つ。見回り立ち番の警官が二人ばかり所在なげに立っていた。ジャンゴはバイクに乗るようになってから警官、憲兵隊《ジャンダルム》を見るとちょっと身構えてしまう。大学の頃は免許の残った点の遣り繰りが大変だったのだ。

　中心市街の目抜き通りは既に賑わいを失っていた。市の「丸太小屋」も、営業を仕舞って正面の折れ戸を下げていると、正体がアルミの物置きだということがありありと分かる。

　ゾエとジャンゴはそれぞれの自宅が繁華街の向こうだから、リュシアンを送りにずっと下りていった坂道を全て上り直すことになった。行きの騒がしさは何処《どこ》へやら、潮《しお》が引くように人波が絶えたクリスマスの中心街は、テラステーブルや椅子と一緒に、街の喧騒そのものをシャッターの内側に仕舞い込んでしまったみたいだ。目抜き通りに家族連れの姿はもはや稀《まれ》、行き交う人波もすでにまばらで、若者のグループやカップルとときおり擦れ違うぐらいだった。

　さっきまで騒がしかった界隈がこうして静まり返ると普段よりもいっそう寂寥が際立ち、祝祭の後の人気《ひとけ》無い遊歩道は住人の死に絶えたゴーストタウンもさながらだった。唯一、ほんの一時間前までの賑わいの痕跡を残すのは、軽食の包み紙やビール瓶やアルミ缶が溢れて舗道に零《こぼ》れ落ちているごみ箱ぐらいのものだ。


　ジャンゴはずっと持っていた段ボールがだいぶ負担になってきた。狭い路地の角に若者が屯《たむろ》していれば、その周りには煙草と大麻《カナビス》の香りが漂い、ゾエは煙を嫌がって鼻先を煽いでいる。幾ブロックか向こうで鳴った癇癪玉《かんしゃくだま》の音、どこか遠くで酔漢が人をよばわる喇叭《らっぱ》声。坂道のすり減った石畳にはクラッカーから飛び散った紙テープが吹き曝《さら》されている。

　坂道を上りきった広場はサン・ミシェル・ド・リオン教会のアプローチで、飲用不可と断り書きのある噴水の上の銅像の姿はない。そこにあるべきはどこか稚拙な造作の聖マルシアル像だったが、ある晩に引き倒されて首が捥《も》げてしまったので今は修理中なのだ。祝祭の街の客といっしょに聖マルシアルもどこかに仕舞われてしまっている。

移動遊園地から風に乗って届いてくる遠い騒《ざわ》めきがこの界隈の寂寞《せきばく》をいっそう際立たせていた。

先に時間を過ごした裁判所前のエーヌ広場に続く道はクリスマス市の配置替えがあるのか、封鎖されてトラックが停まっていた。迂回路の細い路地を折れてエーヌ広場に上って行く最後の坂に差しかかる。リモージュという街の中心市街はだいたいどこも坂道だが、行く先のバスターミナルのあたりが市内の最高部だ。ここを過ぎればあとは下りばかり、最後の難所というわけだ。ジャンゴは返却資料のつまった段ボールを担ぐ肩を頻繁に交替していた。

「重そうだね。ちょっと持っててあげようか？」

「いや大丈夫だ。上りきったら一服するかな」

「ずっと担いでいたからねえ」

バスターミナルに辿り着き、バス停のベンチに荷物を下ろしてジャンゴは肩を回す。もう運行の終わったターミナルに人気は途絶えている。二人は吹き曝しのバス停の待合スペースに並んで座っていた。ジャンゴが携帯灰皿をとり出して煙草を咥える。ゾエは不平は言わなかった。

このバス停は停車場が幾レーンもある市内随一の公共交通の結節点だ。ここを起点としてリモージュ全域をカバーするバスのネットワークが拡がっている。だがヴァカンス期間の最終便はもう出てしまった後で、来るはずもないバスを待っている旅客は他に誰もいなかった。

冷えた空気の中、しばらくの沈黙があった。

やがてゾエは煙草の煙を煽ぎながらぽつりと切り出した。ゾエの吐息も紫煙のようにけぶっている。

「ジャンゴ、さっきリュシアンが言っていたこと……」

「なんだ？」

「お祖父さんが、なんで綿布紙の写本断片を集めていたのかっていう話さ」

「ああ」

「あれはさあ、歴史的な捏造に憤ってサルテ師の資料批判に一助を買って出たっていうことじゃあないよね」

「違うだろうな」

「お祖父さんが共感していたのはサルテ師じゃあない。多分キューザのベネディクト会士、ロンバルディアの学僧の方だ」

ジャンゴは長い一息で煙を吐き出すと頷いた。

「そう思う」

「正しいことを言っていたのに、間違ったことはしていないのに、不当な汚名を着せられた修道士……彼の気持ちをお祖父さんは知っていた」

マルセルを衝き動かしていたのは謂《いわ》れもない冤名《えんめい》に対する憤懣《ふんまん》だったのだろうか。それとも無法な糾弾に対する悲しみだったのだろうか。

使徒を捏造するという筋違いの奸計《かんけい》に理を正して抗いながら、巨大な奸計に搦め捕られて教会の敵として教区を追われた失脚者は、どれほどの無力感に切歯《せっし》してたことだろう。どれほどの懊悩《おうのう》のもとに首項垂《うなだ》れていたのだろう。どれほどの悔い悲しみに苛《さいな》まれていたことだろう。

その時に正しいことを言っていたのは彼の方だったのに、彼だけだったのに、人は彼を指さして教会の敵だと指弾したのだ。妄言を弄する背信者として排斥したのだ。なぜ彼がこんな仕打ちに苦しまなければならなかったというのか。

その胸はどれほどの怒りに燃えたぎっていたことだろう。

その瞋恚《しんい》の猛火をマルセルは知っていた。

ようやく占領下の悪夢から解放され、終戦の喜びに沸き立っている巷《ちまた》のなかで、対独協力者という根も葉もない濡れ衣のもとに家族との離別を強いられ、ひとり遁世を選び、この町から去らなければならなかった一介の教師を……誰が弁護してくれただろうか。誰が理解してくれただろうか。誰が救ってくれただろうか。

世に神はましますと、救いはあると一瞬でも思えただろうか。

まるで世界そのものが彼を拒み、憎んで、責めたてにかかっているように思えなかっただろうか。

あの寒村の隠れ家に蟄居して、あの窓の無い灯も灯らぬ物入れに佇《たたず》んで、あるいは湿った地下蔵《カーヴ》に跪《ひざまず》き、いったい幾晩の夜を悔しさと悲しみに駆られ呻きながら過ごしていたのだろうか。

誰が彼の魂を救ってくれるのか。

おそらくマルセルは名も知らぬロンバルディアの学僧に己の身の上を仮託していたのだ。いみじくもかつてゾエが言っていたように、対独協力者としての汚名を雪ぐことは老教師の後半生の悲願だったことだろう。ヤスミナと過ごした、おそらくは音楽に満ちた晩年に、外ならぬこのリモージュという街の来歴と西洋音楽史の黎明の歴史の交点の一頁に刻まれた、また一人の「裏切り者」の存在を知り……その不当に断罪された「背信者」の身の上に対する共感に彼の畢生《ひっせい》の宿願が引き寄せられていったのは理解できることだ。史学者でもあった彼にはこうした歴史の皮肉な永劫回帰がどのように受け取られていたのだろうか。

アデマールの奸計をことごとく詳《つまび》らかにし、その横暴を糾弾することばかりが目的だったのではない。おそらくは名も無き有徳のベネディクト会士の身の上に正当な評価をくだし、その魂を救済することが老教師の念じるところだったろう。

リュシアンや電話帳が想定していたようにアデマールが参照していた原資料が本当に存在するかどうかは判らない。しかしアデマールの著作に「外典」があり、アデマールの著述に「残余」があると明確化できればそれだけで意味深いことだ。アデマールの著作に汲み尽くされてはいないこと、包括し得なかったこと、さらには触れることが適わず、言及することが憚られたことは、本当はもっと他にもたくさんある。

捏造され、偽造され、粉飾された「歴史」の背後に、本当に起こったことが隠されている。山のように積み上がった歴史資料は、むしろその真実の隠蔽の痕跡なのだ。もはやアデマールの虚偽を告発することばかりが目的ではない、アデマールの著述の外側に視野を拡げてゆき、その当時その場所の言説空間の有り様に広く光を照らして、塗り固められた偽りの「歴史」の後ろから、嘘偽りのない真正の歴史、本当に起こったことの記憶を掘り起こす——サルテ師の論述の意味はそこにあっただろうし、老マルセルの企図も、きっとそこにあった。

そして捏造された「歴史」の中の塵芥《じんかい》から、わずか一粒でも真正の記憶を掬《すく》い上げようとする不断の営為、ただそれだけが、不当に裁かれ断罪された修道会士の無念を晴らすことのできる唯一の、せめてもの手向けとなると考えたのだろう。

それはまた国家の裏切り者と呼ばれ、共和国の敵と面罵《めんば》され、謂れなき讒謗《ざんぼう》に苦しめられて、申し開きの一つもさせてもらえずに町を追われ全てを失った——そんな老教師の無念をも。

こうした冤恨を抱えた魂が、いったいどれほどの冤魂が「歴史」という墳墓の覆土に覆われ、無念を訴えることも、汚辱を雪ぐことも封じられて押しつぶされてきたのだろうか。

ジャンゴは深く吸い込んだ紫煙を夜闇に放つ。そして溜め息を吐くように呟いた。

「……『歴史』か。正しい歴史って何なんだろうな。そもそも正しい歴史なんてものが存在するのかも判らないけど……」

「何かがたった一度だけ起こった。それが歴史なんだって言ってたじゃない」

「だけど『何かが起こった』と言うことすら、その言葉すら捏造できる。起こったことが『何』だったのかってことすら――どんな名で呼ばれ、どんな形容を与えられ、どんな評価が下されるかにいたるまで、すべて歴史を語るものの胸三寸だ。『歴史』として語られているとして、それならば真実と受け取っていいものなのか。『証言』として残されているとして、それならば信ずるに足りるのか」

ゾエは黙って聞いている。

「アデマールの使徒列聖のために作られた『歴史』は、同時代的には受け入れられていたんだろう？　それはそのとき確かに『歴史』だったんだろう？　それが後年になって……千年もたってから捏造が明らかになったら、とたんに『歴史』ではなくなるのか？　それじゃ、その千年もの間に信じられていたのは何だったんだ？」

何かが起こった――そう名指すことですでに「歴史」となるのだ。それならば本当の歴史は、史実というものそのものは永遠に触れることの出来ない虚空にあるのだろうか。手を伸ばしてしまえば、まさにそのせいで消え失せてしまうような中有《ちゅうう》の空間に。

ゾエは傍らの段ボール箱を軽く叩いた。それから白い息をついてぽつりと言った。

「起こったことはただ一度、だけど『歴史』はそうじゃないんじゃない？」

意味をはかりかねてジャンゴは、待合所の屋根の陰、街灯の光の届かぬ一隅から、鼻を赤くして顎までマフラーに埋めたまま、バスターミナルをぼんやり見つめているゾエの顔を窺った。まるで来るはずもないバスを心待ちにして、その来るべき方向を凝視しているように見えた。

「『歴史』はただ一度起きたことをそう呼ぶんじゃないんだよ。なんども繰り返し語られて、なんども繰り返し思い出されるんだ。だからこそ『歴史』になるんだよ」

「よく判らねぇな……」

ジャンゴはまたとり出した一本の煙草を咥えたまま、火も点けずに唇の端で呟く。

だが言葉に反してゾエの言っていることは、判った。なんとなく腑に落ちていた。

「記憶っていうのはそうしたものじゃないか。起こったことは変わりようがなく、ただ一度だけかもしれない。だけどそれを思い出すってことは一度きりじゃない。何度もなんども思い出すんだ」

「それは……そうかもしれないな」

「思い出し続ける。そうし続けて、忘れない。忘れず残っているから記憶って言うんだ。記憶ってそういうものだし、『歴史』っていうのも多分そんなものなんだよ」

忘れられないこと。忘れてはいけないこと。それを繰り返し思い出し続けること。記憶。歴史。それは思い出されるたびに少しずつ変質していくのかもしれない。その意味すらが書き変わっていくのかもしれない。ただ、記憶は何度でも呼び出され、その度にいつでも、いまもなお、常に既にそこにある。

「対位法みたいなもんだよ」

火を点けようとしていたジャンゴの手が止まった。ライターの炎が消えて、一瞬赤く闇のなかに浮かんでいた彼の表情がまた闇に溶けた。

「言ってたじゃない。対位法は、人が覚えてる、人が思い出すってことに懸かってるんだって」

なんでゾエの言葉が胸に染みたのかが判った。それはまさしく彼が考えていたことだったのだ。

「なんども同じ旋律が今に呼び出され、繰り返し現れる。波が打ち寄せるみたいに……やまず打ち寄せ続けるみたいに」

「記憶の対位法か……」

繰り返し呼び寄せられる記憶、その思い出される記憶が思い出す現在と混じり合って、対位法の重層的なポリフォニーが実現するのだ。

過去が繰り返し呼び出されて今と混じり合う。それが記憶というものの、歴史というものの本質なのかもしれない。対位法のポリフォニーが告げ知らせる、過去と現在、記憶と想起の交錯。時を超えて重なり合った過去と現在は互いに干渉しながら新たな共鳴を起こし、新たなハーモニーを響かせる。

記憶。歴史。対位法。

「ジャンゴの対位法の『定旋律』が何かは明らかだね」

「定旋律？」

「繰り返し呼び出されるモティーフのことだよ」

ジャンゴなりにこの謎かけの答えはぴんと来た。繰り返し呼び出される記憶の定旋律。

「歴史は繰り返すってやつか……」

歴史捏造者の奸策に翻弄《ほんろう》されて背信者として断罪された修道僧。

対独協力者の汚名を負わされ売国奴《ばいこくど》として糾弾された教師。

そしてかつての仲間たちの苦境を素知らぬ顔で記事に書き立て口に糊《のり》する記者。

ひとりは教会の敵と呼ばれた。ひとりは共和国の敵と呼ばれた。またひとりはイスラム教徒の敵と呼ばれている。

三人の「裏切り者」がいた。三人は自分を育《はぐく》んだ世界を守ろうとしたにもかかわらず、その世界から爪弾《つまはじ》きにされて、その世界を裏切った卑劣漢、許されざる背信者として断罪された。そして断罪され続けている。

「繰り返し呼び出されるモティーフは『裏切り者』か……俺の旋律ってものがもしあるなら、多声部の合唱する『裏切り者』のモチーフが重なってポリフォニーになるんだな」

「そうじゃないよ。そんなこと言っちゃ駄目だよ」

「対位法ってのはほんとうに興味深いものだな。歴史……記憶も対位法の構造を持っているなんて音楽史も侮《あなど》れたもんじゃねぇな。過去が現在に呼び出されて、現在と重なっていく。起こったことは一回きりでも、歴史は繰り返される。一度目は悲劇として、二度目は喜劇として。それじゃあ三度目は何なんだろうな？」

ジャンゴの自嘲に、ゾエは少し慌てたように、勢い込んで応じた。

「ただの繰り返しじゃなくてさ。繰り返し呼び出される度に記憶は、その強さも、色彩も、その意味すら変化するんだよ。過去は現在に呼び出されて、現在と重なる時にまた新たな綾を織りなしていくんだ。ジャンゴが今思い起こすことで、過去の記憶も、過去の意味も書き換えられていくんだよ」

「そういうものか？」

「歴史が対位法なら、ただの繰り返しじゃあそうはならないよ。時計が回るみたいに代わり映えもせずにただ同じように、ただ同じ記憶が繰り返されることなんてありえない。それじゃ曲として成立しないよ。奏者が替わるその都度《つど》、重ね合わされる旋律の音程や律動《リズム》が少しずつずらされていく。そこに不思議な拍動が生まれて、ハーモニーが膨らんで、呼び出される定旋律も風合いを変えていくんだ」

「作曲なんかしたことないからな。ましてそんな複雑な構成の」

「ジャンゴの対位法の定旋律は『裏切り者』という主題の、ただの繰り返しだなんてことはないんだよ。だってお祖父さんはベネディクト会士の無念に共感して、それを晴らそうとしていたんじゃない？　お祖父さんが単なるコラボなんかじゃなかったっていうのも、今わたしたちが繰り返し確かめてきたことじゃない？　ジャンゴの対位法に繰り返されるモティーフがあるとするなら、それは『自分は裏切り者なんかじゃなかった』って言い募ることなんじゃないかな。繰り返し、『そうじゃなかったんだ』って、『違うんだ』って、叫び続けることなんじゃないかな」

ゾエは舌鋒を鋭くしていた。まるでジャンゴに向かって憤っているみたいな口ぶりだった。

「忘れられないこと、忘れてはならないこと、それはいつも、いつまでも同じままじゃない。ジャンゴの今が過去の記憶といっしょに変わっていくんだってことだよ」

「なんだ、対位法ってのは記憶が書き換わっていくこと……『今』が変わっていくってことが、いわば秘訣だっていうのか？」

少し諧謔《かいぎゃく》を込めて言ったのだったが、ゾエは真顔で肯定していた。

「そうだよ。ずっと同じことが繰り返されるなんて……工場の機械音じゃないんだからさ」

「そういう音楽もあるけどな」

「それだってただの繰り返しに聞こえるものが不思議なグルーヴを生みはじめるから面白いんでしょ。繰り返しテーマが呼び出されるうちに聞く方の耳も変わっていくってことだよ。ファクトリー・ミュージックにだって対位法は働いてる」

「そんな見方も出来るのか」

「ただの繰り返しに甘んじているだけなら対位法のポリフォニックな豊かさは実現できないじゃない。今が書き換わっていくんじゃなければ。だからジャンゴだって、自分は裏切り者なんかじゃないんだぞって、大手を振って主張していかなきゃ駄目だよ。あの中古車屋のおっさんにも言ってやりなよ」

なんだったら自分が言ってやるとでもいった口吻《こうふん》でゾエはぴしゃりと決めつけた。

「ヤシン伯父さんとは和解できそうだよ。ジャンゴが裏で働いてくれてるぞって、弁護士が取りなしてくれてるみたいだ。もともと腹蔵のない人だからな。癇の虫がおさまればからっとしたもんだよ。ガラージュのバーベキューの時にでも顔を出せば、メルゲーズの一本ぐらいはくれるんじゃないかな。ケチと思われる方がいやだって口だからな」

「昔の仲間の誤解も解かなきゃ」

ゾエの舌鋒はやや和らいで、小声になっていたが、それでもきっぱりと言った。

「だいぶ拗《こじ》れてるからなあ」

ジャンゴはさっきから火を点け損なっている煙草を咥え直そうとしたが、フィルターが唇に貼りついて引っ掛かり、その一本を取り落としてしまった。ジャンゴは舌打ちをして、落とした煙草を踏み躙ろうとしかかったが、ゾエの手前、蛮行は控えて、さっと拾い上げると吸い口に砂がついてしまったその煙草を携帯灰皿に押し込んだ。

それから新しいのを一本取り出して咥えると、手の中で温まっていたライターに火を点ける。そして煙を嫌がるだろうかと、ちょっとゾエの方に目を向けた。

「煙……」

ゾエの座っているところは街灯の陰にあたり、待合所の中は暗がりに包まれていたが、ライターを点けた瞬間に二人の姿が闇の中に浮かび上がった。ゾエはジャンゴの方を真っ直ぐ見つめていた。

ジャンゴの手が止まって、みたび煙草に火は灯らなかった。

ライターの火が消えた。

「裏切り者なんて言われて、黙ったままじゃ駄目だよ、絶対」

マフラーに顎を埋めたゾエはジャンゴの方をじっと見つめて、小さな声で言った。ちょっと声が震えていた。

ゾエの目から一筋の涙が零れ落ちて、マフラーに染みていった。

「裏切り者なんか……一人もいなかったじゃない？」

初出　「紙魚の手帖」vol.06（二〇二二年八月）～vol.16（二〇二四年四月）
※vol.09およびvol.12は休載

典拠表示：

二二七ページ　Paris, Bibliothèque nationale de France. Département des manuscrits. Latin 1121, *Troparium, prosarium, processionale, tonarium Sancti Martialis Lemovicensis*. 1001-1025., folio 10 recto.

四〇五ページ　Paris, Bibliothèque nationale de France. Département des manuscrits. Latin 1139, *Prosae tropi cantilenae ludi liturgici ad usum Sancti Martialis Lemovicensis*. 1001-1300., folio 49 recto.

記憶《きおく》の対位法《たいいほう》

2025年4月30日　初 版
2025年5月9日　再 版

著者
高田大介《たかだだいすけ》

カバー図版
source : Bibliothèque nationale de France

カバー写真
ilolab/Shutterstock.com

装幀
山田英春

発行者
渋谷健太郎

発行所
株式会社東京創元社
〒162-0814 東京都新宿区新小川町1-5
03-3268-8231（代）
https://www.tsogen.co.jp

組版
キャップス

印刷
萩原印刷

製本
加藤製本

 ISBN978-4-488-02919-7　C0093

創元推理文庫

巧みな伏線……想像を絶する驚愕の結末

MISERERE◆Jean-Christoph Grangé

ミゼレーレ 上下

ジャン=クリストフ・グランジェ 平岡 敦 訳

◆

謎に満ちた連続殺人。遺体の鼓膜は破れ、付近には子供の足跡と血で書かれた聖歌「ミゼレーレ」の歌詞。定年退職した元警部と、薬物依存症で休職中の若い刑事という捜査権のないはぐれ者二人がバディを組み怪事件に挑む。ナチ残党の兵器研究、カルト教団……、そして二人それぞれの驚愕の過去！　グランジェの疾走する筆致とスケールに翻弄され、行き着くのは想像を絶する結末だ。